珞珈青年哲学研究文库

王船山诗学内在矛盾性研究

刘克稳 著

2012年度乐山师范学院引进教师启动科研项目（课题编号：S1264）阶段性成果

武汉大学出版社
WUHAN UNIVERSITY PRESS

图书在版编目(CIP)数据

王船山诗学内在矛盾性研究/刘克稳著.—武汉:武汉大学出版社,2019.9

珞珈青年哲学研究文库

ISBN 978-7-307-20387-7

Ⅰ.王… Ⅱ.刘… Ⅲ.王夫之(1619-1692)—诗学—研究 Ⅳ.I207.22

中国版本图书馆 CIP 数据核字(2018)第 164627 号

责任编辑:徐胡乡　　责任校对:李孟潇　　版式设计:汪冰滢

出版发行:**武汉大学出版社**　(430072　武昌　珞珈山)

(电子邮箱:cbs22@ whu.edu.cn　网址:www.wdp. com.cn)

印刷:武汉中科兴业印务有限公司

开本:720×1000　1/16　印张:18.5　字数:275 千字　插页:1

版次:2019 年 9 月第 1 版　2019 年 9 月第 1 次印刷

ISBN 978-7-307-20387-7　定价:50. 00 元

前　言

明清之际是中国古典文化发展的一个重要的时期。在这个时期里，中国古典文化得到了全面的反思，无论是哲学、美学、诗学，还是艺术。现代很多学者将这一时期在中国文化史上的地位与德国古典哲学、美学时期在西方文化发展史中的地位相类比。然而值得注意的是，这一时期中西方文化虽然开始有了交流，但它对整个中国古典文化的自觉反思仍是建立在自身学术发展的内在规律之上的，并没有受到清末以来所面临的那种大规模的西学的冲击。这也就是说，明清之际的文化反思，特别是美学和诗学，保持了完整的中国古典文化的历史语境。因此，从明清之际的美学和诗学入手，有利于我们现代人更好地了解整个中国古典美学和诗学的面貌，而且也能更好地看清中国古典美学和诗学在现代转型期所面临的问题。而最能体现明清之际美学和诗学反思精神的，无疑属当时著名学者王夫之的诗学所体现出来的原汁原味的历史语境。

王夫之(1619—1692)，湖南衡阳人，字而农，号姜斋，又号夕堂，因晚年隐居在湘西的石船山中，世人又称他为“船山先生”。“六经责我开生面，七尺从天乞活埋”，生于明清易代之际的船山，遭逢乱世，并切身体会到了明朝灭亡所带来的沉痛感。他一辈子都奔波于救亡图存的事业中，前半生他投身于南明永历政府，同权臣斗，同汉奸斗，同异族斗；后半生则不得已寄身于南岳草庐从事学术上的拨乱反正，同儒学异端斗，同佛、老、庄斗，同一切伪真理斗。作为一名传统的士大夫，他不仅精通经、子、史、集，而且博览佛、老，或考据，或训诂，或义理，形成了自己成熟的思想体系。这个体系涵盖了哲学、文学、史学、教育学、伦理学等方方面面，这也是他一辈子执着于儒家“内圣外王”、狂热地攻击一切异端思想的基石。船山的这种斗争精神，在他的诗学著作里也同样体现得淋漓尽致。他评点了自《诗经》以来历朝历代的诗歌创作，对几乎所有的诗歌流派及其主张都提出自己独特的看法。或嬉笑，或怒骂，或赞赏，最终引领我们走向一条纯正的儒家诗学的道路。跟随船山的反思、批判道路，我们不仅能够全面地了解中国古典诗学的面貌，继承中国传统的诗学精神，而且可以重温中国传统的诗意逻辑思维。这无疑有助于当代人寻找新的学术突破口。

船山的诗学思想主要凝聚在《夕堂永日绪论》《诗译》《诗广传》《楚辞通释》《古诗评选》《唐诗评选》《明诗评选》等著作中。当然，他的诗学思想也涵括了他一生所创作的两千首诗词作品。船山不仅是一个鉴赏力极高的诗学评论家，而且也是一位诗学修养极深的诗人。他十六岁学习诗歌创作，阅读了十万首古今诗歌作品。因此，他的诗学思想包含了诗歌创作、诗歌鉴赏等多层面。

伴随着船山学研究的兴起，船山诗学研究也得到了长足进步。无论是对他诗学著作的考订，还是诗学范畴、体系、精神的挖掘，前辈众多学者都取得了傲人的成就，涌现出了一大批的研究论著、论文。特别是20世纪80年代以来，船山诗学研究取得了可喜的进展。学界积极拓展研究方法，不仅对船山诗学的各个具体概念、范畴作了深入而有意义的研究，而且在船山诗学体系的构建上也作了有效的尝试性探索，以此凸显出了船山诗学在整个中国古典诗学批评史上所具有的重要地位。这无疑有助于我们立足于这个良好的学术平台来深入、全面审视船山诗学的真正面目，寻找一个新的研究突破口。

虽然，学者们已经认识到了船山诗学的儒学立场，对此有了深入的阐释，而且他们也肯定了船山诗学体现出来的强烈的批判精神。但是对于船山诗学这种狂热的儒家情结与强烈批判、反思之间的矛盾性，却鲜有涉及。了解这一矛盾性，是我们走向船山诗学另一条崭新学术道路的基础和前提。这正是本书研究的起点，具体的研究思路如下：

一是立足于船山诗学批评史观。这既是本书的研究起点，更是突破船山诗学研究的理论资源和依据。要了解船山诗学批评史观，必须通读船山评点历朝历代的诗歌创作及诗论的相关著作，这主要有《诗广传》《姜斋诗话》《楚辞通释》《古诗评选》《唐诗评选》《明诗评选》等相关原著，它们集中收录在《船山全书》的第 3、14、15 等册中。笔者主要想弄明白以下几个问题：第一，船山支持、赞赏了哪些历史上的诗人、诗歌或诗论主张？他支持和赞赏的理由是什么？第二，船山反对、抨击了历史上的哪些诗人、诗歌或诗论主张？他反对和抨击的理由是什么？第三，在上述基础上，试图寻找船山一贯的评诗、论诗的标准和原则，以此窥探船山诗学批评史观。这是一种宏观的研究。

二是深化、细化船山几个主要的诗学范畴研究。这是一种微观的工作。笔者打算做一种集中的问题史研究。具体说来，比如“兴观群怨”说是公认的船山诗学研究的中心问题之一，但学者们立足于各自不同的学术背景来阐释它，因此出现了很多分歧，有的观点甚至相抵牾，这无疑影响了船山诗学的深入发展。因此，笔者在本书中列专门章节逐一做问题史的研究和辨析，希望能够寻找合理、正确的观点主张，从而在深度上突破目前的船山诗学研究。

三是做专门的船山诗学内在矛盾性的研究。这方面的研究是目前船山诗学最为薄弱的地方。当然，这个问题已经引起了学者们的注意，已经有零星论文和论著的发表。本书最为重要的任务就是集中探讨这个问题。当然，这种研究由于主观和客观存在的原因，必然也是困难重重。但是，开展船山诗学内在矛盾性的研究、探讨，其意义重大，它必将从广度、深度上推进船山诗学研究。因为，这是船山诗学学术研究发展的必然要求，也是当下学术发展的趋势和结果。

根据上述研究思路，本书主要分为三章，重点关注以下几个方面的内容：

第一，船山诗学内在矛盾的根源是什么？或者说船山诗学内在矛盾的逻辑起点在哪里？本书从“诗歌起源”的角度，追溯了船山关于诗、乐关系及其缘起问题的论述，并通过对“诗道性情”这个诗学命题进行的哲学、美学分析，获得船山诗学内在矛盾的逻辑起点；尤其是立足于整个中国古典诗学传统发展的脉络，以历史性的视角，探寻船山诗学评论实行“双重标准与原则”的缘由，以此深入船山诗学内在矛盾的核心。

第二，船山诗学内在矛盾的核心是什么？本书通过对船山“兴观群怨”说以及“情景交融”说这两个重要诗学命题的细致分析，触摸到了船山诗学的核心问题，即诗歌艺术的教化功能特征(“诗之用”)与诗歌艺术的抒情审美本质特性(“诗之体”)之间的统一、平衡及其矛盾、冲突。并在此基础上，逐步深入到船山诗学所体现出的“内在张力”问题，以此来澄清学界批评其诗学局限性(如偏激的言辞、“退化论”意义上的诗学发展观等)时所造成的误解、误读。

第三，船山诗学内在张力是如何体现的？本书从船山独特的“历史-诗学史观”出发，重点关注了船山诗学对诗歌教化传统的反思和总结，具体阐释了他自觉对诗歌艺术审美性“偏离”所作出的巨大努力及贡献，并从中凸显了船山诗学浓厚的艺术辩证思维意识。

目　　录

第一章　源起与反思：船山诗学内在矛盾的根源

船山诗学内在矛盾根源于一种更广泛、更本源的“诗歌之起源”意识。船山立足于深厚的哲学素养和学术传统，从诗、乐同源的角度，突出诗歌的音乐性的优先地位。他主张从诗教回归到乐教，将乐的教化功能与诗歌的教化功能统一起来，以此实现诗歌功能性特征与审美本性之间的融会贯通。这正是船山诗学内在矛盾产生的真正根源，它缘起于“诗道性情”这个诗学命题中。因此，要弄清船山诗学的内在矛盾的根源，必须先从中国诗歌的起源说起。所以，本章一开始就花了大量篇幅来仔细论说中国诗歌起源的问题，然后立足于他深厚的哲学背景，重点阐述作为他诗学内在矛盾缘起的“诗道性情”命题的具体内涵，以此，获得研究的逻辑起点。

第一节　中国诗歌的起源

对于诗歌起源的探究，无非是要弄清三个紧密相关的问题，即诗歌何时产生？为何产生？如何产生？简而言之，就是追问诗歌是在什么样的情形下或基础上发生、发展的。人们对于诗歌起源的不同理解往往会导致对其本质、功能等相异的认识。以往研究者往往是从两个角度切入：一是从历史的角度考证诗歌在时间上产生于何时；二是立足于哲学思潮，思考诗之本源、第一性或原创性。前者以中国古典诗学研究为代表，后者则是西方诸多诗学理论的典型特征。中国古典诗学研究者们往往立足于历史考据，以《诗经》为中心结合各自时代的诗歌创作实际，从而提出种种关于中国诗歌发生问题的见解，但更多的是集中在探讨诗歌在时间上产生于何时，或者说探讨最早的诗歌样式。西方诗学则明显受到了各种哲学思潮的影响。近代学者更是充分利用和吸收考古学、人类学的新材料，从文明史、思想史、学术史、文化史等诸多角度对诗歌的起源做了深入、仔细的探讨。到目前为止，中西学界就诗歌的起源问题提出了诸多具有代表性的观点，比如，模仿说、游戏说、劳动说、表现说、巫术(图腾或宗教)说、符号说等。但真正对中国诗歌起源产生巨大影响的还是劳动说和原始宗教(巫术、图腾或神话)说。

一、诗歌何时发生?

要想对诗歌发生的年代做一个确切的断定，是不切实际的。即便是现在，我们可利用的现代考古学、人类学等新材料越来越多，而且学者们对当代原始部落的诗歌收集也取得了巨大的成就，但原始诗歌产生的具体时间仍是一个未知数。“诗歌何时发生”之所以成为困扰学者们的巨大难题，原因主要在于：原始诗歌形成于文字产生之前，全凭人们的记忆口耳相传。而我们现在所能见到的那些所谓“最古老的诗歌”，都是经过文字书写和印刷术传播而固定成型的，如《诗经》《荷马史诗》等，它们都是成熟形态的诗歌。因此，那些试图通过它们来解决原始诗歌起源问题的努力注定都是徒劳的。更何况，很多学者都是以现代诗歌的标准、眼光来看待原始诗歌的，这无疑更增添了对这一问题研究的难度。因此，可以肯定的是，所有关于“诗歌何时发生”的研究只能是一种推测，一种基于社会科学的历史发展逻辑的概要式猜想。这种推测和猜想在中国诗歌的发生问题上，表现得尤为明显。关于中国诗歌的发生问题，学界主要是从以下三个方面展开的：

第一，古籍中的推测性结论。这不可信且不足信。

最早对中国原始诗歌发生问题提出明确看法的是《尚书·虞书·尧典》：“诗言志，歌永言，声依永，律和声。”①《诗大序》又

① (清)孙星衍撰，陈抗、盛冬铃点校：《尚书今古文注疏》(全二册)，中华书局1986年版，第70页。

做了进一步的系统阐释："诗者，志之所之也。在心为志，发言为诗。情动于中而形于言，言之不足故嗟叹之，嗟叹之不足故永歌之。"[①]朱自清在《诗言志辨序》中就将其称为中国古典诗学的"开山纲领"。[②] 但是，最早对中国原始诗歌发生年代进行断言的是汉代的郑玄。他在《诗谱序》中说道："诗之兴也，谅不于上皇之世。大庭轩辕，逮于高辛，其时有亡，载籍亦蔑云焉。《虞书》曰：'诗言志，歌永言，声依永，律和声。'然则诗之道放于此乎！"[③]这里涉及三个明确的时间点，"上皇之世""大庭轩辕""高辛"。"上皇"指的是伏羲，"轩辕"就是黄帝，"高辛"乃是帝喾。也就是说，郑玄认为诗歌不是产生于三皇五帝的前期，而是产生于后期的尧舜时代，亦即产生于原始社会的末期。但是，我们都知道仓颉造字的传说，仓颉乃是黄帝时期的史官。这就是说，诗歌产生在文字产生之后。很显然，郑玄并没有真正触摸到中国原始诗歌的源头，他所谓的"诗歌"乃是由文字书写定型的、成熟的诗，这明显是不合适的。更何况，三皇五帝始终只是中国古代的传说，没有确切的年代。因此，中国古籍中的这些主观推测性结论是不足信的。后来的刘勰、沈约，特别是孔颖达对郑玄的观点做了进一步的批判和补充。孔颖达在《毛诗正义》中将诗歌分为"非讴歌之初"和"讴歌之初"两类，也即口语化的诗歌和文字记载的诗歌。这个观点就值得注意了，它为"诗歌何时发生"问题研究的第二个维度的顺利展开指明了方向和道路。

第二，逸诗的收集。这可信但不足信。

基于上述古籍中的种种不可信、不足信的主观性推测，古代学者试图通过一条更确凿的途径来探索中国原始诗歌发生的问题，即收集古代"逸诗"，从中国最为古老的诗歌来寻找诗歌的起源。从

---

① 李学勤：《十三经注疏·毛诗正义》(卷一)，北京大学出版社 1999 年版，第 6 页。

② 朱自清：《诗言志辨》，凤凰出版社 2008 年版，第 4 页。

③ 李学勤：《十三经注疏·毛诗正义》(卷一)，北京大学出版社 1999 年版，第 4 页。

东汉的高诱、郑玄等人开始，就已经注意到先秦诸多古籍中记载的众多诗歌。而这些诗歌并没有出现在《诗经》中，且很多诗早于《诗经》。因此，他们将这些诗歌称为“逸诗”。后来杜预、孔颖达、刘勰、郭茂倩、冯惟讷等人对这些“逸诗”进行了全面的整理。但是，“逸诗”的大规模整理开始于宋代欧阳修、王应麟等人。高潮期则在清代，如朱彝尊、严虞惇、范家相、赵翼、郝懿行、马国翰等众多学者都做了卓有成效的工作。然而，对“逸诗”进行真正的科学研究还要等到近代以来考古学、人类学以及社会学等学科新成果的出现，这以逯钦立、董治安、傅道彬等先生的专门研究为代表。到目前为止，历代收集到的“逸诗”的数目，少则几十首，多则三百多首。它们来源于《左传》《国语》《论语》《孟子》《荀子》《墨子》《管子》《庄子》《韩非子》《吕氏春秋》《晏子春秋》《战国策》《逸周书》《周礼》《仪礼》《礼记》《大戴礼记》《穆天子传》等先秦时期较为可信的古籍，以及《尚书大传》《孔子家语》《论衡》《列子》《帝王世纪》《列女传》《汉书》《史记》等后出的典籍或伪书中。

因此，所谓“逸诗”应有两层内涵。在狭义层面上，“逸诗”指的是与《诗经》诗体相类的、由文字书写和印刷术定型了的、成熟的韵文，但这些韵文并没有被收录到《诗经》中。之所以它们未被收录到《诗经》中，原因有两个：一是“孔子删诗”的说法；二是《诗经》中的国风所包括的地域只是在中原一带，而更为广阔的南方，比如楚国风就没有被收录其中。而楚文化虽然与中原文化交流密切，但自成体系，是相当发达的。这就很有可能导致以楚文化为主体的南方诗歌遗失，或者零星散见于古代各种典籍中。历代大部分学者是这样来看待“逸诗”的。而在广义层面上，“逸诗”不仅包括狭义的“逸诗”，而且还包括流行于上古时期文字还没产生之前的诗歌，也就是孔颖达所说的“非讴歌之初”的原始诗歌。只不过口耳相传到后来，由后世学者用它们当时的语言表达方式加以文字记载，从而散见于后世的各种典籍中。这些诗歌虽然古朴，但也不免或多或少地经过了口传者、记录者的多次重新创作，具有了他们各自时代的语言特征。这种可能性是存在的。原因在于：作为中国古典诗学的两大源头《诗经》和《离骚》，不是横空出世的，好像突然之间就成熟、定型了，在它们之前必然存在大量的诗歌创作活动，只是这些诗歌未能形成文字或因故未能流传。

因此，通过收集中国最古老的诗歌来研究诗歌的起源问题，确实是较为可取的、行之有效的方法，得出的结论也是可信的。它用实证主义的方式科学地证明了中国确实存在较《诗经》之类成熟诗歌更为久远的、形成于文字产生之前的原始诗歌。这样，像《击壤歌》《弹歌》等产生很早但被辑佚了的"逸诗"的存在，就具有了比较可靠的发生学基础，质疑之声必然大为削弱。

然而，虽然这些研究成果推进了中国诗歌发生问题的研究，而且学界从中得出的结论大体也是可信的，但是它们仍不足信，即不足以断定中国原始诗歌发生的具体时间。朱光潜在《诗论》中早就指出了其不足："在我们看来，这种搜罗古佚的办法永远不会寻出诗的起源。它包含有两个根本错误的观念。一、它假定在历史记载上最古的诗就是诗的起源。二、它假定在最古的诗之外寻不出诗的起源。"①因此，他主张与其将《诗经》《荷马史诗》等作为研究诗的起源的根据，不如拿现代未开化民族或已开化民族中未受教育的民众的歌谣做根据。朱先生的观点是非常有见地的。

第三，从语言的自身演变规律中推断诗歌的源头。这可信、足信，但不确信。

与前两种做法不同，这第三种研究主张，即认为原始诗歌源于语言自身的发展规律。针对诗歌的起源与原始语言的密切关系，很多学者早就提出了自己的观点。法国学者孔狄亚克不仅谈到了最初的人类心灵活动与语言信号的关系，而且明确谈到了人类原始语言所具有的音律性与诗歌起源的密切关系。他说："这种音律对于原始的人类来说，已是那样的自然，以致他们就有人觉得，用不同的声调来说出同一个单词，来表达不同的观念，似乎要比按照观念的数目相应地增加单词的数目来得更加容易。"②维科也有类似的说

① 朱光潜：《诗论》，生活·读书·新知三联书店2005年版，第3页。

② ［法］孔狄亚克著，洪洁求、洪丕柱译：《人类知识起源论》，商务印书馆1989年版，第135、136页。

法："人们原来是哑的无言的，那么，他们开始发的元音一定是用歌唱的方式发出的。"①这也就是说，人类早期的语言，是一些具有很强感情的呼喊词，最简单如"啊""哦"等语气词，并且很多是重复呼喊，从而具有了韵语的特征，即音乐性。所以，朱自清、王力、郭绍虞等人明确说过，韵文先于散文的出现。② 这些观点完全符合语言自身演变过程中由简入繁的规律。

中国古人也很早就认识到诗歌发生与语言自身演变规律之间的关系。晋代挚虞的《文章流别论》就是其中的代表。他说道："古之诗，有三言、四言、五言、六言、七言、九言。古诗率以四言为体，而时有一句二句杂在四言之间，后世演之，遂以为篇。古诗之三言者，'振振鹭，鹭于飞'之属是也。汉郊庙歌多用之。五言者，'谁谓雀无角，何以穿我屋'之属是也，于俳谐倡乐多用之。六言者，'我姑酌彼金罍'之属是也，乐府亦用之。七言者，'交交黄鸟止于桑'之属是也，于俳谐倡乐世用之。古诗之九言者，'泂酌彼行潦挹彼注兹'之属是也，不入歌谣之章，故世希为之。"③这就是说，中国古代诗歌长短不一，形式多样，可分为三言、四言、五言、六言、七言、九言。而在作为以四言诗为主的成熟诗歌样式的《诗经》里面，就包含了四言、五言、六言等众多诗歌用语形式。因此，诗歌的发展是伴随语言的发展而演变的。而诗歌语言有一个逐渐丰富的过程，语言越简短，诗歌越古朴，起源也可能越早。可以说，挚虞是中国古典诗学最早从语言发展规律的角度来追溯诗歌

① [意]维科著，朱光潜译：《新科学》，商务印书馆 1997 年版，第 237 页。

② 见朱自清《中国歌谣》，作家出版社 1957 年版，第 15-18 页。他断定："在于文字未兴起以前，一定先有这种韵文的存在是无疑义的。"郭绍虞在《中国文学史纲·韵文发生之痕迹》里面转引了朱的观点。王力也有类似的观点："诗歌起源之早，是出于一般人想象之外的。有些人以为先有散文，后有韵文。这是最靠不住的说法。……韵文以韵语为基础，而韵语的产生远在文字的产生之前，这是毫无疑义的。"见王力：《汉语诗律学》，新知识出版社 1957 年版，第 1 页。

③ (晋)挚虞：《文章流别论》，转引自朱东润：《中国文学批评史大纲》，上海古籍出版社 2005 年版，第 31 页。

发生问题的人。

刘勰在《文心雕龙·章句》中也曾大胆地猜测："寻二言肇于黄世，'竹弹之谣'是也。"①虽然刘勰并没有提供进一步的具体论证，但是从现在看来，刘勰的观点是很有价值的。我们知道，语言的发展是由单个的"咿""呀"字发展为二言连用的词语，再由词语发展为句、段的。所以二言诗的存在是可能的，如《弹歌》。另外，二言诗符合人类的自然节奏，人猿相揖别之后，人类用双脚直立行走，很自然产生了二拍节奏。"二言诗中的二拍节奏是人与生俱来的感觉习惯，这合乎自然的节奏，正如人走路是左脚一步，右脚一步，因左右脚轻重的不一致，形成二拍节奏，人在劳动中的很多动作因为轻重不一致，也形成了二拍节奏。"②因此，我们可以推断，中国原始诗歌起源时存在古老的二言诗，而且在很长一段时间内流传着，后世成熟的四言诗也源于此。但是由于二言诗歌是口语相传，未能用文字记录下来，所以大多湮没了。

陈良运就试图从卦爻辞中寻找到这些二言诗。他认为："诗歌发展的历史几乎与语言发展的历史一样久远，凡是有人类语言传播的地方就有人类的诗歌。谣、谚、歌、诗，是人类早期的语言从杂乱走向有序的开始，表现为人们口头语言种种特殊的组合方式。"③作为我国最早诗歌总集的《诗经》大多是以四言为主体，但是按照语言由简到繁的发展规律，应该存在更为古老的二言、三言诗。要想找到那些更具原始性质的"古歌"，唯一可靠的资料来源就是《易经》的卦爻辞。"其中引用了大量的民间谚语、歌谣乃至俗语、成语"，"我们可以从中窥探原始诗歌的某些特征，又由此而能寻找到它对《诗经》影响的蛛丝马迹，对研究我国诗歌的起源有所启迪"。④

① (梁)刘勰：《文心雕龙全译·章句》，贵州人民出版社1992年版，第414页。

② 刘棣民：《试论我国原始诗歌的起源发展及其特征》，载《湖北民族学院学报》(哲学社会科学版)2004年第6期。

③ 陈良运：《中国诗学批评史》，江西人民出版社2007年版，第15页。

④ 陈良运：《〈易经〉卦爻辞的诗性阐释——中国古代诗歌之起源》，载《人文杂志》1997年第3期。

陈良运的这些看法是很有启发性的。

由上可见，从语言自身发展的规律来探讨中国诗歌起源的做法是值得肯定的。诗歌必然是伴随着语言由简入繁的发展轨道而演变至今的。诗歌的形成及其发展至少经历了三个阶段：一是诗歌的萌芽阶段，即口语形式的歌谣、谚语，或者纯粹的情感性呼喊词、咿呀声。二是过渡形态的诗歌，比如二言、三言诗。三是成熟形态的诗歌，如《诗经》。这其中将《易经》卦爻辞这种最古老的文献作为佐证的根据也是可靠的、可信的。随着现代考古新发现，越来越多的地下证物将证明这种研究方法的可行性。不过，虽然由语言的发展规律来研究诗歌发生问题是可信的、足信的，但是这种纯粹学理性的推测，仍然是一种大概的推断，无法确信地断定诗歌发生的具体年代。

二、诗歌为何发生？

在诗歌为何发生的问题上，中外理论家众说纷纭。如模仿说、游戏说、巫术说、宗教说、劳动说、天性说、梦幻说、灵感说、语病说、性欲说、本能说等。这些学说可谓仁者见仁、智者见智，各执己见、莫衷一是。但真正对中国诗歌为何发生产生重大影响的还是劳动说和原始宗教说。

第一，诗歌是劳动的产物，起源于劳动的需求。汉代刘安在《淮南子·道应》篇中最早表达了这个意思："今夫举大木者，前呼邪许，后亦应之，此举重劝力之歌也。"①在中国当代文学史上，鲁迅是第一个自觉探讨诗歌起源的人。1907 年，他在《摩罗诗力说》中尝试性地从唯物史观的角度论述诗歌的源起问题："盖人文之留遗后世者，最有力莫如心声。古民神思，接天然之閟宫，冥契万有，与之灵会，道其所道，爰为诗歌。"②这就是说，诗歌源于古民

① （汉）刘安著，顾迁译注：《淮南子译注》，中华书局 2009 年版，第 192 页。

② 鲁迅：《摩罗诗力说》（《鲁迅全集》第 1 卷），人民文学出版社 2005 年版，第 65 页。

的主观想象(神思)与客观世界(閟宫、万有)二者之间的融合(灵会)。这个说法只是鲁迅自己的主观推测，他也没有提供确凿的证据。1924年，他在《中国小说的历史变迁》中就明确地提出了“诗歌起源于劳动”说：“因劳动时，一面工作，一面唱歌，可以忘却劳苦，所以从单纯的呼号发展开立，直到发挥自己的心意和感情，并偕有自然的韵调……”①1934年，他在《且介亭杂文·门外文谈》中对诗歌的起源及其发展作了更为具体的推测：“我们的祖先原始的人，原是连话也不会说的，为了共同劳作，必须发表意见，才渐渐的练出复杂的声音来，假如那时大家抬木头，都觉得吃力了，却想不到发表，其中有一个叫道‘杭育杭育’，那么，这就是创作；大家也要佩服，应用的，这就等于出版；倘若用什么记号留存下来，这就是文学；他当然就是作家，也是文学家，是‘杭育杭育派’。”②朱自清也已经开始自觉地接受了劳动起源说。朱自清认为“诗的源头是歌谣”，根据是《吕氏春秋·古乐篇》记载的葛天氏之乐。他指出那三个人嘴上唱，手里还拿着牛尾，同时脚步有规律地踏，其实描写的就是初民口头创作诗歌的真实情景。③ 这其实就是强调诗歌起源于劳动。不仅如此，朱自清还认为上古记言的文字是人民的心声，他将《尚书·汤誓篇》的“时日曷丧，予及汝偕亡”翻译为“太阳啊，你灭亡吧！我们一块灭亡吧！”并指出这就是人民怨恨那暴政的反抗口号，是自下而上的呐喊。④ 随着马克思主义在中国的传播，诗歌起源于劳动的观念逐渐深入人心，成为中国诗歌发生的主导理论。中华人民共和国成立后一般性的文学史、专门性的诗歌理论著作，几乎全都采取了“诗歌起源于劳动”这一观点。

---

① 鲁迅：《中国小说的历史变迁》(《鲁迅全集》第9卷)，人民文学出版社2005年版，第312页。

② 鲁迅：《且介亭杂文·门外谈文》(《鲁迅全集》第6卷)，人民文学出版社2005年版，第96页。

③ 参看朱自清：《诗经第四》，《朱自清文集·四》，江苏教育出版社1988年版，第1006页。

④ 参看朱自清：《诗经第四》，《朱自清文集·四》，江苏教育出版社1988年版，第616页。

第二，原始宗教的需求导致了诗的发生。西方很多学者都认为艺术(包括诗歌)起源于宗教，“从客体或对象方面来看，艺术的起源与宗教的联系最为密切。最早的艺术作品都属于神话一类”。[①]但是随着泰勒(万物有灵说)、马雷特(前万物有灵说)、弗雷泽(巫术说)、孔德·勒勃克(拜物教说)、杜尔克姆(图腾崇拜论)等人对宗教起源问题的深入研究，人们发现要探究诗歌的起源应该到原始宗教中寻找，而并非到后世成熟的宗教中寻找。因此，尽管这些学者的主张有所差异，有的主张诗歌起源于巫术，有的主张起源于图腾，还有的主张起源于神话，但都包含着一个大的方向：诗歌起源于原始宗教。

原始宗教也称自然宗教或自发宗教，它主要有三种形式：大自然崇拜(动植物崇拜)、祖先崇拜和图腾崇拜。在原始宗教向后世成熟宗教发展、过渡的过程中，反映出人类情感心理以及思维发展的轨迹。原始宗教本身就是一种人类对自我与自然之间关系的解释，也就是马克思所说的人类的“自意识”的形成，即“把本身固有(或内在)的标准运用到对象上来制造”[②]。人类对自身与自然之间的情感心理经历了三个阶段：一是排斥阶段，也就是所谓的天人相分阶段。由于人类物质水平的低下、思维不发达，人类无法解释种种自然现象，自然展现在人类面前的是巨大的神秘感。面对自然灾害，人类充满敬畏、敌视和恐惧。二是天人合一阶段。随着人类物质生产的发展，人类学会了利用自然物或者制造工具，并对自然产生了亲近感，请求它保护和依附。三是伦理道德化阶段。在这个阶段中，部落之间有了统一信条，如图腾；也有了善、恶之分，出现了正义、善恶、友爱的神。因此，与此相伴随的是人类思维的发展：由法术思维向巫术思维，最后向神话思维的发展。而在巫术思维和神话思维这两个较高阶段，人类的语言思维发展起来，出现了

① ［德］黑格尔著，朱光潜译：《美学》(第二卷)，商务印书馆 1997 年版版，第 24 页。

② ［德］马克思：《1844 年经济学哲学手稿》，人民出版社 2000 年版，第 5 页。

大量的"咒语"，这些"咒语"一般被认为是最早的诗歌形态。①

其实，在中国古代人们早就认识到了诗歌源起与原始宗教、祭祀之间的密切关系。《周礼·春官·大司乐》云："以六律、六同、五声、八音、六舞，大合乐，以致鬼神示，以和邦国，以谐万民，以安宾客，以说远人，以作动物。乃分乐而序之，以祭，以享，以祀。"②近代以来，受到西方相关理论的影响，众多学者用原始宗教来解释中国诗歌的起源问题，概括起来，主要是从以下几个方面展开：一是宗教起源说，代表人物有鲁迅、郭绍虞、朱自清等。如鲁迅在《中国小说的历史变迁》中指出："诗歌起源于劳动和宗教。其一，因为劳动时，一面工作，一面唱歌，可以忘却劳苦，所以从单纯的呼叫发展开去，直到发挥自己的心意和感情，并偕有自然的韵调；其二，是因为原始民族对于神明，渐因畏惧而生敬仰，于是歌颂其威灵，赞叹其功烈，也就成了诗歌的起源。"③二是巫术起源说。王国维在《宋元戏剧考》中明确提到歌舞起源于巫术的问题，他说："歌舞之兴，其始于古之巫乎？巫之兴也，盖在上古之世。……巫之事神，必用歌舞。"④刘师培也有类似的主张："盖古代文词，恒施于祈祀，故巫祝之职，文词特工。……又颂以成功告神明，铭以功烈扬先祖，亦与祠祀相联。是则韵语之文，虽匪一体，综其大要，恒由祀礼而生。"⑤朱狄在《艺术的起源》一书中辟有专门章节讨论巫术起源理论。他在谈到诗歌源起问题时明确指出："词本身就可能被认为具有某种巫术力量。……词就像一个人的灵气那样，无论是谁，只要他能流利地操纵词，那么他也就能像通过某物的图像去操纵某物那样去控制住由词所代表的事物，这种把词看作不可思议的神秘力量的行为曾为世界上许多原始部族中所

---

① 参见叶舒宪：《诗经的文化阐释》，陕西人民出版社2004年版，第1-30页。

② (清)阮元校刻：《十三经注疏》，中华书局1980年版，第788页。

③ 鲁迅：《中国小说史略》，人民出版社1973年版，第270页。

④ 王国维：《宋元戏剧考》，上海古籍出版社1998年版，第2页。

⑤ 刘师培：《文学出于巫祝之宜说》，《中古文学论集》，中国社会科学出版社1997年版。

盛行的各种形式的祭礼所证实。”①杨知勇在《巫术与诗歌》一文中说道：“(弗雷泽)万物有灵论不是原始文化的唯一信仰，原始宗教也不是最早的信仰，在它形成之前，还有一个重要阶段，即巫术阶段。巫术是原始初民在极端恶劣的条件下，为实现自己愿望而形成的信仰。它的主要特点是企图用人力控制自然，以满足求食及其他方面的需要，而其控制方法乃是直接去办，即用符咒仪式迫使自然力和自然物服从自己的力量去实现愿望，而宗教则是建筑在万物有灵论的认识基础之上，通过对神灵的祈求，依靠神灵的力量实现愿望。……从实际情况看来，巫术先于原始宗教的看法比较符合客观实际。”②虽然杨知勇对原始宗教与巫术之间的关系区分不一定正确，但是他明确地提出了原始诗歌主要起源于原始巫术的主张还是值得肯定的，他认为具有寓言魔力的原始咒语乃是人类最早的诗歌。三是图腾起源说。李泽厚认为，远古图腾活动，亦即原始社会的巫术礼仪，是人类社会意识形态和上层建筑的成熟形态，它们正是审美意识和艺术创作的萌芽。③ 郑元者在《图腾美学与现代人类》一书中主张：“我认为从史前宗教的发生学上看，图腾崇拜应该是第一阶段，是最早的史前宗教，随后才是巫术魔法的形式。”“图腾观念很可能是最早的艺术之‘蛹’。”④他在《艺术之根：艺术起源学引论》一书中再次强调：“巫术观念发生在图腾观念之后……巫术观念在很大程度上就是原初性图腾观念的特化形态。”因此，他提出了“图腾观念特化”说：“艺术起源于原初性的图腾观念以及它的特化形态(其中也包括次生性的图腾观念)。”⑤所谓“图腾观念的特

① 朱狄：《艺术的起源》，武汉大学出版社 2007 年版，第 204-205 页。

② 杨知勇：《宗教·神话·民俗》，云南教育出版社 1992 年版，第 1-2 页。

③ 参见李泽厚：《美的历程》，天津社会科学院出版社 2001 年版，第 8-22 页。

④ 郑元者：《图腾美学与现代人类》，学林出版社 1992 年版，第 51-53 页。

⑤ 郑元者：《艺术之根：艺术起源学引论》，湖南教育出版社 1998 年版，第 104、139 页。

化”就是图腾观念的专门化和体系化。四是神话起源说。从神话学角度切入中国诗歌发生学的代表有闻一多的《神话与诗》和郑振铎的《汤祷篇》等，傅璇宗的《中国古代文学通论》也有类似的观点。

新时期以来，众多学者明确抨击劳动起源说的不足。姜国庆在《“艺术起源于劳动”说的质疑》一文中批评道：“第一，在强调艺术起源的社会根源时，完全忽视了它的自然的生理根源；第二，没有从人类全部社会实践中考察艺术的社会根源，而将其仅仅归纳为物质生产劳动。”①杨春时也认为，劳动起源说的失误就在于“忽视了文学的原型，以为物质劳动能够直接创造文学艺术”。② 郑元者也指出，“这个被许多人所信奉的命题不是一个因果性的命题”，“无论是包括人类一切历史实践活动的‘劳动’，还是作为‘人与自然之间的物质交换’的过程的‘劳动’，都不能在因果论上成为艺术发生的原因和效应，而是艺术起源的条件”。③ 可见，劳动只是诗歌源起的基本条件之一，或者说只是其中的一个动因，我们还应从其他角度寻找诗歌最为直接的条件、动因。然而，宗教起源说也是有缺陷的，那就是混淆了巫术、图腾以及神话三者与宗教之间的区别，因此，也会给人以人云亦云之感。

由此看来，在诗歌的起源问题上必须将两种理论有机地结合起来。在这方面，鲁迅、朱光潜等人已经开始了最初的尝试，而叶舒宪的理论尤其值得关注。叶舒宪从人类思维和符号功能的历史发生这一宏观背景的探讨入手，深入分析了人类思维发展的轨迹，以及伴随着思维的发展人类文化(宗教、艺术、诗歌等)是如何产生的。

他认为，人类思维的发展过程乃是动物的动作思维发展为人的动作思维，进而发展为语言思维。而宗教、艺术、诗歌等现代社会科学门类均经历了一个由非语言性思维状态向较发达的语言性思维

---

① 姜国庆：《“艺术起源于劳动”说的质疑》，载《复旦学报》1982 年第 3 期。

② 杨春时、俞兆平、黄鸣奋：《文学概论》，人民文学出版社 2003 年版，第 43 页。

③ 郑元者：《艺术之根：艺术起源学引论》，湖南教育出版社 1998 年版，第 162 页。

发展的过程。经过现代考古学、人类学、社会学的新成果证明，要想发掘出能够体现人类思维早期形态——动作思维的特征，只能从法术的某些表现形式(如狩猎仪式和舞蹈等)中寻找。法术与巫术是有很大区别的。法术思维是原始人类最早的思维方式。法术思维可以视作史前人类符号行为的起点，同模仿和游戏两种主体符号功能的初级形式密切相关。法术思维具有思维的自我中心性质，而思维、认识与符号行为的发展过程也就是不断解除自我中心化的过程。动物也有模仿和游戏的行为，但是人类的模仿和游戏行为与动物最大的区别在于前者是非意指性活动，后者是意指性活动。正是因为法术思维的自我中心性质，这样在面对人类主体意愿与实际能力发生矛盾的时候，原始人"不是主观顺从、迁就客观，而是主观意愿强行投射于客观"①，即靠法术思维(动作思维)把幻想现实化，将现实屈服于幻想。

因此，他将法术思维的发展分为三个阶段：一是低级阶段，即法术性的舞蹈，如狩猎舞蹈。二是中级阶段，法术舞蹈向仪式、哑剧等动作性减少而象征性增强的符号行为进化，也即法术向巫术、图腾等更高级符号行为及符号功能过渡。三是高级阶段，心理表象向语言思维过渡，"在法术思维的高级阶段，法术活动同语言相结合，产生了新形式——咒语"。② "到了这时，法术思维就开始退出历史的前台，而让位于作为哲学、科学、宗教(指原始宗教以后的)和艺术等各种独立的意识形态前身的神话思维了。"③也就是从这个时候开始，后世成熟形态的哲学、科学、宗教、艺术等产生了。很显然，世界各国中那些较为古老的、成熟的诗歌，如《诗经》《荷马史诗》《梨俱吠陀》等，均产生于法术思维以后。诗歌应该是源起于法术思维的时代。

叶舒宪通过对法术思维的详细解释，历史地、逻辑地统一了此前种种混乱、纷杂的诗歌宗教起源说。更为重要的是，通过他的研

① 叶舒宪：《诗经文化学阐释》，陕西人民出版社 2004 年版，第 13 页。
② 叶舒宪：《诗经文化学阐释》，陕西人民出版社 2004 年版，第 26 页。
③ 叶舒宪：《诗经文化学阐释》，陕西人民出版社 2004 年版，第 28 页。

究，诗歌的劳动起源说和宗教起源说这两种影响最大的理论走向了合流。而劳动实践的突出作用表现在，一是劳动实践是一切思维意识产生、发展的基础性条件。在社会生产活动中，人类产生了主体意识，也即一种以自我为中心的优越感。正是“这种自我中心的主体优越感同得自梦幻的超现实力量相融合，经过不断的强化和内化，构成了法术思维和意指性活动的心理条件”。[①] 二是人类在作为外在性生活的劳动实践中，认识到了主体需要与主体能力之间无法弥合的巨大差距，也就是在改造自然的同时意识到了自身实际拥有的控制和改造自然能力的有限性。这样导致了这种自我中心的优越感不断弱化，逐渐把“自己的生命活动本身变成自己的意志和意识的对象”的符号功能和符号行为，这无形之中促进了符号不断向更高级的形式演进。叶舒宪的诗歌起源于法术思维的理论主张代表了对于中国诗歌发生问题研究的较高水平。

三、诗歌如何发生？

在探讨中国诗歌如何发生的问题时，学者们有两种理论主张值得关注：一是“三重考据法”，二是文化的二元融合。

先看“三重考据法”。所谓“三重考据法”，是在一重证据法、二重考据法的基础上产生的。一重证据法，是从汉代至清代，一直延续下来的学术传统，主要是以小学为基础和核心。二重考据法，是指将已发现的史料同现存的古籍记载结合起来，以考证古史的方法。随着白话文的兴起，读经传统的裂层，后世学人失去了清人那种扎实的小学基本功，基本不可能达到乾嘉学派学者的考据功力了。因此，不得不另辟蹊径。一是借助西学所构造的专业知识体系及方法，主要是人类学、社会学、心理学等方面的新成果。二是借助于考古所得的新材料、新视野和新方法。最早提出“二重证据法”的是王国维。1925 年，他在《古史新证》中指出：“吾辈生于今日，幸于纸上材料之外更不得地下之新材料。由此种材料，我辈固得据以补正纸上之材料，亦得证明古书之某部分全为实录，即百家

① 叶舒宪：《诗经文化学阐释》，陕西人民出版社 2004 年版，第 13 页。

不雅驯之言亦不无表示一面之事实。此二重证据法，惟在今日始得为之。虽古书之未得证明者，不能加以否定，而其已得证明者，不能不加以肯定可以断言也。"[①]所谓"二重证据法"，乃是用"地下材料"（主要是甲骨卜辞和金文）来补充和订正"纸上材料"（如六经、先秦诸子等古籍）的学术研究方法。这种新的学术研究方法，对当时的学术研究产生了巨大影响。郭沫若、吴其昌和陈梦家等著名学者的学术研究均不同程度受到这种方法的影响。随着西方学术成果不断传入中国，特别是马克思主义在中国的传播，从王国维、郭沫若开始，一大批学者，如闻一多、郑振铎、鲁迅、朱光潜等，在自己的学术研究中自觉吸收西方社会学、人类学、民俗学、语言学等新的成果，为中国学术的现代转型作出了巨大贡献。黄现璠、徐中舒、饶宗颐等人将这种学术研究方法、原则概括为"三重证据法"。叶舒宪认为："可以说从'二重证据'到'三重证据'的演进在某种程度上正是考据学、甲骨学同人类学相沟通、相结合的结果。"[②]他将其发展方向简称为"跨文化阐释"。[③]

再说文化的二元融合，也即文化的"大小融合"问题。20 世纪中期以后，学者们开始意识到各民族文化内部存在的二元融合现象。这种二元融合对诗歌的起源问题研究具有重要的启示作用。对于这个问题的研究，最具代表性的人物是美国人类学家罗伯特·雷德菲尔德（Robert Redfield）。他于 1956 年在《乡土社会与文化》（*Peasant Society and Culture*，也有人主张翻译为《农村社会与文化》）一书中提出了著名的大传统与小传统的区分理论。所谓"大传统"（great tradition）是指各民族文化中的上层贵族精英生活传承的文化传统，"小传统"则是指与之相对的底层民众（社区俗民 folk 和乡民 peasant）的生活为代表的文化传统。前者体现了社会上层生活

---

① 王国维：《古史新证——王国维最后的讲义》，清华大学出版社 1994 年版，第 2-3 页。

② 叶舒宪：《诗经的文化阐释》，陕西人民出版社 2004 年版，第 4 页。

③ 参见叶舒宪：《文学与人类学——知识全球化时代的文学研究》，社会科学文献出版社 2003 年版，第 244-256 页。

和知识阶层(如贵族士大夫、思想家、宗教家等)代表的文化，是属于“深思的少数人”的都市文明，也就是我们现在所说的所谓“精英文化”或主流文化传统。后者则体现为一般社会大众的下层文化，是属于“不思的多数人”的地方性乡土文化，也就是我们现在所说的所谓“通俗文化”，比如传统节日、民俗、民间手工艺、民谣、谚语、神鬼传说等地方文化形态。值得注意的是，大传统与小传统并不是各自独立割裂的封闭体系，而是联系密切、相互影响、相互融合的动态良性发展①。罗伯特·雷德菲尔德的理论，一经提出就震惊了学界，对中国的学术研究也产生了很大的影响。余英时在《士与中国文化》中不仅对其作了具体的阐释，而且具体运用到了对中国文化的研究中。② 总体而言，二者的关系是：大传统主导着小传统，这主要表现为上层知识精英借助于优越的政治权利地位对下层民众进行教化、规整；而小传统顺从于大传统，在某些特殊时期缓慢地渗透进大传统中，给予大传统的发展以新的源泉和活力，这主要表现为民间通俗文化对高雅文化的影响。对于文化中的二元融合，卡西尔在《人论》中也提出过类似的观点。他说：“即使在原始生活中，我们也总是看到，在神圣的领域以外还有着尘世的或非宗教的领域。存在着一套由各种习惯的或法定的规则构成的世俗传统，它们规定着社会生活得以进行的方式。”③

中国学者在研究诗歌起源问题时受到了文化二元融合的启发，并取得了突破性进展。叶舒宪提出了“诗歌的二重起源”，即圣诗和俗诗。所谓圣诗，指的是那些服务于宗教信仰和礼仪活动的诗歌唱词，如祭祀歌词、咒词、祝祷词、招魂曲词等。圣诗源于人类法术思维的成熟和语言的产生。俗诗，一般泛指与宗教信仰并无直接关联的民间歌谣、韵语唱词等。它的起源同样是以人类语言的发生

① 参见 Robert Redfield, Peasant Society and Culture: An Anthropological Approach to Civilization. The University of Chicago Press, 1956, pp. 45-58.

② 参见余英时：《士与中国文化》，上海人民出版社 1987 年版，第 129-130 页。

③ [德]卡西尔著，甘阳译：《人论》，上海译文出版社 2004 年版，第 112 页。

为前提的。① 因此，简单地说，圣诗就是史诗，俗诗就是民歌。前者流行于社会上层人士中，内容主要是宗教祭祀、祖宗崇拜、歌颂帝王功绩、士大夫进行政治交往以及日常生活的记录。后者主要是人民大众在日常劳动中的情感写照。前者重在叙事，往往伴有歌舞，由多人扮演，场面宏大，结构严整，成为主流的诗歌形态。后者重在个体抒情，往往零散、单一，结构和句式上受到前者的影响。但由于政治的变化，社会风尚的推移，后者以其丰富的生活气息，活泼多样的体裁、形式，对前者产生了一定影响，二者相互融合最终形成了新的诗歌样式。对于这种文化二元交融所导致的诗歌变化，江林昌在《诗的起源及其早期发展变化——兼论中国古代巫术与宗教有关问题》一文中进行了详细的研究、探讨。他认为中国古代诗歌起源于原始巫术咒语，也即巫诗。后来随着生产力的发展，出现了国家、阶级，在“巫政合一”时期产生了史诗。虽然史诗源于巫诗，巫诗早于史诗，但是二者之间的关系恰恰体现了“大传统”和“小传统”的文化二元融合。他说：“我国五帝三代的宗教史诗为王官之学，乃贵族祭祀阶层所承担，自然属于大传统，为精英文化。而巫术巫诗自然属于小传统，为民间大众文化。大传统宗教史诗本来就起源于小传统巫术巫诗，并在其发展过程中因始终保持巫术通神原理而包含了小传统巫诗的某些成分。”②而且，他详细介绍了这种大小文化传统在《诗经》和《楚辞》中是如何融合的。江林昌的观点很有启发性，很好地展现了中国古代诗歌早期发展的轨迹。

因此，按照“三重考据法”和文化的二元融合规则，中国诗歌发生的具体情况应该从以下几个方面加以阐述：

一是何为“歌”？

《说文解字》对“歌”的字义解释是：“歌，咏也，从欠，哥

---

① 叶舒宪：《诗经的文化阐释》，陕西人民出版社 2004 年版，第 33-38 页。

② 江林昌：《诗的源起及其早期发展变化——兼论中国古代巫术与宗教有关问题》，载《中国社会科学》2010 年第 4 期。

声。”其中，“咏，歌也，从言，永声。”“讴，齐歌也，从言，区声。”“欠，张口气悟也，象气从人上出之形，凡欠之属皆从欠。”“哥，声也，从二可。古文以为謌字。”①通过上述几个字的解释，我们可以知道，歌就是气流从人类的口中冲出，人发出的持久的声音。而且，这种持久的声音最初乃是与人类的舞蹈和音乐密切联系在一起的，是一种极具节奏和旋律的声音。

歌主要分乐歌和民歌两类，具体表现为歌与谣、谚的联系和区别。

《毛传》在解释《诗经·魏风·园有桃》“心之忧矣，我歌且谣”时写道：“曲合乐曰歌，徒歌曰谣。”②所谓曲，就是乐曲、乐章，所谓乐，包括声乐和器乐，所谓歌，就是不仅仅有乐章、乐曲（文字产生后还有乐谱），相当于声乐，且伴随有器乐（比如琴瑟）。谣，则是无乐曲、乐章，它也类似于声乐，但无器乐伴随。据《尔雅·释乐·旧注》记载：“谣，谓无丝竹之类，独歌之。”③另外，还要注意谣与谚的区别：“谣谚二字之本义，各有专属主名。盖谣训徒歌，歌者，咏言之谓，咏言即永言，永言即长言也。谚训传言，言者直言之谓，直言即径言，径言即捷言也。长言生于咏叹，故曲折而纡徐；捷言欲其显明，故平易而捷速；此谣谚所由判也。然二者皆系韵语，体格不甚悬殊，故对文则异，散文则通，可以彼此互训也。”④这就是说，谣、谚仍然属于歌的范畴，都是徒歌，都是韵语，行文长短相差无几。它们的最大区别就是风格的不同，谣的风格含蓄、婉转，重在抒情，而谚的风格则直露，文风平易通晓，重在议论。

---

① （汉）许慎撰，（清）段玉裁注：《说文解字》，中州古籍出版社2006年版，第411页。

② 李学勤：《十三经注疏·毛诗正义》（卷一），北京大学出版社1999年版，第365页。

③ （清）郝懿行等：《尔雅·广雅·方言·释名清疏四种合刊》，上海古籍出版社1989年版，第184页。

④ （清）杜文澜辑，周绍良校点：《古谣谚·凡例》，中华书局1958年版，第3页。

通过上述介绍，我们可以看到歌与谣(谚)之间的关系非常紧密，但是，二者之间的区别也需要引起注意。歌与乐特别是器乐联系紧密，说明歌是流行于上层社会，乐歌是为上层政治、宗教服务的。我们知道，中国古代乐的演出是需要巨大的人力、物力支持的，这从墨子的“非乐”言论中就可知晓。因此，乐歌属于主流文化。而谣(谚)明显是流行于下层社会，是劳苦大众在劳动中吟唱的，也就是所谓的民歌。这可以从谣的异名中找到证据。谣还被称为“行歌”，也就是说“以道路行歌为徒歌”。谣的异名还体现出地域特征，比如齐国称之为讴，吴国称之为歈，楚国称之为艳……谣还有“谣言”“风谣”“谣辞”“百姓谣”“民谣”“口谣”“童谣”等诸多名称。[①] 这些谣(谚)的民歌特征直接影响了《诗经》的“风诗”传统。

二是何为“诗”?

《说文解字》将“诗”解释为：“诗，志也，从言，寺声。”[②]许慎的这个解释明显受到了《尚书·尧典》“诗言志，歌永言”的影响，但“从言，寺声”的说法也给后世很多启发。近现代以来，很多学者试图从字源流学的角度切入诗的起源研究。杨树达和闻一多更多地注意到“诗”与“志”的关系，而叶舒宪、刘士林则更多地注意到了“诗”与“寺”的关联。杨树达在《释诗》中认为“诗”与“志”本来就是一个字。闻一多在《歌与诗》中不仅证明了“志与诗原来是一个字”，而且更是创造性地指出了“志”具有的三个意义：记忆、记录、怀抱。特别是“怀抱”这层意义凸显了诗歌的“本义是停在心上”，“停在心上亦可说是藏在心里”[③]。关于这一点，陈良运在《中国诗学体系论》中做了进一步的发挥，他认为“藏在心里”就是“表心达意”的意思，这说明诗歌不仅是一种认识活动，而且是有

---

① 朱自清：《中国歌谣》，复旦大学出版社2004年版，第3页。

② (汉)许慎撰，(清)段玉裁注：《说文解字》，中州古籍出版社2006年版，第90页。

③ 关于杨树达和闻一多的考证，可以参考朱自清的《诗言志辨》和叶舒宪的《诗经的文化阐释》等书，也可以参考饶宗颐的《诗言志再辨——以郭店楚简为中心》一文，见武汉大学《郭店楚简国际学术研讨会论文集》，1999年(内部出版)。

具体意向所指的活动。[①] 无疑，以上论述勾勒出中国诗歌“诗言志”传统的清晰脉络。

另外，叶舒宪和刘士林从语源和文化人类学相结合的角度对“诗”的本义的考察也是值得注意的。其实，“诗”与“寺”的关系，早在宋代王安石已经注意到了，但在当时未能引起学者们的注意。[②] 直到当代，人们结合人类学的研究成果才开始注意到诗与寺的关系，其中，以叶舒宪和刘士林为代表，不过叶侧重从诗歌的创作者角度论述“寺”，而刘则侧重从诗歌产生的场所来论述“寺”。叶舒宪认为，在早期，虽然“志曰”等同于“诗曰”，也混同于“寺曰”，但是作为后世成熟形态的诗歌的形成乃是在“寺”这一特殊群体中完成的。“寺”这一群体由最早的主持祭祀的祭司或巫师，到后来出入世俗宫廷的内史，再沦为具有儒家品性的“中人”“君子”以及后来的“士”阶层。他们就是诗歌的主要创作者，也是诗歌走向成熟的关键一环。[③] 很显然，叶舒宪这论证极具有说服力，为我们探讨中国诗歌的起源提供了有力的证据和新的思路。刘士林则从马克思主义经济学说的角度对“寺”的内涵作了进一步的补充，他认为“寺”的“最核心的功能，乃是农业生产中的土地分配与食物分配这一原始功能”，因此，“寺”“集上古社会的政、教、兵、农一身”，“从某种角度来说，寺也就是中国历史上最初的明堂”[④]。所谓“明堂”就是早期的神坛、祭坛，后来演变为世俗政权的宫殿、宫廷，《说文解字》就将“寺”训为“廷”。诗歌就是由活动在神坛、祭坛或宫廷这些场所中的巫师、内史、君子、士大夫创作、记录、流传的，由此成熟形态的诗歌诞生，并形成了独具特色的中国古典

① 陈良运：《中国诗学体系论》，中国社会科学出版社 1992 年版，第 50-58 页。

② 王安石在《字说》中就大胆推测“诗为寺人之言”。但是这种牵强附会式的主观推测，多被后人指责和嘲讽，未能形成主流。具体内容参见胡奇光：《中国小学史》，上海人民出版社 1987 年版，第 212 页。

③ 叶舒宪：《诗经的文化阐释》，陕西人民出版社 2004 年版，第 134-242 页。

④ 刘士林：《中国诗性文化》，海南出版社 2006 年版，第 125-126 页。

诗学传统——诗言志(无疑也包含了诗缘情)的传统。

诗主要分为舞诗、弦诗、歌诗和诵诗四种。《墨子·卷十二》曰："丧礼，君与父母、妻、后子死，三年丧服；伯父、叔父、兄弟期；族人五月；姑、姊、舅、甥皆有数月之丧。或以不丧之间，诵《诗》三百，弦《诗》三百，歌《诗》三百，舞《诗》三百。若用子之言，则君子何日以听治？庶人何日以从事？"①墨子这段话虽然主要是批评丧礼的繁杂，特别是礼乐演奏给人民大众带来的沉重负担，影响到了各个阶层的日常工作。但从中我们仍可以看到古代诗歌与音乐的密切关系。更重要的是，我们了解到古代原始诗歌的四种主要类型：一是舞诗；二是歌诗；三是弦诗；四是诵诗。《毛诗·郑风·子衿》中的"古者教以诗乐，诵之歌之，弦之舞之"说的也是这个意思。所谓舞诗，孙诒让注云："谓舞人歌诗以节舞。"这类诗歌以节奏性的身体动作来表达诗歌的意象，偏重与视觉感官的效果。当然，与乐紧密联系在一起，诗的文字意义可以忽略。所谓歌诗，《周礼·小师·注》曰："歌，依咏诗也。"也就是说，这类诗歌主要是通过声音的婉转悠扬，或低吟或高亢，反反复复，以此传达出人的喜怒哀乐之情。所谓弦诗，《礼记·乐记》曰："弦，谓鼓琴瑟也。"这类诗歌主要是通过质地不同的乐器发出的长短不一、清浊相异的声音，以应和人内心的情感，由此听者的人格得以熏陶，能够自觉日常俯仰进退之礼节。所谓诵诗，《周礼·大司乐》郑玄注云："以声节之曰诵。"《论语》中就有"诵《诗》三百，授之以政不达"的说法。这已经是纯粹的文字语言游戏了，属于成熟形态的诗歌。诗(歌)、乐、舞已经分离，诗歌的功能和本质特征逐渐凸显出来了。正是有了这众多丰富的诗歌种类，才有了赋诗观志、观诗(乐)见俗等一系列活动。②

---

① (清)孙诒让：《墨子间诂》，《诸子集成》(第5册)，岳麓书社1996年版，第363页。

② 《左传》中记载了大量当时士大夫赋诗言志、观诗(乐)见俗的活动，其中最著名的就是襄公二十九年吴国公子季札在鲁国观诗(乐)以此评论各国风土人情。还有襄公二十七年晋国的大夫赵孟与郑国的七大夫赋诗会友、赋诗言志，并且从各自赋诗的内容上，赵孟认识到伯有对君主有不臣之心，认为子展和印段贤能，后来伯有果然作乱，子展和印段的家族得到了长久的繁荣。

因此，通过上述论说，我们可以得出两点启示：第一，歌早于诗，诗源于歌。博厄斯指出："先有歌曲后有诗歌；诗歌是逐渐脱离音乐而独立。"①因此，原始社会存在一个漫长的原始歌谣的时代。它产生于语言之前，口耳相传，也就是所谓的"前诗歌时代"。日本学者泽田总清在《中国韵文史》中为我们勾勒了一条中国原始诗歌发展的粗略线索：（葛天氏时的）八阙歌——伏羲时代的歌——神农时代的歌（都已失传）——黄帝时代的歌（相传有《弹竹歌》）——唐尧时代的歌谣（相传有《唐衢谣》《击壤歌》等）——虞舜时代的歌谣（相传有《南风歌》、《卿云歌》等）——夏代的歌（《吕氏春秋》以《候人歌》为南音之始，以《燕往飞歌》为北音之始）——殷代的歌（相传有《采薇歌》《麦秀歌》等），这是周代以前，我国原始诗歌的发展梗概。② 字源学方面的材料也证明了这点。金文中已经有了"歌"字，因此可以肯定早在商代"歌"的概念已经形成了。但是至今，甲骨文和金文中虽然有"志"和"寺"字，但均不见"诗"字，卦爻辞中也未能找到"诗"字。因此，朱自清认为"诗"的概念大概形成于周代。③ 叶舒宪更是明确指出"诗"的概念形成于西周中期之前。④ 刘师培在《论文杂记》中也提到了作为谣谚的歌早于诗。他说："上古之时，先有语言，后有文字。有声音，然后有点画；有谣谚，然后有诗歌。"⑤

第二，正因为歌早于诗，诗源于歌，所以我们要想探讨诗的起源，不如探讨歌的源起。学者们一般认为歌起源于巫术或者劳动。

---

① 参见［美］弗朗兹·博厄斯著，金辉译、刘乃元校：《原始艺术》，上海文艺出版社1989年版，第284页。

② 参见［日］泽田总清著，王鹤仪编译：《中国韵文史》（上册），上海书店1984年版，第25页。

③ 参见朱自清：《诗言志辨》，凤凰出版社2008年版，第18页。

④ 参见叶舒宪《诗经的文化阐释》第135页，他认为，在西周早期产生的《颂》诗中尚未出现"诗"字，直到效法《颂》诗的《大雅》中才出现了"诗"字，见于《卷阿》《崧高》《小雅·巷伯》诸篇，因此，他断定：尽管"诗"字这个汉字直到西周中期以后方才出现，但这个字所代表的概念一定产生在前。

⑤ 刘师培：《论文杂记》，人民文学出版社1959年版，第110页。

但这并非二选一的问题，其实歌的二重起源是存在的。总结歌的起源：劳动是前提，巫术是母体，政教是推手，人与人的依赖关系是本质体现。只有在这种视野下，我们才可能探寻到诗歌发展的轨迹。歌源于原始宗教祈祷，即“歌诗言祝(咒)”；发展于政教合一，即“歌诗言寺”；形成于人与人之间的交流，即“歌诗言志”。其中，劳动始终是歌走向文字书写、成熟形态诗的基础，并最终使二者走向合流成为后世定型的诗歌形态。

三是歌(诗)、乐、舞如何融合与分离？

中外众多学者早就注意到了歌(诗)、乐、舞合一的问题。《尚书·虞书·尧典》所记载“击石拊石，百兽率舞”的场景，实际上就是原始人头戴面具、载歌载舞的场景，这是歌(诗)、乐、舞合一最早的明证。在研究诗歌、音乐、舞蹈等具体艺术门类的时候，大多学者注意到了三者之间的紧密联系。格罗塞在《艺术的起源》中指出：“舞蹈、诗歌和音乐就这样形成了一个自然的整体，只有人为的方法能够将它们分开。假使我们要确切地了解并评估这些原始艺术的各个情状及其功能，我们必须始终记得，它们并非各自独立，却是极密切地有机结合着。”①

三者融合的原因无非有三：一是人的内心情感是黏合剂。美国学者马肯齐指出：“原始人的音乐、舞蹈、诗歌都是同一的，由这韵律的力量引起同族的感情，使得其结合更为强固。”②二是三者都具有节奏和旋律。汤姆森认为：“总之，舞蹈、音乐、诗歌三种艺术开头是合一的。它们的起源，是人体在集体劳动中有节奏的运动。这运动有两个构成部分——身体的和嘴巴的。前者发展为舞蹈，后者发展为语言。开始是标志节奏的无意识的呼喊，后来发展为诗的语言和普通语言。抛弃了口唱，运用工具来表演，于是无意义的呼喊就转而为器乐的起源。”“达到正式所谓诗，第一

① [德]格罗塞著，蔡慕晖译：《艺术的起源》，商务印书馆 1987 年版，第 214-215 页。

② 转引自[日]泽田总清著，王鹤仪编译：《中国韵文史》(上册)，上海书店 1984 年版，第 5 页。

步是舞的取消，这样就变成了歌。在歌中，诗是音乐的内容，音乐是诗的形式。”①朱光潜明确指出“诗歌与音乐、舞蹈是同源的，而且在最初是一种三位一体的混合艺术”。只是后来随着艺术自身的发展，“后来三种艺术分化，每种均仍保存节奏，但于节奏之外，音乐尽量向‘和谐’方面发展，舞蹈尽量向姿态方面发展，诗歌尽量向文字意义方面发展，于是彼此距离遂日渐其远了”。② 而且，即便是诗歌独立以后，在形式上仍然保留了音乐、舞蹈的痕迹，主要体现为重叠、迭句、衬字和格律这四种形式。③ 三是除了审美意义之外，三者都体现了艺术的社会性功能。而且在原始艺术中，这种社会性功能是优先于审美意义的。原始各门类艺术交织在一起，很多人一起唱歌、跳舞，能够很好地加强和巩固氏族成员的团结，能够分清长幼、尊卑之序。在劳动、狩猎、战争中不仅能协调行动的一致，而且能够鼓舞大家的士气。中国很早就形成了礼乐文化，如“乐合同，礼别异”的观点就是对三者所具有的社会功能最好的概括。

但是，随着人类社会物质条件的发展，文化的繁荣，人类思维也得到了飞跃式的发展。各种艺术门类开始了各自独立发展的道路，体现出各自独有的特征。舞蹈偏重于动作，乐在偏重声乐的同时发展出了高度发达的器乐，歌(诗)则在文字诞生之后，随着印刷术的发展偏向了语言。尽管如此，各种艺术发展仍然沿着两条轨迹明显的道路发展，一是模仿、再现外在的自然，二是表现内在的情感、道德。

四是诗与歌如何分离与融合？

歌与诗的分离与融合表现为一个“合—分—合”的过程。第一阶段的“合”主要是在文字产生之前。这也是歌(诗)、乐、舞同源

① 转引自张西堂:《诗经六论》，商务印书馆 1957 年版，第 5 页。

② 朱光潜:《诗论》，生活 · 读书 · 新知三联书店 2005 年版，第 7-12 页。

③ 朱光潜:《诗论》，生活 · 读书 · 新知三联书店 2005 年版，第 7-12 页。

的必然结果。歌(诗)与乐的紧密关系最明显，早期的歌本质上就是音乐，而不是文字游戏。歌与诗统一在音乐中，情感的抒发伴随着音乐的节奏和旋律，而且最终一直保留了音乐的这种痕迹。据朱自清《诗言志辨》中的考证，史料中记载的那些作诗、献诗的瞽、矇、瞍、工等都是乐工①，可见诗、歌与乐的合流程度之高。《周礼·大司乐》提到六种用以教化的"乐语"："以乐语教国子：兴、道、讽、诵、言、语。""这六种'乐语'的分别，现在还不能详知，似乎都以歌辞为主。"②这就是说，乐语就是歌辞，歌辞就是诗歌。三者明显是融合在一起的。

歌与诗第二阶段的"分"主要发生于文字产生以后。我们知道，歌分乐歌和徒歌(谣、谚)，也即分为有乐谱和没有乐谱的歌。这就出现了与文字相关和不与文字相关的歌的区别。前者逐渐演变成诗，后者演变为民歌。其实歌与诗的分离已经体现出文化的二元特征。乐歌代表了大传统，就是圣，徒歌乃是小传统，也即俗。之所以有了这种分化，最主要的原因可能还是由物质条件、社会地位的差异所导致。在中国，诗歌的传播如同音乐的演奏一样需要大量的人力、物力，而早期文字是书写在竹简、丝帛上的。显然，用丝帛等贵重物来书写是一般老百姓负担不起的，所以文字性的诗只能流行于上层贵族社会。而偏重于声音，文字性不那么强的歌自然更容易生存于下层社会。这样一来，二者的发展体现出较大的差异，前者更精致，形式更严整，格律、平仄、对仗等都能够发展起来，后者更粗犷、质朴，而且没有了形式的诸多束缚，其体裁多样、活泼，抒情更自由，也就更具有生命力。这样无疑又蕴含了二者进一步相互借鉴、融合的新契机。

歌与诗第三阶段的"合"乃是文化的二元融合的具体体现，"歌"的概念与"诗"的概念融合，形成"诗歌"的概念。在诗歌类型上，舞诗、歌诗、弦诗与诵诗的合流，使得诵诗成为最终的诗歌形态。这个层次上的"合"明显是以文字书写为基础的，可以分为两

① 朱自清：《诗言志辨》，凤凰出版社 2008 年版，第 18 页。
② 朱自清：《诗言志辨》，凤凰出版社 2008 年版，第 18 页。

个时期。在前期，作为大传统的乐歌，主要用于国家的祭祀、战争、外交、宴饮等大型场合中，歌辞内容记录了贵族们的生活情形，如祭祖、会客、宫殿落成、出征、打猎等。也有很多歌颂君主或者讽刺政治黑暗，以及表达怀才不遇的歌辞。而作为小传统的徒歌(谣、谚)，主要流行于民间，反映的是下层人民的劳动和生活境况，抒发了他们的喜怒哀乐之情，这其中涉及很多男女求爱言欢之作。虽然二者体裁、形式、内容等方面存在诸多差异，但仍然走向了合流，它们被“合”在了中国最早的诗歌总集中。歌就是《诗经》中的《颂》和《雅》，谣、谚就是《国风》，它们开创了中国诗歌言义、理与言情的传统。但是二者的合流，其中一个很大的原因就是始于西周宣王时的“采诗”传统。但需要注意的是，歌与诗的早期合流中，政治教化的功利性色彩浓于审美的无功利。而且，虽然在《诗经》时代，“歌”与“诗”的概念并没有随着二者的合流消失，当时人们很少将“诗”称为“歌”，也一般不会将“歌”称为“诗”。

歌与诗经过“合—分—合”这个过程之后，在大传统中歌与诗最终合流，最终出现了“诗歌”的概念。这个时候的“诗歌”仍是重视其教化功能和言义、理的一面。而在小传统中，民间的歌与谣、谚结合，形成了“歌谣”的概念，强调自由抒发情感。“诗歌”和“歌谣”之间仍然体现出了文化的二元重合定律。大传统的“诗歌”，是圣文化、雅文化，沿着颂、雅传统，由四言发展到了五言、七言诗歌，成为中国古典诗学的主流。小传统的“歌谣”则更加具有大方特色，发展成为民歌、民谣、民谚等。因此，“诗歌”在格律、结构、平仄、主题等方面教化、引导民众，由此主导、规范了“歌谣”的创作。而“歌谣”则反过来渗透在“诗歌”创作中，影响、促进了诗歌理论的更新和革命，最有代表性的就是《诗经》的“变风、变雅”以及后世的“乐府诗歌”革命。

诗与歌的融合过程体现出三大特征：第一，实用功能与审美价值、需求的分化。陈良运认为：“实质上已蕴藏着两种相互矛盾着的意识、观念形态——审美的与功利的，本体的和附庸的，言情的与礼义的。”[①]第二，内容与形式的分化。第三，明晰显混沌、可言言不可言。第三点是非常重要的一点。如果说前两点表现了诗歌为了什么(诗歌的功能)和诗歌是什么(诗歌的本质)，那么第三点则是体现了诗歌如何实现其本质(诗如何言志、诗如何言情)以及诗歌怎样才能完成其功能(诗歌的境界论)。显然，第三点是整个中国古典诗学最为关注的核心问题。在历朝历代诗人、诗学研究者的共同努力下，中国诗学形成了独具一致的风格特点。

其实，最后还存在一个问题，即歌与诗相互融合之后，如何最终演变成成熟形态的四言诗——《诗经》？也就是说，从口语形态的诗歌走向文字性成熟四言诗的中介是什么？据有关学者考证，春秋时期，中国经历了“文言”革命，正是“文言”的成熟，成熟的四言诗得以产生和固定下来。[②] 关于这个问题，就涉及《孔子诗论》等专门文献的研究，然而这些文献研究已超出早期诗歌起源的研究范围。

总之，诗与歌融合的总趋势是一步步走向诗歌自身。诗与歌的交融之路乃是一条诗歌走向自觉的道路。这无疑是一条充满诗意智慧的审美之路。

第二节　船山对诗、乐源起的反思

船山虽然没有直接论述诗歌的源起问题，但是他却立足于某种广义文化史的角度，详细地阐述诗与乐的融合、分离、发展的历程。他在《夕堂永日绪论·序》中有一段代表性的集中论述：

> 《周礼》大司乐以乐德、乐语教国子，成童而习之，迨盛德已成，而学《韶》者三月。上以迪士，君子以自成，一惟于

① 陈良运：《中国诗学批判史》，江西人民出版社 2007 年版，第 21 页。

② 关于先秦时期的“文言”变革，傅道彬在《诗可以观：礼乐文化与周代诗学精神》一书的第四章“‘文言’变革与春秋时代的文学繁荣”中有详细的论述与考证。

此。盖涵泳淫泆，引性情以入微，而超事功之烦黩，其用神矣。

世教沦夷，乐崩而降于优俳。乃天机不可式遏，旁出而生学士之心，乐语孤传为诗。诗抑不足以尽乐德之形容，又旁出而为经义。经义虽无音律，而比次成章，才以舒，情以导，亦所谓言之不足而长言之，则固乐语之流也。二者一以心之元声为至。舍固有之心，受陈人之束，则其卑陋不灵，病相若也。韵以之谐，度以之雅，微以之发，远以之致，有宣昭而无罨霭，有淡宕而无犷戾：明于乐者，可以论诗，可以论经义矣。①

在这段话中，船山至少表达了这几层意思：一是船山肯定了乐教传统的悠久历史，赞同孔子“成于乐”的思想，即“君子以自成”，利用乐来培养人的德性，以此来教化人心。二是他认识到乐之所以具有强大的教化功能，“其用神矣”，主要原因在于音乐能够打动人心，沟通人们内心深处细致、丰富的情感，即“涵泳淫泆，引性情以入微”。因此，人们能够通过音乐的熏陶，“而超事功之烦黩”，获得某种超功利的审美享受。三是乐与诗歌、经义三者之间关系紧密。船山详细地论述了三者由融合走向分离的历史过程。最开始，诗与乐是合一的，但是由于礼崩乐坏，诗、乐逐渐分离，“乐语孤传为诗”。而作为语言性艺术的诗歌，始终存在“言不尽意”的遗憾，即所谓“诗抑不足以尽乐德之形容”。于是，人们便采用经义这种更长的美文来补充诗歌的不足。这样一来，诗歌和经义均是从乐中分流出来的旁支。上述三者之间，虽然具有某种内在的共同性，“以心之元声为至”，即具有某种音乐性，但诗歌与经义等文体始终无法达到乐“其用神矣”的境地。因此，船山主张必须从诗教、经义之教回归到乐教。如此，方可“明于乐者，可以论诗，可以论经义矣”。

① （清）王夫之：《夕堂永日绪论·序》，《船山全书》（第15册），岳麓书社1996年版，第817页。

船山关于乐、诗、经义三者之间的演变历程，在很大程度上与上文关于“歌”“诗”之间“合—分—合”的过程相当一致。船山虽然并没有刻意地追溯诗、乐源起的问题，但他力主从诗教、经义之教回归到乐教的思想主张，无疑具有重要的启发性。这一主张是符合船山关于诗、乐关系的一贯的思维脉络，是立足于他所处时代理论土壤的思想结晶。也正是从这一思想出发，我们在某种程度上可以窥探到船山诗学内在矛盾的根源。

船山关于诗、乐关系的论述，是从两个角度介入的。一是从经学研究的角度，涉及诗、乐关系的论述。这主要集中在《尚书引义》《四书笺注》《读四书大全说》《四书训义》《礼记章句》《张子正蒙注》等著作的相关言论中。二是从诗学评论的角度，论及诗、乐关系。这主要集中在《诗广传》《夕堂永日绪论》以及他的几部诗歌评选著作的相关言论中。船山关于诗、乐关系的论述，可以集中概括为三点：“诗乐理一”“诗乐相分”“以乐论诗”。而这三点都有明确的批判对象，正是在与已有的理论主张的论辩中，船山逐渐形成了自己的诗学主张。

一、诗乐理一

关于“诗乐理一”的观点，船山是在《张子正蒙注·乐器篇》中明确提出的：

> 正《雅》直言功德，变《雅》正言得失，异于《风》之隐谲，故谓之《雅》，与乐器之雅同义。即此以明《诗》《乐》之理一。①

这里的“《诗》《乐》之理一”，乃是说诗和乐都强调“雅”，也即“直言功德”“正言得失”。也就是说，诗与乐都具有教化功能，这就是船山所说的：“此明《诗》《乐》之合一以象功。学者学《诗》则学《乐》，兴与成，始终同其条理。……奋发于为善而通天下之志，

---

① （清）王夫之：《张子正蒙注·乐器篇》，《船山全书》（第12册），岳麓书社1996年版，第316页。

群而贞，怨而节，尽己与人之道，尽于是矣，事父事君以此，可以寡过，推以行之，天下无非中正和平之节，故不可以不学。”①也就说，诗和乐都可通过感染人心的方式，实现“事父事君”的政治功能、效用。这与他在《夕堂永日绪论·序》中强调的“其用神矣”的说法是一致的。其根本原因，仍是诗与乐存在本质的共通性，即“涵泳淫泆，引性情以入微”。因此，船山的“诗乐理一”的“一”包含了诗与乐的教化功能与音乐性、抒情性本质合一的意思。也正是在诗、乐的教化功能与音乐性本质合一的意义上，船山明确界定了诗与乐之间的关系乃是“相为体用”“相为表里”的关系：

> 此篇释《诗》《书》之义。其说《诗》而先之以《乐》，《乐》与《诗》相为体用者也。②
>
> 《诗》与乐相为表里。③

那么，为什么诗与乐能够“相为体用”“相为表里”？为什么诗与乐能够实现教化功能与音乐性本质的合一呢？船山从其一元气论中寻找到了哲学根基，即这是天地阴阳二气和合化生的结果。船山在《礼记章句·乐记篇》中，多次提到乐（作为诗、乐、舞合一的综合性艺术）的本质乃是“和”，乃是太和之气有规律地和谐变化的体现，即所谓“‘大礼’‘大乐’，谓礼、乐之极致。细缊化生，天地之和也。寒暑成序，天地之节也”。④ 而这太和之气的有规律和谐运动内化于人的内心，则表现为一种性情之和，“此太和之理气凝之于人则发见于情，而乐由是以兴。盖和效于气，气动而成声，故万

① （清）王夫之：《张子正蒙注·乐器篇》，《船山全书》（第12册），岳麓书社1996年版，第316-317页。

② （清）王夫之：《张子正蒙注·乐器篇》，《船山全书》（第12册），岳麓书社1996年版，第315页。

③ （清）王夫之：《读四书大全说》，《船山全书》（第6册），岳麓书社1996年版，第623页。

④ （清）王夫之：《礼记章句》，《船山全书》（第4册），岳麓书社1996年版，第903页。

物相生以气而相召以声。由此思之，则乐之理可见矣”①。因此，诗理与乐理的合一，乃是天地之气与人内在性情之和二者的统一。

需要注意的是，船山一再强调“诗乐理一”，强调诗、乐的教化功能与音乐性本质的合一，强调诗、乐的“相为体用”“相为表里”的密切关系，主要矛头乃是为了批判以孔颖达、朱熹等为代表的人为机械割裂诗、乐内在共同性的做法。孔颖达在《经解篇·正义》中试图将诗教与乐教两分：

> 然诗为乐章，诗乐是一，而教别者。若以声音干戚以教人，是乐教也；若以诗辞美刺讽谕以教人，是诗教也。②

这实际上是从音律和辞义的分别上，人为地割裂了诗与乐之间的内在关联性。而朱熹同样也是从诗歌语言的“以义为用”的角度，轻视诗歌的音乐性，从而否定了诗与乐的内在相通性：

> 诗之作本为言志而已……是以凡圣贤之言诗，主于声音少而发其义者多，仲尼所谓“思无邪”，孟子所谓“以意逆志”者，诚以诗之所以作本乎其志之所存……志者诗之本，而乐者其末也。末虽亡不害本之存。③

孔颖达、朱熹等忽视诗的音乐性，一味强调诗歌语言的“意义”，诗歌由此必然成为“载道”、达意的工具，诗歌的教化功能必然无法实现。这正是宋代诗歌主张“文以载道”“以意为主”的要害之所在。正是在批判孔颖达、朱熹等人重义轻音的基础上，船山的“诗乐理一”论对于诗歌形式美、音律美的偏重便凸显了出来。在

① （清）王夫之：《礼记章句》，《船山全书》（第 4 册），岳麓书社 1996 年版，第 934 页。

② （清）阮元校刻：《十三经注疏·礼记·经解》，中华书局 1980 年版，第 1610 页。

③ （宋）朱熹：《朱文公文集·答陈体仁》（卷三十七），中华书局《四部丛刊》本，第 592 页。

《尚书引义·舜典三》中，船山反复阐明诗、乐音律协和的重要性：

> 诗所以言志也，歌所以永言也，声所以依永也，律所以和声也。以诗言志而志不滞，以歌永言而言不郁，以声依永而永不荡，以律和声而声不诐。君子之贵于乐者，贵以此也。①

这里所谓的“滞”乃是停滞、不通畅，“郁”乃是沉郁、隐晦，“荡”乃是飘荡、空洞而不实，“诐”乃是偏颇、邪僻。也就是说，船山认为只有诗、乐音律协和，才能避免诗歌表达情感不通畅、诗歌语言隐晦的毛病，才能防止一味追求诗歌的音乐性节奏等外在形式因素，从而导致诗歌内容贫乏，形式偏颇、怪僻等不良的诗歌创作风气。因此，在船山看来，诗、乐之音律的协调乃是“永在言外”或“永在言中”，即音律美与语言形式美的统一，而并非何承天、沈约等人主张的纯粹文字长短之声律的“秩序”规范，船山将它们斥为“无言之永”或“永无不言”：“魏、晋以上，永在言外。齐、梁以降，永在言中。隋、唐参用古今，故杨广《江南好》，李白《忆秦娥》《菩萨蛮》之制，业以言实永；而《阳关三叠》《甘州入破》之类，则言止二十八字，而长短疾徐，存乎无言之永。言之长短同，而歌之衬叠异，固不可以《甘州》之歌歌《阳关》矣。至宋而后，永无不言也。永无不言则古法亡。岂得谓古之无永哉！”②在这里，船山从诗、乐关系演变、分离的过程中，认识到汉魏以前的诗歌大多“永在言外”，即通过有限的语言之意义传达出丰富的弦外之音，六朝诗歌也能做到“永在言中”，即诗歌的音乐性节奏尚且包含在语言自身的语义之中。但是，唐宋以后的诗歌几乎全是“无言之永”，诗歌更注重语言的理性内容、意义，几乎彻底失去了诗歌的音乐性节奏。正是从诗、乐关系的角度，船山的复古主义倾向

---

① （清）王夫之：《尚书引义·舜典三》，《船山全书》（第2册），岳麓书社1996年版，第251页。

② （清）王夫之：《尚书引义·舜典三》，《船山全书》（第2册），岳麓书社1996年版，第253页。

显露无遗。

船山关于诗、乐教化功能与音乐性本质的统一的言论，在理论史上具有重要地位。他不仅认识到了诗与乐二者功用性的统一，而且清醒地认清了二者都是凭借音律以宣泄情感的本质特征。这种理论倾向明显顺应了以明代前后七子为代表的主流诗坛对于诗歌音乐性的重视之潮流，但船山的理论又尤其独特。而这种独特性，更多地表现在他对诗、乐相别的相关论述上。

二、诗乐相别

如果说“诗乐理一”乃是船山从经学角度涉入诗、乐关系所得出的结论，那么“诗乐相别”则是船山立足于诗学评论的角度所提出的观点，某种程度上是船山诗学自觉的结果。船山曾专门从文体划分的角度，明确提出诗与史、诗与学术等之间的差异，却没有专门谈到诗与乐之间的区别。但是，我们通过他相关的诗歌评论的言论，仍然可以捕捉到他关于诗乐相别的理论倾向。

在《诗广传·论那二》中，船山由祭祀的乐歌如何沟通鬼神的问题加以引申，花了大量篇幅谈论“诗乐相别”的问题：

> 乐为神之所依，人之所成。何以明其然也？交于天地之间者，事而已矣；动乎天地之间者，言而已矣。事者，容之所出也；言者，音之所成也。未有其事，先有其容；容有不必为事，而事无非容之出也。未之能言，先有其音；音有不必为言，而言无非音之成也。天之与人，与其与万物者，容而已矣，音而已矣。
>
> 是以知：言事，人也；音容，天也。不可以事别，不可以言纪，繁有其音容，而言与事不能相逮，则天下之至广至大者矣。动而应其心，息怒作止之几形矣；……故音容者，人物之元也，鬼神之绍也；幽而合于鬼神，明而感于性情，莫此为合也。①

① （清）王夫之：《诗广传·论那二》，《船山全书》（第3册），岳麓书社1996年版，第511页。

作为祭祀的乐歌(广义的诗歌)如何能够沟通鬼神、感化人心呢？船山认为乃是言、事、音、容四者合一的结果。这里所谓的“事”，乃是天、地、人之间的运动、交往；所谓“言”，则是对天、地、人之间运动、交往过程的认识和表达；而任何“事”在运动变化的前后都会表现出某种可见的迹象、现象，而这“象”便是“容”的显现。同样，任何“言”的有意义的表达，最先根源于某种无意义的“音”，“音”最开始就是无意义的“言”。因此，相较而言，容与音对事和言具有更本源的决定性，“故音容者，人物之元也，鬼神之绍也”。也正是从这个意义上，船山认为即便是不同地方的人无法知道对方语言的真实意义，却能知晓、辨别说话人的音调及其包含的情绪之变化，即便是智力相差悬殊的人对于事功的理解能力有区别，但对于人事所表现出来的“容”的变化却是能够感知的。正所谓“今夫言，胡之与粤有不知者矣，音则无不知也；今夫事，圣之与愚有不信者矣，容则无不信也”。因而，他强调“音顺而言顺，言顺者，音顺之绪余也。容成而事成，事成者，容成之功效也”。①

不仅如此，船山甚至认为“音”比“容”具有更强的表现力和感染力，因为“容者犹有迹也，音者尤无方也。容所不逮，音能逮之”。因而，“音”具有更大的自由度，所以“音以节容，容不能节音”。② 而作为祭祀的乐歌(广义的诗歌)之所以能够沟通鬼神、感染人心，其关键在于音、容、事、言四者的统一，也即形式与内容的统一、具象与抽象的统一、感性与理性的统一，如此方可“治之于视听之中，而得之于形声之外”③。质言之，船山之所以细致地分辨诗歌的语义之用与诗歌的音乐性之间的区别，其目的乃是为了突出诗歌音乐性的优先地位，为了强调诗歌语言的音乐性节奏(音

① (清)王夫之：《诗广传》，《船山全书》(第3册)，岳麓书社1996年版，第512页。

② (清)王夫之：《诗广传》，《船山全书》(第3册)，岳麓书社1996年版，第512页。

③ (清)王夫之：《诗广传》，《船山全书》(第3册)，岳麓书社1996年版，第512页。

律形式）对情感表达所具有的强大表现力和感染力。正是从这个角度来讲，诗歌的音乐性更加具有本源性的意义，对诗歌语义之用具有更为根本的决定性地位。

船山正是从诗歌音乐性的优先地位出发，断定诗经义由乐旁出的结论。立足于诗歌的音乐性角度，船山主张诗、乐的教化功能统一于诗歌，这才能避免以朱熹为代表的唐宋儒“载道”“明道”的言论缺陷，才能避免一味强调诗歌语义之功用，从而导致将诗歌变成纯粹功利性的教化工具，丧失其审美趣味的危险。也正是从诗歌音乐性与教化功能性、审美性与功利性相统一的角度，船山特别强调“故《诗》者，与《书》异垒而不相入者也”。显然，船山对《诗》与《书》“相异”的认识是建立在对诗歌文体自觉的基础之上的。

当然，船山关于“诗乐相别”的理论，不可避免地受到了明代主流诗学关于诗歌音乐性理论的影响，比如诗坛领袖李东阳、何景明等人都是非常重视诗歌音乐性问题的。然而，船山的高明之处在于，他并不是停留于诗歌音乐性的论述中，虽然，诗歌音乐性在传达情感方面更具表现力和感染力，但他并不主张用诗歌的音乐性来取代诗歌的语义之用，而是主张二者的完美融合。他之所以特别突出诗歌音乐性的优先地位，乃是反驳沈约等人一味注重诗歌语言声律的规范化、形式化的倾向，反对人为地割裂诗歌内在活脱脱的精神脉络。而且，只有强调诗歌音乐性与诗歌语义功用的结合，才能避免宋代一味强调诗歌文字意义的偏颇。因此，船山关于诗歌音乐的论述，并非只将音乐性作为语言的外在声律形式，乃是立足于乐之咏唱的活泼、流畅的音乐节奏感。这明显也区别于明代前后七子所主张的格调说。

总之，船山立足于事、言、容、音的主次之别，完整地阐述了“诗乐相别”的理论主张。而正是从事、言、容、音四者之间的主次关系中，船山坚持诗歌艺术自身的特性。具体来讲，首先，船山通过肯定“事”和“言”的基础性地位，从而坚持“事功”“言用”的重要性，这也就肯定了诗歌语言的表意功能，承认了诗歌作为语言艺术的根本性地位。这也是船山多次主张“以意为主”的理论前提，也是他坚持诗歌具有“兴观群怨”的教化功能的理论前提。其次，船山又突出了“容”和“音”对事与言的优先地位、决定性作用，从而突破了纯粹诗歌语义之用的层面，主张在“视听之中”“形声之外”寻找扩大诗歌艺术表现力的新途径。这便是船山一再反对宋人“以意为主”的理由之所在，也正是他从“意象的审美性呈现”角度，如此重视情景理论的主要原因。也正是从情景相生的“象的诗意生成”的意义上，船山凸显了诗歌作为空间艺术形式的独特性。无论是他的“取景”“取势”说，还是“现量”说等理论，其中心都是对诗歌所呈现出来的整体艺术世界的审美感受，其理论根源都可以追溯到船山对“容”与“音”所代表的“视听之中”“形声之外”形象层面所作的思考。最后，从船山对“容”与“音”二者的主次区分，我们可以了解到，船山对于诗歌音乐性主导地位的偏爱。正是在这种偏爱中，诗歌的各种审美形象不是静止不动的，而是流动的，是伴随诗歌音的乐性节奏的变化，以某种时间先后的秩序，逐一呈现在诗人或读者的“眼前”“胸中”。而诗人或读者正是通过这种音乐性节奏的时间性体悟，瞬间把握住了诗歌所呈现出来的艺术世界。正是从诗歌音乐性的角度，船山凸显了诗歌作为时间性艺术的独特性，正如萧驰所讲：“如书法一样，这是个空间化了的时间艺术。”①

由此看来，诗歌作为“语言性-时间性-空间性”的艺术，正是从“诗乐相别”的意义上获得的。因此，船山关于这一点的论述，无疑具有杰出的贡献。这也正是船山“以乐论诗”理论的逻辑起点，也是他诗学内在矛盾的逻辑起点。

三、以乐论诗

在“诗乐理一”“诗乐相别”的理论基石之上，船山的诗学评论中随处可见他“以乐论诗”的言论。虽然，以乐论诗在明代并非船山独创，但就它在船山诗学中所占的分量而言，特别值得注意。船山的“以乐论诗”自有其批判的矛头所在。船山之所以注重以乐论

① 萧驰：《抒情传统与中国思想——王夫之诗学发微》，上海古籍出版社2003年版，第201页。

诗，乃是为了批驳以韩愈、苏轼为代表的“以文为诗”的理论倾向。“以文为诗”乃是中唐直至宋代的一股文学创作潮流，最早由韩愈所倡导，后来得到苏轼的大力弘扬，对宋代以后的诗歌创作产生了重大影响。正如清代赵翼在《瓯北诗话》中所总结的那样：“以文为诗，自昌黎始；至东坡益大放厥词，别开生面，成一代之大观。”①“以文为诗”的理论核心乃是主张将先秦两汉的古体散文的章法、句法、字法，包括散文的谋篇、布局、结构等一股脑地引入诗歌创作之中，力求达到“行云流水”般诗歌创作的新境界。但是，它最大的弊端便是，忽视诗歌的平仄、音韵及声律等。它主张“以议论入诗”，将平白如话的议论揉入诗歌，直言诗人个体的感受和情绪，即“以意为主”。其实，早在宋代，严羽等人已经开始注意到了韩愈、苏轼等人所主张的“以文为诗”的理论所包含的弊端，即“以文字入诗”“以才学入诗”“以议论入诗”等。这也正是船山一直反对的。他主张“以乐论诗”正是针对韩愈、苏轼等人抛弃诗歌的音乐性、“以意为主”、“以议论入诗”的诗歌创作倾向。船山在其诗学评论著作中，经常忍不住对韩愈、苏轼等人颇有微词：

> 太史清姿自绝，未免为韩、苏所困，泛滥时不能自已。如此作者，道气雅情、骚肠古韵备矣。亦何必定如俗之所谓古学而后为古哉！
>
> 宛折无痕。此太史公髫龄作也。静远之度，早已如是；涵泳久之，何古人之足劳其企逮，进追《三百篇》有余矣。一为韩、苏所引，舍其恒度而从之也，遂成夷稗。韩、苏诐淫之词，但以外面浮理浮情诱人乐动之心，而早报之以成功。②

那么，船山的“以乐论诗”理论主张的具体内涵有哪些呢？概而言之，主要有以下几个方面：

---

① (清)赵翼：《瓯北诗话》，人民文学出版社 1963 年版，第 56 页。

② (清)王夫之：《明诗评选》，《船山全书》(第 14 册)，岳麓书社 1996 年版，第 1276-1277 页。

第一，强调诗歌对心之“元声”的表达。船山对“元声”非常看重，在他的诗学评论中出现多达十三次之多，如：“《十九首》及《上山采蘼芜》等篇，止以一笔入圣证。自潘岳以凌杂之心作芜乱之调，而后元声几熄。”①所谓“元声”其实就是前文所讲的“无言之音”，它决定和包含了事、言、容三者。这“元声”明显与船山所讲的天地之“元气”紧密相关，是天地之元气(也即太和之气)运动变化的结果。船山之所以重视心之“元声”，乃是因为这“无言之音”包含了诗歌情感抒发的自然性和无穷尽性，是诗歌创作活水源头的象征。正是从这个意义上，船山称赞王俭的《春诗》为“元声”：

> 此种诗直不可以思路求佳。二十字如一片云，因日成彩，光不在内，亦不在外，既无轮郭，亦无丝理，可以生无穷之情，而情了无寄。小诗之有此，犹四言之有《二南》、五言之有《十九首》也，允为绝句元声。②

这首诗之所以得到船山的大力赞赏，原因在于寥寥数语，可以激发无穷之情感，“可以生无穷之情，而情了无寄”，体现出诗歌创作的活水、源头。

第二，对符合音乐节奏的活泼的诗歌音乐形式美及其内在结构的重视。从诗歌的音乐性节奏出发，船山强调诗歌的音乐形式美及其结构，首先表现为浑然一体的整体性，他经常用“云彩”“月光”“熟锦”“环玉”来形象地描述这种整体的诗歌音律形式美及其结构，并以此来称赞这些诗歌杰作，如谢灵运等人的诗歌：

> 前幅妙手灵心，吹死使活，捉活令死。后幅无端生情，如孤云游空，映日成彩，无定质而良已斐然。

① (清)王夫之：《姜斋诗话》，《船山全书》(第15册)，岳麓书社1996年版，第829页。

② (清)王夫之：《古诗评选》，《船山全书》(第14册)，岳麓书社1996年版，第622页。

转成一片，如满月含光，都无轮郭。

无端无委，如全匹成熟锦，首末一色。唯此，故令读者可以其所感之端委为端委，而兴观群怨生焉。①

首尾无端，如环皆玉。②

其次是符合流畅的音乐节奏性，具有无穷的活力和生命力，甚至是不可预测性。这便是船山所讲的"意势"："以意为主，势次之。势者，意中之神理也。唯谢康乐为能取势，宛转屈伸，以求尽其意；意已尽则止，殆无剩语：夭矫连蜷，烟云缭绕，乃真龙，非画龙也。"③这"势"便是诗歌活的灵魂和生命力，是诗人主观之"意"在诗歌内在结构中的节奏性流动。船山经常将这种活泼的、运动中的诗歌结构称为"神龙"：

纵横使韵，无曲不圆。即此一端，已足矜带千古。或兴或比，一远一近，谓止而流，谓流而止。神龙之兴云雾驳，以人情准之，徒有浩叹而已。④

所谓"神龙见首不见尾"，"神龙"乃是船山借以形容诗歌结构的运动性、变化无端、不可预测性的形象说法。它不刻意于字面的意义或者外在语言之声律形式，一任心之"元声"的变化、流淌而展开情感的抒发，是"诗之神理"与"乐之神理"的融合。也正是从这个角度，船山激赏称赞唐代诗人张子蓉的《泛永嘉江日暮回舟》一诗符合"音乐之理"："只于心目相取处得景得句，乃为朝气，乃

① （清）王夫之：《古诗评选》，《船山全书》（第14册），岳麓书社1996年版，第740、775页。

② （清）王夫之：《唐诗评选》，《船山全书》（第14册），岳麓书社1996年版，第1099页。

③ （清）王夫之：《姜斋诗话》，《船山全书》（第15册），岳麓书社1996年版，第820页。

④ （清）王夫之：《古诗评选》，《船山全书》（第14册），岳麓书社1996年版，第497页。

为神笔。景尽意止，意尽言息，必不强括狂搜，舍有而寻无。在章成章，在句成句。文章之道，音乐之理，尽于斯矣。”①

第三，主张音乐教化功能与诗歌教化功能的统一。船山认同传统乐论关于音乐之功用性特征的论述，承认乐以其独特的美感形式，可以感染人心，可以消除人内心的忧伤、抚慰心灵，因而可以教化人心，通过作用于人的内心情感将人引向真善美的境界。乐不仅可以沟通人与人之间的关系，甚至可以沟通人与鬼神之间的关系。因此，船山特别强调要从诗教回归到乐教，通过吸收音乐的教化功能，主要是吸收流畅性的音乐节奏以打动人、感染人，以此实现诗歌教化功能与审美特性的统一。正是从乐的教化功能出发，船山称赞汉乐府歌行《西门行》符合“诗乐之用”：“意亦可一言，而竟往复郑重，乃以曲惑人心。诗乐之用，正在于斯。”②也正是从这个角度，船山对曹丕的《钓竿》、左思的《咏史》等诗篇大加赞赏：

> 读子桓乐府，即如引人于张乐之野，泠风善月，人世陵嚣之气淘汰俱尽。古人所贵于乐者，将无在此？
>
> 风雅之道，言在而使人自动，则无不动者。恃我动人，亦孰令动之哉？太冲一往，全以结构养其深情。③

而且，正是在读谢灵运的诗篇时，体会到了某种自然流动的音乐性节奏美感，船山才会不遗余力地赞赏谢灵运的诗歌。例如，船山就曾用孔子关于欣赏乐的愉快体验的形象语言“翕如、纯如、皦如、绎如”，来描述他赏析谢灵运《游南亭》一诗时的愉快感受：“条理清密，如微风振萧；自非夔、旷，莫知其宫征迭生之妙。翕

① （清）王夫之：《唐诗评选》，《船山全书》（第 14 册），岳麓书社 1996 年版，第 999-1000 页。

② （清）王夫之：《古诗评选》，《船山全书》（第 14 册），岳麓书社 1996 年版，第 489 页。

③ （清）王夫之：《古诗评选》，《船山全书》（第 14 册），岳麓书社 1996 年版，第 502、685 页。

如、纯如、皦如、绎如，于斯备。取拟《三百篇》，正使人憾《蒸民》《韩奕》之多乖音乱节也。即如迎自认。无广目细心者，但赏其幽艳而已。且此四语承授相仍，而吹送迎远，即止为行，向下条理无不因之生起。”①

总之，船山关于诗歌音乐性的论述是非常具有代表性的。他通过“诗乐理一”“诗乐相别”的论述，展现了诗歌作为“语言性-时间性-空间性”艺术的独特性，从而为他的诗学核心理论，如情景论等，奠定了坚实的理论基础。而且，结合“以乐论诗”的诗学评论实践，他主张将诗歌语义之用与诗歌的音乐性结合起来，试图从诗教回归到乐教传统中，从而实现诗歌教化功能与审美特性的统一。这些理论都极具启发性。当然，这也使得船山诗学始终处于一种两难境地：一方面他重视诗歌的审美本性，因而主张“诗达情”，重视诗歌创作中的“情景相生”；但另一方面，他始终在努力实现诗歌教化功能与诗歌审美特性二者的融合、统一，因而，始终主张“诗达情”与“诗言志”的统一，重视“兴观群怨”与“动人心灵”的统一，等等。而这种融合、统一始终给人一种游离、徘徊的感觉。这种游离和徘徊感，似乎在船山诗学中始终未能找到一种妥善的解决思路。这便是本书探讨船山诗学内在矛盾及其张力的逻辑起点。关于这点，笔者将通过对船山“诗道性情”“兴观群怨”“情景相生”等理论的分析来加以探讨。

第三节　船山诗学内在矛盾的缘起

纵观中国古典诗歌的源起及其发展脉络，明显呈现出一种“正-反-合”的阶段性特征。上古时期的歌、诗、舞(乐)合一，诗歌的教化功能涵括在音乐的教化功能之中，诗歌的抒情本质也融化在音乐的旋律、节奏以及和声的表现力之中。这个阶段由于诗歌未能获得独立的地位，只是处于一种浑然状态。而随着歌、诗、舞(乐)

① (清)王夫之：《古诗评选》，《船山全书》(第14册)，岳麓书社1996年版，第733页。

的逐渐分离，诗歌作为语言性艺术的特征更加突出。汉代以后的儒者们在对成熟四言诗，如《诗三百》的语意性解读中，诗歌的教化功能却只能从乐教传统中获得理论根据，而且在诗歌的抒情本质脱离了音乐的旋律和和声之后，诗人们一心专注于外在节奏形式的建构。这一形式节奏的建构从魏晋六朝开始，直到唐代律诗的成熟。这个时期关于诗歌形式的建构主要以辞律和声律为主。而宋元时期，更注重的是诗歌内容的拓展，追求某种诗歌精神世界的拓展，因而，以议论为诗、以学识为诗成为一种普遍的诗歌创作倾向。明代以来，前后七子掀起了复古主义的高潮，分别从诗歌的形式和内容等方面来提倡学习古人。而后期以反复古面目出现的师(信)心派，如公安派和竟陵派也是分别从形式和内容等方面探讨诗歌发展的可能性。这个时期诗歌功能与抒情本质呈现出逐渐融合的倾向，而这种融合趋势在船山那里体现得最为明显，呈现出“正-反-合”的辩证发展过程。

作为《诗经》文学化研究重要代表人物之一的王船山，其诗学理论从一开始就具有综合性的特征。他将“诗言志”和“诗达情”两大命题实现了哲学、诗学的融合与贯通。只不过，他是从诗教返回到乐教，从音律美中寻找审美意象生成的诗学精神，因此，表现出对“性情”与“声情”并重的理论取向。“性情”“声情”这两个子命题，最终汇聚到“诗道性情”这个诗学合题中。但是，从他关于诗歌之“情”的细致论辩及其严格限制来看，其诗学理论却呈现出一种诗意的张力和内在的矛盾性。因此，我们认为“诗道性情”这个诗学合题正是船山诗学内在矛盾的缘起或起点。

一、“诗言志”与“诗达情”的哲学基础

船山继承了张载的气一元论思想，以此构建了他的思想体系。无论是在本体论、认识论上，还是在宇宙观、历史观上，他都是建立在“气论”基础上的。因此，具体到船山诗学的理论主张，也必须从他的“气一元论”思想出发。他既极力主张“诗言志”，同时又不断鼓吹“诗达情”，这两种看似对立冲突的理论，在船山诗学中似乎实现了某种融会和贯通。那么事实是否如此呢？要弄清船山是

在何种程度上实现了这两种理论的融会，从而更好地明晰船山诗学整体倾向，甚至探寻船山诗学理论的内在矛盾和张力，就必须从二者的哲学理论基础出发。

在“气”论基础上，船山提出了他自己关于“太极”“道”与“理”等重要理论命题的看法。

(一)“气”与“太极”

船山在《周易内传》中，很详细地阐释了自己关于“气”与“太极”之间关系的看法：

> “太极”之名，始见于此，抑仅见于此，圣人之所难言也。“太”者极其大而无尚之辞。“极”，至也，语道至此而尽也；其实阴阳之浑合者而已，而不可名之为阴阳，则但赞其极至而无以加，曰太极。……阴阳之本体，细缊相得，合同而化，充塞于两间，此所谓太极也，张子谓之“太和”。①

简而言之，“太极”就是阴阳和合的本然状态，也是天地万物产生的原因。因而，它与“气”是“一而二、二而一”的关系，没有本末、主次之别，更不是独立于阴阳之上的某种实体。而且，在船山看来，“太极”永远是处于运动之中：

> 太极动而生阳，动之动也；静而生阴，动之静也。废然无动而静，阴恶从生哉！一动一静，阖辟之谓也。由阖而辟，由辟而阖，皆动也。废然之静，则是息矣。“至诚无息”，况天地乎！“维天之命，于穆不已”，何静之有！②

(二)“气”与“道”

何为“道”？《易传》早就说过“一阴一阳谓之道”，张载也说

① (清)王夫之：《周易内传》，《船山全书》(第1册)，岳麓书社1996年版，第561页。

② (清)王夫之：《思问录内篇》，《船山全书》(第12册)，岳麓书社1996年版，第402页。

“由太虚，有天之名；由气化，有道之名”①。船山所谓的“道”正是基于这一传统说法，他也认为“道”正是对阴阳二气之变化(气化)过程的命名，“道即以天之化言”②。因此，同样以阴阳二气的变化为基础的“道”也不是实体的，在气化过程中，阴阳二气密不可分，或清或浊、或动或静、或连续实在或中断无影，时而秩序井然、相辅相成，时而紊乱无序、变幻莫测，仿佛一直受到某种神妙而又神秘的、不可测的力量的调节和支配。船山就将这神妙而又神秘的、不可测的力量命名为“道”：

> 无有阴而无阳，无有阳而无阴，两相倚而不离也。随其隐见，一彼一此之互相往来，虽多寡之不齐，必交待以成也。一形之成，必起一事；一精之用，必载一气。浊以清而灵，清以浊而定。若经营之，若持扰之，不见其为，而巧无以踰，此则分剂之之密，主持之之定，合同之之和也。此太极之所以出生万物，成万理而起万事者也，资始资生之本体也，故谓之“道”。③

其实，“太极”也是“道”隐而显之前的极至状态。只不过“道”由隐而显(见)之后，就表现为一阴一阳二气的变化罢了。而且“道”与“阴阳二气”之间是互为本体的关系：“道以阴阳为体，阴阳以道为体，交与为体，终无有虚悬孤致之道。”④正是基于这种“交与为体”的关系，船山提出了“天下惟器”“道在器中”的著名观点：

① (宋)张载：《张载集》，中华书局1979年版，第9页。

② (清)王夫之：《读四书大全说》，《船山全书》(第6册)，岳麓书社1996年版，第1109页。

③ (清)王夫之：《周易内传》，《船山全书》(第1册)，岳麓书社1996年版，第525页。

④ (清)王夫之：《周易内传》，《船山全书》(第1册)，岳麓书社1996年版，第903页。

> 天下惟器而已矣。道者器之道，器者不可谓之道之器也。
>
> 无其道则无其器，人类能言之。虽然，苟有其器矣，岂患无道哉！……人或昧于其道者，其器不成，不成非无器也。
>
> 无其器则无其道，人鲜能言之，而固其诚然者也。①

也就是说，阴阳二气气化成形则产生“器”，而“道”与阴阳二气“交与为体”，自然也就内在于阴阳二气所气化而成的“器”之中。显然，船山的“道在器中”的一元论思想，很好地解决了朱熹所谓的“理与气决是二物”“道在物外”“道在器先”的二元两分的哲学矛盾。正是从“道在器中”这个角度出发，船山详细地重新解释了《易传》中“形而上者谓之道，形而下者谓之器”这一古老的哲学命题：

> “形而上”者：当其未形而隐然有不可踰之天则，天以之化，而人以为心之作用，形之所自生，隐而未见者也。及其形之既成而形可见，形之所可用以效其当然之能者，如车之所以可载、器之所以可盛，乃至父子之有孝慈、君臣之有忠礼，皆隐于形之中而不显。二者则所谓当然之道也，形而上者也。“形而下”，即形之已成乎物而可见可循者也。形而上之道隐矣，乃必有其形，而后前乎所以成之者之良能著，后乎所以用之者之功效定，故谓之“形而上”，而不离乎形。②

在这里，就船山来看，“形而下”是阴阳二气气化成形的具体事物，是可见、可用、可循的，是感官可以直接感觉把握的；而“形而上”乃是人的感官所无法直接感知的“天则”，是隐然不可见的，只有通过气化成形的具体事物才可见、可用。只有通过具

① （清）王夫之：《周易外传》，《船山全书》（第1册），岳麓书社1996年版，第1027-1028页。

② （清）王夫之：《周易内传》，《船山全书》（第1册），岳麓书社1996年版，第568页。

体可见的车、器，才能感知它们各自或载、或盛的功用；只有通过具体的父子、君臣、男女之别，才能感悟其背后的孝慈、忠礼、仁义等社会交际之“法则”。因此，“形而上者”离不开“形而下者”，“有形而后有形而上”，二者之间的关系就是“道”与“器”的关系。①

更重要的是，“一阴一阳谓之道”的“道”涵括了“天道”和“人道”，而且二者之间是相互贯通的。那么何为“天”？船山认为：“天即以气言”，“天者，固积气者也”。② “天”是由“气”积聚而成，因而是实有之“天”。而“气”又分为互不分离的阴阳二气，正是在这阴阳二气生生不息的运动、变化(气化)中，宇宙(天、地)万物因此而生成，正所谓：“阴阳二气絪缊于宇宙，融结于万汇，不相离，不相胜，无有阳而无阴、有阴而无阳，无有地而无天、有天而无地。故《周易》并建《乾》《坤》为诸卦之统宗，不孤立也。”③何为“天道”？“天以之化”的“道”即是“天道”，也即船山所谓的“形而上之道”。因而，它既包括“车之所以载、器之所以盛”，也涵括了“父子之有孝慈、君臣之有忠礼”等。也就是说，天道和人道均涵盖在“形而上之道”的层面。而且，天道与人道是可以贯通如一的，天道乃是人道的根据，正所谓“‘一阴一阳谓之道’，推性之所自出而言之”④。

因此，船山不仅将“天道”落实到阴阳二气上，而且也将“人道”归结为阴阳之气：“天人之蕴，一气而已。”⑤如此，“人道”与

① (清)王夫之：《周易内传》，《船山全书》(第1册)，岳麓书社1996年版，第1028页。

② (清)王夫之：《读四书大全说》，《船山全书》(第6册)，岳麓书社1996年版，第1110页。

③ (清)王夫之：《周易内传》，《船山全书》(第1册)，岳麓书社1996年版，第74页。

④ (清)王夫之：《周易内传》，《船山全书》(第1册)，岳麓书社1996年版，第524页。

⑤ (清)王夫之：《读四书大全说》，《船山全书》(第6册)，岳麓书社1996年版，第1052页。

“天道”是相通的，正所谓“道不远人”，用船山自己的话说就是，“盖言心言性，言天言理，俱必在气上说，若无气处则俱无也”。[①] 实际上也就是说，“人道”和“天道”之间的根本联系就是阴阳之气，而且船山正是从阴阳之气中找到了联系“天道”和“人道”二者之间的纽带，即“气之理”。

（三）“气”与“理”

那么，何为“理”？船山在《说文广义》说：

> 理，本训治玉也。通诸凡治者皆曰理，与乱对，故为理国、理财，而治刑之官曰大理。理之则有理矣，故转为“理义”字，事之当然而行之顺也。玉浑然在璞而未有理，治之而文理见。事不治则理不着，治而后见其必然而不易焉，故曰“理在气中”。气有象而理无形。气之变动成乎理，犹玉之未治而理隐，已治而理着也。即玉即理，玉无不可为理也。自天而人，自物而事，无不含理，亦犹是也，在理之而已矣。通为“地理”云者，块然大地，而刊山浚川，区域以分，道路以辨，亦以治而理出也。[②]

在船山看来，“理”的本义乃是“治玉”，就是将“浑然在璞”的玉石雕琢开而后玉之“文理见”。因此，“理”有两种含义：一是动词性的“治理”，是整齐、顺利、显明、分辨之义，如理国、理财、理顺、理着等；二是名词性的“文理”，是事物现象背后的某种东西，如玉石的“文理”、刑官官名之“大理”、事情的“条理”、事物的“理义”、山川之“地理”等。而且作为动词性的“治理”与“乱”相对，作为名词性的“文理”与“象”相对。

因此，基于这两种词性的“理”，我们就能很好地把握船山关

---

① （清）王夫之：《读四书大全说》，《船山全书》（第6册），岳麓书社1996年版，第1109页。

② （清）王夫之：《说文广义》，《船山全书》（第9册），岳麓书社1996年版，第352页。

于“气之理”的内涵。首先，“理”是阴阳气化之“条理”，也即阴阳之气化过程中所呈现出来的阴阳和合、井然有序的本然状态：“太极最初一○，浑沦齐一，固不得名之为理。殆其继之者善，为二仪，为四象，为八卦，同异彰而条理现，而后理之名以起焉。”①其次，“理”是阴阳气化之“理在气中”，“理”“气”之间的关系密不可分，互为本体：

理只在气上见，其一阴一阳、多少分合，主持调剂者即理也。②

由气化而后理之实著。③

也就是说，作为气之“同异”彰显出来的“条理”，就是阴阳之气化过程中所呈现出来的井然有序的本然状态。因此，并不是朱熹所认为“理先气后”的那个超然绝对的实体之“理”。船山反对朱熹将太极、道和理混而为一的做法，他不仅详细地阐述了气与太极、道和理之间的联系，而且也细致地论述了太极、道与理之间的细微差别。如果说“太极”是“道”隐而显(见)之前的阴阳和合之极至状态，那么“理”则是阴阳之气化过程中呈现出来的阴阳和合的状态，是“道”隐而显(见)之中井然有序的互动状态。因此，“天道”之阴阳和合就是“天理”(包含了“物理”)，而“人道”之阴阳和合就是“人性”(“人理”)，船山将其命为“性理”，他说：“凡言理者有二：一则天地万物已然之条理，一则健顺五常、天以命人而人受为性之至理。”④正是在阴阳和合、井然有序的角度上，天理(物理)和性

① (清)王夫之：《读四书大全说》，《船山全书》(第6册)，岳麓书社1996年版，第1110页。

② (清)王夫之：《读四书大全说》，《船山全书》(第6册)，岳麓书社1996年版，第727页。

③ (清)王夫之：《读四书大全说》，《船山全书》(第6册)，岳麓书社1996年版，第1110页。

④ (清)王夫之：《读四书大全说》，《船山全书》(第6册)，岳麓书社1996年版，第716页。

理(人性)是统一并相互贯通的，用船山的话说："盖吾之性，本天之理也，而天下之物理，亦同此理也。"①也正是在这个意义上，"理"将"天道"和"人道"二者联系在一起，"天道"的阴阳和合给予"人道"之井然有序的启示，或者说"人道"之阴阳和合从"天道"的井然有序中获得根据。

但是，需要注意的是，"理"只是对"道"(天道和人道)之阴阳和合、井然有序状态的命名，那么，阴阳之气化的无序状态又如何规定呢？船山将阴阳气化的"无序状态"称为"气失其理"。② 正是由于气化有有序与无序两种状态，因而"道"(天道和人道)表现出反复无常，具有不可预测性，这就是古人所说的"命数""气数"。如孔子说："君子有三畏，畏天命，畏大人，畏圣人之言。小人不知天命而不畏也，狎大人，侮圣人之言。"③有意思的是，面对这种不可知、不可测的"命数""气数"，古代哲人表现出惊人的一致态度，那就是"信命""信理"。孔子说过，"道之将行也与？命也。道之将废也与？命也"。④ 所以，"不知命，无以为君子"⑤，又说他自己"五十而知天命"⑥。朱熹也告诉大家要"深信"："天命者，天所赋之正理。"⑦很显然，船山是认同孔子和朱熹的积极态度的，他

---

① (清)王夫之：《读四书大全说》，《船山全书》(第6册)，岳麓书社1996年版，第1105页。

② (清)王夫之：《读四书大全说》，《船山全书》(第6册)，岳麓书社1996年版，第716页。

③ (清)阮元校刻：《十三经注疏·论语·季氏》，中华书局1980年版，第2522页。

④ (清)阮元校刻：《十三经注疏·论语·宪问》，中华书局1980年版，第2513页。

⑤ (清)阮元校刻：《十三经注疏·论语·尧曰》，中华书局1980年版，第2536页。

⑥ (清)阮元校刻：《十三经注疏·论语·为政》，中华书局1980年版，第2461页。

⑦ (宋)黎靖德编：《朱子语类》(第4册)，中华书局1999年版，第1376页。

明确说道："理者，天所昭著之秩序也。"①因此，即便是面对不可知、不可测的"命数""气数"也要信其"理"，这就是所谓的"天，有可以知者也，而气数之不齐者，则但能信之以理而不可必"。②正是在"信理""信命"的基础上，船山从"天道"的不可知、不可测的神秘力量(即"命")中，找到了它给予"人道"的启示或根据，也即"天授命于人"的说法：

> 天之德，无大不届，无小不察，周流六虚，肇造万有，皆其神化，未尝以一时一物为首而余为从。③
>
> 存亡者天也，死生者命也。④
>
> 董仲舒对策有云"天令之谓命"，朱子语本于此。以实求之，董语尤精。令者，天自行其政令，如月令、军令之谓，初不因命此人此物而设，然而人受之以为命矣。⑤
>
> 命必有所受，有受于天者，有受于人者。知受于人者之莫非天也，可与观化也。……天之命也无心，人之命也有心。⑥

但是，船山也认识到即便是"天授命于人"，是"天道"给予"人道"之根据，但人仍要发挥自己的主观能动性。因此，他主张人不能只是被动地"俟命"，而应该积极地"造命"："君相可以造命，邺侯之言大矣！进君相而与天争权，异乎古之言俟命者矣。乃唯能造

① (清)王夫之:《张子正蒙注》,《船山全书》(第12册)，岳麓书社1996年版，第136页。

② (清)王夫之:《四书训义》,《船山全书》(第7册)，岳麓书社1996年版，第352页。

③ (清)王夫之:《周易内传》,《船山全书》(第1册)，岳麓书社1996年版，第58页。

④ (清)王夫之:《尚书引义·秦誓》,《船山全书》(第2册)，岳麓书社1996年版，第436页。

⑤ (清)王夫之:《读四书大全说》,《船山全书》(第6册)，岳麓书社1996年版，第454页。

⑥ (清)王夫之:《诗广传》,《船山全书》(第3册)，岳麓书社1996年版，第313页。

命者，而后可以俟命，能受命者，而后可以造命，推致其极，又岂徒君相为然哉!”①船山这个思想可谓振聋发聩。他不仅认为“君相”、大人们可以“造命”，而且即便是普通的个体也可以“造命”。但是，他又主张无论“俟命”还是“造命”，其前提是要不断加强自身修养以诚(诚者，天之道)，否则一切都是空谈：“修身以俟命，慎动以永命，一介之士，莫不有造焉。”②

正是在“天授命于人”而“人俟命、造命”观念的基础上，船山对《中庸》“天命之谓性，率性之谓道”作出了自己的解释：

> 盖所谓中庸者，天下事物之理而以措诸日用者也。若然，则君子亦将于事物求中，而日用自可施行。然而有不能者，则以教沿修道而设，而道则一因之性命，固不容不于一动一静之间，审其诚几，静存诚，动研几。而反乎天则。是行乎事物而皆以洗心于密者，本吾藏密之地，天授吾以大中之用也。审乎此，则所谓性、道者，专言人而不及物，亦明矣。天命之人者为人之性，天命之物者为物之性。今即不可言物无性而非天所命，然尽物之性者，亦但尽吾性中皆备之物性，使私欲不以害之，私意不以悖之，故存养省察之功起焉。③
>
> 《中庸》曰“天命之谓性”，为人言而物在其中，则谓统人物而言之可也。又曰“率性之谓道”，则专乎人而不兼乎物矣。物不可谓无性，而不可谓有道，道者人物之辨，所谓人之所以异于禽兽也。④

---

① (清)王夫之：《读通鉴论》，《船山全书》(第10册)，岳麓书社1996年版，第934页。

② (清)王夫之：《读通鉴论》，《船山全书》(第10册)，岳麓书社1996年版，第935页。

③ (清)王夫之：《读四书大全说》，《船山全书》(第6册)，岳麓书社1996年版，第455-456页。

④ (清)王夫之：《张子正蒙注》，《船山全书》(第12册)，岳麓书社1996年版，第112页。

在船山看来，所谓“中庸”乃是天地万物在人们日常日用之中所呈现出来的“条理”“文理”，而且在这天地万物之“条理”“文理”中，运动不息的“天理”(“天则”)贯穿始终。具体来讲，天以“气之理”命人而人受之为性，命之于物而物受之为性，这就是所谓的“天命之谓性”。而人在受命于天后，不是被动的“俟命”，而是率性循理积极地认识天道、人道以及物道，因而可以主动“造命”，这也即“率性之谓道”。因此，这就存在人性和物性之别。也就是说，人在日常日用(用物、理物)过程中，既能够做到人之性与物之性的统一，即“尽吾性中皆备之物性”，而且还能率性循理发挥主观能动性，发现、认识、探索到与人性、物性贯穿始终的天道、人道和物道。但是，由于物只有物之性却没有“物之道”，所谓的“物之有道”乃是对人而言的，是人的“用物之道”，船山说：“今以一言以蔽之曰：物直是无道。……若牛之耕，马之乘，乃人所以用物之道。……则物之有道，固人应事接物之道而已。是故道者，专以人而言也。”①为什么会出现这种巨大差别呢？船山认为那是因为人有“心”之故，这个结论正是基于船山自己(心)性情论思想。也正是从(心)性情论出发，船山建筑起了关于“诗言志”与“诗达情”诗学理论的坚实理论根基。

(四)(心)性情论

王夫之从他的气论一元本体观念出发，对“太极”“道”“理”的细致分析，其目的不在于探索宇宙的奥秘，而一开始就是为了解决善恶根源的问题，陈来认为：“追寻和确定‘善恶的根源’，是船山哲学探讨的根本性问题意识。”②而对善恶根源问题的解决就涉及了船山的(心)性情论思想。这里不仅要弄清船山关于心、性、情、欲等概念各自的内涵，同时也要分辨它们之间的关系和边界。

1. 何为“性”？

关于“性”的看法，船山无疑是同意以朱熹为代表的宋明理学

① (清)王夫之：《读四书大全说》，《船山全书》(第6册)，岳麓书社1996年版，第460页。

② 陈来：《诠释与重建——王船山的哲学精神》，北京大学出版社2004年版，第231页。

家的观点："生之理谓性。"①只不过，船山关于"性"有自己更为细致的辨析，在上文中，我们已经了解到船山关于"性"与"道""理"等概念之间的关系，而且也知道他关于"人性"与"物性"的种类划分。船山关于"性"的内涵还有一个更明确的说法：

> 盖性者，生之理也。均是人也，则此与生俱有之理，未尝或异；故仁义礼智之理，下愚所不能灭，而声色臭味之欲，上智所不能废，俱可谓之为性。②

船山认为，"性"是"生之理"，也即"道"落实到人所表现出来的阴阳气化的"条理"，是与生俱来、先天具有的。这个与朱熹的说法一致。但是与朱熹不同的是，船山认为"性"不仅包含"仁义礼智"，也包括"声色臭味之欲"。因此，他同意孟子把人生而具有的形色，如好色、好勇、好利、好货等，归之于天性，"故曰'形色，天性也'。说得直恁斩截"③。这就肯定了形色具有自然的合理性和道德的合理性，从形色中我们可以见得"道"和"理"。而与阴阳之气化紧密相关的"道"和"理"是处于永不停息的运动变化之中的，因此他认识到了"性日生日成"的道理：

> 夫性者生理也，日生则日成也，则夫天命者，岂但初生之顷命之哉！……形日以养，气日以滋，理日以成；方生而受之，一日生而一日受之。受之者有所自授，岂非天哉？故天日命于人，而人日受命于天。故曰性者生也，日生而日成之也。④

---

① (宋)黎靖德编：《朱子语类》(第4册)，中华书局1999年版，第1376页。

② (清)王夫之：《张子正蒙注》，《船山全书》(第12册)，岳麓书社1996年版，第128页。

③ (清)王夫之：《读四书大全说》，《船山全书》(第6册)，岳麓书社1996年版，第959页。

④ (清)王夫之：《尚书引义》，《船山全书》(第2册)，岳麓书社1996年版，第299-300页。

也就是说，天以理之气命之于人(也包括物)而人受之为性，但是由于“理之气”始终处于运动变化之中，因而“天命之于人、人受命于天”这种“天人降、受”的关系始终处于运动、变化、发展之中，船山说：“命曰降，性曰受。性者生之理，未死以前皆生也，皆降命受性之日也。初生而受性之量，日生而受性之真。”①因此，船山主张一种“性日生日成”的发展、变化之“成性论”观，以此反对程朱理学所一再强调的“复其初”“复其旧”，即返回、复归到人性最初的本然状态，也即一种完善的状态。无论是陆九渊的直指本心，还是王阳明的“致良知”，或者朱熹的“格物致知”等，宋明理学家们一再倡导的加强人之内在修养，乃是为了实现向那个最初的“现成本性”的复归，表现出一种向后的退化意识倾向。与宋明理学的“复性观”不同，船山的“成性观”始终表现出向前的进化意识倾向。

但是，正如孔子所言：“性相近，习相远。”天不断以理之气命之于人，那么人也不断遵循这受命于天的“性理”，用之于日常日用(理物过程)之中。而且，正是在理物过程中，人逐渐体悟到“道”的奥妙、神明：“生之初，人未有权也，不能自取而自用也。惟天所授，则皆其纯粹以精者矣。天用其化以与人，则固谓之命矣。生以后，人既有权也，能自取而自用也。”②这“自取自用”的理物过程就是后天的“习”，船山明确说：“而习者，亦以外物为习也，习于外而生于中，故曰‘习与性成’。”③因此，船山认为的“性”就有了“先天之性”和“后天之性”的区别，前者是天以理气授命予人时赋予的，后者则是人在理物过程中与外物打交道而学习到的。船山认为正是这“后天之性”产生了情、欲以及善恶之别：

① (清)王夫之：《思问录内篇》，《船山全书》(第12册)，岳麓书社1996年版，第413页。

② (清)王夫之：《尚书引义》，《船山全书》(第2册)，岳麓书社1996年版，第300页。

③ (清)王夫之：《读四书大全说》，《船山全书》(第6册)，岳麓书社1996年版，第962页。

> 后天之性，亦何得有不善？“习与性成”之谓也。先天之性天成之，后天之性习成之也。乃习之所以能成乎不善者，物也。夫物亦何不善之有哉？（如人不淫，美色不能令之淫。）取物而后受其蔽，此程子之所以归咎于气禀也。虽然，气禀亦何不善之有哉？（如公刘好货，太王好色，亦是气禀之偏。）然而不善之所从来，必有所自起，则在气禀与物相授受之交也。①

这里的“气禀”就是情欲，包括形色、好货、好色等。船山认为，人在与物打交道的过程中，就会产生情感、欲望，而这情感、欲望（包括物）本身并不是不善，只不过由于人与物打交道的时间或地点不适宜，就不免产生了不善的情感、欲望。因而，人要学习正确地与物之形色打交道，如果能像圣人那样正确地与物打交道，就能发挥自身的主动性，“身与道行”。这样，不仅先天之性是善的，而且后天之性也将是善的。但是，如何才能达到这个目标呢？船山认为必须“知性”“尽性”，而“知性”“尽性”的关键在于“心”。

2. 何为“心”？

船山说：“人受天地之中以生……天之所以生我者为命；生我之理为性；我受所生之理，而有其神明之用以尽其理曰心。”②也就是说，天授命人之“性”，而人在理物过程中，自取自用这“性”，并在与万物打交道的过程中，尽量遵循这“性之理”，“尽性之理”即是“心”。因此，“心”与“性”之间的关系乃是“用”与“体”的关系：“心性固非有二，而性为体，心为用。”③也就是说，尽“心”之用则“性”在其中。一方面，“性”给予“心”以根据；另一方面，在

① （清）王夫之：《读四书大全说》，《船山全书》（第6册），岳麓书社1996年版，第962页。

② （清）王夫之：《四书训义》，《船山全书》（第8册），岳麓书社1996年版，第822页。

③ （清）王夫之：《读四书大全说》，《船山全书》（第6册），岳麓书社1996年版，第555页。

“心”的效用之中包含了“性”，即所谓“心含性而效动”。[①] 船山认为“心含性而效动”与张载的“心合性与知觉”的说法是一致的：“张子曰：‘合性与知觉，有心之名。’性者，道心也；知觉者，人心也。人心、道心合而为心，其不得谓之‘心一理也’又审矣。”[②]“合性”指向“心”的内容方面，即“心之实”：“仁义者，心之实也，若天之阴阳也。”[③]而“知觉”乃指向“心”的功能方面，即“心之几”：“知觉运动，心之几也，若阴阳之有变合也。”[④]这样一来，根据内容和功能的不同，“心”可划分为“道心”和“人心”两种。因此，船山也就很好地反驳了陆象山的“心即理”说、王阳明的“心外无理”说。因为根据船山对“心”的划分，“道心”(包含良心、仁义等)即理的说法固然成立，但作为认知功能性的“人心”既可以认知“理”，同样可以认知“非理”，“人心”即理的说法就不成立。

正是从“心为性之用”的角度，船山指出了“知性”与“心统性情”的可行性。所谓“知性”，就是“知性之理”的意思。至于“知”固然可以解释为“认知”“知觉”，但如果理解为“体会”“体验”，则更为恰切，船山说：“性岂可谓之物？又岂可在事物上能知性哉？径从知性上作工夫，如何能知？‘知性’者，实于己身未发之中、已发之和上体会如此。”[⑤]正是在人对自身的“性之理”的觉悟、体会中，“人心”与“道心”、“合性”与“知觉”才能实现真正的合一，人性与物性之间的真正差别才得以彰显，人之主观能动性才得以发挥，人在宇宙万物中的优越地位才得以确立。这也就是船山所说

---

① (清)王夫之：《读四书大全说》，《船山全书》(第6册)，岳麓书社1996年版，第893页。

② (清)王夫之：《读四书大全说》，《船山全书》(第6册)，岳麓书社1996年版，第1112页。

③ (清)王夫之：《读四书大全说》，《船山全书》(第6册)，岳麓书社1996年版，第893页。

④ (清)王夫之：《读四书大全说》，《船山全书》(第6册)，岳麓书社1996年版，第893页。

⑤ (清)王夫之：《四书笺解》，《船山全书》(第6册)，岳麓书社1996年版，第358页。

的："目所不见之有色，耳所不闻之有声，言所不及之有义，小体之小也。至于心而无不得矣，思之所不至而有理未思焉耳。故曰'尽其心者知其性'。心者，天之具体也。"①作为"小体"的个人由于知觉功能器官的局限性，不知、未知是必然的。但是如果能"尽心"、极力发挥"小体"的知觉功能，那么就可以发挥出"心"的无限潜能。也正是在"知性"的意义上，"心统性情"才具有可行性：

> "心统性情"，"统"字只作"兼"字看。其不言兼而言统者，性情有先后之序而非并立者也。实则所云"统"者，自其函受而言。若说个"主"字，则是性情显而心藏矣，此又不成义理。性自是心之主，心但为情之主，心不能主性也。②

船山主张应该将"心统性情"之"统"解释为"兼"，或者从"函受"的意义上解释为"包括"之义，而反对将它解释为"主"。原因在于："兼"字很好地体现了"性"与"情"之间主次、先后有别的关系，能突显"性"对于"情"的优先地位。而"主"字则不仅抹杀了这种主次、先后秩序，而且"性"变成了"情"的名词性定语，"情"反而成为主导了。这正是船山要加以辨析的。他认为"情"(欲)只是在人与物打交道的后天行为中产生的，是后天之性所涵括的，且是不善产生的根源。这样看来，似乎"道心"对应了"性"，是"体"；而"人心"才对应了"情"，是"用"。也就是说，道心统性、人心统情，分工似乎很明确。但是，从体用不二、互藏其宅的紧密关系来看，船山却主张道心统性情，人心也统性情，而且更重要的是，由于道心贯穿始终，所以人心统情，道心也统情。这样一来，似乎"道心统性"与"道心也统情"二者发生了矛盾。其实不然。在船山

① (清)王夫之：《思问录内篇》，《船山全书》(第12册)，岳麓书社1996年版，第401页。

② (清)王夫之：《读四书大全说》，《船山全书》(第6册)，岳麓书社1996年版，第945-946页。

看来，具有“知性”、知觉功能的“人心”是既可以认知、体会到“理”，也同样可以认知、体会到“非理”。这样，体会到“理”时，人心与道心相统一、和合，道心从而显现出来；而体会到“非理”时，人心不与道心相统一、和合，道心处于被遮蔽的状态，似乎道心不存在了，人似乎也失去了道心，变成了“小人”。也就是说，道心似乎不在，但它永远都在，只是暂时性的被遮蔽了，所以道心既统性亦统情是不矛盾的。因此，正是从“道心被遮蔽”的角度，船山同意孟子所主张的“正心”，也即孟子所讲的“志”。关于这一点，下文再详细论述，不过在论述“志”之前，先得弄清楚“情”(欲)的内涵规定。

3. 何为“情”(欲)?

较早对“心”“性”“情”“欲”四者关系进行阐述的言论见于《礼记·乐记》：

> 人生而静，天之性也；感于物而动，性之欲也。物至知知，然后好恶形焉。①

在这短短不足30字的话语中，至少表达了以下三层意思：一是“性”是隐藏不可见的(静中有动、相对的动)；二是“心”在与外物打交道的过程中，“性”才发见，由此产生了“欲”；三是“心”在对外物的认知过程中，产生了“意识”“知觉”，然后产生了“情感”倾向。然而，船山却并不这么认为，他对《乐记》的这段文字重新进行了解释：

> “欲”，谓情也。“知知”，谓灵明之觉因而知之也。人具生理，则天所命人之性固在其中，特其无所感触，则性用不形而静。乃性必发而为情，因物至而知觉之体分别遂彰，则同其情者好之，异其情者恶之，而于物有所攻取，亦自然

① (清)阮元校刻：《十三经注疏·礼记·乐记》，中华书局1980年版，第1529页。

之势也。①

即在船山看来，受命于天的“人性”(包括物性)固然是隐藏不见的(静中有动、相对的动)，但是从体与用、道心与人心的关系来看，“性”隐“情”(欲)显，“性”的显现必须通过“情”(欲)，“惟性生情，情以显性，故人心原以资道心之用”②，这是其一。其二，“人心”在与外物打交道的过程中，“先天之性”才发见为“后天之性”，由此产生了“情感”倾向。其三，“心”在对外物的感知过程中，产生了“意识”“知觉”，在对“后天之性”的学习过程中，“情感”倾向表现为具体的形态，由此产生了“欲”以及善与不善之别。这与《乐记》的说法最大的区别在于：《乐记》认为“性”动产生“欲”，“欲”动产生情。而船山则认为，“性”动产生的是“情”，“情”动才产生“欲”。他解释了其中的原因：“情者，阴阳之几也。”③“阴阳”者，阴阳二气也，“几”者，“机”也，“际”也。也就是说，情感的产生乃是阴阳二气气化过程中的因缘际会，是贯穿于“道”的“性之理”的神明之见。可见，他的这个解释仍然是基于他一贯的气论一元论的思想。

因此，我们现在可以简单地总结一下船山的心性情论思想：首先，“性”动而生“情”，“情”动而生“欲”。具体说来，是“后天之性”动才产生了“情”和“欲”。因而船山说：“人心括于情，而情未有非其性者，故曰人心统性。道心藏于性，性抑必有其情也，故曰道心统情。性不可闻，而情可验也。”④可见，性、情、欲三者之间也存在主次、先后之别。其次，来看性、情、欲三者之

① (清)王夫之：《礼记章句》，《船山全书》(第4册)，岳麓书社1996年版，第897-898页。

② (清)王夫之：《读四书大全说》，《船山全书》(第6册)，岳麓书社1996年版，第473页。

③ (清)王夫之：《诗广传》，《船山全书》(第3册)，岳麓书社1996年版，第323页。

④ (清)王夫之：《尚书引义》，《船山全书》(第2册)，岳麓书社1996年版，第262页。

间的密切关系：一方面，船山主张“性为体，情为用”，即“性，道心也；情，人心也。恻隐、羞恶、辞让、是非，道心也；喜、怒、哀、乐，人心也”。[①] 因而，“性”隐而“情”显。另一方面，他又认为：“情上受性，下授欲。”[②]“情”处于主导地位，“欲”是“情”的结果，“情之始有者，则甘食悦色；到后来蕃变流转，则有喜怒哀乐爱恶欲之种种者”。[③] 因此，三者之间的逻辑结构应该是这样的：

静态结构：（气）→性——情——欲；
动态结构：（道）→命——心——形。

需要注意的是，关于三者之间的逻辑结构，笔者之所以刻意地将其划分为静态和动态两种情形，乃是为了突出“心”之作用。船山所谓的“感于物而动，性之情也”命题之所以成立，关键在于“人心”之“感物”。他认为“人心”是“合性与知觉”的统一，“人心”既可受命于“先天之性”，同时也可认知天地万物，从而学习“后天之性”，从而循性之理而达道。正是在这种上传下达的动态过程中，情、欲得以产生。而且“人心”“感物”之“感”，是交感、相感、感动、通感，这就突出了在情感产生的过程中“人与物的相互作用”，正如船山所说：“情固是自家底情，然竟名之曰‘自家’，则必不可。盖吾心之动几，与物相取，物欲之足相引者，与吾之动几交，而情以生。然则情者，不纯在外，不纯在内，或往或来，一来一往，吾之动几与天地之动几相合而成者也。”[④]情感产生乃是人与物的互动之结果，这正是船山“情景交融”诗学核心观念的理论基

① （清）王夫之：《读四书大全说》，《船山全书》（第6册），岳麓书社1996年版，第964页。

② （清）王夫之：《诗广传》，《船山全书》（第3册），岳麓书社1996年版，第327页。

③ （清）王夫之：《读四书大全说》，《船山全书》（第6册），岳麓书社1996年版，第1066页。

④ （清）王夫之：《读四书大全说》，《船山全书》（第6册），岳麓书社1996年版，第1067页。

础。这种观点明显不同于王阳明“南镇观花”的唯心论，也与朱熹的性情论思想有较大的不同。正如郭齐勇所认为的那样：朱熹主张的“恻隐是情”“四端皆情”，旨在强调道德情感与道德理性之间的互动关系。而船山则严格区分了四端、七情，认为四端是性，七情是情，从而批评了朱熹“以性为情、以情知性”的理论，因为他混淆了性与情、道心与人心之间的界限，从而认定已发的道德情感仍然是“性”而不是“情”。因此，船山关于“情”的态度更保守，对“情”的警惕防范甚至超过了朱熹。① 船山对于情、性之界限的警惕，乃是为了批判明代以李贽为代表的泛情论思潮，有其特殊的时代意义。

4. “情”是不善产生的根源

船山在批判朱熹性情论的基础上，厘清了四端是性，七情是情，从而认定“情”是不善产生的根源。在前文中，船山将情、欲归入人的“气禀”之性，承认形色（如好色、好勇、好利、好货等）乃是天性使然，从而肯定了欲求的合理性。但是，他又认为，情、欲乃是后天之性所包含的，因而人在后天学习的过程中，难免会出现时机、地点等不合时宜的情形，因此就会出现善、恶的状况。所以，船山认为，性是善的，“惟一善者，性也；可以为善者，情也”②。情有善有恶，“性一于善，而情可以为善，可以为不善也”③。而包涵在“情”之中的“欲”有私欲、公欲之分，饮食男女即是人欲，船山更侧重的是“公欲”的满足。所谓“公欲”，实即孟子所劝导的梁惠王与“百姓同之”之欲，也就是说，我有好色、好勇、好利、好货等之心，我也要让天下人民的好色、好勇、好利、好货等之心得到满足。从这个意义上说，公欲即是公理的体现，可随处见天理。因此，船山主张要正心、正情。

---

① 郭齐勇：《朱熹与王夫之的性情论之比较》，载《文史哲》2001 年第 3 期。

② （清）王夫之：《诗广传》，《船山全书》（第 3 册），岳麓书社 1996 年版，第 332 页。

③ （清）王夫之：《读四书大全说》，《船山全书》（第 6 册），岳麓书社 1996 年版，第 1069 页。

正是在这种性情观思想的指导下，船山关于"诗言志"与"诗达情"的诗学主张获得了坚实的哲学理论基础。一方面，船山认为，天以理之气命之人而人受之成性，而受性于天的人又反过来遵循、学习这"性之理"来用性、理物，而这种命"降"、性"受"的过程又是永不停息的，"性日生日成"，所以要"尽其性，安其命而不乱，以性顺命也"。① 因此，"诗达情"是符合人性之理的，具有不可否认的合理性。但另一方面，"情"有善有恶，如果不以心统性情，不以性治情、节情，那情将会泛滥、物欲横行，正所谓："情之过者一发而不收，则闻见思虑者从之流于妄。惟不能奉性以治情，而情奔于物欲之诱，则因以使才为恶用，而治教亦不能为之移。"②因此，具体到诗歌抒情上，就要"发乎情、止乎理"，用船山的说法即"尽其性，行乎情而贞，以性正情也"。③

二、"诗言志"与"诗达情"的具体内涵

在《诗广传·论北风》中，船山关于"诗言志"与"诗达情" 有一个集中的表述：

> 诗言志，非言意也；诗达情，非达欲也。心之所期为者，志也；念之觊得者，意也；发乎其不自已者，情也；动焉而不持者，欲也。意有公，欲有大，大欲通乎志，公意准乎情。但言意，则私而已；但言欲，则小而已。人即无以自贞，意封于私，欲限于小，厌然不敢自暴，犹有愧怍存焉，则奈之何长言嗟叹，以缘饰而文章乎？④

① （清）王夫之：《诗广传》，《船山全书》（第3册），岳麓书社1996年版，第429页。

② （清）王夫之：《四书训义》，《船山全书》（第8册），岳麓书社1996年版，第308页。

③ （清）王夫之：《诗广传》，《船山全书》（第3册），岳麓书社1996年版，第429页。

④ （清）王夫之：《诗广传·论北风》，《船山全书》（第3册），岳麓书社1996年版，第325页。

通过这段话船山表达了三层意思：一是所谓“诗言志”，也即诗歌要言说的是心中所期待的那个“志”，而不是“诗言意”，不是言说那个心中一直觊觎的一己“私意”；二是所谓“诗达情”，也即诗歌要表达的是内心不能自已的“情”，而不是“诗达欲”，即表达那些内心深处涌动着的一己“私欲”；三是即便是“诗言意”，言的也是“公意”，“诗达欲”达的也是“大欲”，即“大欲通乎志，公意准乎情”。正是在这个意义上，“诗言志”与“诗达情”这两个诗学命题实现了融会、贯通。也正是从“诗言志(公意)”“诗达欲(大欲)”的角度，船山批评了一味言私意、达私欲的文学创作观念。

因此，要想真正理解船山对“诗言志”与“诗达情”命题的融会、贯通，必须切实把握、弄清“志”与“情”的内涵。也就是说，要厘清“志”“意”“情”“欲”这四个概念的内涵及其边界区分。而“志”“意”“情”“欲”四者本是人的内心思想、情感、欲望等的活动表现，与“心”相关，因而就必须从船山的性情论出发，加以辨析。

(一)“诗言志”

船山关于“志”的内涵的理解，重在对“志”与“意”的辨析。船山对“志”的本义的理解与闻一多关于“志”的第三层意义，即“怀抱”之义相通，并不违背“停在心上、藏在心里”的本义。而且也包含了陈良运对“怀抱”之“志”所做的扩展之义：“停在心上”之“志”不仅是“认识活动”的结果，即心中之意，而且具有明显的“意向活动”指向，包含某种愿望或欲求。但是，要把握船山关于“志”的内涵的具体理解，不能仅仅通过“志”的本义来作一般性的理解，必须从船山自己的言论着手，进行详细的论辩。

在先秦两汉的典籍中，一般将“志”与“意”相通而用，二者之间没有严格的区分，如司马迁、郑玄、许慎、陈寿等人均将“志”“意”互训而用。司马迁在《史记》的《太史公自序》和《五帝本纪》等篇章中多次将“诗言志”记作“诗以达意”或“诗言意”。董仲舒也说“心之所之谓意”“诗言意”。[①] 许慎也将“意”解释为“志”：“意，

① (汉)董仲舒著，周桂钿译注：《春秋繁露》，中华书局2011年版，第125页。

志也，从心察言而知意也，从心从音。”①郑玄在注解《尚书·尧典》中“诗言志，歌永言”一句时，也是“志”“意”互训的：“《诗》所以言人志意也；永，长也，歌又所以长诗之意，故《广雅释言》曰‘诗，意也’。”②陈寿《三国志》有录：“郡中奇其年少而有大意也。”③这里的“大意”正是“大志”的意思。

然而，王夫之却主张将“志”与“意”作更细致的分析，从它们的异同之处寻找二者之间的界限。他认为二者虽然均是本之于“心”，有某种相通之处，但仍存在很大的差异，而这种不被人所关注的差异正是二者之间的界限之所在。因此，王夫之对“志”与“意”之间的细微差别进行了深入的探寻。他认为“志”乃“心之所期为者”，而“念之所觊得者”才是“意”。这里的“期”是期待、希望之义，“觊”是“觊觎”的意思。按照王夫之的解释，此处明显存在细微的差别，如果说“心之所期待”正是闻一多所说的“停之于心、藏之于心”之意，也是陈良运所说的“心中之意”，是认识活动的结果，那么“念之所觊觎”则是带有明显的“意向活动”指向，与欲求、愿望等情感活动相关。“觊觎”在现代汉语中本是具有贬义色彩的词语，带有非分之想、不合理欲求的意味。因而，“意”者难免不带有私心、私欲，这也正是船山所说“但言意，则私而已”的意思。在《张子正蒙注》中，王夫之对“志”与“意”之间的差异进行了反复剖析：

> 意者，心所偶发，执之则成心矣。
>
> 意之所发，或善或恶，因一时之感动而成乎私；志则未有事而豫定者也。……故志正而后可治其意，无志而唯意之所为，虽善不固，恶则无不为矣。

① （汉）许慎撰，（清）段玉裁注：《说文解字》，中州古籍出版社 2006 年版，第 502 页。

② （清）阮元校刻：《十三经注疏·尚书·尧典》，中华书局 1980 年版，第 131 页。

③ （晋）陈寿：《三国志·魏志·杜畿传》，中华书局 1998 年版，第 206 页。

意者，乍随物感而起也；志者，事所自立而不可易者也。庸人有意而无志，中人志立而意乱之，君子持其志以慎其意，圣人纯乎志以成德而无意。①

即在王夫之看来，“意”是人内心偶然感动于外物而产生的意识活动，“意”有善恶之分、大小之别，偏于私，具有不确定性；而“志”是人内心自然存在的意识活动，更具有恒久性和确定性，所以，他说：“惟夫志，则有所感而意发，其志固在，无所感而意不发，其志亦未尝不在。”②因此，要“正心持志”，“人苟有志，死生以之”。③“志”与“意”之间的关系相当于本与末的关系，只要“志正”就能“治其意”，而且只有圣人、君子才能“纯乎志”“持其志”以实现“治其意”的目标，这就是所谓的“正其志于道，则事理皆得，故教者尤以正志为本”。④因此，从“志正”以“治其意”的角度，我们可以将王夫之所强调的“志”归纳为三个层次：

一是“志”乃心之主：

斋以静心，志乃为主。⑤

惟夫志，……而恒存恒持，使好善恶恶之理，隐然立不可犯之壁垒，帅吾气以待物之方来，则不睹不闻之中，而修齐治平之理皆具足矣。此则身意之交，心之本体也；此则修诚之际，正之实功也。故曰“心者身之所主”，主乎视听言动者也，

---

①（清）王夫之：《张子正蒙注》，《船山全书》（第12册），岳麓书社1996年版，第150、189、258页。

②（清）王夫之：《读四书大全说》，《船山全书》（第6册），岳麓书社1996年版，第401页。

③（清）王夫之：《姜斋六十自定稿·自序》，《船山全书》（第15册），岳麓书社1996年版，第331页。

④（清）王夫之：《张子正蒙注》，《船山全书》（第12册），岳麓书社1996年版，第188页。

⑤（清）王夫之：《庄子解》，《船山全书》（第13册），岳麓书社1996年版，第304页。

则唯志而已矣。①

作为“身之所主”的“心”是“意”“志”产生的基础，而恒久、固定的“志”又是“心之主”，是人修身、诚意的关键之所在。船山显然是很重视“立志”的，他明确指出“志”的恒久持存，如坏善恶的普通标准才能得以确立，“志”统帅浩然之气，主宰人的言谈举止，接人待物之际“修齐治平之理”自然具足。

二是“志”乃“人道”，是人之为人的根本，是人区别于禽兽的根本所在：

> 释氏之所谓六识者，虑也；七识者，志也；八识者，量也；前五识者，小体之官也。呜呼！小体，人禽共者也。虑者，犹禽之所得分者也。人之所以异于禽者，唯志而已矣。不守其志，不充其量，则人何以异于禽哉！②

显然，作为“七识”的“志”相当于孟子所讲的“仁、义、礼、智”这些“善端”，人与动物因此相区分。因此，王夫之也是主张“性善论”的。

三是“志”乃“天道”：

> 故道者，所以正吾志者也。志于道而以道正其志，则志有所持也。盖志，初终一揆者也，处乎静以待物。道有一成之则而统乎大，故志可与之相守。③

只有“志于道”才有可能“正其志”，这与孔子的“志于道，据于

① （清）王夫之：《读四书大全说》，《船山全书》（第6册），岳麓书社1996年版，第401页。

② （清）王夫之：《张子正蒙注》，《船山全书》（第12册），岳麓书社1996年版，第451页。

③ （清）王夫之：《读四书大全说》，《船山全书》（第6册），岳麓书社1996年版，第929页。

德，依于仁，游于艺”①的说法是一致的。孔子所“志”之“道”，既是修齐治平之“政道”，也是“仁者爱人”“忠恕”之“仁道”，更是“忠义孝悌”的伦理之“德道”，但其最终指向的乃是最终极的“天道”，“天何言哉？四时行焉，百物生焉，天何言哉？”②正如蒙培元所认为的那样，孔子“所‘志’之道，既不是上帝的命令，也不仅是人间之道，而是天人合一之道”，“他所‘志’之道，就是天道无疑”。③ 而王夫之所要“志”之“道”无疑也是“天道”：“君子之有文，以言道也，以言志也。道者，天之道；志者，己之志也。……君子之有文，以言道也，以言志也，以承天尽己而匡天下之邪淫者也。”④

（二）“诗达情”

船山关于“情”内涵的理解，重在对“情”与“欲”的辨析。在前文里，笔者立足于船山的性情论思想，对“情”与“欲”的内涵及其关系已经做过论述。在船山看来，情是“阴阳之几”，是人心在后天之性学习的过程中因缘际会所产生的，是“性”之动的结果。因此，他主张严格区分四端与七情的界限，反对朱熹“四端皆情”的主张，他认为四端是性，七情才是情：“故以知恻隐、羞恶、恭敬、是非之心，性也，而非情也。夫情，则喜、怒、哀、乐、爱、恶、欲是已。”⑤而且性始终善，而情有善有不善。只要情不偏离性，遵循性之理而运行，性行于情中，则情无不善。反之，情一旦偏离性，不遵循性之理而运行，则情可不善。至于“欲”是“情”之动，包含于“情”之中，正所谓“情上受性，下授欲”。船山不否认人欲欲求的合理性，喜怒哀乐人之常情，饮食男女人之常欲，但是

① （清）阮元校刻：《十三经注疏·论语·述而》，中华书局 1980 年版，第 2481 页。

② （清）阮元校刻：《十三经注疏·论语·阳货》，中华书局 1980 年版，第 2526 页。

③ 蒙培元：《蒙培元讲孔子》，北京大学出版社 2005 年版，第 37 页。

④ （清）王夫之：《读通鉴论》，《船山全书》（第 10 册），岳麓书社 1996 年版，第 439-440 页。

⑤ （清）王夫之：《读四书大全说》，《船山全书》（第 6 册），岳麓书社 1996 年版，第 1065 页。

人内心的私欲欲求过盛，就会造成偏离性之理的“非常之情”泛滥，“不善”因此而产生。所以他提倡孟子所推崇的“公欲”，即自己的私欲应满足，但也要“与百姓同之”的欲望得到满足，自己欲望的满足不损害别人欲望的实现。他的这种说法与荀子“性恶论”颇有相通之处，只不过船山主张性始终是善的。因此，在某种程度上说，船山的情与欲之间的关系，也可以用“本与末”的关系来加以描述，情是本，欲是末。正是因为如此，船山很少论述如何“存理去欲”，倒是非常重视以性治情、以性节情，从而达到“裕情”治欲的目的。正是从“裕情”“余情”的角度，船山很好地阐释了何为“诗达情”。

首先，“诗达情”是诗“白情”而不是诗“匿情”。所谓“白情”，就是把自己内心与天下人共通的情感表达出来，这无疑是圣人、君子表达情感的方式。正如船山所说：

> 夏尚忠，忠以用性；殷尚质，质以用才；周尚文，文以用情。质文者，忠之用，情才者，性之撰也。……是故文者，白也，圣人之以自白而白天下也。匿天下之情，则将劝天下人以匿情矣。①

“白”就是“文”，也即纹饰、修饰之义。“白情”就是纹饰、修饰情感。也就是说，圣人、君子在表达自己内心真实情感的时候要有所修饰，也只有用一种美的表达方式才能表达出内心深处那与天下人共通的真情实意，而这种经过修饰的美的表达方式无疑唯诗歌莫属。这就是“诗白情”的真实涵义。与之相反的是“匿情”，就是隐匿情感的表达，这无疑是小人表达情感的方式。正如船山所说：

> 君子与君子言，情无嫌于相示也；君子与小人言，非情而无以感之也。小人与君子言，不能自匿其情者也。将欲与之

---

① (清)王夫之:《诗广传》,《船山全书》(第 3 册)，岳麓书社 1996 年版，第 299 页。

言，因其情而尽之，不得其情，不可尽也；将欲与之言，匡其情而正之，苟非其情，非所匡也。言之而欲其听，不以其情，嫌于不相知而置之也。言之而为可听，不自以其情，彼将谓我之有别情而相媚也。故曰“诗达情”。①

船山认为，小人“匿情”隐匿的是与天下人共通的真情实意，并不隐匿自己的一己私情，一任自己的“喜、怒、哀、乐、爱、恶、欲”肆意宣泄而无法自拔。这种匿天下之情而不匿一己之情的做法，必然会导致“迁心移性”的恶果：“匿其哀，哀隐而结；匿其乐，乐幽而耽。耽乐结哀，势不能久，而必于旁流。旁流之哀，懰慄惨澹以终乎怨；怨之不恤，以旁流于乐，迁心移性而不自知。”②“迁心移性”必然妨碍真正情感的表达和抒发，使情偏离于性之理，不善必然就会产生。如果诗歌一味表达的是这样的“情”，那必然会违背儒家“怨而不怒”“温柔敦厚”的诗教传统信条。这就是船山所说的：

上不知下，下怨其上；下不知上，上怒其下。怒以报怨，怨以益怒，始于不相知，而上下之交绝矣。夫诗以言情也，胥天下之情于怨怒之中，而流不可反矣，奚其情哉！且唯其相知也，是以虽怨怒而当其情实。

如其不相知也，则怨不知所怨，怒不知所怒，无已而被之恶名。③

其次，“诗达情”达的是“贞情”（正情）而不是“淫情”。船山关于“贞情”“淫情”的论述很多，两者是相互对立、矛盾之“情”。先

① （清）王夫之：《诗广传》，《船山全书》（第3册），岳麓书社1996年版，第353页。

② （清）王夫之：《诗广传》，《船山全书》（第3册），岳麓书社1996年版，第299页。

③ （清）王夫之：《诗广传》，《船山全书》（第3册），岳麓书社1996年版，第341-342页。

看几段他的代表性言论：

> 奖情者曰："以思士思妻之情，举而致之君父，亡忧其不忠孝矣。"君子甚恶其言。非恶其崇情以亢性，恶其迁性以就情也。情之贞淫，同行而异发久矣。
>
> 贞亦情也，淫亦情也。情受于性，性其藏也，乃迨其为情，而情亦自为藏矣。藏者必性生而情乃生欲，故情上受性，下授欲。受有所依，授有所放，上下背行而各亲其生，东西流之势也。①

所谓"贞"者，正也，定也，恒常也；所谓"淫"者，过也，不定也，无恒常也。所谓"贞情"，就是正情、定情，恒常之情；所谓"淫情"，就是过度之情，不定之情，无恒常之情。两者虽然都是"情"，但前者是"以情顺性"，后者是"迁性以就情"；前者是以性之理为中心、为依归，是情之善，后者则是偏离于性之理，过度而不受节制，是情之不善。正是从"尽其性，行乎情而贞，以性正情"的角度，船山极力赞扬《关雎》"性无不通，情无不顺，文无不章。……故《关雎》者王化之基"。② 船山也反复歌颂屈原的"忠贞之性"以及其作品中表达出来的真情实意，"屈子忠贞笃于至性，忧国而忘生"③。也正是从情欲的不加节制的视角，船山旗帜鲜明地批评《采葛》"采葛之情，淫情也"④，并多次痛骂韩愈、柳宗元、孟郊等人，将他们斥为"淫人"，其作品为"淫诗、淫情"："韩、柳、曾、王之文，礁削迫塞而无余，虽欲为千古之淫人，其将能

① （清）王夫之：《诗广传》，《船山全书》（第3册），岳麓书社1996年版，第327页。

② （清）王夫之：《诗广传》，《船山全书》（第3册），岳麓书社1996年版，第300页。

③ （清）王夫之：《楚辞通释》，《船山全书》（第14册），岳麓书社1996年版，第449页。

④ （清）王夫之：《诗广传》，《船山全书》（第3册），岳麓书社1996年版，第344页。

乎”、“孟郊、曹邺之为淫人，谅矣”。[1] 总之，船山或赞扬、或贬斥的原因都在于“诗达情”是否符合“哀而不伤、乐而不淫”的儒家诗教传统。

再次，“诗达情”达的是“道情”而不是“私情”。所谓“道情”，顾名思义就是情感表达符合了“道”的运行，遵循了“性之理”。船山在评论《诗经·草虫》时明确地提出了“道情”：

> 君子之心，有与天地同情者，有与禽鱼草木同情者，有与女子小人同情者，有与道同情者，唯君子悉知之。悉知之则辨用之，辨用之尤必裁成之，是以取天下之情而宅天下之正。故君子之用密矣。[2]

而与“道情”相左的就是“私情”，也即专注于自己的喜怒哀乐爱恶欲的一己私情，船山批评《诗经·北山》篇抒发的就是“私情”：“为《北山》之诗者，其音复以哀，甚节促以乱，其词诬，其情私矣。”[3]之所以这么评价，原因就在于船山认为诗人抒发的情感没有与道同行，偏离了“性之理”，只顾自己一己私情的抒情，没有体恤他人之感情，“故夫为《北山》诗者：知己之劳，而不恤人之情”[4]。因此，船山极力主张向圣人学习“裕情”，他说：“且圣人者，非独能裕于情者也，其裕于情者裕于理也。”[5]因为“裕情”实现了情与理的统一，如此方可即情即理，随处见天理。上面所讲的

---

① （清）王夫之：《诗广传》，《船山全书》（第3册），岳麓书社1996年版，第343-344页。

② （清）王夫之：《诗广传》，《船山全书》（第3册），岳麓书社1996年版，第310页。

③ （清）王夫之：《诗广传》，《船山全书》（第3册），岳麓书社1996年版，第422页。

④ （清）王夫之：《诗广传》，《船山全书》（第3册），岳麓书社1996年版，第422页。

⑤ （清）王夫之：《诗广传》，《船山全书》（第3册），岳麓书社1996年版，第384页。

"天下之情""贞情""道情"都是"裕情"的结果。"裕情"在船山这里也就是"余情"，他说："道生于余心，心生于余力，力生于余情。故于道而求有余，不如其有余情也。"①只有在"裕情""余情"的情况下，才可能实现船山所说的"心之广也"②。只有抒情主体实现了"心之广"，才有可能实现情感抒发的从容不迫，即"以暇"；抒情心胸才不会"褊刻""褊促"，才能不"目于一方"而不见其他；抒情风格才会和平而不"悁急""瞿瞿"，才能实现教化天下人心的目的。而与此"余情"相对的就是那些"以遽""褊刻""褊促""悁急""瞿瞿"之"情"，这些都是"迫滞之情"，船山说：

> 画焉则无余情矣，无余者，迫滞之情也。迫滞之情，生夫愁苦；愁苦之情，生夫劼倦；劼倦者，不自理者也，生夫愒佚；乍愒佚而甘之，生夫傲侈。力趋以供傲侈之为，心注之，力营之，弗恤道矣。……迫滞以无余者，莫之能得焉耳。③

船山对于这种"迫滞之情"是极力反对的，甚至发出很多偏激之辞，表现出很强的卫道意识。这与明代诗坛盛行的"尚情"诗风相关。

综上所述，船山的"志"乃是孟子意义上的"正心"，与外物相感通偶发的"意"相对，是"公意"。而且作为心之主的"志"，是人区别于禽兽的标准，其最终通向"天道"和"人道"。因此，"诗言志"言的是"公意"。而船山的"情"不是一般的私情，而是通于天下之情，是道情、贞情，是遵循性之理，以性为中心、为依归的"情"，与孟子意义上的"公欲""大欲"相通。因此，"诗达情"达的是"公欲""大欲"。而正是在"大欲通乎志，公意准乎情"的意义上，"诗言志"与"诗达情"最终实现了融会与贯通，即"穷神知化，

① （清）王夫之：《诗广传》，《船山全书》（第 3 册），岳麓书社 1996 年版，第 301 页。

② （清）王夫之：《诗广传》，《船山全书》（第 3 册），岳麓书社 1996 年版，第 302 页。

③ （清）王夫之：《诗广传》，《船山全书》（第 3 册），岳麓书社 1996 年版，第 301 页。

通志达情”。[①] “通志达情”最终形成了“诗道性情”这个著名的诗学合题。

三、船山诗学内在矛盾的起点：“诗道性情”

船山在《明诗评选》中评论徐渭的《严先生祠》一诗时，明确地提出了“诗道性情”这个著名的诗学命题：

> 诗以道性情，道性之情也。性中仅有天德、王道、事功、节义、礼乐、文章，却分派与《易》《书》《礼》《春秋》去，彼不能代《诗》而言性之情，《诗》亦不能代彼也。决破此疆界，自杜甫始。桎梏人情，以掩性之光辉；风雅罪魁，非杜其谁耶？[②]

“诗以道性情，道性之情也”，是船山对“诗道性情”这个命题的具体内涵做出的最为简洁的概括。这可以从两个角度来做进一步的阐释：一是何为“道”？二是何为“性情”？关于第一个问题，很好理解，船山自己就明确解释过了：“诗以道情，道之为言路也。”[③]所谓“道”，就是“言路”的意思，因而“诗以道情”就是“诗歌以情为言路”的意思。我们用更简洁的现代汉语可以表达为：诗歌就是抒发情感的。这样一来，船山似乎对诗歌本质的规定与我们现代对诗歌本质的定义是一致的。很多学者正是从这个角度来论述船山“诗道性情”论的，比如陶水平就明确地指出“诗道性情”论就是船山诗学的诗歌本体论。[④] 至于第二个问题船山也有明确的说法，

---

① （清）王夫之：《尚书引义》，《船山全书》（第 2 册），岳麓书社 1996 年版，第 275 页。

② （清）王夫之：《古诗评选》，《船山全书》（第 14 册），岳麓书社 1996 年版，第 1440-1441 页。

③ （清）王夫之：《古诗评选》，《船山全书》（第 14 册），岳麓书社 1996 年版，第 654 页。

④ 参见陶水平：《船山诗学研究》，中国社会科学出版社 2001 年版，第 15 页。

“诗以道性情，道性之情也”。所谓“性情”乃是“性之情也”。这样，船山就对诗歌抒发的“情”作了具体的规定。陶水平对船山的规定“性之情”从四个层面作了详细的解释：强调诗歌抒情的必要性，强调诗人审美情感的规范性，强调诗人审美情感的独特体验性，以及强调诗歌审美情感的超越性。[①] 因此，综合上述船山对“诗道性情”命题的阐释，我们可以明确地感受到他的诗学主张及其倾向。船山一方面认同诗歌的本质是抒情的，但另一方面又规定诗歌所抒之情乃是“性之情”，从而显示了他儒家诗学的一贯立场。

需要注意的是，我们对“诗道性情”的“性情”有必要作进一步的阐述。前文已述，船山“诗道性情”这个重要的诗学命题，是由“诗言志”与“诗达情”两个命题融会、贯通而形成的。是在“公意”“大欲”的意义上，“志”与“情”相通，“诗无达志”就是“诗无达情”，船山说：“只平叙去，可以广通诸情，故曰‘诗无达志’。”[②] 因此，船山是立足于他的性情论思想来规定“性情”的内涵的。前文中笔者也曾介绍过船山关于“心统性情”的理解，他认为“统”应该解释为“兼”，而不应该看作“主”。船山的解释是“性”与“情”有主次、先后之分，“心兼性情”乃是“心兼性与情”，“性”与“情”是并列关系，而“心主性情”则是“心主性之情”，“性”与“情”是偏正关系，重点就变成“情”了。因此，如果按照船山对“心统性情”中“性情”的解释，“诗道性情”的具体含义就应该是“诗道性与情”，这样一来，就与船山“道性之情也”的说法产生了明显的矛盾。

为什么船山从哲学角度一再强调“性与情”、反对“性之情”，而从诗学角度却明确地提倡“性之情”呢？从船山明显矛盾的言论中，我们可以见出他的苦心之所在。船山认为的“情”，是“阴阳之几”，即是在人心对后天之性的学习过程中因缘际会产生的，是“性之动”的结果。而且属于“后天之性”范畴的“情”，由于人心在

---

① 参见陶水平：《船山诗学研究》，中国社会科学出版社 2001 年版，第 16-72 页。

② （清）王夫之：《唐诗评选》，《船山全书》（第 14 册），岳麓书社 1996 年版，第 1116 页。

后天的学习过程会因为时机、地点、方式的适宜与否，从而导致“情有善有不善”的区别，即遵循“性之理”的情是善的、不遵守“性之理”的情是不善的。因而，“情”始终是以“性”为中心、为依归的。更何况，“情”处于“性”与“欲”的中间，“上受性、下授欲”，“欲”的产生乃是“情之动”的结果，“欲”也必然有合理与不合理之别。因此，在船山看来，“性自是心之主，心但为情之主”，因而“心统性情”应该从“心兼性与情”，而不从“心主性之情”来解释，也即“心”既包含善情，也同时包含不善之情。但是具体到诗歌艺术，应该遵循“经夫妇、成孝敬、厚人伦、美教化、移风俗”的儒家教化原则，即便是可以用诗歌来抒发感情，也必须“发乎情、止乎理”。也就是说，诗歌抒情只能抒发“善情”而不是“不善之情”，也即船山一再强调的“公意”“公欲”“大欲”。可见，船山的“诗道性情”与《毛诗序》的“吟咏性情”是一致的。因而，船山通过“诗道性情”理论所表现出来的苦心可见一斑：一方面他肯定诗歌的抒情本质，但是另一方面却又对“情感”进行细致的论辩，规定诗歌只能抒发“善情”，其意在更好地实现诗歌的教化功能。显然，“诗道性情”之说体现了船山对诗歌本体与诗歌功用之间的深刻认识。这种深刻的认识集中体现在船山将“性情”与“声情”并重。

“声情”是船山用来评价历代诗人诗作的一个重要概念，据笔者统计，在船山三部诗歌评选著作中，这一概念的使用多达 25 次。其中，《古诗评选》中，在 11 首诗歌评论里出现了 13 次；《明诗评选》中出现了 8 次；而在《唐诗评选》中也出现了 4 次。因此，船山似乎是用“声情”来表达自己关于诗歌情感表达方式的某种倾向。“声情”最早是王世贞、王骥等人用来评论南北戏曲风格差异的。“声情”特指南方戏曲字少、节奏舒缓、腔调婉转的艺术抒情风格，与此相对的北方戏曲的“辞情”风格，即以字多、腔调急促为特点，主要通过词义来表达情感的风格模式。船山是最早将“声情”用来评价诗歌的人。① 很显然，“声情”概念的提出，与船山主张从诗教

① 陶水平：《船山诗学研究》，中国社会科学出版社 2001 年版，第 196 页。

回归到乐教，从音律美中探寻审美意象生成的倾向有关，是他“诗乐理一”理论的一种表达。因此，“声情”的具体内涵可以从他论述音乐的有关言论中探寻一二。他说：

诗所以言志也，歌所以永言也，声所以依永也，律所以和声也。

律调而后声得所和，声和而后永得所依，永依而后言得以永，言永而后志著于言。

乐因天下之本有，情合其节而后安，故律为和。舍律而任声则淫，舍永而任言则野。

此言声永之必合于律，以为修短抗坠之节，而不可以禽兽众庶之知为知也。①

也就是说，所谓“声情”乃是一种依靠音乐的节奏和谐（声和、律和、调和）来表达内心“情志”的诗歌抒情方式。因此，船山多次称赞那些声调舒缓缭绕、往复萦回、节奏从容不迫的诗作：

铙歌杂鼓吹，谱字多不可读，唯此首略可通解。所咏虽悲壮，而声情缭绕，自不如吴均一派装长鬓大面腔也。

空中布意，不堕一解，而往复萦回，兴比宾主，历历不昧。虽声情爽艳，疑于豪宕，乃以视《青青河畔草》，亦相去无三十里矣。

气度声情，吾不知其何以得此也！其妙都在平起。平，故不迫急转抑。前无发端，则引人入情处，澹而自远，微而弘，收之促切而不短。②

昆仑使者，此以刺唐诸帝饵丹暴亡者。今且千年，人犹不

① （清）王夫之：《尚书引义》，《船山全书》（第2册），岳麓书社1996年版，第251-252页。

② （清）王夫之：《古诗评选》，《船山全书》（第14册），岳麓书社1996年版，第485、530、533页。

解，况当时习读问传之主人！长吉长于讽刺，直以声情动今古，真与供奉为敌，杜陵非其匹也。①

其实，船山赞扬李白、贬低杜甫，反映出船山一贯对形式主义诗学倾向的抗议。他认为沈约等人所标榜的“四声八病”理论以及唐律诗中的“四联体”结构(起承转合)过于繁琐，而且对诗歌抒情限制太多，他曾在《夕堂永日绪论内编》中说道：“固当以穆耳协心为音律之准。‘一三五不论，二四六分明’之说，不可恃为典要。”②

因此，他也一再批评宋人用字词的意义来作为诗歌表达情感的方式，也即“以意为主”的作诗之法，是与“声情”相对的“辞情”。他说：

全以声情生色。宋人论诗以意为主，如此类直用意相标榜，则与村黄冠盲女子所弹唱，亦何异哉？

居然是中兴歌。《芣苢》《摽梅》为周家兴王景色以此。虽然，非有如许声情，又安能入于变《风》哉？学我者拙，似我者死，此之谓也。宋人以意求之，宜其愚也夫！③

总的来说，船山将“声情”概念由戏曲领域借用至诗学领域，充分地表达了他反对形式主义诗学的态度，是船山自觉探索诗歌抒情本质的重要表现。因而船山对“声情”与“性情”的研究是相得益彰的。而且，他借鉴音乐的节奏、和声、旋律等来抒发情感，无疑对诗歌达情创造了更大的自由空间，对突破笼罩在明代诗坛上的形式主义诗风具有重要的意义。

① (清)王夫之：《唐诗评选》，《船山全书》(第14册)，岳麓书社1996年版，第925页。

② (清)王夫之：《姜斋诗话》，《船山全书》(第15册)，岳麓书社1996年版，第827页。

③ (清)王夫之：《古诗评选》，《船山全书》(第14册)，岳麓书社1996年版，第537、620页。

当然，船山之所以执著于“情”的辨析，也是有其特定时代背景的。明代前期诗坛，以前后七子为代表，主张复古，学习盛唐诗歌创作。但是，他们所学习的只是盛唐诗歌的形式方面，而忽视了诗歌精神及其内容。这样，诗歌抒发的“情”乃是虚情、矫情，这是船山最为不满的原因之一。因此，他一再主张情感抒发的真实性，即“自得”之情，称赞徐渭“沉酣自得”，因而一再主张“作者用一致之思，读者各以其情而自得”，“身之所历，目之所见，是铁门限”。① 但是到了明代中后期，随着阳明左派的兴起，特别是泰州后学何心隐、李贽等人，以“欲”来冲击“理”对人的桎梏，大力鼓吹人性之欲的满足。这种新的理欲观迅速满足了市民社会的需求，从而影响到了明代诗歌创作。以李贽的“童心”说为标志，反复古派登上了明代诗坛，公安派、竟陵派一味主张诗人内在情欲的抒发。船山对此现状更是大为不满，特别痛恨竟陵派，他曾回忆他叔父：“深不满竟陵体诗，每蹙戚曰：‘何作此儿女嚅讥！’”②他甚至将明朝灭亡的责任推到了竟陵派的身上。因此，船山反复对“性”“情”“欲”等进行细致的辨析，提倡诗歌抒发“正”情，即雅正、平正之情，也即“诗道性情”。也正是从反对诗歌一味抒发诗人的一己之私情、私欲、私意的意义上，船山激烈地抨击了竟陵派，甚至是杜甫。虽然，船山对“性情”之“正”的强调，理学色彩浓厚且不无偏激之处，但正是在他的偏激之处，显示出“诗道性情”的诗意张力，即情感抒发的道德与审美的统一。“诗道性情”这个诗学命题在明代诗学史上的重要意义在于，它反映出了明代诗坛对“尚情”诗歌潮流的自觉反省，以及儒家诗教传统与抒情传统逐渐融合的时代趋势。最明显的例子是，同为明末清初的三大家的顾炎武、黄宗羲、王夫之不约而同地表达了诗歌抒发“性情”的诗学主张。关于这一点，前文已述，此处不再赘述。

---

① （清）王夫之：《姜斋诗话》，《船山全书》（第 15 册），岳麓书社 1996 年版，第 821 页。

② （清）王夫之：《姜斋文集》，《船山全书》（第 15 册），岳麓书社 1996 年版，第 215 页。

总之，船山“诗道性情”之说既体现出他对诗歌抒情本体的深刻认识，同时也从他对于“情”之内涵的高度警惕中，从他浓厚的学理论辩中，我们不难看出其坚定的儒家诗学立场。因此，“诗道性情”之说是船山关于诗歌本体与诗歌功能特征二者之间的融会、贯通。但是，从它的诗意张力中，我们也不难见到船山诗学的偏激之处。对此，很多学者都有自己的评价。陶水平就将这种“偏激”归入儒家诗学的保守性或正统性：“终究不是真正的自律论的审美论者。船山强调‘性情’之‘正’，实际是向传统儒家诗学的回归，其要旨在于试图以封建社会正统儒学的道德伦理、心性观念来规范诗所表达的情感，使之有利于社会的教化，从而合于统治阶级的根本利益。……表现出船山诗学所具有的保守性或正统性。”①邹元江更是撰写专文来探讨船山诗学理论的内在紧张及其矛盾，他将船山诗学的“偏激”“保守”归结为一种深层次的“诗之体”与“诗之用”之间的矛盾。② 学者们睿智的见解，无疑对于本书研究思路的展开给予了极大的启发。笔者认为，船山诗学所表现出来的“诗之体”与“诗之用”之间的内在矛盾性，主要体现在船山关于“兴观群怨”说的重新解释、诗歌意象生成(情景交融说)论以及他在具体诗歌批评中所体现出的“历史-诗学观”中。这正是本书接下来要重点阐释的问题。

---

① 陶水平：《船山诗学研究》，中国社会科学出版社 2001 年版，第 41 页。

② 邹元江：《试论船山诗学的内在矛盾性》，载《哲学研究》2003 年第 7 期；《诗之“体”与诗之“用”：船山诗学的两个向度及其中介》，载《退溪学论丛》(韩国)2010 年第 16 辑。

第二章　诗用与诗体：船山诗学内在矛盾的核心

从"诗道性情"这个诗学命题中所体现出的内在矛盾的实质就是"诗之用"与"诗之体"该如何融合的问题。具体来讲，船山诗学内在矛盾的核心就是作为"诗之用"的"兴观群怨"说与作为"诗之体"的"情景交融"说二者之间的融合、统一。一方面，船山继承了孔子以来的"兴观群怨"说的思想内核，肯定了诗歌所具有的教化的功能性特征。但他又做出了全面的突破，即从诗人情感创作冲动(审美感兴)、诗歌情感宣泄(诗可以怨)等角度，将作为"诗之用"的"兴观群怨"说纳入"四情"说的范畴，从而促进了他对诗歌抒情本质特性的认识，这又集中体现在他对作为"诗之体"的"情景交融"理论的深入阐述中。另一方面，虽然船山主张在"兴观群怨"这"四情"的兴起、融合、涵咏、激荡中"诗道性情"，但他又一再强调诗歌情感抒发过程中要注意"情正""情贞"，反对"淫情"、私欲的宣泄。因而，他关于诗歌的抒情本质的认识始终未能逃脱儒家诗学"温柔敦厚"的框架束缚，这必然导致他所主张的诗歌的社会功能与诗歌的审美本质始终无法平衡，其抒情本体也注定是不彻底的。因此，船山诗学内在矛盾的二维性正是船山对于诗歌的社会功能与审美本质平衡、统一过程中所体现出来的不彻底的集中体现。而且，这种矛盾二维性历史性地根源于更深厚的中国古典诗学传统。

第一节　作为"诗之用"的"兴观群怨"

王夫之的"兴观群怨"说明显继承了孔子以来的"兴观群怨"这一古老诗学命题的思想内核，但又有自己的新见解。他全面突破了传统意义上的诸多阐释，使得“兴观群怨”这一古老诗学命题重焕活力，“兴观群怨”说也由此成为船山诗学体系中重要的组成部分。学界早已注意到他对此问题的重要贡献，也对其展开了详细而深入的研究。然而，仍需指出的是，虽然学界对王夫之的“兴观群怨”说内涵的全面阐释取得了不俗的成就，但存在的问题也是明显的。比如，大多数学者承认，在王夫之的诗学体系中，“兴观群怨”说具有“提纲振领”的地位，但是他们均未能将这一提法进一步作出更为详细的分析。① 尤其未能从船山整个思想体系的角度把握住他的理论主张的内在矛盾性及其张力。

本节的研究正是针对学界在此问题尚存的不足，围绕以下三个方面展开：一是对“兴观群怨”说的原始含义的探究，这以孔子的言论为主，重在分析其理论产生的背景、具体内涵、理论中心以及思想的重要性等。同时追溯孔子以后，兴观群怨这一古老诗学命题演变的历史命运。二是全面分析王夫之重新诠释“兴观群怨”说的历史贡献。即以微观分析和宏观把握相结合的方式，从更广大的视野来着重把握“兴观群怨”说在船山诗学体系中的重要地位。最后，立足于船山整个思想体系来探析船山“兴观群怨”说的内在矛盾性及其张力。

一、孔子的“兴观群怨”说

对王夫之“兴观群怨”说的研究必须以孔子的“兴观群怨”说作为研究的起点，而对兴观群怨说原始内涵的探究是一个绕不开的任务。当然，船山的兴观群怨说也可以作为孔子理论的参照系而存在，二者的结合研究有其必然性。孔子和船山作为中国古典诗学研究的开端和总结，船山的思想必然有对孔子思想加以继承和发展的

① 萧驰认为“兴观群怨”说在船山诗学中具有“提纲振领”的意味。陶水平在其论著中也有类似的表述，他认为它在船山诗学中处于纲领性的位置。其实，更早的学者，如朱东润也曾提出“兴观群怨”说是船山诗论的一大关键。虽然，“提纲振领”的说法得到了学界的肯定，但以上诸位学者均未能作进一步详细的阐释，颇为遗憾。

可寻的轨迹。因此，对孔子与船山关于“兴观群怨”的解释的对照研究，在某种程度上更能看清中国古典诗学发展的真面目。

而孔子论诗的言论主要零星散见于《论语》《孔子家语》《孔丛子》以及上海博物馆简《孔子诗论》等著作中。但是由于人们对《孔子家语》和《孔丛子》这两本“孔家杂记”真实性存在疑问，而《孔子诗论》的出现时间又太晚，因此，对孔子论诗的研究长期集中在《论语》一书中。孔子在《论语》中所涉及的论诗言论主要有以下九处：

子贡曰：“《诗》云：‘如切如磋，如琢如磨’，其斯之谓与?”子曰：“赐也，始可与言《诗》已矣，告诸往而知来者。”(《学而》)

子曰：“《诗》三百，一言以蔽之，曰：‘思无邪’。”(《为政》)

子夏问曰：“‘巧笑倩兮，美目盼兮，素以为绚兮。’何谓也?”子曰：“绘事后素。”曰：“礼后乎?”子曰：“起予者商也!始可与言《诗》已矣。”(《八佾》)

子所雅言，《诗》《书》、执礼，皆雅言也。(《述而》)

子曰：“兴于诗，立于礼，成于乐。”(《泰伯》)

子曰：“诵《诗》三百，授之以政，不达；使于四方，不能专对；虽多，亦奚以为?”(《子路》)

陈亢问于伯鱼曰：“子亦有异闻乎?”对曰：“未也。尝独立，鲤趋而过庭。曰：‘学诗乎?’对曰：‘未也。’‘不学诗，无以言。’鲤退而学诗。他日又独立，鲤趋而过庭。曰：‘学礼乎?’对曰：‘未也。’‘不学礼，无以立。’鲤退而学《礼》。闻斯二者。”陈亢退而喜曰：“问一得三，闻诗，闻礼，又闻君子之远其子也。”(《季氏》)

子曰：“小子何莫学夫诗?诗，可以兴，可以观，可以群，可以怨。迩之事父，远之事君；多识于鸟兽草木之名。”(《阳货》)

子谓伯鱼曰：“女为《周南》《召南》矣乎?人而不为《周

南》《召南》，其犹正墙面而立也与？”(《阳货》)①

孔子作为《诗经》学研究的第一人，以上九处论诗的言论也大多是围绕《诗经》展开的。它们主要包含了孔子关于诗三百的总体价值判断，孔子读《诗》、论《诗》所采用的语言形式，《诗》在政治外交上的功用以及《诗》对个体学问和道德修养的作用等。其中，“兴观群怨”说成为孔子诗论研究的重心，对整个中国古典诗学发展产生了巨大影响。历代学者均对其作了深入的分析、探讨，并由此开启了中国古典诗学自觉的道路。

然而，颇为遗憾的是，孔子的“兴观群怨”说仅仅在《论语》中出现过这么一次，其他著作均未得见，即使是在学界所公认的《孔子诗论》中也付诸阙如。也正因为如此，后世对孔子“兴观群怨”理论的研究就产生了许多不同的争论和分歧，也正是由于这些分歧，中国诗学发展呈现出多样化的道路。特别是近代以来，随着西方诗学理论传入中国，学者们多是从文学和审美的角度，对孔子“兴观群怨”说展开了全方位的论述，新观点层出不穷，取得了重要成果。但这也不可避免地存在脱离孔子原意而有自说自话的嫌疑。②

---

① (清)阮元校刻：《十三经注疏·论语》，中华书局1980年版，第2458、2461、2466、2482、2487、2507、2522、2525页。

② 大多数学者基本上都是从作为文学样式之一的诗歌的社会教化功能作为研究出发点的，这其中的代表人物有朱自清、郭绍虞、刘纲纪、陈望衡、陈良运等。叶舒宪等学者甚至从远古诗歌的祭祀、宗教、政治功能的探究来补正孔子“兴观群怨”说所体现的诗歌社会教化功能这一内涵。洪湛侯在《诗经学史》中也是从这个角度来评价孔子诗论研究的贡献和地位的。当然，由于特定的原因，许多学者对孔子“兴观群怨”说的解释也凸显了特定时代的特点，如郭绍虞在《中国古代文学理论批评史》中给“兴观群怨”说贴上了“有现实主义倾向的诗论”的标签，而罗根泽则说孔子的诗论“有抒写性情的倾向了”。叶朗在《中国美学史大纲》中虽然没有完全抛开孔子“兴观群怨”说所具有的文艺社会功能这一内涵，但主要是探讨它所体现出的诗歌审美的心理特点。这些引申和发挥虽然新颖，但也必须谨慎。尤其是近年来随着上海博物馆简《孔子诗论》而展开的孔子诗论研究，也出现了脱离孔子原始语境而自说自话的倾向。因此，周勋初等学者明确主张：考察孔子的诗论，应把它提到春秋后期的历史环境中，作具体的分析。孔子“兴观群怨”等诸多理论，都是与政治问题紧密相关的，是特定历史条件和社会环境的产物。

因此，从孔子所处时代的政治、文化背景出发，回归到孔子提出“兴观群怨”观念的原始语境是本文所确立的研究的开端。

（一）孔子“兴观群怨”说的原始语境

孔子“兴观群怨”说的原始语境与他所处的政治、文化背景是密不可分的。公元前11世纪中期，周武王会同诸侯讨伐荒淫暴虐的商纣王，牧野一战定天下，以摧枯拉朽之势灭掉了统治中原达600余年的商朝，正式建立了周朝。《史记·周本纪》记载，武王率领诸侯，以大约五万之师，十二月起兵，二月战于牧野，随之就攻入了商的都城朝歌，商纣王兵败自焚。为什么短短几个月的时间，作为附属国的弱小邦周就能够取代强大的殷商，成为中原的正朔？这个问题也正是周朝统治者需要总结和思考的问题。他们认为商纣王之所以失却民心，正是由于商统治者一味愚昧地崇信鬼神、残暴地奴役人民所致。因此，为了使周朝的统治得以世代相传，周初统治者吸取了商灭亡的经验教训，一方面，他们在政治动员方面继承了夏、商的老办法，仍以上帝和天神之命作为其政治合法性的依据；另一方面，在周初内忧外患的情况下，形成了“天命靡常”的忧患意识，认识到天命是会发生转移的，统治者只有“明德慎罚”，加强自身德行的修行，小心谨慎地处理政务，才有可能得到天命和祖先的庇护。而且，他们也认识到了民心的重要，提倡“敬德保民”“敬德安民”的思想。这些观念在一定程度上体现出某种人文自觉的意识，不仅对当时社会安定起到了指导作用，更是对整个中国文化史和思想史产生了重大影响。

因此，周公在彻底平定天下之后，就开始制礼作乐，建立王朝统治的规范和秩序。《左传》最早记载了“先君周公制礼”的事情。①

① 《左传·文公十八年》记载：“季文子使太史克对曰：先大夫臧文仲教行父事君之礼，行父奉以周旋，弗敢失队。曰：见有礼于其君者事之，如孝子之养父母也；见于礼于其君者诛之，如鹰鹯之逐鸟雀也。先君周公制《周礼》曰：‘则以观德，德以处事，事以度功，功以食民。’作《誓命》曰：‘毁则为贼，掩贼为藏，窃贿为盗，盗器为奸。主藏之名，赖奸之用，为大凶德，有常无赦，在《九刑》不忘。’”

周公制礼作乐的核心就是“德”和“礼”。[①] 所谓“礼”就是指源于古代风俗习惯的各种行为准则和规范制度，“德”就是“敬德保民”的伦理道德。也就是说，周公主张要紧紧围绕“敬德保民”的思想，完善和规范社会上的各种礼仪制度，并行之成文，同时通过完备的音乐来教化民众，达到团结民众人心，从而形成稳定有序的社会等级制度，最终实现国家的治理。这也就是所谓的《礼记・乐论》所说的“乐合同，礼别异”。西周初年，由于诗乐舞合一，因此，诗和音乐一样是作为政治实用的方式之一而存在，乐(诗)被提升到与仪同等重要的地位，乃是出于政治实用的需要。《周礼・大司乐》就记载了“以乐语教国子”之事，显然，此时的乐(诗)成为礼义教化的一种工具和手段。《诗经》中就记录和反映了当时社会的各种礼仪，如祭祀、婚丧嫁娶、军旅征伐、朝聘交往、宴饮酬谢等礼仪。可以说，《诗经》的产生正是政治实用的必然结果，汉代儒者就有采诗、献诗以“补察时政”的说法。

但是，孔子所处的春秋时期，正是周朝走向衰败的时期，是一个“礼崩乐坏”的时代。天子势微，“天下无道，则礼乐征伐自诸侯出”(《论语・季氏》)。天子之礼屡屡被诸侯、大夫僭越，“八佾舞于庭”是当时司空见惯之事，因此惹得孔子不断发出“是可忍也，孰不可忍”的怒吼。这个时期，文化下移，诗乐舞分离，作为乐谱、歌辞的《诗经》经由乐官们的整理也逐渐成型。[②] 特别是到了战国时期，《诗经》更是脱离了音乐的附庸地位，走向独立，人们更多的是关注它的讽刺、咏叹的“辞义”，而非音乐性的婉转悠扬的外在形式。这样，产生于政治实用的《诗经》，又不断地供人们以实用。[③] 人们用“断章取义”的做法，一是在祭祀宴饮中赋诗观礼，二是在政治外交上赋诗言志、讽咏，从而实现各自的实际需求。

显然，孔子自己也受到了上述注重《诗经》的政治实用性时代

① 参见杨向奎：《西周社会与礼乐文明》，人民出版社 1997 年版，第 279 页。

② 洪湛侯：《诗经学史》，中华书局 2002 年版，第 17 页。

③ 戴维：《诗经研究史》，湖南教育出版社 2001 年版，第 10 页。

风气的影响，他就是从实用的角度来引用和研究《诗经》的。他拿《诗经》作为教育弟子的教材，引用诗句来阐释自己的理念，“不学诗，无以言”强调的就是《诗》的实用性。① 他用《诗经》作为培养学生外交能力的指导工具，“诵《诗》三百，授之以政，不达；使于四方，不能专对；虽多，亦奚以为?”(《子路》)也就是说，一个人如果诵读《诗经》不能与现实政治或生活融会贯通，虽多也是枉然的，诗歌的实用性在此处可谓一目了然。更重要的是，他将《诗经》作为学生塑造自身人格气质和加强个体道德修养的手段，最终达到“成人”的目的，这就是所谓的“兴于诗，立于礼，成于乐”。这也就是说，在某种程度上，《诗经》不仅是克己复礼、归于仁的工具和手段，而且更是人之为人的最终依据。

因此，我们现在再反过来看孔子的“兴观群怨”说，就不能不考虑孔子的政治实用态度和观点。周勋初认为：“考察孔子的诗论，应把它提到春秋后期的历史环境中，作出具体的分析。‘兴、观、群、怨’诸说，都与政治问题有关，是特定的历史条件与社会环境中的产物。不注意春秋时学诗、用诗的特殊意义，而纯粹从文学理论家的角度看待孔子，就把功能和目的割裂了开来，对孔子这一具体人物来说，未必切合他的实际思想。”②因而，从诗之用的角度来把握孔子诗论的主张是一个必要的前提条件，即不能割裂“兴

---

① 霍尔兹曼在《孔子与古代中国的文学批评》(见瑞克特编《中国的文学批评法：从孔子到梁启超》)中有类似的说法：“《诗经》在孔子教育学生的过程中，肯定占据十分重要的位置。但是，他主张研读《诗经》的原因，却有点令人惊讶：‘无以言’，听起来好像是主张从古诗中拣一些装点门面的话来修饰点缀日常语言。然而事实也许并非如此。在古代外交场合中，《诗经》被用做重要的交际工具。外交家们引用适当的诗句，虽然脱离了上下文并附以主观附会的解释(就像我们从孔子及其弟子们那里所看到的那样)，仍然可以谨慎而不失礼节地表达自己的立场观点。如果不能引用合适的套语，国与国之间就会有大祸降临。孔子在此一方面向人们表明了他对《诗经》的高度重视，另一方面也表明他重诗还是纯然为了实用，是超出文学之外的。”这段话转引自叶舒宪：《诗经的文化阐释》，陕西人民出版社 2004 年版，第 412-413 页。

② 周勋初：《“兴观群怨”古解》，载《上海师范大学学报》(哲学社会科学版)2008 年第 1 期。

观群怨”同“迩之事父，远之事君”的内在联系。也只有在此基础上，我们才能抓住孔子“兴观群怨”理论的原意，即政治实用为主。从这个视角出发，才能更好地凸显出该理论在中国古典诗学发展史上的开端意义，由此王夫之等后世学者对孔子理论的开拓性贡献也可以看得更加明晰。

（二）孔子“兴观群怨”说的阐释简史

后世诸多解释者也正是从政治实用的角度切入孔子“兴观群怨”说的具体内涵，由此推进了中国古典诗学的发展和深化。

首先，关于诗可以兴。何谓“兴”？“兴”的本义为“起”，有“起立”“开端”的意思。东汉许慎的《说文解字》关于“兴”的明确解释：“兴，起也。从升从同，同力也。”①而且这种解释也一直保留在了我们现代汉语的日常运用中，比如“兴旺”“兴起”等合成词就是此意。其实，汉代以降，历代注释家们也多是从“兴，起也”的角度来阐释的。如毛传、郑笺多用“起”来解释《诗经》中的“兴”。②又比如包咸对孔子“兴于诗，立于礼，成于乐”的解释：“兴，起也。言修身当先学诗。礼者，所以立身。乐所以成性。”③

至于孔安国、朱熹等人对孔子“诗可以兴”的解释，无疑也是建立在上述解释的基础之上的。孔安国将“兴”解释为“引譬连类”；郑众、郑玄等人主张“兴者，托事于物”；孔颖达综而论之为“取譬连类，起发己心”；朱熹则注解为“感发意志”。他们的共同点在于都是将“兴”作为一种修辞手段和技巧来解释。现在看来，这几种权威性的解释，基本上没有偏离孔子“诗可以兴”的原意，比较客观如实地反映出孔子关于《诗经》的实用态度和立场。汉以后儒家

① （汉）许慎撰，（清）段玉裁注：《说文解字》，中州古籍出版社 2006 年版，第 105 页。

② 如《诗经·大雅·大明》有诗句“矢于牧野，维予侯兴”。毛亨作传解释为：“兴，起也。”而郑玄对《诗经·小雅·小明》“念彼共人，兴言出宿”作的笺注也是如此：“兴，起也。夜卧起宿于外。”因此，我们可以了解到汉儒对《诗经》中有关“兴”的诗句解释大多如此。

③ （清）阮元校刻：《十三经注疏·论语》，中华书局 1980 年版，第 2487 页。

诗教的正统规范性诉求正是发源于此，孔子“兴观群怨”说作为中国古典诗学的开端、纲领性质也正是建基于此，后世学者对孔子“兴观群怨”说的拓展和推进也都是从这个意义上开始的。

但是，真正深入挖掘孔子“兴观群怨”理论，并将它提升到文化思维的层面上，却得益于近代以来人类学、社会学等新成果在中国的传播。郭沫若、商承祚、朱自清、闻一多、陈世骧、赵诚、马叙伦、陈梦家等一大批学者从考古学、文字学、人类学等角度全面、深入地探讨了“兴”的内涵。[①] 他们的研究成果可以归纳为三个方面：一是“兴”起源于原始宗教祭祀，“兴”原本就是祭祀礼仪或者祭名，“起”的内涵正是源于祭祀中升降揖让的兴礼动作。二是“兴”字的造字本义与兴祭活动中集体性供牲献祭并集体起舞密不可分，原始人以自己的形体动作为中介来沟通神灵，实现“神人以和”或“神人同一”的目的。因此，“兴，起也”正是对兴之“起舞”的本义的引申和发展。[②] 三是由于兴祭强调社会群体的集体性合作，而兴之舞蹈又以生动的形体形象为中心，因此，“兴”反映了极具中国特色的“象”思维的积淀、酝酿和成型。闻一多、赵沛霖等学者正是从原始宗教和图腾崇拜的角度，在大规模归纳鸟类兴象、鱼类兴象、树木兴象和虚拟动物兴象的基础上，提出了兴象起源于“宗教观念内容向艺术形式的积淀”的理论主张。[③] 叶舒宪、傅道彬等学者受此启发，借鉴了以荣格为代表的精神分析学派关于“原型”理论的新成果，明确指出“兴”代表了散发着“中国诗性智慧”的“象思维”传统的成型。叶舒宪认为，这种“引譬连类”似的类比联想思维模式正是受到了原始人神话思维传统的影响，是与西方

---

① 关于这些学者们的研究成果的详细介绍，请参考叶舒宪《诗经的文化阐释》、刘怀荣《赋比兴与中国诗学研究》，以及傅道彬《诗可以观：礼乐文化与周代诗学精神》等著作的相关章节。

② 刘怀荣据此认为《周礼》《广韵》《诗诂》等典籍中“兴”的其他含义，如“盛也”“尊崇也”“举也”“征聚物”“荐百物”“象似而作”“感物而发”等意涵均是引申于兴之“起舞”这一本义。这样一来，就合理地解开了研究者们对无法用“兴，起也”来解释上述诸种含义的困惑。

③ 参见闻一多：《神话与诗》，上海人民出版社2005年版，第118页。

流行的理性逻辑思维模式相对的一种思维传统。① 傅道彬也认为："诗性智慧的实质不是抽象的概念的思维，也不是理性的逻辑推理，而是诗性的比喻与联想基础上的思想引申。"②兴者，象也。兴象思维的运转成为几千年来中华文化象征系统的内核。《周易》之象和《诗经》之兴共同构筑了中华文化的内在心理结构。如此一来，我们立足于"兴、象"思维的高度，就能合理地解释为什么春秋时人们喜欢断章取义地引诗、赋诗；同时也可以理解孔子为什么要引诗说理，用诗歌来教导学生了；当然也能理解，在中国古典诗词中为什么总是分为上下两部分，上部分描写自然万物之形象，以兴起下部分作者胸中之情象。以上诸问题，都可以归结到中国文化中存在的这种类比联想式的"兴、象"思维结构模式。

如此一来，人们将孔子的"兴观群怨"理论，由"祭祀之兴"推向"政治之兴"，最后推及"诗学之兴"，完全有其合理之处，而且在某种程度上是必然的，符合诗学发展的规律。而当代学者大多立足于"诗学之兴"来解释孔子"兴观群怨"说，显然就会产生与孔子的时代语境相隔的诸多问题。

其次，关于诗可以观。何谓"观"？《说文解字》将"观"解释为"谛视"，"观，谛视也，从见雚声，古玩切。"③所谓"谛视"就是"审视"之义。也就是说，"观"的本义乃是亲临、在场地仔细察看或观看。因此，"观"既不同于一般的"视"，只有在场性的"谛视"才称得上"观"；"观"也不是一般的"看"，"看"有"远望""近观"之别，只有亲临性的"近观"才是"观"。而且据学者统计，通行的先秦十三经中，出现的292次"观"字基本上是在这个意义上来讲的："观"不是一般的"视"，而是只有涉及礼乐等重大政治活动的"视"，才能称作"观"，例如《春秋穀梁传》批评鲁隐公五年"公观

① 参见叶舒宪：《诗经的文化阐释》，陕西人民出版社2004年版，第403-435页。

② 傅道彬：《诗可以观：礼乐文化与周代诗学精神》，中华书局2010年版，第170页。

③ （汉）许慎撰，（清）段玉裁注：《说文解字》，中州古籍出版社2006年版，第408页。

鱼于棠”时说：“常事曰视，非常曰观。礼，尊不亲小事，卑不尸大功。鱼，卑者之事也。公观之，非正也。”①《论语》中有众多类似的“观”，如：“居上不宽，为礼不敬，临丧不哀，吾何以观之哉？”②所以，作为“谛视”之“观”有三重特性：在场性、正式性和深刻性，这三者明显同先秦深厚的礼乐文化密切相关。而且孔子“诗可以观”这个命题的提出，正是周代礼乐文化高度发展的必然结果，是在诸如“吴公子季札观礼于鲁”这种正式场合中产生的，通过很宏大、正式的赋诗、观诗，或整体地统览礼乐、典章、制度背后的文化内涵，或深刻地考察各个国家的风俗或者个人内心的情志，或审美地体悟艺术等。可以说，孔子的“诗可以观”的原始含义乃是在强调与礼乐文化密切相连的“诗之用”，观诗、赋诗不是一般性的艺术消遣、娱乐，而是具有重大政治意图的礼乐文化的交流。

历代以来，对孔子“诗可以观”命题的解释基本上都把握住了它的原始内涵，学者们都看到了诗歌的功能性特征。如郑玄将“观”注为：“观风俗之盛衰。”朱熹补充道：“考见得失。”他们都是从诗歌所具有的考察民情、施行教化的功能特征上来解释孔子的“诗可以观”这一命题的。由此看来，班固在《汉书·艺文志》中的主观推测性解释也是符合孔子原意的，他说：“古有采诗之官，王者所以观风俗，知得失，自考正也。”“采诗之官”并不一定存在，但是观诗、观乐(礼)的风尚一定是盛行过的。虽然随着春秋时代的终结，诗歌作为一种独立的艺术门类也逐渐从诗、乐、舞合一的综合性艺术中分离出来，但是诗歌所具有的这种考察民情、施行教化的功能并没有随着“用诗”时代的瓦解而消亡，反而成为了儒家诗学奉行不悖的稳定信条。近现代以来，学者们即使是从纯粹的艺术审美的角度来谈诗歌，也无法回避“诗可以观”命题所具有的功

① (清)阮元校刻：《十三经注疏·春秋左传正义》，中华书局1980版，第2369页。

② (清)阮元校刻：《十三经注疏·论语》，中华书局1980年版，第2469页。

能性特征，他们将这种功能集中概括为：艺术的认识功能。郭绍虞、陈良运等学者都是从这个角度来论述的。叶朗就明确指出："诗可以观"体现了"诗歌的鉴赏活动是一种认识活动"。① 具体来讲，作为孔子审美功能论的一项重要内容的"观"，意味着诗歌是社会风俗民情的反映，② 孔子的"观"不只是单纯理智上的冷静观察，更带有情感好恶倾向，"诗可以观"不是强调诗歌对某一具体历史时代的社会生活的详尽描写，而是强调去"观"诗歌中所表现出来的一定社会国家人们的道德情感与心理状态。③ 正是在这个意义上，孔子"诗可以观"命题中已经蕴含了诗之用向诗之体过渡的中介、桥梁。关于这一点，在王夫之的阐释中体现得尤其明显（详后）。

再次，关于诗可以群。何谓"群"？《说文解字》将"群"解释为："群，辈也，从羊，君声。"宋代徐铉补充曰："羊性好群，故从羊。"④徐铉的补充说明虽很形象，但是并不符合许慎的说法，因为羊群的聚集是混乱、无序的。而许慎所说"群，辈也"的"辈"有他自己的解释，那就是："辈，若军发车百两为一辈，从车，非声。"⑤这也就是说，只有井然有序、上下有别的同类聚集才是真正的"群"，"群"的本义就是有秩序的同类之聚集。这也正是孔子"诗可以群"的原本意义之所在。以孔子为代表的儒家所极力倡导的，就是要建立一个基于血缘关系基础上的男女有别、上下尊卑有分、井然有序的和谐社会，个体的人只有生活在为血缘关系所规定的有序的社会伦理关系中才能存在和发展。而诗歌就具有沟通群体情

① 叶朗：《中国美学史大纲》，上海人民出版社 1999 年版，第 50 页。

② 参见陈望衡：《中国古典美学史》，湖南教育出版社 1998 年版，第 96 页。

③ 参见李泽厚、刘纲纪主编：《中国美学史》（先秦两汉编），安徽文艺出版社 1999 年版，第 120 页。

④ （汉）许慎撰，（清）段玉裁注：《说文解字》，中州古籍出版社 2006 年版，第 146 页。

⑤ （汉）许慎撰，（宋）徐铉校定：《说文解字》，中华书局 1980 年版，第 302 页。

感，促进个体自觉遵守和维护这一井然有序的社会制度的强大功能。在孔子看来，诗歌和音乐、舞蹈一样，能够通过某种艺术的审美熏陶，促进个体的人自觉地“爱人”“行仁”，培养温情脉脉的社会情感，从而实现社会的和谐稳定。因此，在很大程度上可以这么讲，孔子“诗可以群”这一诗学命题乃是立足于儒家“仁爱”的思想沃土中，它所倡导的有秩序的同类聚集的社会正是一个“仁爱”的社会，这正如李泽厚所说：“以血缘宗法为基础，要求整个氏族——部落成员之间保存、建立一种既有严格等级秩序又具有某种‘博爱’的人道主义关系。这样就必须强调人的社会性和交往性，强调氏族内部的上下左右、尊卑长幼之间的秩序、团结、互助、协调。”①而且在《论语》中，孔子所主张的“群”本也是从“仁”出发的，如“君子矜而不争，群而不党”(《论语·卫灵公》)。这里的“群而不党”正是“仁”的精神所具有的普遍性的体现。孔子一方面主张“敬业乐群”，仁爱聚“群”，而另一方面主张“群中显仁”，“仁”的思想总是在群体中体现出来，群体之中仁者爱人、上下相亲。② 所以归根结底，“诗可以群”所体现出的诗歌的社会功能特征正是以实现儒家“仁道”的精神为旨归的，而“仁”之精神的实现不仅是善的，更是美的。

历代对孔子“诗可以群”的注释也基本上符合孔子的原意。孔安国将“群”解释为：“群居相切磋。”朱熹则进一步补充为：“和而不流。”他们基本上都是从诗歌具有的感化人心、沟通情感的功能特征来理解“诗可以群”这一命题的。即便是当代学者从艺术审美角度的引申，仍然没有脱离这个范畴。具体来讲，“诗可以群”体现了诗歌所具有的强大的社会交际功能③，诗歌可以在社会人群中交流思想情感，从而使社会保持和谐④，而且在政治上，诗歌所具

① 李泽厚：《中国古代思想史论》，人民出版社 1985 年版，第 22-23 页。

② 傅道彬：《诗可以观：礼乐文化与周代诗学精神》，中华书局 2010 年版，第 252 页。

③ 陈望衡：《中国古典美学史》，湖南教育出版社 1998 年版，第 96 页。

④ 叶朗：《中国美学史大纲》，上海人民出版社 1999 年版，第 51 页。

有的这种社会作用更加明显，诗和乐的确能够交流人们的社会性情感，从而促进整个社会的团结发展。① 因此，孔子“诗可以群”这一命题，同时包含“礼别异”与“乐合同”的两层含义，诗歌(艺术)一方面通过审美的形式来传达礼仪背后的文化精神，从而唤醒人自身的族群意识，使人意识到同类之聚集是人之为人的确证，是脱离禽兽的明证，从而自觉遵守和维护上下有别的宗法等级秩序。正如《乐记》所说：“天尊地卑，君臣定矣。卑高已陈，贵贱位矣。动静有常，大小殊矣。方以类聚，物以群分，则性命不同矣。”②而另一方面，诗歌(艺术)通过交流协和人们的社会性情感，促进社会群体中各个等级之间的人情感的共鸣，从而团结人心，实现最终的和谐。这对个体而言，就是要实现“君子人格的塑造”，即“君子和而不同，小人同而不和”。③ 就社会层面而言，诗歌则要实现“可以善民心，其感人深，其移风易俗”的社会功能。

最后，关于诗可以怨。何谓“怨”？《说文解字》对“怨”的解释颇为奇怪：“怨，恚也，从心，夗声，于愿切。”而“恚，恨也”，同时将“恨”训为“怨”，“恨，怨也”。④ 这显然就是一种同义反复，给人一种不知所然之感。所以，要了解“怨”的本义还得寻找新的突破口。在《说文解字》中有一组与“怨”“恚”“恨”含义相关联的字词，如“怒，恚也”；“憝，怨也”；“怼，怨也”；“愠，怒也”；“忍，怒也”；等等。⑤ 而在古汉语中，“恨”与“憾”是同义词，都表示遗憾、失望、不满足之意，先秦古籍中多用“憾”，汉以后则

① 李泽厚、刘纲纪主编：《中国美学史》(先秦两汉编)，安徽文艺出版社1999年版，第123页。

② (清)阮元校刻：《十三经注疏·礼记·乐记》，中华书局1980年版，第1531页。

③ (清)阮元校刻：《十三经注疏·论语·子路》，中华书局1980年版，第2508页。

④ (汉)许慎撰，(清)段玉裁注：《说文解字》，中州古籍出版社2006年版，第511页。

⑤ (汉)许慎撰，(清)段玉裁注：《说文解字》，中州古籍出版社2006年版，第511-512页。

多用“恨”。而且在古籍中，“恨”(憾)并不表示仇视、怀恨，只有与“怨”连用——“怨恨”，才有仇恨的意思。① 这样看来，“怨”“怒”“恨”“憾”“恚”这几个字词包含有相同的意义内核，归纳起来主要有两层基本含义：一是因内心不满足而失望；二是因失望而情绪波动，产生埋怨、责备之情。而且人们会因埋怨之情长久郁结，必然产生“大怒”，最终结果是产生激烈对抗，乃至敌对、仇视的情绪或行为。因此，傅道彬的解释颇为精当：“在这组与‘怨恨’相关的字群中，怨——怒——恨——仇组成了相互关联而又渐次递进的意义关系。大体说来，怨怒是一种情感表现，而仇恨则意味着人际关系发生了性质的变化，相互仇雠成为不可调和的矛盾。”②

可见，由“怨”(憾、恨)到“怒”，再由“怒”到“怨恨”“仇视”乃是一个情感由弱变强的波动过程，而且在这种情绪波动中，人的情绪会发生失控的可能，最终产生不可调和的冲突和矛盾。这种怨恨之情，很显然是不符合立足于礼乐文化、主张温文尔雅的儒家思想的。儒家虽然承认喜怒哀乐之情乃是人的天性、自然情感，但他们一直把怨恨之情视为有害的情感，因为怨恨之情源于人对外在世界的索取无法满足。而儒家所认为的最大的满足，不是向外在世界“求诸于人”，而是“返归己心”，寻找真诚、仁爱之心，并且将这真诚、仁爱之心推及他人，由此获得人内在的精神圆满与和谐。这样看来，朱熹对孔子“诗可以怨”的补充解释，即“怨而不怒”，基本上是符合孔子思想原意的。他认为孔子“诗可以怨”的命题表达和支持了诗歌可以表达人的哀怨之情的观点，但是这种哀怨之情的抒发在诗歌(艺术)中必须有一个限度，即不能超过“怨”(不满足之失望)走向“愤怒”，乃至“怨恨”“仇视”。这样就直接点明了诗歌情感抒发的标准和原则。从这个角度来说，孔子的“诗可以怨”最早表达了儒家“温柔敦厚”的诗学精神，因而自荀子以后的汉儒对

① 《古汉语常用字字典》，商务印书馆1985年版，第99页。

② 傅道彬：《诗可以观：礼乐文化与周代诗学精神》，中华书局2010年版，第265页。

《诗经》及孔子思想的解读，在某种程度上也并没有发生太大的偏离。傅道彬在《诗可以观：礼乐文化与周代诗学精神》中将儒家对“哀怨之情”的限制概括为三个层面：一是“勤而不怨”或“劳而不怨”，一个人即使多么辛勤、劳苦、不均，也要克制自己内心的失望、不满之情，因为这是一个人具有良好道德修养的表现，是培养君子人格的必然要求。二是“怨而不言”，一个人即使内心有多么不满和失望，而且确实“是可忍孰不可忍”，但也不要“指切事情”，只能委婉、曲折地表达自己内心的哀怨之情。三是“怨而不怒”，一个人内心的哀怨之情即使郁结到火山即将爆发的临界点，也不能变本加厉，将它演化成怨恨、仇视的程度，甚至产生激烈的敌对行为，因为这是违背礼乐文化背后的道德规范的。① 由此看来，孔子“诗可以怨”之哀怨之情仍然是基于氏族血缘的宗法伦理道德基础之上的，在一个上下有别、长尊幼卑的宗法社会中，君臣、父子、夫妇等伦理关系都是基于“父贤子孝”的伦理观念，怨恨、仇视之情明显是违背血缘之亲的，因而是禽兽的行为。需要注意的是，如果一旦将儒家这种“不怨”的思想推向极端，就会变成孔子所批判的“乡愿”。很可惜的是，后世儒家并没有逃脱这种结局，明代泰州学派思想兴起时，就普遍抨击当时士大夫以这种“不怨”的“妾妇之道”来侍奉君王，乃违背了儒家“帝王师”“万世师”的理想传统。

毫无疑问，孔子的重要贡献是第一次明确提出了“诗可以怨”这个重大的命题，而不是诗可“不怨”的相反命题。也即是说，孔子至少是肯定诗歌(艺术)是可以抒发个体内在的哀怨情感的。具体说来，孔子所肯定的合理的“怨”有四种：一是对违反仁道者的“怨”，如“匿怨而友其人，左丘明恶之，丘亦恶之”(《论语·公冶长》)。二是对不良政治的“怨”，比如统治者不是“择其可劳而劳之”，不是勤政爱民，而只是一味地采取暴政，那么人民对他的怨恨就是合理的。三是君子在仁道无法施行，或者在施行仁道的过程

① 傅道彬：《诗可以观：礼乐文化与周代诗学精神》，中华书局 2010 年版，第 286 页。

中遭受挫折和打击的时候，可以“怨”，如“季氏八佾舞于庭，是可忍也，孰不可忍也”(《八佾》)。四是更广泛的“怨”，其中就包括男女爱情在内的种种忧伤、追求、感叹。① 由此看来，孔安国对孔子“诗可以怨”的解释，即“怨刺上政”的说法，虽然正确，但却只是“怨”之意其中的一种，孔子除了肯定诗歌可以抒发对不良政治的“怨怒”外，还包含更广泛的男女之间的情爱、哀怨之情。这样一来，我们也就可以理解为什么孔子对“诗三百”中数量众多的抒发强烈不平之气和哀怨之音的“变风变雅”会持肯定态度了。据说是孔子作品的《孔子诗论》，就包含了大量孔子肯定“变风变雅”中的“怨”情，如：

> (小雅)也，多言难而怨湛者也，哀也，少矣。(第 3 简)
>
> 十月善谍言。雨无正、节南山，皆言上之衰也。王公耻之。小旻多疑矣，言不中志者也。小宛其言不恶，少有悸焉。小弁、巧言，则言谗人之害也。伐木。(第 8 简)
>
> 《扬之水》其爱妇烈。(第 17 简)
>
> 因“木瓜”之报以谕其娟也。(第 18 简)
>
> 既曰“天也”，犹有怨言。(第 19 简)
>
> 《北风》不绝，人之怨子，泣不。(第 27 简)②

以上所涉及的《诗经》篇章有《小雅》《十月之交》《雨无正》《节南山》《小旻》《小宛》《小弁》《巧言》等，都是《诗经》中典型的“怨”诗，属于孔安国所讲的“怨刺上政”的范畴。而《王风 · 扬之水》《卫风 · 木瓜》《墉风 · 柏舟》《墉风 · 君子偕老》《邶风 · 北风》等篇章大多是抒发男女爱情的幽怨之诗，它们都是属于《诗经》中的“变风变雅”一类诗。孔子之所以肯定这些“变风变雅”之作“可以怨”，其

---

① 李泽厚、刘纲纪主编：《中国美学史》(先秦两汉编)，安徽文艺出版社 1999 年版，第 124 页。

② 这些引文均来自廖名春：《上海博物馆藏诗论简校释》，载《中国哲学史》2002 年第 1 期。

根本原因就在于，孔子充分地肯定了诗歌(艺术)具有强烈的政治与现实批判的功能，而且这些诗作中所抒发的哀怨之情具有普遍的政治、社会道德伦理意义和价值，更为重要的是，这些哀怨之情是符合仁道原则的，是真诚的，而不是虚伪的。而情感的真实、诚挚，正是艺术感染力得以产生的一个重要原因。[①] 在这个意义上，“诗可以怨”是对“诗可以观”的补充，其中蕴含了通向诗歌(艺术)审美本身的桥梁和中介，对后世的诗学理论产生了巨大影响。之所以说孔子的“诗可以怨”命题是对“诗可以观”命题的重要补充，主要是因为这两个命题其实都涉及孔子对诗歌抒发情感的肯定，只不过前者是交流协调普遍性的社会性情感，是积极的情感抒发，而后者则更偏重于一种消极的或政治，或伦理道德，或男女个人情爱之情的抒发。而无论是积极的情感抒发，还是消极的情感宣泄，始终都统一在孔子“忠恕之道”这一基本原则中，“忠，敬也”，“恕，仁也”[②]。因此，诗歌抒发情感的最终目的是要归于仁道，做到“怨而不乱”，从而实现内心的和谐与宁静，也即“心慰”(慰者，安也)。可以说，孔子的这个态度对包括王夫之在内的后世学者产生了不可磨灭的影响，王夫之就是要实现一种审美意义上的“心之广”[③]，其实也就是“心慰”(详后)。

(三)孔子“兴观群怨”说的理论内核

孔子“兴观群怨”说的论述重心是“诗可以观”。通过上述对孔子“兴观群怨”说各个子命题的仔细辨析，我们可以更好地把握孔子“兴观群怨”说的重心之所在。本书认为，兴、观、群、怨四者是孔子表达诗歌具有既关联又独立的四种功能，其中“兴”是前提，“观”“群”“怨”是目的，“诗可以兴”这个大前提是诗可以“观”“群”“怨”的基础，同时又是为这些目的而服务的。而诗歌(艺术)

---

① 李泽厚、刘纲纪主编：《中国美学史》(先秦两汉编)，安徽文艺出版社1999年版，第126页。

② (汉)许慎撰、(清)段玉裁注：《说文解字》，中州古籍出版社2006年版，第502、504页。

③ 邹元江：《诗之“体”与诗之“用”：船山诗学的两个向度及中介》，载《退溪学论丛》(韩国)2010年第16辑。

抒发真实、真挚情感所产生的巨大感染力将四者紧紧地联系在一起，构成了一个密不可分的整体。综合而言，孔子“兴观群怨”说的重心乃是“诗可以观”，“诗可以兴”和“诗可以怨”是其两翼，“诗可以群”是其目的。

正是在这个意义上，我们可以说孔子“兴观群怨”说的宗旨乃是“诗教”，即诗歌的社会教化功能。孔子论诗更多的是侧重于义的一方面，这集中体现在“思无邪”这个主张上。“思无邪”源自《诗经·鲁颂·駉》：“思无邪，思马斯徂。”①本是用来颂扬鲁僖公专心养马，思虑深远。孔子后来在《论语·为政》中借用它来概括“诗三百”所体现出来的一贯思想标准：“《诗》三百，一言以蔽之，曰：‘思无邪。’”②历来对“思无邪”有三种解释：一是认为“思无邪”主张作者思想的纯正、恰当，符合礼仪规范，如南宋吕祖谦在《吕氏家塾读诗记》(卷一)中就是这么认为的：“作诗人所思皆无邪。”③二是认为读诗者在接受诗歌艺术感染后，内在心灵受到触动而“归于正”，包咸、朱熹等人就是这么认为的。在朱熹眼中，“诗三百”中诸如《桑中》等诗篇乃是“淫诗”，作者思想并不纯正，孔子保留它们，只是为了教化世人，让读诗者“归于正”。三是认为“思无邪”乃是强调诗歌抒发情感应该真诚、不虚伪，这是宋儒程颐的观点：“‘思无邪’者，诚也。”④这三种解释都有道理，都没有违背孔子的原意，符合孔子一贯重义、重诗歌政治教化的倾向主张。这种倾向在《孔子诗论》中表露无遗：“诗无泯志。”⑤而且，这个思想主张被荀子以及汉儒继承了下来，由此开启了“诗言志”的诗教传统大门，对后世影响极为深远。

---

① (宋)朱熹：《诗集传》，凤凰出版社2007年版，第278页。

② (清)阮元校刻：《十三经注疏·论语·为政》，中华书局1980年版，第2461页。

③ (宋)吕祖谦：《吕祖谦全集·吕氏家塾读诗记》，浙江古籍出版社2008年版，第184页。

④ (宋)朱熹：《四书章句集注》，中华书局1983年版，第54页。

⑤ 廖名春：《上海博物馆藏诗论简校释》，载《中国哲学史》2002年第1期。

因此，孔子“兴观群怨”说的重要地位及其历史意义，可以概括为这么几个方面：第一，如上所述，孔子“兴观群怨”说开启了中国古典诗学“诗教”传统的大门。第二，确立了以“兴”为主、涵盖比、赋等创作手段的中国古典诗学创作原则和评价标准。第三，肯定了诗歌抒发情感的重要性与合理性，这其中蕴含了诗之用向诗之体过渡的中介、桥梁。第四，标志着独具特色的中国古典诗学思维的成熟。其核心的中国诗性智慧，是一种类比联想思维，它奠定了中国古代“象”思维的最早雏形的根基，对中国古典诗学的抒情模式、方法等做了最早的塑形和筑基。

所以，孔子“兴观群怨”说一经提出，就成为儒家诗学始终奉行不变的教条。但是，随着时代的变化以及人类艺术审美观念的演进，孔子“兴观群怨”说的解释史也不断发生变化，其内涵也不断丰富，呈现出某种内在的张力。具体说，一旦随着大一统王朝的确立、儒学的全面复兴，“诗可以观”“诗可以群”所体现的诗歌教化功能就在儒家诗学中备受推崇，可是一旦处在分裂的时代，如魏晋南北朝、五代十国，由于儒学的衰落，道、佛等思想兴起，“诗可以兴”“诗可以怨”等命题中所包含的诗之用向诗之体过渡的中介和桥梁作用就会凸显出来，从而推进对诗歌作审美的判断。这样一来，“兴”“怨”与“观”“群”似乎代表了两种诗歌发展的倾向，它们之间的强弱变化，凸显出儒家诗学某种内在的矛盾和张力。但是，总的看来，“诗可以兴”与“诗可以怨”的理论发展蔚为大观，对后世诗学理论产生的影响更大。后世诗论家或者从“比兴”“兴寄”的角度强调诗歌反映深刻广泛的社会现实，或者从“诗可以怨”出发，强调诗人“不平则鸣”的情感抒发的合理性。显然，这也是诗歌艺术审美自身发展的必然结果。孔子“兴观群怨”说解释史的变迁，在王夫之的诗学理论中得到了集中体现（详后）。

二、王夫之兴观群怨说的贡献

自从孔子提出“兴观群怨”说以来，得到了后世学者，特别是儒家学者、诗论家们的积极响应。汉儒将孔子这一理论所包含的诗歌教化功能推向极致，从而将诗歌理论“经学化”。而宋儒由于一味强调“天理”与“人欲”的对立，将诗歌理论“伦理化”，导致“文以载道”“文以明道”的思想泛滥。但是，真正将孔子“兴观群怨”说“文学化”“审美化”的还属王船山。船山不仅将“兴观群怨”置于其重要诗学理论著作《诗译》和《夕堂永日绪论内编》的开头之处，而且在《诗广传》《四书训义》《四书笺解》《张子正蒙注》等书中多有讨论。更重要的是，他屡屡将这一理论运用于中国古典诗歌评论及鉴赏中，在他的《古诗评选》《唐诗评选》《明诗评选》中就多有运用。船山不仅继承了孔子“兴观群怨”说这一极为重要的诗学思想，而且进一步扩展了孔子“兴观群怨”说的具体内涵。孔子原本只是从诗歌鉴赏、接受的角度，涉及诗歌的政教功能与社会效用，而船山将它扩展到了诗歌接受与诗歌创作的统一性，由纯粹的强调诗歌功用扩展到了诗歌审美本体领域。因此，船山在解释“兴”“观”“群”“怨”时，特别是在阐释“兴”与“怨”时加入了自己独特的理解。也正是这些独特的理解，引起了世人对船山“兴观群怨”说的关注和重视。“兴观群怨”说在船山诗学中具有“开山纲领”的重要地位，学界也认识到了船山“兴观群怨”说所具有的“纲领性”地位。但遗憾的是，从“纲领性”的角度研究推进船山“兴观群怨”说，大多语焉不详。研究者大多是从读者接受，或者作者创作，或者二者统一的角度来阐释船山“兴观群怨”说的理论内涵。本书在前人已有的研究成果的基础上，试图从船山诗学的具体语境出发，着重讨论以下几个问题：一是船山是如何具体推进孔子“兴观群怨”说的“文学化”“审美化”进程的；二是在何种程度上船山实现了诗歌政教功能与审美本体二者的融合的；三是作为船山诗学的开山纲领的“兴观群怨”说，其“纲领性”地位是如何凸显出来的。

（一）政教之“兴”与审美之“兴”的融合

上文已述，孔子“诗可以兴”的“兴”乃“起”之意，是源于上古的宗教祭祀礼仪，在群体性祭祀活动中，原始人通过形体动作集体“起舞”，或者通过各种图腾“兴象”符号来实现“神人以和”或“神人同一”的目的。孔子用这个体现着原始神话思维传统的“兴”来解读诗歌的政教功能及社会效用，从而将“起舞”的“祭祀之兴”发展为“引譬连类”的“政教之兴”。朱熹将这种“政教之兴”的内涵概括为：“感发意志。”船山明显继承了孔子“政教之兴”的思想传统，他完全赞同朱熹的解释：“感发志气”①，“兴”就是“兴起”“感发”“激励”的意思，在《俟解》中他有一个明确的解释：

> 能兴者即谓之豪杰。兴者，性之生乎气者也。拖沓委顺当世之然而然，不然而不然，终日劳而不能度越于禄位田宅妻子之中，数米计薪，日以挫其志气，仰视天而不知其高，俯视地而不知其厚，虽觉如梦，虽视如盲，虽勤动其四体而心不灵，惟不兴故也。圣人以《诗》教以荡涤其浊心，震其暮气，纳之于豪杰而后期之以圣贤，此救人道于乱世之大权也。②

“兴者，性之生乎气者也”的说法，是王夫之从哲学的角度对“兴”的理解。王夫之坚持并发展了以张载、王廷相等为代表的传统的气本体论，但是他所谓的“气”既不同于张载的“生物以气息相吹”之“气”，也不同于王廷相的“口可以吸而入，手可以摇而得”之“气”，也就是说，王夫之的“气”不是具体实物之“气”，而是高度哲学抽象之“气”，其本质属性乃是客观实在性，“气外更无虚托孤立之理”。③ 由于“气”是时刻运动不息的，因此，王夫之的心性论思想正是建立在运动变化的气化论宇宙观中。王夫之认为“性”乃“生之理也”，“性”有物性和人性之别，即气禀之气和道德理性之别，王夫之的“性”同时包含了体性、人性和物性。④ 而且他赞同儒家传统的“天命之谓性”的说法，同时又受到《易传》“继善成性”思

① （清）王夫之：《四书训义》，《船山全书》（第 7 册），岳麓书社 1996 年版，第 913 页。

② （清）王夫之：《俟解》，《船山全书》（第 12 册），岳麓书社 1996 年版，第 479 页。

③ （清）王夫之：《读四书大全说》，《船山全书》（第 6 册），岳麓书社 1996 年版，第 1052 页。

④ 参见张立文：《正学与开新——船山哲学思想》，人民出版社 2001 年版，第 138-147 页。

想的影响，这样他所谓的“性”又是“未发之性”①。因此，这“未发”之道德理性、仁性、善性只有通过始终处于运动变化之“气”的激荡、升降、屈伸，才可能生发扩展开来，最终实现“性以健顺为体，本太虚和同而化之理也，繇是而仁义立焉”②。因此，在这个意义上，船山的心性论是“日生日成”的。所以，“兴者，性之生乎气者也”，简单说就是伴随运动变化之“气”而生发的“未发之性”的动态过程即为“兴”。而船山又是赞同孟子、张载的心统性情说的，并且主张“性为体，心为用”：

> 若张子所谓“心统性情”者，则又概言心而非可用释此“心”字。此所言心，乃自性情相介之几上说。《集注》引此，则以明“心统性情”，故性之于情上见者，亦得谓之心也。“心统性情”，自其函受而言也。此于性之发见，乘情而出者言心，则谓性在心，而性为体、心为用也。③

因此，船山之“兴”最终还是归结为“乘情而出”之“心动”，这明显又回到了《乐记》“人生而静，天之性也。感于物而动，性之欲也”的观点。因而，船山之“兴”的对象乃是人心感于物而动所产生的情感，且这种情感既包括道德情感又有审美情感。这与《乐记》的观点也是一脉相承的：“乐者，音之所由生也，其本在人心之感于物也。”④这样一来，船山就将以往的“引譬连类”和“感发意志”的“祭祀之兴”或“政教之兴”发展成为“乘情而出”的“诗学之兴”，由纯粹的功能、效用之“兴”发展为包含有符合艺术本质规律的审美之“兴”。因此，也只有在这个意义上，我们才可以说船山实现

① 参见陈来：《诠释与重建——王船山的哲学精神》，北京大学出版社2004年版，第86页。

② （清）王夫之：《张子正蒙注》，《船山全书》（第12册），岳麓书社1996年版，第116页。

③ （清）王夫之：《读四书大全说》，《船山全书》（第6册），岳麓书社1996年版，第946页。

④ （清）阮元校刻：《十三经注疏·礼记·乐记》，中华书局1980年版，第2527页。

了孔子"兴观群怨"的理论"文学化"或"审美化"。也正是在这个意义上，说"船山在新的理论层次上将前人的政教中心论视界和审美中心论视界融为一体"的说法才更令人信服。①

船山的这种"诗学之兴"在其诗学著作中比比皆是，归纳起来有以下四种：

一则"起兴""触兴"，这符合"兴，起也"的原始含义，是动态的感兴。如："起兴远，跌荡缓，感人倍深。"②"宾主历然，情景合一。"③

二则作为诗法之用的"兴"，主要是兴、比、赋的手法。如："用兴达，入情真。"④"入兴易韵，不法之法。"⑤"兴、赋、比俱不立死法，触着磕着，总关至极，如春气感人，空水莺花，有何必然之序哉？"⑥船山对于诗法之用的"兴、赋、比"三者内涵的理解与朱熹是一致的。他认为赋、比、兴三者作为诗歌创作的主要手法，是可以同时采用或者夹杂采用的，合理运用三者乃是诗歌出彩、动人的标志。"兴比杂用，有如冗，然正是其酣畅动人处。乐府正自以动人为至。"⑦"亦兴亦赋亦比，因仍而变化莫测……"⑧"兴以远

① 陶水平：《船山诗学研究》，中国社会科学出版社2001年版，第68页。

② （清）王夫之：《古诗评选》，《船山全书》（第14册），岳麓书社1996年版，第523页。

③ （清）王夫之：《古诗评选》，《船山全书》（第14册），岳麓书社1996年版，第726页。

④ （清）王夫之：《古诗评选》，《船山全书》（第14册），岳麓书社1996年版，第615页。

⑤ （清）王夫之：《古诗评选》，《船山全书》（第14册），岳麓书社1996年版，第644页。

⑥ （清）王夫之：《古诗评选》，《船山全书》（第14册），岳麓书社1996年版，第744页。

⑦ （清）王夫之：《古诗评选》，《船山全书》（第14册），岳麓书社1996年版，第514页。

⑧ （清）王夫之：《古诗评选》，《船山全书》（第14册），岳麓书社1996年版，第738页。

愈近，比以旧得新，赋以粗入细。”①因此，兴、赋、比三种手法可以灵活运用。但是，船山在论述三者的时候，“兴”总是排在“赋”和“比”之前的，这说明他更重视“兴”，比如：“……或可以兴，或不可以兴，其枢机在此。”②而且，兴、赋、比三者之间不可混乱使用：“兴固不可与比乱。恒多乱比者，以漫兴为难耳。”③“条条自茂。比不可乱兴，当念于此。”④“只于乌啼上生情，更不复于情上布景，兴、赋乃以不乱。”⑤

三则作为语言形式的“兴”，这就是船山在其著作中经常提到的“兴言”“兴语”“兴句”，比如：“兴言俯仰，殆分小谢之席。”“迎头二十字……兴语缓受，孤云矗起……”“观《三百首》中兴句，自知津际也。”因此，在这里，无论是作为诗法之用的“兴”(赋、比)，还是作为语言形式上的“兴言”“兴语”“兴句”，都是一种诗歌创作中诗人所采用的抒情手法，也即所谓的“兴辞”。这明显继承了西晋挚虞在《文章流别论》中的说法：“赋者，敷陈之称也，比者，喻类之言也，兴者，有感之辞也。”⑥

四则作为艺术灵感的“兴”，船山称之为“兴会”。“兴会”之“兴”在船山诗学著作中出现的次数最多，是船山极力推崇的。例如，他说：“长句长篇，斯为开山第一祖。鲍昭(照)、李白领此宗风，遂为乐府狮象，非但兴会遥同，实乃谋篇夙合也。”⑦又云：

① (清)王夫之：《古诗评选》，《船山全书》(第14册)，岳麓书社1996年版，第896页。

② (清)王夫之：《古诗评选》，《船山全书》(第14册)，岳麓书社1996年版，第897页。

③ (清)王夫之：《古诗评选》，《船山全书》(第14册)，岳麓书社1996年版，第552页。

④ (清)王夫之：《古诗评选》，《船山全书》(第14册)，岳麓书社1996年版，第672页。

⑤ (清)王夫之：《古诗评选》，《船山全书》(第14册)，岳麓书社1996年版，第904页。

⑥ 见郭绍虞主编：《中国历代文论选》(第一册)，上海古籍出版社1984年版，第190页。

⑦ (清)王夫之：《古诗评选》，《船山全书》(第14册)，岳麓书社1996年版，第508页。

“元帝二诗，恰与刘梦得《浪淘沙》、白乐天《竹枝》合辙，盖中唐人于此一体殊胜盛唐，中唐以兴会为主，雅得元音故也。”①又曰：“分节目，起议论，亦几为唐人开先，而意无预设，因所至以成文，则兴会犹为有权。”②即在船山看来，“兴会”就是诗人在心目观照景物时的“即景会心”“寓目警心”“触目生心”“及目成吟”“适目当心”，而且是“意无预设”、不带任何偏见或先见的审美观照，是主客合一、瞬间把握景物的“神理”的审美观照。这就是船山自己所说的：“含情而能达，会景而生心，体物而得神，则自有灵通之句，参化工之妙。”③

船山“兴会”说与唐代以来的“兴象”理论是一脉相承的，“兴会”正是皎然、殷璠、司空图等人所主张的“兴象”“象外之象”理论发展的产物。“兴会”的本质就是“兴象”，它是“象外之象”产生的基础，船山对“兴会”的强调就是为了获得司空图所说的“象外之象”。只不过船山所谓的“兴会”“兴象”乃是情与景、心与象二者相融合的结果。这样看来，船山所主张的“感兴”“兴辞”或“兴象”不仅涵括了政教之“兴”，而且与诗歌艺术的审美本质更为靠拢。更重要的是，无论是“感兴”“兴辞”，还是“兴会”“兴象”，都无疑包含了作者创作和读者接受的各个阶段，因而具有了整体性和综合性的特点。

那么现在的问题就在于如何起“兴”呢？船山对这个问题有自己一以贯之的独特想法。首先是感物动人。船山认为，无论“起兴”或“感兴”，都是外在物触发了内在的情感所致。也就是《乐记》所说的“人心之动，物使之然也，感于物而动，故形于声”。这与钟嵘所讲的“气之动物，物之感人”是一个意思。而且船山在感物动人方面说得更具体，那就是不仅要“得物态”，而且还要“得物

① （清）王夫之：《古诗评选》，《船山全书》（第14册），岳麓书社1996年版，第642页。

② （清）王夫之：《古诗评选》，《船山全书》（第14册），岳麓书社1996年版，第715页。

③ （清）王夫之：《姜斋诗话》，《船山全书》（第15册），岳麓书社1996年版，第830页。

理”。苏轼曾经在评论《诗经·卫风·氓》的诗句“桑之未落，其叶沃若”时曾指出，体物之工，非“沃若”不足以言桑，非桑不足以当“沃若”。船山对苏轼的这种“体物之工”的说法甚是不以为然，他批评道：“然得物态，未得物理。”①所谓“物态”就是事物外在形态的真实，“物理”乃是事物的本然状态，即事物内在的活脱脱的神韵。② 因此，船山强调感物之“起兴”的重心不在于“物态与物理的统一，也就是形神兼备”③，其侧重点在于“得物理”，即把握事物内在的、本然状态的、活脱脱的神韵。这样一来，就涉及了“兴”如何产生的主体性条件的具体规定问题。

其次，“兴”产生的主体性要求有哪些呢？诗人要想顺利地“起兴”，表现出事物内在的、本然状态的、活脱脱的神韵，必须具备良好的素质。船山对“兴”产生的主体性条件有一个比较详细的描述：

> 有识之心而推诸物者焉，有不谋之物相值而生其心者焉。知斯二者，可与言情矣。天地之际，新故之迹，荣落之观，流止之几，欣厌之色，形于吾身以外者，化也；生于吾身以内者，心也；相值而相取，一俯一仰之际，几与为通，而浡然兴矣。“有敦苦瓜，烝在栗薪。自我不见，于今三年。”俯仰之间，几必通也，天化人心之所为绍也。④

王夫之认为，只有包含情感的主体“有识之心”与外在事物不谋而遇、“相值相取”，主体内在的情感才有可能“起兴”、被激发。

① (清)王夫之：《姜斋诗话》，《船山全书》(第15册)，岳麓书社1996年版，第810页。

② 参见邹元江：《试论船山诗学的内在矛盾性》，载《哲学研究》2003年第7期。

③ 崔海峰：《王夫之诗学范畴论》，中国社会科学出版社2006年版，第140页。

④ (清)王夫之：《诗广传》，《船山全书》(第3册)，岳麓书社1996年版，第383-384页。

因此，“兴”产生的条件乃是主体身体之内的“心”与其身体之外的“天化”相互交感的结果。只有有广阔胸襟、浩渺才华的诗人，如李白，才能从容“兴比杂用”，其诗作才能“曲写心灵”“动人为至”，否则只能像苏轼那样“萎花败叶”“狂节乱兴”：

> 太白胸中浩渺之致，汉人皆有之，特以微言点出，包举自宏。太白乐府歌行，则倾囊而出耳。如射者引弓极满，或即发矢，或迟审久之：能忍不能忍，其力之大小可知已。要至于太白，止矣。一失而为白乐天，本无浩渺之才，如决池水，旋踵而涸。再失而为苏子瞻，萎花败叶，随流而漾，胸次局促，乱节狂兴，所必然也。①

虽然，船山对苏轼的批评并不一定符合实际，但这段话无疑表露了他对“兴”产生的主体条件的具体要求，即开阔的胸怀和浩渺的才华。这也是船山所推崇的“胸中丘壑”或“胸中胜概”的审美心胸：

> “天际识归舟，云间辨江树”，隐然一含情凝眺之人，呼之欲出。从此写景，乃为活景。故人胸中无丘壑，眼底无性情，虽读尽天下书，不能道一句。②
>
> 端委纡夷，五十字耳，而有万言之势。“日暮天无云，春风扇微和”，摘出作景语，自是佳胜，然此又非景语。雅人胸中胜概，天地山川，无不自我而成其荣观，故知诗非行墨埋头人所辨也。③

---

① （清）王夫之：《姜斋诗话》，《船山全书》（第15册），岳麓书社1996年版，第824页。

② （清）王夫之：《古诗评选》，《船山全书》（第14册），岳麓书社1996年版，第769页。

③ （清）王夫之：《古诗评选》，《船山全书》（第14册），岳麓书社1996年版，第721页。

简而言之，这"浩渺之致"（包括"胸中丘壑""胸中胜概"）和"浩渺之才"就是指诗人产生、运用"兴"所必须具备的意趣盎然的审美心胸和高超的艺术表现力。①

再次，"兴"要自然不雕刻。船山最痛恨的是那类刻意追求炼字炼句、矫揉造作的诗作，他一再强调诗人"起兴"要在"有意无意之间"，也就是说要追求一种自然而然、不刻意雕琢的诗风。例如他一再强调的：

> 兴在有意无意之间，比亦不容雕刻。关情者景，自与情相为珀芥也。情景虽有在心在物之分，而景生情，情生景，哀乐之触，荣悴之迎，互藏其宅。天情物理，可哀而可乐，用之无穷，流而不滞；穷且滞者不知尔。②
>
> 起兴在有意无意之间，落熬整暇。③
>
> 兴比正在有意无意之间，掐得《毛诗》神髓。④

船山主张一种自然而然、不事雕琢的诗风，这与李白的"清水出芙蓉，天然去雕饰"的理论主张有异曲同工之妙。因此，"兴"只能产生在"神理凑合时，自然恰得"。也正是从这个意义上，船山才会一再批评以贾岛为代表的"苦吟派"："'僧敲月下门'，只是妄想揣摩，如说他人梦，纵令形容酷似，何尝毫发关心？"⑤

最后，"以言起意"方能"兴"。关于"言"与"意"的讨论，在船

---

① 崔海峰：《王夫之诗学范畴论》，中国社会科学出版社2006年版，第144页。

② （清）王夫之：《姜斋诗话》，《船山全书》（第15册），岳麓书社1996年版，第814页。

③ （清）王夫之：《古诗评选》，《船山全书》（第14册），岳麓书社1996年版，第710页。

④ （清）王夫之：《古诗评选》，《船山全书》（第14册），岳麓书社1996年版，第589页。

⑤ （清）王夫之：《姜斋诗话》，《船山全书》（第15册），岳麓书社1996年版，第820页。

山之前很多人都有论及。但最早出现在《易传·系辞上》："圣人有以见天下之赜，而拟诸其形容，象其物宜，是故谓之象。"又云："子曰：'书不尽言，言不尽意'。然则圣人之意，其不可见乎？子曰：'圣人立象以尽意。'"①这种解释是符合《周易》本意的，而且对后世的哲学、艺术发展影响深远。《周易》原本是一本古代占卜之书，古代人用卦辞（言）和卦象（象），其实就是龟甲的裂纹来预测事物发展的趋势（意），这就是"圣人立象以尽意"的本意了。但是，又由于事物发展是很复杂、多变的，而龟甲的裂纹并没有明显的规律，所以说"书不尽言，言不尽意"了。因此，到了汉代，学者们大多将重心放在卦辞（言）和卦象（象）的解释上，以此来揣测、解释未来事物发展的规律，也就是推崇一种"以言尽意""以象明意"的言、意观。这是汉代象数易学兴起的主要原因。

但象数易学的弊端也是明显的，人们只关注卦辞（言）和卦象（象）日益繁琐、牵强附会的解释，而忽视了《周易》义理的阐发。因此，到了魏晋时期，王弼对汉代象数易学进行了全面的批判和清算，由此开创了义理易学的时代。他在《周易略例·明象》中批判、清算汉代象数易学理论时，对《周易·系辞上》的言、意观点作了新的解释："夫象者，出意者也；言者，明象者也。尽意莫若象，尽象莫若言。言生于象，故可寻言以观象；象生于意，故可寻象以观意。意以象尽，象以言著。"②王弼关于言与意的解释似乎与他之前的诠释没有太多的抵触、矛盾之处，但重心却发生了重大变化，其侧重点不再是"言"和"象"了，而是"言""象"背后的"意"。因此，在王弼看来，"言""象"就只是表达"意"的工具和手段，由此他明确提出"得意可以忘言、忘象"的著名论调："故言者所以明象，得象而忘言；象者所以存意，得意而忘象。犹蹄者所以在兔，得兔而忘蹄；筌者所以在鱼，得鱼而忘筌也。然则，言者，象之蹄

① （清）阮元校刻：《十三经注疏·周易·系辞上》，中华书局1980年版，第79页。

② （魏）王弼：《周易注·附周易略例·明象》，中华书局2011年版，第84页。

也；象者，意之荃也。”①王弼这一论断明显受到庄子思想的影响。《庄子·外物篇》说道：“荃者所以在鱼，得鱼而忘荃；蹄者所以在兔，得兔而忘蹄；言者所以在意，得意而忘言。吾安得夫忘言之人而与之言哉?”②这里，“荃”是古代一种捕鱼的竹器，“蹄”即指兔，是古代一种捕兔的网。因此，庄子和王弼都是强调“以意为主”的言、意观的代表人物。他们的观点对后世诗歌创作产生了巨大影响，从唐代开始，特别是宋代，诗歌创作就走上了一条“以意为主”的发展道路。

这种“以文字入诗、以议论入诗、以才理入诗”的创作风格受到了严羽和王船山的激烈批评。船山就认为“以意为主”的诗歌创作，即先立意、拟好议题，然后再推敲、雕琢字句，虽然精致、工整，但雕琢的痕迹很重，违反了他所主张的自然而然的创作风格。因此，他多次批评道：“唐人刻画立意，不恤其言之不逮，是以竭意求工，而去古人愈远。欧阳永叔、梅圣俞乃推以为至极，如食稻种，适以得饥，亦为不善学矣。襄阳于盛唐中尤为褊露。此作寓意于言，风味深永，可歌可言，亦晨星之仅见。”③根本原因，还是“以意为主”的诗歌创作丢掉了汉以前的审美“起兴”传统：“含情而能达，会景而生心，体物而得神，则自有灵通之句，参化工之妙。若但于句求巧，则性情先为外荡，生意索然矣。松陵体永堕小乘者，以无句不巧也。然皮、陆二子，差有兴会，犹堪讽咏。若韩退之以险韵、奇字、古句、方言矜其饾辏之巧，巧诚巧矣，而于心情兴会一无所涉，适可为酒令而已。黄鲁直、米元章益堕此障中。近则王谑庵承其下游，不恤才情，别寻蹊径，良可惜也。”④船山对韩愈的批评之所以那么激烈，就在于他开启了“以意为主”、追求字

① (魏)王弼：《周易注·附周易略例·明象》，中华书局2011年版，第87页。

② 陈鼓应：《庄子今注今译·外物》，中华书局2001年版，第725页。

③ (清)王夫之：《唐诗评选》，《船山全书》(第14册)，岳麓书社1996年版，第896页。

④ (清)王夫之：《姜斋诗话》，《船山全书》(第15册)，岳麓书社1996年版，第830页。

奇句巧的诗歌创作风气。

因此，船山极力主张重新高擎自《诗经》以来的审美"起兴"传统的大旗。而审美"起兴"的关键就是要扭转"以意为主"的言、意观，他明确说道："以言起意，则言在而意无穷。以意求言，斯意长而言乃短。言已短矣，不如无言。故曰'诗言志，歌永言'，非志即为诗，言即为歌也。或可以兴，或不可以兴，其枢机在此。"① 诗人在创作过程中如何"兴"的关键在于"以言起意"，以有限的语言，表达无限的情意，最终实现言、象、意的完美交融，只有这样才能创作出"寓意于言，风味深永"的诗歌佳作。

因此，通过上述的详细分析，我们明了了无论是动态"起兴"，还是作为诗法之用的"兴"(赋、比)，甚或是作为灵感的"兴会"(兴象)，在船山那里都被含混在一起，② 早已超越了以往的政教之"兴"的范畴，从而实现了审美之"兴"与功能、效用之"兴"的统一。因而，船山的"兴"具有了更多的艺术审美特征，如天人交感、瞬间体验、创造性或超越性等。③ 从某种程度上说，"兴"论是船山诗学批评的基础，对他的情景说、现量说、意象说等理论都产生了重大影响(详后)。

(二)"观志"(观风)与"心观"的并行发展

船山对"观"的理解基本上还是遵循了"视谛""审视"的原意，基本上继承了郑玄的"观风俗之盛衰"和朱熹的"考见得失"的说法。概括来讲，船山的"观"既包括通过诗歌对社会政治、风俗民情的认知，同时也涵盖了通过诗歌来了解吟诗者或作诗者的主观意向。

---

① (清)王夫之：《唐诗评选》，《船山全书》(第 14 册)，岳麓书社 1996 年版，第 896 页。

② 萧驰认为，在古代作为"兴观群怨"的"兴"(读平声)与作为"引譬连类"之"兴"(读去声)分别是比较明显的，但在船山那里二者含混在了一起，而这平声之"兴"与去声之"兴"的含混正是船山对这一概念进行大胆发挥、重新诠释的起点。见萧驰：《抒情传统与中国思想——王夫之诗学发微》，上海古籍出版社 2003 年版，第 141 页。

③ 参见崔海峰：《王夫之诗学范畴论》，中国社会科学出版社 2006 年版，第 158-164 页。

前者表现为观风之“观”，这在《诗广传》中比比皆是。如：

> 即其词，审其风，核其政，知其世。①
>
> 穆王以降无《雅》，昭王以降无《颂》。②
>
> 周之凌迟而东，其肇于宣王之世乎！《王风》之凌迟而《黍离》，其肇于宣王之《雅》乎！③

以上所举例子，都是船山从观风之“观”出发，从《诗经》各篇章中了解到的当时社会政治状况。周室东迁以后，王室实力更加衰落，而且征调频繁，人民负担繁重、民多有怨言，这反映在诗歌创作上，就是那种舒缓、纯正的雅、颂之风消亡，代之而起的是哀怨之情的“变风变雅”之作。因此，船山在读到《诗经·秦风》中《车辚》《驷铁》时，“观”到了霸王之道、杀伐之气，所以理解“秦风所以为天下雄也”④；他读到《采葛》时，读出了末世气象、亡国之音：“东周之季，大历之末，刻露下躁之言兴，而周、唐之衰亟矣。”⑤而读到《诗经·卫风·定之方中》时，“观”到了卫国糟糕的政治状况，于是断言其国将不国：“《定之方中》以前，其词蔓，其政散；《定之方中》以后，其词绞，其政靡。周于利而健于讼，虽免于亡，其能国乎！”⑥无怪乎船山在评论明代诗人王伯稠的《感事》一诗时，明确地提出了“陈诗观风”之说：“尤有大于此者，但

① (清)王夫之：《诗广传》，《船山全书》(第3册)，岳麓书社1996年版，第474页。

② (清)王夫之：《诗广传》，《船山全书》(第3册)，岳麓书社1996年版，第473页。

③ (清)王夫之：《诗广传》，《船山全书》(第3册)，岳麓书社1996年版，第473-474页。

④ (清)王夫之：《诗广传》，《船山全书》(第3册)，岳麓书社1996年版，第369页。

⑤ (清)王夫之：《诗广传》，《船山全书》(第3册)，岳麓书社1996年版，第345页。

⑥ (清)王夫之：《诗广传》，《船山全书》(第3册)，岳麓书社1996年版，第333页。

于此写出。陈诗观风，因微知著，其理固然，知此乃知《芣苢》为王化之基。”①这与他在《四书训义》(卷二十一)中“褒刺立义，可以观矣”的说法也是一致的。

后者表现为观志之“观”。观志之“观”在船山著作中也不少见，船山最经常举的是谢安“观志”的例子。据《世说新语》记载，谢安曾经与族中子弟吟诗、赋诗以观志，谢玄说他最欣赏《诗经·小雅·采薇》中的诗句“昔我往矣，杨柳依依；今我来思，雨雪霏霏”，因为它写出了远征将士归来后悲喜交加之情。而谢安则强调自己最喜欢的诗句是《诗经·大雅·抑》中的“讦谟定命，远猷辰告”。船山在《诗广传·论抑四》中对这一事件做出了自己的评价：“‘讦谟定命，远猷辰告’，谢安之所服膺也。赋诗可以见志，安也足以当之。知不及，量不远，条理不熟尝，亦恶能相触而生其欣赏哉？豆区之计不足以舒神，仓卒之辞不足以惬听，寻丈之图不足以畅遇，抵牾之说不足以利几，久矣。”②船山从中“观”到了谢安作为国家栋梁出谋定策、安定社稷的政治家的博大情怀。而且，在《姜斋诗话》中，他进一步从审美的角度作了阐述：“以写景之心理言情，则身心中独喻之微，轻安拈出。谢太傅于《毛诗》取‘讦谟定命，远猷辰告’，以此八字如一串珠，将大臣经营国事之心曲，写出次第；故与‘昔我往矣，杨柳依依；今我来思，雨雪霏霏’同一达情之妙。”③这样一来，船山就将其“赋诗可以见志”之“志”引向了审美情感，他所谓的“观志”观的是诗人的内在情感，这无疑也是他将孔子“兴观群怨”说“文学化”“审美化”的又一明证。而船山在《诗广传》中早就表达了要通过“观”诗歌中所表达出的微妙、幽微的“情”“才”来认知社会治乱、民情风俗，从而将“观风”与“观志”二者很好地同一起来：“《诗》之情，几也；《诗》之才，响也。

① (清)王夫之：《明诗评选》，《船山全书》(第14册)，岳麓书社1996年版，第1613页。

② (清)王夫之：《诗广传》，《船山全书》(第3册)，岳麓书社1996年版，第468页。

③ (清)王夫之：《姜斋诗话》，《船山全书》(第15册)，岳麓书社1996年版，第829页。

因《诗》以知升降，则其知乱治也早矣，而更有早焉者，故曰雅降而风，《黍离》降而衰周道之不复振。”①

除此之外，船山之“观”还有作为审美意义上的“心观”之意。这是船山对孔子“诗可以观”命题做出的自己的独特贡献。船山所谓的“心观”不是一般意义上的“看”或者“见”，也不是一般意义上的“谛视”或“审视”，而是一种审美意义上的主体对外在情、景、事、理融洽性的内在把握，是“观风”与“观志”之“观”进一步“文学化”“审美化”的结果。因此，船山的“心观”至少有三大特性：一是虚实结合。外在情、景、事、理都是以一种虚化的审美意象的形式呈现出来，如“‘池塘生春草’‘蝴蝶飞南园’‘明月照积雪’，皆心中目中与相融浃，一出语时，即得珠圆玉润，要亦各视其所怀来而与景相迎者也”。② 二是内在体验性。这是一种设身处地的内在审美体验，如“‘亲朋无一字，老病有孤舟。’自然是登岳阳楼诗。尝试设身作杜陵，凭轩远望观，则心目中二语居然出现，此亦情中景也”。③ 这与他在《四书训义》(卷三十六)中“设身处地而观于善败得失之大，乃通天下之理而达古今之情，然后可以为《诗》”的说法也是一致的。三是这种体验是真实可靠的，而且是诗歌创作的底线，“身之所历，目之所见，是铁门限。即极写大景，如‘阴晴众壑殊’‘乾坤日夜浮’，亦必不踰此限。非按舆地图便可云‘平野入青徐’也，抑登楼所得见者耳”。④ 在船山诗学著作中，他经常用“心目”一词来表达“心观”，强调“心中目中相融浃”“心目相取”“心目为政”，反对“求形模，求比似……求故实”。但是由于船山关于“目视”与“心视”概念运用的前后矛盾，其所谓的“心观”表现

① (清)王夫之：《诗广传》，《船山全书》(第3册)，岳麓书社1996年版，第479页。

② (清)王夫之：《姜斋诗话》，《船山全书》(第15册)，岳麓书社1996年版，第820页。

③ (清)王夫之：《姜斋诗话》，《船山全书》(第15册)，岳麓书社1996年版，第825页。

④ (清)王夫之：《姜斋诗话》，《船山全书》(第15册)，岳麓书社1996年版，第821页。

出了无法调和的内在矛盾性，他一方面强调拘于在场性的景物经验，另一方面又主张"心目为政，不恃外物"的超越性在场。① 关于船山这种内在矛盾性，笔者会在后面专门论述。

（三）"群"与"怨"的两重中心视域

船山关于"群"的论述不多，这主要是出于儒家学者对儒家信条坚定不移的信任的缘故。他基本上继承了孔子"诗可以群"命题所表达的诗歌具有团结人心、保持社会稳定和谐的功能及效用的观点。他在孔安国的"群居相切磋"、张载的"群而思无邪"和朱熹的"和而不流"等解释的基础上，作出了自己简洁明快的诠释："群而贞。"所谓"贞"，就是思想纯正，品德高尚、正直，意志坚定、有操守，这完全是对一种君子人格理想的概括。更重要的是，船山把孔子"诗可以观"命题中所包含的诗歌可以协调交流沟通群体情感的思想，作了更加明确的表达："出其情以相示，可以群矣。"②这样一来，就明确提出了情感的熏陶和交流是"诗可以群"的基础，船山政教中心视域与审美中心视域交融的倾向由此展露无遗。

而船山将更多的注意力放在了关于"怨"的阐释上，主要原因在于，历史上关于"诗可以群"的解释基本上没有太大的分歧，但是关于"诗可以怨"的解释分歧差异却很大。而且这种分歧导致了在诗歌创作的实际中，对哀怨之情的抒发产生了不同的态度，这在明代诗坛上表现得非常明显，船山有意进行纠正和批判。自从孔子提出"诗可以怨"命题之后，最早自觉抒发哀怨情愁的诗人就是屈原。虽然屈原"骚体"辞赋中多用比兴，基本上没有超出儒家所提倡的"文质彬彬"诗歌创作标准，但是从他的辞赋中流露出的浓郁的哀怨、悲怆之情中，我们不难发现屈原已经开始突破儒家所谓的"怨而不怒"的标准框架，走向了"发愤以抒情"③的个性化抒情模

---

① 参见邹元江：《试论船山诗学的内在矛盾性》，载《哲学研究》2003 年第 7 期。

② （清）王夫之：《四书训义》，《船山全书》（第 7 册），岳麓书社 1996 年版，第 915 页。

③ 屈原：《楚辞·九章·惜诵》，转引自（清）王夫之：《楚辞通释》，《船山全诗》（第 14 册），岳麓书社 1996 年版，第 299 页。

式。他这种被班固批评为“扬才露己”式的抒情方式对后世的抒情传统产生了巨大影响。司马迁的“发愤著书”说、韩愈的“不平则鸣”说、欧阳修的“诗穷而后工”说，以及清代赵翼的“国家不幸诗家幸，赋到沧桑句便工”的说法都直接或间接受到了屈原式的“诗可以怨”理论的影响。

在明代，由于资本主义萌芽的产生，社会各个层面都发生了新的变化。在思想领域，随着阳明心学的盛行，特别是王学左派的兴起，从王艮到颜钧，再到何心隐、李贽，平民儒学快速发展，掀起了一股个性解放的思潮，形成了以自然人性论为出发点的“新理欲观”“新情理观”“新义利观”。[①] 这种思潮表现为对人的自然欲望合理满足的肯定，对社会功利观念的赞扬。这些观念表现在文艺上，则是市民文学的兴盛。具体到诗歌创作上，诗人们普遍主张抒发自我的真性情，甚至是人的“喜怒哀乐嗜好情欲”都能自由表达，李贽的“童心说”、袁宏道的“性灵说”、汤显祖的“至情说”等都是其中的代表。这样一来，对个性化情感和欲望的自由抒发的文学观，直接斩断了自孔子以来所拖着的“迩之事父、远之事君”假道学的尾巴，客观上削弱了传统道德规范对诗歌创作的束缚力，促进了纯粹的诗歌艺术审美的深入发展。但是，以公安派和竟陵派为代表的晚明文坛，过于推崇“真”“奇”文风，矫枉过正，要么原本坦诚率真的文风走向俚俗浅陋的极端，要么追求“幽情单绪、孤行静寄”的诗境而走向矫揉造作，极大地减弱了诗歌艺术审美的表现力。而船山终其一生批判的正是这种盛行的思潮和文风，甚至将明帝国灭亡的罪责归结于其中。船山著作中对李贽和竟陵派的批判、谩骂、诅咒可谓比比皆是。

因此，船山关于“诗可以怨”的理解正是立足于这种反思、批判的立场。他一方面同意诗歌对哀怨之情的抒发，“夫诗以言情也，胥天下之情于怨怒之中，而流不可反矣，奚其情哉！”[②]“含其

① 萧萐父、许苏民：《明清启蒙学术流变》，辽宁教育出版社 1995 年版，第 7-13 页。

② (清)王夫之：《诗广传》，《船山全书》(第 3 册)，岳麓书社 1996 年版，第 341 页。

情而不尽于言，可以怨矣。”①“得其悱恻缠绵之情则‘可以怨’。”②正是在这个意义上，船山明确表达了“矫情”和“匿怨”是可耻的：“君子之于怨，审其可怨不可怨而已矣。义之所得怨者而矫情以忘之，斯匿怨之所以可耻也。”③但另一方面他又严格主张“情正”“情贞”，即“怨而群”。船山经常将“诗可以群，可以怨”连在一起使用，目的乃是为了复兴儒家“怨而不怒”诗教传统，如“《十九首》该情一切，群、怨俱宜，诗教良然，不以言著。入兴易韵，不法之法”。④ 因此，船山所主张的“诗可以怨”乃是一种符合“大欲”和“公意”的哀怨的情感抒发，这仍然回到了朱熹“怨而不怒”的主张上。正是在这个意义上，他在诗学评论中，一方面对古代艳诗持肯定态度，“艳诗有述欢好者，有述怨情者，《三百篇》亦所不废……”“《短歌行》怨甚矣，尚有怨容，其怨益切。”“况《东山》唱于圣者，不废低回；《采薇》歌自兴王，弗妨凄怨。”但另一方面他又强调哀怨之情抒发有限度，多次强调“好色不淫，怨诽不伤”“怨诗不作怨语”，主张一种言辞不太激烈、符合儒家“温柔敦厚”的诗歌抒情笔调，即他在《诗广传》中所推崇的“君子词”或“君子辞”。⑤ 这样一来，船山对“诗可以怨”的犹豫和徘徊，在某种程度上严重削弱了他所欲推进孔子“兴观群怨”说“文学化”和“审美化”的力度和进程。这也是船山诗学无法解决的内在矛盾(详后)。

① (清)王夫之：《四书训义》，《船山全书》(第7册)，岳麓书社1996年版，第915页。

② (清)王夫之：《四书笺解》，《船山全书》(第6册)，岳麓书社1996年版，第259页。

③ (清)王夫之：《礼记章句》，《船山全书》(第4册)，岳麓书社1996年版，第1322页。

④ (清)王夫之：《古诗评选》，《船山全书》(第14册)，岳麓书社1996年版，第644页。

⑤ (清)王夫之：《诗广传》，《船山全书》(第3册)，岳麓书社1996年版，第389、452-453页。

(四)“兴、观、群、怨，诗尽于是矣”

虽然上文中笔者是通过三四个相互独立的子命题的论述形式来分别介绍船山关于孔子“兴观群怨”说具体内涵的独特见解，并也由此确证了船山对推进孔子理论“文学化”“审美化”的进程所作出的自己独特贡献。但是，就船山自己的本意而言，他是将“兴观群怨”紧紧连成一个整体来论述的，并不是独立分开的四个并列的理论主张。关于这一点，船山在《夕堂永日绪论·内编》的开头，作了明确的表达：

> 兴、观、群、怨，诗尽于是矣。经生家析《鹿鸣》《嘉鱼》为群，《柏舟》《小弁》为怨，小人一往之喜怒耳，何足以言诗？“可以”云者，随所“以”而皆“可”也。《诗三百篇》而下，唯《十九首》能然。李、杜亦仿佛遇之，然其能俾人随触而皆可，亦不数数也。又下或一可焉，或无一可者。故许浑允为恶诗，王僧孺、庾肩吾及宋人皆尔。①

“兴、观、群、怨，诗尽于是矣”，可谓开门见山地概括出了船山的诗学主张及倾向。所谓“尽”，包含全部、所有之意，意思就是他所有的诗学主张都浓缩在“兴观群怨”这个诗学命题中了。关于这一点，船山在《诗译》的开头有更为详细的论说：

> “诗可以兴，可以观，可以群，可以怨。”尽矣。辨汉、魏、唐、宋之雅俗得失以此，读《三百篇》者必此也。“可以”云者，随所“以”而皆“可”也。于所兴而可观，其兴也深；于所观而可兴，其观也审。以其群者而怨，怨愈不忘；以其怨者而群，群乃益挚。出于四情之外，以生起四情；游于四情之中，情无所窒。作者用一致之思，读者各以其情而自得。故《关雎》，兴也；康王晏朝，而即为冰鉴。“讦谟定命，远猷辰

---

① (清)王夫之：《姜斋诗话》，《船山全书》(第15册)，岳麓书社1996年版，第819页。

告。”观也。谢安欣赏，而增其遐心。人情之游也无涯，而各以其情遇，斯所贵于有诗。是故延年不如康乐，而宋、唐之所由升降也。谢叠山、虞道园之说诗，并画而根掘之，恶足知此？①

从上面的论述中，我们可以确切地知晓，“兴观群怨”说全面囊括了船山诗学的主张，是船山评判自《诗经》以降，汉、唐、宋、元、明历朝历代诗歌高下、雅俗、得失的标尺。具体而言，在船山看来，不仅诗之体与诗之用完美地融合在“兴观群怨”说中，而且它还是诗人诗歌创作的指导原则，也是读者接受、鉴赏过程中应该奉行的评判标准。“兴观群怨”说作为船山诗学的开山纲领的重要地位是从以下两个方面来体现的：

一是诗之体与诗之用的结合，也即实现了诗歌政教功能与审美本体二者的融合。船山是通过“情”这个元素来实现二者的融合的，船山在《四书训义》(卷二十一)中指出：“诗之泳游以体情，可以兴矣；褒刺以立义，可以观矣；出其情以相示，可以群矣；含其情而不尽于言，可以怨矣。”②正是在情感的激荡、涵咏之中，作为功能效用的“兴观群怨”才可能具有审美的意味。具体来讲，此时的“兴”就具有了审美体验的意味，此时的“观”就带有了审美认知的意味，此时的“群”具备了审美共鸣的意味，此时的“怨”也就具备了审美批判的意味。③ 这样一来，作为诗之体的“诗道性情”就与作为诗之用的“兴观群怨”的“四情”紧密地交融在了一起，这也就是船山所说的“出于四情之外，以生起四情；游于四情之中，情无所窒”。正是在这个意义上，船山用“情”这个核心元素将“兴观群怨”作为一个整体贯通起来，并且辩证地强调四者之间是相辅相成、相

① （清）王夫之：《姜斋诗话》，《船山全书》(第 15 册)，岳麓书社 1996 年版，第 808 页。

② （清）王夫之：《四书训义》，《船山全书》(第 7 册)，岳麓书社 1996 年版，第 915 页。

③ 参见陶水平：《船山诗学研究》，中国社会科学出版社 2001 年版，第 70 页。

得益彰的关系，“于所兴而可观，其兴也深；于所观而可兴，其观也审。以其群者而怨，怨愈不忘；以其怨者而群，群乃益挚”。这也即船山所主张的“随所‘以’而皆‘可’”。这样一来，也就将作者的创作和读者的鉴赏统一了起来，通过“四情”，作者创作与读者鉴赏之间可以相互转化。

二是立足于“四情”，船山整体地来看待“兴观群怨”，从而实现了读者、作者、文本以及对象世界四元素的统一，也实现了创作原则与接受标准的统一。就创作主体的诗人而言，立足于自身或“兴”、或“观”、或“群”、或“怨”的“四情”，“随所‘以’而皆‘可’”地抒发自己的情怀，也只有这样，才能咏出“曲写心灵”之词，才能写出“现量分明”之句，也只有这样，诗人才能形成自己的风格，达到“含情而能达，会景而生心，体物而得审，则自有灵通之句，参化工之妙”的艺术天才的创作之境界。就鉴赏主体的读者而言，其欣赏也是自由的、无止境的，他“随所‘以’而皆‘可’”地入乎诗歌的“四情”之内，出乎诗歌的“四情”之外，结合自己的想象力，设身处地感受作者的用心和作品的内在意蕴，从而体悟到诗中所呈现出来的“意外意中”“象外之象”的审美意境，最终实现读者艺术感受力与作者艺术表现力二者的完美交融。这就是船山所说的“作者用一致之思，读者各以其情而自得”。也只有在这种理想状态下创作出来的诗歌，才能“无端无委，如全匹熟锦，首尾一色”，也只有在这种理想感受状态中，才能“令读者可以其所感之端委为端委，而兴观群怨生焉”。

但是，需要注意的是，船山所说的“作者用一致之思，读者各以其情而自得”的“自得”，是诗人有意无意间的片刻“感兴”与读者鉴赏过程中个体性的“情遇”，因此，这种作者创作与读者接受之间的统一，始终具有偶然性和不可确定性。然而恰恰是这种真实的个体体验的差异性、偶然性和不确定性的存在，诗境的创造性和超越性才成为可能，诗歌的生命力才得以彰显。也正是在这个意义上，我们说船山诗学展示了中国抒情本体意识的内涵，这就是张淑香所指出的，“由个体生命之情的肯定进而及于集体生命之情的肯定”，并“由‘共时’穿入‘历时’，转向过去与未来寻求超实践性的集体共同存在理想”。[①] 也就是说，中国古典诗歌抒情传统所不断展现的就是通过个体的不断重复的差异性“感兴”来感受那不可重复的线性历史时间中所表达出来的整个华夏族群不可重复的共同生命之情感。[②] 而对这种抒情传统的回应和回归，也正是船山诗学所一再强调的中心话题。

然而，不可否认的是，船山的“兴观群怨”说表现出两重性特征，从而展现出某种内在的矛盾和张力。他一方面主张诗之体与诗之用之间的融合、统一，强调在“兴观群怨”这“四情”的兴起、融合、涵咏、激荡中“诗道性情”；另一方面又强调“情正”“情贞”，反对“淫情”，因而诗歌之情感抒发始终未能逃脱儒家诗学“温柔敦厚”的框架的束缚。因此，船山所主张的诗歌所具有的社会功能与诗歌的审美本质始终无法平衡，他所主张的抒情本体也注定是不彻底的。然而，也正是在诗之体和诗之用的彷徨和矛盾中，船山一再强调抒发真情实感，反对一切矫揉造作的诗歌法则，反对一切“立门庭”式的一成不变的诗歌风格、流派，寻找“诗家正法眼藏”[③]，从而表现出生机勃勃的诗性张力。这正是本书后面所要论述的重点之所在。

第二节　作为“诗之体”的“情景交融”

船山关于诗歌本质规律的深刻认识是围绕着意象这个核心理论展开的，而意象理论的核心就是情景交融。而情景问题一直是中

① 见张淑香《抒情传统的本体意识——从理论的“演出”解读〈兰亭集序〉》，转引自萧驰《抒情传统与中国思想——王夫之诗学发微》，上海古籍出版社 2003 年版，第 158 页。

② 参见萧驰：《抒情传统与中国思想——王夫之诗学发微》，上海古籍出版社 2003 年版，第 159 页。

③ 船山在《古诗评选》卷四中评论阮籍《咏怀》时说道：“唯此窅窅摇摇之中，有一切真情在内，可兴，可观，可群，可怨，是以有取于诗。然因此而诗，则又往往缘景，缘事，缘已往，缘未来，终年苦吟而不能自道。以追光蹑景之笔，写通天尽人之怀，是诗家正法眼藏。”

国古典诗学抒情传统重点关注的理论问题，从先秦两汉的“物感”说到魏晋六朝的“缘情”说，都蕴含了情景相生的理论萌芽。特别是唐代意象、意境理论的成熟，是中国抒情主体自觉与内在情感外在形式化完美融合的必然产物，其理论内核正是情景交融。但是，对情景问题的深入探讨是在宋明时期。南宋的黄升最早在其诗词评论中明确提出情景理论，他在《中兴以来绝妙词选》(卷七)中说道：“史邦卿，名达祖，号梅溪。有词百余首，张功父、姜尧章为序。尧章称其词奇秀清逸，有李长吉之韵律，盖能融情景于一家，会句意于两得。”周伯弜、范晞文师徒俩也多次提到情景问题。只不过宋明时期的诗学评论家大多是从诗法的角度来论述情景问题的，他们围绕唐代成型的律诗诗句关系或其外部形式结构方面来论述情与景的问题。无论是南宋的周伯弜师徒、宋元间的方回，还是明代的前后七子、谢榛、王元美等人均是从诗法角度展开论述的。① 而船山是极力反对一味空谈诗歌格式句法、脱离艺术内容的形式主义理论倾向的，他正是在批驳前人割裂情景、一味着眼于诗歌形式的理论基础上，完成了对情景理论的全面总结。船山批评道：

> 近体中二联，一情一景，一法也。“云霞出海曙，梅柳渡江春。淑气催黄鸟，晴光转绿苹”，“云飞北阙轻阴散，雨歇南山积翠来。御柳已争梅信发，林花不待晓风开”，皆景也，何者为情？若四句俱情，而无景语者，尤不可胜数。其得谓之非法乎？夫景以情合，情以景生，初不相离，唯意所适。截分两橛，则情不足兴，而景非其景。且如“九月寒砧催木叶”，二句之中，情景作对；“片石孤云窥色相”四句，情景双收：更从何处分析？陋人标陋格，乃谓“吴楚东南坼”四句，上景下情，为律诗宪典，不顾杜陵九原大笑。愚不可瘳，

① 参见肖驰：《中国诗歌美学》，北京大学出版社 1986 年版，第 65-67 页。

> 亦孰与疗之？①

船山明确反对用“一情一景”“上景下情”或“先情后景”等僵固的“诗法”来限制情景理论，从而割裂了情、景的内在有机联系。因而，他一再反对“情景成两橛”“将情续景”“横立情景”“情景分疆界”等错误做法。他更倾向于“惟意所适”“情景交融”，从诗歌抒情本质的根源来重新研究情景理论的内核，从而复活情景理论的内在活力。

从诗歌抒情本质的根源来看，情景问题与船山的性情论思想紧密相连。在前面的章节中，笔者在论及船山“性”“情”“欲”三者之间的逻辑结构时，曾刻意地将其划分为静态和动态两种情形，目的就是为了突出“心”之作用。现在不费其力地将相关论述再次摘引出来：

> 船山所谓的“感于物而动，性之情也”命题之所以成立，关键在于“人心”之“感物”。他认为“人心”是“合性与知觉”的统一，“人心”既可受命于“先天之性”，同时也可认知天地万物，从而学习“后天之性”，从而循性之理而达道。正是在这种上传下达的动态过程中，情、欲得以产生。而且“人心”“感物”之“感”，是交感、相感、感动、通感，这就突出了情感产生过程中“人与物的相互作用”，正如船山所说：“情固是自家底情，然竟名之曰‘自家’，则必不可。盖吾心之动几，与物相取，物欲之足相引者，与吾之动几交而情以生。然则情者，不纯在外，不纯在内，或往或来，一来一往，吾之动几与天地之动几相合而成者也。”情感产生乃是人与物的互动之结果，这正是船山“情景交融”诗学核心观念的理论基础。②

① （清）王夫之：《姜斋诗话》，《船山全书》（第15册），岳麓书社1996年版，第825-826页。

② 这段引文来自本书第一章第三节对“诗言志”与“诗达情”的哲学基础的论述部分。

诗歌抒情的本质源起于抒情主体与外在世界的相互交感、相感、通感之动态过程中，情景理论的产生正是对这一动态抒情本质的具体描述。因此，情与景之间也应该存在一种动态的有机联系，而不是以往理论家们的僵固割裂关系。正如船山自己所说：“有识之心而推诸物者焉，有不谋之物相值而生其心者焉。知斯二者，可与言情矣。”①“有识之心”与“不谋之物”之间的相感、相取、相值，正是对情、景之动态、有机关系的高度概括。

因此，船山一开始就不是将情与景孤立来谈，而是围绕情与景之间内在的动态、有机联系来展开论述的。这就是船山所说的“夫景以情合，情以景生，初不相离，唯意所适。截分两橛，则情不足与，而景非其景”②。船山关于情与景之间的内在关系有一个非常形象的说法：“关情者景，自与情相为珀芥也。情景虽有在心在物之分，而景生情，情生景，哀乐之触，荣悴之迎，互藏其宅。”③情与景虽有“在心”“在物”的内外之别，但情与景就像珀和芥的关系，紧密相连、不可分离。需要注意的是，船山关于情与景还是有一个侧重点的。他更重视抒情，这就是他所谓的“古今人能坐景语者百不一二。景语难，情语尤难也”④。他认为写景、叙事比抒情更容易，“于景得景易，于事得景难，于情得景尤难”⑤。因为在船山看来，诗歌的本质虽然是抒情，但是诗歌抒发的乃是“性之情”，最终是为了达到“动人兴观群怨”的诗教目的。可见，船山正是在论及情、景的内在有机关系的基础上，才逐渐深入到诗歌抒情本体与

---

① (清)王夫之：《诗广传》，《船山全书》(第3册)，岳麓书社1996年版，第383页。

② (清)王夫之：《姜斋诗话》，《船山全书》(第15册)，岳麓书社1996年版，第826页。

③ (清)王夫之：《姜斋诗话》，《船山全书》(第15册)，岳麓书社1996年版，第814页。

④ (清)王夫之：《明诗评选》，《船山全书》(第14册)，岳麓书社1996年版，第1451页。

⑤ (清)王夫之：《古诗评选》，《船山全书》(第14册)，岳麓书社1996年版，第511页。

功能等相关理论探索中去的。

一、景中情：景象(物象)

船山立足于情与景的内在有机关系，将情、景结合的方式分为二等三类：

> 情、景名为二，而实不可离。神于诗者，妙合无垠。巧者则有情中景，景中情。景中情者，如“长安一片月”，自然是孤栖忆远之情；“影静千官里”，自然是喜达行在之情。情中景尤难曲写，如“诗成珠玉在挥毫”，写出才人翰墨淋漓、自心欣赏之景。凡此类，知者遇之；非然，亦鹘突看过，作等闲语耳。①

在船山看来，在诗歌创作及鉴赏中，情与景的结合方式有高下之分，即“神”与“巧”两个等级，而这两个等级中又分为“妙合无垠”“情中景”“景中情”三类。在有些诗句中，虽然以抒情为主，但从诗人的主观情感抒发过程中，我们似乎看到了一个个鲜明的抒情形象或者一幅幅充满诗意的画面，这就是“情中景”；而在另外一些诗句中，从看似冷静客观的景物描写中，我们可以感受到诗人不经意中流露出的主观情感，这就是“景中情”。“情中景”与“景中情”对于抒情写景虽然巧妙，但终究有迹可循，只能算是“巧”的等级。只有那些何者为景、何者为情的诗句才可算作“神于诗者”，即情景“妙合无垠”。

何为“景中情”？所谓“景中情”，乃是触景生情之义②，是抒情主体的“不识之心”受到外界“不谋之物”的激发所导致的结果。“景中情”与“感物”论有某种相通之处，都是“感物起兴”，注重外

---

① (清)王夫之：《姜斋诗话》，《船山全书》(第15册)，岳麓书社1996年版，第824-825页。

② 陶水平：《船山诗学研究》，中国社会科学出版社2001年版，第110页。

在世界对抒情主体内心的感动，从而感物起情，由此产生创作冲动。船山例举了李白的《子夜吴歌》和杜甫的《喜达行在所》二诗作为“景中情”的典型，它们都是通过景物的描写来传达或悲、或喜的情感，在写景以抒情上体现出了很深的功力。对船山“景中情”理论内涵的具体阐释，可以从以下四个层次加以论述：

一则取景是前提。船山认为，抒情主体的创作冲动源于外在世界对于内心的激发，因而古人诗词中多有写景之句，善于取景、写景是诗歌创作的前提条件，善于写景之人也多能巧妙地传达出内心细腻的感受。正如船山所说：“不能作景语，又何能作情语耶？古人绝唱句多景语，如‘高台多悲风’‘蝴蝶飞南园’‘池塘生春草’‘亭皋木叶下’‘芙蓉露下落’，皆是也，而情寓其中矣。以写景之心理言情，则身心中独喻之微，轻安拈出。”①因此，船山对于那些“迎头入景，宛折尽情，兴起意生，意尽言止”②的诗歌，备加赞赏，认为这些诗歌将情与景融合成了一个整体，即“带景带情，咏物入化”③。正是从“带景带情，咏物入化”的角度，船山对魏晋六朝以降的“咏物诗”创作传统做了一个简单的梳理：

> 咏物诗，齐、梁始多有之。其标格高下，犹画之有匠作，有士气。征故实，写色泽，广比譬，虽极镂绘之工，皆匠气也。又其卑者，饾凑成篇，谜也，非诗也。李峤称“大手笔”，咏物尤其属意之作，裁剪整齐，而生意索然，亦匠笔耳。至盛唐以后，始有即物达情之作。“自是寝园春荐后，非关御苑鸟衔残”，贴切樱桃，而句皆有意，所谓“正在阿堵中”也。“黄莺弄不足，含入未央宫”，断不可移咏梅、桃、李、杏，而超然玄远，如九转还丹，仙胎自孕矣。宋人于此茫然，愈工愈

① （清）王夫之：《姜斋诗话》，《船山全书》（第15册），岳麓书社1996年版，第829页。

② （清）王夫之：《明诗评选》，《船山全书》（第14册），岳麓书社1996年版，第1373页。

③ （清）王夫之：《明诗评选》，《船山全书》（第14册），岳麓书社1996年版，第1404页。

拙，非但“认桃无绿叶，道杏有青枝”为可姗笑已也。嗣是作者益趋匠画；里耳喧传，非俗不赏。袁凯以《白燕》得名，而“月明汉水初无影，雪满梁园尚未归”，按字求之，总成窒碍。高季迪《梅花》，非无雅韵，世所传诵者，偏在“雪满山中”“月明林下”之句。徐文长、袁中郎皆以此炫巧。要之，文心不属，何巧之有哉？杜陵《白小》诸篇，踸踔自寻别路，虽风韵不足，而如黄大痴写景，苍莽不群。作者去彼取此，不犹善乎？禅家有“三量”，唯“现量”发光，为依佛性；“比量”稍有不审，便入“非量”；况直从“非量”中施朱而赤，施粉而白，勺水洗之，无盐之色败露无余，明眼人岂为所欺邪？①

对于自齐、梁以来的咏物诗，船山整体上是持批评态度的。他认为，除了唐代咏物诗能够做到“即物达情”之外，魏晋六朝偏重于纯粹的景物逼真描写，故斥之为“画匠之作”；而宋人则又偏向一味表意，割裂了情与景之间的动态、有机联系，正所谓“愈工愈拙”，全然不得要领；至于明代诗坛，虽偶有佳作，但更多的是欺心炫巧之作，虽然写景却不成整体，即所谓“苍莽不群”。

二则达情是目的。船山多次强调取景、生景、写景乃是为了达情，“景中情”的字面意思就是“景中含情”的意思。对于写景乃是达情的言论在船山诗学著作中，可谓比比皆是：

取景含情，但极微秀。真富贵、真才情，初不卖弄施奕也。

从景得情，不亵不稚，犹自有诗人之旨。

写景至处，但令与心目不相睽离，则无穷之情正从此而生。②

① （清）王夫之：《姜斋诗话》，《船山全书》（第 15 册），岳麓书社 1996 年版，第 842 页。

② （清）王夫之：《古诗评选》，《船山全书》（第 14 册），岳麓书社 1996 年版，第 565、617、749 页。

只于乌啼上生情，更不复于情上布景，兴、赋乃以不乱。直叙中自生色有余，不资炉冶，宝光烂然。

自然感慨，尽从景得，斯谓景中藏情。①

龙湖高妙处，只在藏情于景；间一点入情，但就本色上露出，不分涯际，真五言之圣境也。②

正是从“景中含情”的角度，船山对明代诗人詹同的《入峡》一诗大为赞赏，因为该诗“从空实写，情在景中”。③ 也正因为船山主张达情是目的，认为情是主、景是宾，主张在诗歌创作中要“立一主以待宾，宾无非主之宾，乃俱有情而相浃洽”。因此，船山大骂贾岛、许浑之流景物诗乃纯粹的自然景物描写，与诗人主观情感没有丝毫的联系，将其斥为“无主之宾，谓之乌合”。正是在这个意义上，船山强调要“以意为主”，“无论诗歌与长行文字，俱以意为主。意犹帅也。无帅之兵，谓之乌合。李、杜所以称大家者，无意之诗十不得一二也。烟云泉石，花鸟苔林，金铺锦帐，寓意则灵”。④ “以意为主”就是以表达情意为主。

三则“景中情”乃“物象”。正因为取景是前提、达情是目的，因此“景中情”之“景”虽是虚景，但“景中情”之“情”却是实情，此时的“情”乃“景”之内容。因而，船山非常重视诗歌创作中的“真情老景”，称赞王维的《榆林郡歌》能够做到“真情老景，雄风怨调，只此不愧汉人乐府”⑤。因此，诗歌创作过程中，取景则要等“击目

---

① (清)王夫之:《唐诗评选》,《船山全书》(第14册), 岳麓书社1996年版, 第904、1112页。

② (清)王夫之:《明诗评选》,《船山全书》(第14册), 岳麓书社1996年版, 第1411页。

③ (清)王夫之:《明诗评选》,《船山全书》(第14册), 岳麓书社1996年版, 第1581页。

④ (清)王夫之:《姜斋诗话》,《船山全书》(第15册), 岳麓书社1996年版, 第819页。

⑤ (清)王夫之:《唐诗评选》,《船山全书》(第14册), 岳麓书社1996年版, 第895页。

经心、丝分缕合之际，貌固有而言之不欺”，方可实现“景非滞景，景总含情”，[①] 这也是船山之所以极力推崇谢灵运的主要原因之一。但问题是如何才能获得“真情老景”呢？船山提出了两点要求：一是要用艺术的手法通过寥寥数语描绘出事物的本然状态，也即他自己所强调的“既得物态又得物理”，他认为只有《诗经·卫风·氓》的“桃之夭夭”等数语才能达到。二是要求诗人要有切身体会，“身之所历，目之所见，是铁门限”；否则只能获得虚假之情、空洞之景。也就是说，要做到“心中目中与相融浃”，船山认为只有谢灵运、陶渊明等数人才能做到如此。正是在这个意义上，船山的“景中情”偏重于“物象”的生动描绘，也即“活景”。即便是诗歌中没有直接言情，但是从物象、活景的描绘中，我们也能隐约见到一鲜明的抒情主人公形象，用船山自己的话说就是“景中有人”。因此，船山对谢眺、鲍至等诗人的诗歌大为赞赏：

> 语有全不及情而情自无限者，心目为政，不恃外物故也。“天际识归舟，云间辨江树”，隐然一含情凝眺之人，呼之欲出。从此写景，乃为活景。故人胸中无丘壑，眼底无性情，虽读尽天下书，不能道一句。司马长卿谓读千首赋便能作赋，自是英雄欺人。从“识”“辨”二字引入，当人去止处即行，遂参天巧。虽然，作者初不役意为此也。
>
> 景中有人，人中有景，巧思遽出诸刘之上，结构亦不失。
>
> “山望向桥开”，忽然觏得好景入诗。通首平均，起二句聊为领袖，显出景中有人，更不鹘突。[②]

四则“景中情”的艺术表现力。“景中情”具有很强的艺术表现力，用船山自己的话来讲就是“出景大，出情大”。[③] 所谓“出景

---

① （清）王夫之：《古诗评选》，《船山全书》（第14册），岳麓书社1996年版，第736页。

② （清）王夫之：《古诗评选》，《船山全书》（第14册），岳麓书社1996年版，第769、636、841页。

③ （清）王夫之：《明诗评选》，《船山全书》（第14册），岳麓书社1996年版，第1473页。

大”，就是“景中情”类诗句能够表现出或虚或实、或大或小的多层次景象，正如他所说：

> 有大景，有小景，有大景中小景。“柳叶开时任好风”“花覆千官淑景移”，及“风正一帆悬”“青霭入看无”，皆以小景传大景之神。若“江流天地外，山色有无中”“江山如有待，花柳更无私”，张皇使大，反令落拓不亲。宋人所喜，偏在此而不在彼。近唯文征仲《斋宿》等诗，能解此妙。①

而所谓“出情大”，也就是说“景中情”类诗句能够于或虚或实、或大或小之景象描绘中传达出无限的情感，正所谓“写景至处则无穷之情生”。在船山看来，只有李白的《古风》能达到此境界：“用事总别，意言之间，藏万里于尺幅。”②

二、情中景：情象(语象)

那么又何为船山所说的“情中景”？所谓“情中景”，乃是以情摄景或因情生景的意思③，是抒情主体的“不识之心”对外在世界的“不谋之物”进行审美观照后的结果。如果说“景中情”注重的是“感物起兴”，注重外在世界对抒情主体内心的感动，从而感物起情，由此产生创作冲动。那么，“情中景”乃更偏重于“以心观物”“以形传神”，注重的是抒情主体内在情感抒发的形式化问题。这与魏晋六朝的“缘情”说理论有很大的相通之处，它们都是侧重于抒情主体对外在世界的审美观照，从而必须找到能够将内在的审美形象妥贴表达出来的外在形式或结构。相比较而言，船山更认为“情中景尤难曲写”，他例举杜甫的《和贾至舍人早朝大明宫》一诗作为“情

① (清)王夫之：《姜斋诗话》，《船山全书》(第15册)，岳麓书社1996年版，第829-830页。

② (清)王夫之：《唐诗评选》，《船山全书》(第14册)，岳麓书社1996年版，第949页。

③ 陶水平：《船山诗学研究》，中国社会科学出版社2001年版，第111页。

中景”的典型。该诗的“朝罢香烟携满袖，诗成珠玉在挥毫”等诗句，“写出才人翰墨淋漓、自心欣赏之景”，从而将抒情主体内心深处愉悦之情形象地表达了出来。对船山“景中情”理论内涵的具体阐释，也可以从以下四个层次加以论述：

一则达情是根本。在这一点上，“情中景”与“景中情”是相通的，即都强调情感抒发的根本性地位。取景、写景只是目的，都是为了达情服务的。也就是说，诗人借景抒情或者化情为景，只是借用物象的描绘来传达情感，即便是将抒情主体的内在情感外化为物象，也只是为了更好地表达情感。船山关于“情中景”的言论也是不胜枚举的：

> “欲投人处宿，隔水问樵夫。”则山之辽廓荒远可知，与上六句初无异致，且得宾主分明，非独头意识悬相描摹也。“亲朋无一字，老病有孤舟。”自然是登岳阳楼诗。尝试设身作杜陵，凭轩远望观，则心目中二语居然出现，此亦情中景也。①
>
> 卸开一步，取情为景，诗文至此，只存一片神光，更无行迹矣。
>
> 出峡时摄汗漫于整暇，不复作“花鸟无私”“水流不竞”等语矣。起二句得未曾有，虽近情而不俗；“亲朋”一联情中有景；“戎马关山北”五字卓炼：此诗之佳亦止此。②

在船山看来，王维、杜甫等唐代大诗人，都是擅长形象化表达自身内在情感的高手，他们往往通过某一个细微的动作或景象，就能将自己内心或喜或悲的情感巧妙地表达出来。明代诗人曹学佺的《皖口阻风》也是描写“情中景”的杰作。诗人将一个漂泊异乡的旅人，因思念故乡、家人而急于返乡却偏偏遭逢行船受阻而倍感焦急

① （清）王夫之：《姜斋诗话》，《船山全书》（第 15 册），岳麓书社 1996 年版，第 825 页。

② （清）王夫之：《唐诗评选》，《船山全书》（第 14 册），岳麓书社 1996 年版，第 907、1017 页。

之情，化为“河边风声”“河堤树影”“风中落叶”等几组简单的景象，从而将自己的殷殷思念和焦虑之情表露无遗。在船山看来，这是典型的“于情中写景”。①

二则内在情感的形式化才是目的。那么如何化情为景呢？关键在于“情中含景”。船山对此有要求，首先，情感要真切。也就是说诗人要有感而发，正如谢灵运“言情则于往来动止、飘渺有无之中，得灵蠁而执之有象”，能够将看似虚无缥缈的情感化为可以感受、观照的形象。也正是在这个意义上，才能实现船山所说的“情不虚情，情皆可景”。其次，以情感抒发为主线，情中夹杂景色描写。在船山看来，明代诗人高嗣叔的《晓出前林》就是其中的代表，该诗以鸟叫唤起诗人情思开头，以诗人羡慕鸟儿自由自在而反观自己幽独、操劳之哀苦结束，中间将这种哀伤之情寄托在对破晓之林间景象描写之中，从而很好地点染出笼罩全诗强烈的哀愁感，情与景毫无造作、自然而然地交织成为整体。正如船山所评：“从情事起，从情事终，夹景点染关生，非两折也。”②

三则“情中景”乃“情象”。如果说“景中情”更偏重于外在景物在诗人内心的诗意呈现，也即“物象”描绘是重点，那么，“情中景”则更侧重于诗人对外在物象的审美关照，也即“情象”的生成是重点。因此，即便是我们现在看来有些直抒胸臆的诗歌，也不是毫无形象可言的。也就是说，诸如陈子昂的《感遇》，即便全诗并没有生动的“物象”呈现，读者却分明能“看见”一个孤独、忧郁的抒情主人公形象，这便是“情象”发生作用的结果。用船山自己的话来说，就是所谓的“人中景”：“只在适然处写，结语亦景也，所谓人中景也。”③正是从这个角度，船山多次赞扬杜甫的《登岳阳楼》一诗。因为该诗通过“亲朋无一字，老病有孤舟”寥寥数语，将一

① （清）王夫之：《明诗评选》，《船山全书》（第 14 册），岳麓书社 1996 年版，第 1628 页。

② （清）王夫之：《明诗评选》，《船山全书》（第 14 册），岳麓书社 1996 年版，第 1316 页。

③ （清）王夫之：《明诗评选》，《船山全书》（第 14 册），岳麓书社 1996 年版，第 1386 页。

个穷困潦倒、贫病交加、漂泊无定的老人活脱脱地呈现出来，诗人内心深处的寂寞、悲凉之情也展露无遗，因而全诗的气骨、格调等自然得到提升。

四则“情中景”的艺术表现力。“情中景”类诗句所表现出来的巨大艺术表现力集中体现在对诗人内在情感世界的完美呈现及其提升，也即船山多次强调的“胸中丘壑”“胸中浩渺之致”：

> 太白胸中浩渺之致，汉人皆有之，特以微言点出，包举自宏。太白乐府歌行，则倾囊而出耳。如射者引弓极满，或即发矢，或迟审久之：能忍不能忍，其力之大小可知已。要至于太白，止矣。一失而为白乐天，本无浩渺之才，如决池水，旋踵而涸。再失而为苏子瞻，萎花败叶，随流而漾，胸次局促，乱节狂兴所必然也。①
>
> 排比句一入其腕，俱成飞动，犹夫骀宕句入俗笔，尽成滞累，于是乃知天分。“嗟尔昔人，何以忘忧？”“古来有之，嗟我何言！”如此胸中，乃许言情。
>
> 端委纡夷，五十字耳，而有万言之势。“日暮天无云，春风扇微和”，摘出作景语，自是佳胜，然此又非景语。雅人胸中胜概，天地山川，无不自我而成其荣观，故知诗非行墨埋头人所办也。
>
> 故人胸中无丘壑，眼底无性情，虽读尽天下书，不能道一句。②

在船山看来，只有陶渊明、谢灵运、李白等几位诗人才有能力，通过“情中景”类诗句，将自己内心的千般滋味传达出来，将胸中万里锦绣山川呈现出来，“情中景”类诗句的艺术表现力可见

① （清）王夫之：《姜斋诗话》，《船山全书》（第15册），岳麓书社1996年版，第824页。

② （清）王夫之：《古诗评选》，《船山全书》（第14册），岳麓书社1996年版，第506、721、769页。

一斑。

值得注意的是，虽然船山似乎对于“景中情”与“情中景”有自己的独特理解，对其内涵的规定也有不同程度的偏重，他就曾明确地论述道：“于景得景易，于事得景难，于情得景尤难。”①船山认为相比于“景中情”之“物象”描绘，“情中景”之“情象”呈现更加难得。但是，船山却也并不认为有将二者截然对立的必要，因为无论是“景中情”还是“情中景”，在诗歌审美构思的过程中，其最高旨归都是指向情与景二者的浑然交融，也就是所谓的“一切景语皆情语”。用船山自己的话说就是：

> 八句景语，自然含情，亦自齐、梁来，居然风雅典则。俗汉轻诋六代铅华，谈何容易！“落”字重用。
>
> 通篇用“即此”二字括收。前八句皆情语，非景语。属词命篇，总与建安以上合辙。②
>
> 全不入情，字字皆情。③

因此，就船山整个诗学倾向来说，写景是前提，达情是目的，心物交感的最高境界就是实现“情景交融”。正是在这个意义上说，“情景交融”理论是船山诗学的核心所在。

三、情景交融

船山的“情景交融”理论与他睿智的哲学思维紧密联系在一起。关于这点，萧驰在《抒情传统与中国思想——王夫之诗学发微》一书中辟有专门章节加以阐述。他认为，船山的“情景交融”理论是船山天人之学在诗学领域的具体展开。并且，萧驰从儒家性命哲学

---

① （清）王夫之：《古诗评选》，《船山全书》（第14册），岳麓书社1996年版，第511页。

② （清）王夫之：《唐诗评选》，《船山全书》（第14册），岳麓书社1996年版，第1005、940页。

③ （清）王夫之：《明诗评选》，《船山全书》（第14册），岳麓书社1996年版，第1593页。

和易学方法论两个角度，具体地阐发了船山“情景交融”理论的哲学内涵。[①] 他的这个说法是很有道理的，因为船山所有的诗学著作都可以当做其哲学、史学等的生动注脚，从其每一个诗学理论范畴中都隐约闪烁着其睿智的思哲之火花。

首先，在对儒家人性论传统的贯通过程中，船山形成了自己的人性论逻辑结构。一则阴、阳之气乃宇宙之本，是(心)性生成之基础，即“夫一阴一阳之始，方继乎善，初成乎性，天人授受往来之际，止此生理为之初始”[②]。阴、阳二气是天地万物生成的根本，其运动变化涵盖了天道与人道。正是在其永不停息的运动变化中，天道给予人道以根据，通过呈现出来的阴阳和合的井然有序(天理、天性)，天以“气之理”命人而人受之为性，命之于物而物受之为性，这就是所谓的“天命之谓性”。因此，从阴阳和合、井然有序的意义上说，始终是善的。这样一来，船山就将其心性论与道德伦理价值论统一在一起。

二则“性日生日成”。因为阴阳二气的运动是永不停息的，因此，在天人授受往来之际，“性日生日成”。而人在日常实践中的“取”“择”“守”以及“日乾夕惕”，无不是为了遵循“性之理”而归于“道”，即所谓的“率性之谓道”。用船山自己的话说就是：

> 天命之谓性，命日受则性日生矣。目日生视，耳日生听，心日生思，形受以为器，气受以为充，理受以为德。取之多、用之宏而壮；取之纯、用之粹而善；取之驳、用之杂而恶；不知其所自生而生。是以君子自强不息，日乾夕惕，而择之、守之，以养性也。[③]

---

① 萧驰：《抒情传统与中国思想——王夫之诗学发微》，上海古籍出版社 2003 年版，第 40-90 页。

② (清)王夫之：《周易外传》，《船山全书》(第 1 册)，岳麓书社 1996 年版，第 825 页。

③ (清)王夫之：《尚书引义》，《船山全书》(第 2 册)，岳麓书社 1996 年版，第 301 页。

因此，在天人授受往来之际，在心与物交感的过程中就产生了“情”，而由于“物之来几”与“吾之动机”之间会出现相应或相冲的时候，于是善恶的问题产生了，有善与不善之别的“情”才是善恶产生的根源。

三则情感规范的必要性问题。情乃“上受性、下授欲”，在心与物打交道的过程中，不免发生心对物的非分之想，“不择其所当位者，而妄与物相取”。因此，对情感的规范成为船山心性论哲学思想不可忽视的一方面。正是在这个意义上，船山一再强调诗歌所具有的“兴观群怨”的巨大功能。

正是在上述逻辑结构中，船山将儒家天人性命哲学推向了诗学审美的高度，即艺术“伦理学-美学”的统一。正如萧驰所言：“这样一种强调于顷刻间感觉经验中把握生命价值的观念，已经使船山的天德流行之境接近了审美的境界，特别是抒情诗的境界。……故而，船山的道德的形而上学在此直接地启发出一种‘诗学的’境界。”①

其次，从其易学思想中所体现出来的天道观，船山“情景交融”理论获得了方法论的启示。萧驰就认为，船山概念中宇宙生命与诗之生命间的类比关联，使得船山从其宇宙学话语体系中获得了诗学的话语“语法”。具体来说，船山用《周易》中的“乾-坤”“阴-阳”等术语描绘出了宇宙样态和宇宙秩序的最基本的对称符号范畴，从而建构了卡西尔意义上的“话语宇宙”或“符号宇宙”。② 于是，受其天道、宇宙观的启发，船山不仅将诗歌艺术世界与他心目中的自然世界相类比，而且将“乾-坤”“阴-阳”等符号系统引入诗学，结合中国古典诗学传统，创造性地将“情-景”作为描述、构建其诗歌艺术世界的一对核心符号概念。因此，从这个意义上说，船山“情景交融”理论正是其哲学思维浇灌出来的一朵美丽的“诗学”

① 萧驰：《抒情传统与中国思想——王夫之诗学发微》，上海古籍出版社 2003 年版，第 52-53 页。

② 萧驰：《抒情传统与中国思想——王夫之诗学发微》，上海古籍出版社 2003 年版，第 72-73 页。

之花。

那么，“情景交融”的具体内涵是什么呢？简单来说，情景交融就是情与景的统一，用船山自己的话来说就是“妙合无垠”。只不过，这个“情与景的统一”不是一般“诗法”意义上的统一，凸显了船山对诗歌本质规律的深刻认识，是船山艺术“伦理学-美学”的核心理论。因此，我们有必要做进一步的阐释，“情景交融”理论至少包含了以下几层意思：

一是妙。船山所谓的“妙”，乃是“妙流不息”之义：

> 虽然，作者初不作尔许心，为之早计，如近日倚壁靠墙汉说埋伏照映。天壤之景物、作者之心目如是，灵心巧手，磕着即凑，岂复烦其踌躇哉？天地之妙，合而成化者，亦可分而成用；合不忌分，分不碍合也。于一诗中摘首四句，绝矣。“密林含余清，远峰隐半规”，随摘一句，抑又绝矣。乃其妙流不息，又合全诗而始尽。吾无以称康乐之诗矣，目倦而心灰矣。①

具体来说，在天人授受之际，随着阴阳二气的不停运动，心与物之间的交感是“妙流不息”的，如“天地之寒暑、物之生成”根本没有什么先后秩序之分，“阴阳之气，絪缊而化醇，虽有大成之序，而实无序。以天化言之，寒暑之变有定矣，而繇寒之暑，由暑之寒，风雨阴晴，递变其间，非日日渐寒，日日渐暑，刻期不爽也”②。船山关于“情景交融”之“妙”在其诗学著作中还有多处：

> 若即景会心，则或推或敲，必居其一，因景因情，自然灵妙，何劳拟议哉？

① （清）王夫之：《古诗评选》，《船山全书》（第14册），岳麓书社1996年版，第733页。

② （清）王夫之：《周易内传》，《船山全书》（第1册），岳麓书社1996年版，第605页。

含情而能达，会景而生心，体物而得神，则自有灵通之句，参化工之妙。①

但用“聊以忘忧”略带风旨来，纵衍作三章，更不似送秀才入军诗矣。含情之妙，山远天高。

未尝非两折作，而冥合于出入之间，妙乃至此。②

曲水含苔，谓水中苔影也，写景入妙。后人能为此巧语，都无巧心，那得不推景龙作者！③

情景一合，自得妙语。撑开说景者，必无景也。④

因此，由心物交感而产生的情与景的交融也是瞬间同步、同一的，与刻意的情景“两折”“两橛”不可同日而语。只不过，这种“瞬间同步、统一”有被动与主动之分。船山所讲的“景中情”就是抒情主体被动性受外在世界的激发而瞬间呈现的景与情的被动统一；而“情中景”乃是抒情主体主动性观照外在世界而瞬间达到的情与景的主动融合。只不过，相比较而言，船山更重视“情中景”所体现出来的情景的主动性融合，也即“妙合”。

二是妙合。所谓“妙合”，就是“天地之妙，合而成化者，亦可分而成用；合不忌分，分不碍合也”。也就是说，在天地之妙流不息中、在天人授受往来之际，诗歌艺术世界与外在自然世界的整体性瞬间融合，或者说是抒情主体于外在经验世界中瞬间体悟到周流于道的生命存在状态。因此，这个“妙合”乃是天地造化与抒情主体巧参化工之间的“神化冥合”，船山列举了李白的《春日独酌》一诗作为“妙合”的代表：“偶然入感，前后不刻画求与此句为因缘，

① （清）王夫之：《姜斋诗话》，《船山全书》（第15册），岳麓书社1996年版，第821、830页。

② （清）王夫之：《古诗评选》，《船山全书》（第14册），岳麓书社1996年版，第582、677页。

③ （清）王夫之：《唐诗评选》，《船山全书》（第14册），岳麓书社1996年版，第1070页。

④ （清）王夫之：《明诗评选》，《船山全书》（第14册），岳麓书社1996年版，第1434页。

是又神化冥合，非以象取。”①船山关于情与景“妙合”的言论在其诗学著作中还有很多：

> 情景事合成一片，无不奇丽绝世。嘉州于此体中，即供奉亦当让一席地。供奉不无仗气，嘉州炼气归神矣。
>
> 绝代高唱。结语深炼，妙于浃合。②
>
> 篇首十五字又只作引子起，乃字里含灵，不分宾主，真钧天之奏，非人间思路也。才说到折处便休，无限无穷，天流神动，全从《十九首》来。以古诗为近体者，唯太白间能之，尚有未纯处。至用修而水乳妙合，即谓之千古第一诗人可也。
>
> 有意无意俱妙合。
>
> 结语从他人写，所谓人中景亦即含景中情在内。达人但宽一步，无不妙合，初非有意为之。
>
> 不可竟作比说。即此是述情事，即此似可作比；空微想象中忽然妙合，必此乃辨作诗。③

这里需要注意的是，船山一再强调情景“妙合”过程中抒情主体的主动性问题，即抒情主体之“心目”对天地万物的积极“应合(和)”。对于“心目”之所以能主动产生“应合(和)”的原因，船山从哲学的角度进行了阐发，所谓“应”乃是阴阳之气“动于内”而心所生之“情”与天地外物“应于外”：“情者阴阳之几也，物者天地之产也。阴阳之几动于心，天地之产应于外。故外有其物，内可有其情；内有其情，外必有其物。”④而所谓“合”乃是“心之合”，是涵

① (清)王夫之：《唐诗评选》，《船山全书》(第14册)，岳麓书社1996年版，第955页。

② (清)王夫之：《唐诗评选》，《船山全书》(第14册)，岳麓书社1996年版，第902、981页。

③ (清)王夫之：《明诗评选》，《船山全书》(第14册)，岳麓书社1996年版，第1402、1424、1435、1613页。

④ (清)王夫之：《诗广传》，《船山全书》(第3册)，岳麓书社1996年版，第323页。

括“知”(智)与“能”两大功用于一体的“心”对天地日用的“合”，这就是船山在《周易外传》中所表达的意思：“而夫人者，合知、能而载之一心也。故曰‘天人之合用’，人合天地之用也。”①正是在这个意义上，船山继承了儒家一贯的“有为”道德实践论，主张要“尽心”“尽情”“正情”，“圣人尽心，而君子尽情。心统性情，而性为情节”。② 因此，船山这种“尽心”“尽情”的“有为”理论，明显区别于主张“无为”的道家和提倡“无情”的佛家，其儒者本分展露无遗。

因此，具体到诗学领域，所谓的“应合(和)”就是抒情主体之“心目”对外在世界积极、主动的审美观照，或者说审美主体将自身的审美情怀向外在世界积极、主动的敞开。这也即船山所强调的“元韵之机，兆在人心，流连跌宕，一出一入，均此情之哀乐，必永于言者也”③。这里的“人心”乃是诗人的“诗心”，诗歌本质规律与“诗心”的审美呈现密不可分。关于“心目”在诗歌创作中的积极、主动作用，船山有一段非常著名的论述：

> 言情则于往来动止、飘渺有无之中，得灵蠁而执之有象；取景则于击目经心、丝分缕合之际，貌固有而言之不欺。而且情不虚情，情皆可景；景非滞景，景总含情；神理流于两间，天地供其一目，大无外而细无垠。落笔之先，匠意之始，有不可知者存焉，岂徒与会标举，如沈约之所云者哉！自有五言，未有康乐；既有康乐，更无五言。或曰不然，将无知量之难乎！④

① (清)王夫之：《周易外传》，《船山全书》(第1册)，岳麓书社1996年版，第984页。

② (清)王夫之：《诗广传》，《船山全书》(第3册)，岳麓书社1996年版，第308页。

③ (清)王夫之：《姜斋诗话》，《船山全书》(第15册)，岳麓书社1996年版，第807页。

④ (清)王夫之：《古诗评选》，《船山全书》(第14册)，岳麓书社1996年版，第736页。

在船山看来，诗歌创作过程中，无论是“言情”，还是“取景”都离不开诗人“心目”的积极“应合”，只有“击目经心”之后，才有可能“执之有象”“有言不欺”。这里的“执之有象”之“象”无疑是“心(目)之象”，也即船山所说的“象其心”：“命以心通，神以心栖，故诗者象其心而已矣。”①而且也只有“执之有象”“有言不欺”，情才有真情、景才有活景，情与景才有可能实现真正的融合，这也即“神理两间，天地供其一目，大无外而细无垠”。所谓“天地供其一目”正是船山多次讲到的“心(目)之广”：

> 不忘其所忘而忘其所不忘，至矣。不忘其所忘，慎之密也；忘其所不忘，心之广也。
>
> 导天下以广心，而不奔注于一情之发，是以其思不困，其言不穷，而天下之人心和平矣。②

这里的“心(目)之广”同时涵括了“时间之悠长”与“空间之宽广”，具有极大的超越性。具体来说，在“心生于余力”意义上的“心之广”视域是超越了道德、伦理意义的“《诗》之用”的领域，而更具有通向审美视域的意义。③ 因此，在这个意义上讲，船山“心之广”不仅继承了儒家“《诗》之用广也”的诗教传统，而且将这“心(目)之广”的目光投向了诗歌审美本体，最终实现了“诗之体”与“诗之用”二者的完美结合。这也正是船山诗学的最大特色之所在。

三是妙合无垠。所谓情景的“妙合无垠”，简单地讲就是，在诗歌创作中，情与景的融合浑然天成、不露痕迹，也就是船山所说

---

① (清)王夫之：《诗广传》，《船山全书》(第3册)，岳麓书社1996年版，第485页。

② (清)王夫之：《诗广传》，《船山全书》(第3册)，岳麓书社1996年版，第302、392页。

③ 邹元江：《诗之“体”与诗之“用”：船山诗学的两个向度及其中介》，载《退溪学论丛》(韩国)2010年第16辑。

的“妙在自然”“得自然之妙”：

阅题画诗不下数百首，无一佳者，总以笔痕折郭分明耳。此用北苑一色墨气。妙在自然。非《蜀道难》诗。字字是画。

缄心生彩，流意发音。唐以来能如此者，不满十首。吾于公，小巫气索矣。看他一起一住，得自然之妙。世人能作此诗，不能如此谋篇。真慧！真忍！①

“妙在自然”“得自然之妙”正是情景“妙合无垠”的另一种说法，是情与景完美融合的理想状态，也即船山的“神理”。关于这个概念，下文再详细论述。因此，船山的情景“妙合无垠”就具有了两大特征：一则自然而然。这也是“唯意所适”的意思，船山特别反对一种刻意人为的情景两分的做法。因而，他经常用“自然”来评论诗歌：

“采采芣苢”，意在言先，亦在言后，从容涵泳，自然生其气象。②

起落皆顺。“落花随燕入”，得之空灵，出之自然。

取景从人取之，自然生动。③

浅而不短，较张谓《湖上对酒作》岂不有都野之别？看他转韵不用承合，自然浃洽处，岂非歌行独步？

三六说景，四五言情，格法摆落，而对仗工密不觉，真奇作也。作者只一意自然，令有心为之，则亦不足观矣。④

---

① (清)王夫之：《明诗评选》，《船山全书》(第14册)，岳麓书社1996年版，第1196、1299页。

② (清)王夫之：《姜斋诗话》，《船山全书》(第15册)，岳麓书社1996年版，第808页。

③ (清)王夫之：《古诗评选》，《船山全书》(第14册)，岳麓书社1996年版，第837、869页。

④ (清)王夫之：《唐诗评选》，《船山全书》(第14册)，岳麓书社1996年版，第901、1133页。

等闲拈出，自然染骨透髓。足知不在刻锲。①

二则看似偶然而实非偶然。这也即船山所讲的“即可凑着”之义。言情与取景虽然有抒情主体之“心目”的主动参与，但是诗歌中呈现出来的“情景交融”似乎却是诗人在不经意中实现的。而大家都明白，这个看似偶然的融合却实非偶然，自然有其必然性的一面，这正是评价诗人审美表现力高低与优劣的关键之所在。在船山诗学论著中，有关“即可凑着”“凑合”的言论可谓比比皆是：

“青青河畔草”与“绵绵思远道”，何以相因依，相含吐？神理凑合时，自然恰得。

“更喜年芳入睿才”与“诗成珠玉在挥毫”，可称双绝。不知者以“入”字“在”字为用字之巧，不知渠自顺手凑著。

对偶有极巧者，亦是偶然凑手，如“金吾”“玉漏”“寻常”“七十”之类，初不以此碍于理趣，求巧则适足取笑而已。

“落日照大旗，马鸣风萧萧”，岂以“萧萧马鸣，悠悠旆旌”为出处耶？用意别，则悲愉之景原不相贷，出语时偶然凑合耳。②

总而言之，情景的“妙合无垠”其实就是意象。正如叶朗所认为的那样，而作为艺术的本体的意象，其基本规定就是情景交融，由此构成了一个包含着意蕴于自身的一个完整的感性世界。因此，叶朗断定：王船山建立了一个以审美意象为中心的审美体系。③ 具体到船山的审美意象，指的是由诗人“心目”积极、主动参与从而在诗歌中呈现出来的一个完整的感性世界。也就是说，

① （清）王夫之：《明诗评选》，《船山全书》（第14册），岳麓书社1996年版，第1153页。

② （清）王夫之：《姜斋诗话》，《船山全书》（第15册），岳麓书社1996年版，第823、825、831、835页。

③ 叶朗：《意境说》，载《文艺研究》1998年第1期。

情景交融(意象)涵括了“融入主观情意的客观物象”和“借助客观物象表现出来的主观情意”①，前者即是船山所讲的“景中情”(物象)，后者即“情中景”(情象)。正是从这个意义上讲，船山的意象乃是一个物象与情象完美融合的审美感性世界。因此，他的意象理论包含了两种生成机制：一则抒情主体之“心目”对外在世界的审美观照；二则外在世界通过抒情主体之“心目”的诗意呈现。而船山对于审美意象生成方式的论述正是立足于这两种生成机制之上。

船山的意象生成，简单来说，就是情与景自然而然的交融统一所呈现出来的“妙合无垠”的艺术审美世界。船山立足于诗意呈现和审美观照两种意象生成机制，也相应地论述了审美意象两种主要的生成方式：即反衬(哀景与乐景)和取影。按理来说，极力反对僵化“诗法”的王船山，应该是不屑谈论意象生成之法的。只不过反衬、取影这两种意象生成方式，在船山看来，不是僵化的“死法”而是“活法”，是他立足于细缊生化的宇宙论、生命观所进行的大胆的诗学理论创新，这也与他的“至法无法”诗学辩证思维紧密相连。

首先是反衬手法，即“以乐景写哀、以哀景写乐”。船山之所以提出这个问题，明显仍是为了反对“情景两分”的刻意、呆板、僵化做法，“两分情景者求活得死”。他从“心之广”所具有的超越时空、道德伦理等特性出发，深刻认识到了情、景二者关系的丰富性与多样性。景有“大景”“小景”“有大景中小景”之分，如“柳叶开时任好风”“花覆千官淑景移”“风正一帆悬”“青霭入看无”等；而情有“仁、义、礼、智”与“喜、怒、哀、乐、爱、恶、欲”等四端七情之别，有善情与不善之情、有真情与虚情的区别。因此，船山对于情与景之间的关系看得很透彻。他不仅赞同“出景大，出情大”，称赞明代诗人张昱的《金山寺》一诗前几句如“扬州城郭高低树，瓜步帆樯上下风”，将金山寺融入整个扬州的阔大景物之中，

① 袁行霈：《中国诗歌艺术研究》，北京大学出版社 1987 年版，第 63 页。

与诗歌最后两句“人世几回江上梦，不堪垂老送飞鸿”相辅相成，很好地传达了诗人对于生死别离等人生问题的深刻领悟，以及夹杂其中的苦乐哀愁之情。而且，他也赞叹“以小景传大景之神”，称赞唐代诗人王湾《江南意》一诗中“潮平两岸阔，风正一帆悬”两句，能够以小景传达出大景之神，从而通过阔大的大海来反衬诗人内心游子之孤独寂寥之情。正是从这个角度，船山极力推崇杜甫的《等岳阳楼》一诗：“‘吴楚东南坼，乾坤日夜浮。’乍读之若雄豪，然而适与‘亲朋无一字，老病有孤舟’相为融浃。”①诗人通过前两句景色的阔大来反衬自身的孤小，前者诗风雄壮，后者凄苦、悲凉。也就是说，船山既主张“情景相生”，同时也认同“情景相(反)衬”。对于“情景相生”，以往的诗论家都注意到了这个问题，如明代吴乔在《围炉诗话》(卷一)中概括道：“情哀则景哀，情乐则景乐。”但很少有人注意到“情景相(反)衬”的问题。而船山关于这个问题作出了明确的论述：

> “昔我往矣，杨柳依依；今我来思，雨雪霏霏。”以乐景写哀，以哀景写乐，一倍增其哀乐。知此，则“影静千官里，心苏七挍前”，与“唯有终南山色在，晴明依旧满长安”，情之深浅宏隘见矣。②

“昔我往矣，杨柳依依；今我来思，雨雪霏霏”短短数句，通过柳条飘飘的春天气息来反衬出征士兵内心的愁苦，通过雨雪绵绵的严冬苦寒来反衬凯旋战士内心的欢悦，从而将这种愁苦与欢悦之情表达得更为深刻和生动。对于这点，船山在《诗广传·论采薇》中有详细的解释：“往戍、悲也；来归、愉也。往而咏杨柳之依依，来而叹雨雪之霏霏。……其悲也，不失物之可愉者焉，

① (清)王夫之：《姜斋诗话》，《船山全书》(第15册)，岳麓书社1996年版，第814页。

② (清)王夫之：《姜斋诗话》，《船山全书》(第15册)，岳麓书社1996年版，第809页。

虽然，不失悲也；其愉也，不失物之可悲者焉，虽然，不失愉也。”①总之，“以乐景写哀，以哀景写乐，一倍增其哀乐”的观点，是船山关于“情景相衬”问题的集中概括，体现了他对情景问题的深刻认识，为中国古典诗学关于情景论问题的研究作出了巨大贡献。

其次是“取影”手法。“取影”是审美意象生成的另一重要方式。船山通过对两首极具代表性的诗歌的分析，提出了著名的“取影”说：

> 唐人《少年行》云：“白马金鞍从武皇，旌旗十万猎长杨。楼头少妇鸣筝坐，遥见飞尘入建章。”想知少妇遥望之情，以自矜得意，此善于取影者也。“春日迟迟，卉木萋萋；仓庚喈喈，采蘩祁祁。执讯获丑，薄言还归。赫赫南仲，猃狁于夷。”其妙正在此。训诂家不能领悟，谓妇方采蘩而见归师，旨趣索然矣。建旌旗，举矛戟，车马喧阗，凯乐竞奏之下，仓庚何能不惊飞，而尚闻其喈喈？六师在道，虽曰匆扰，采蘩之妇亦何事暴面于三军之侧邪？征人归矣，度其妇方采蘩，而闻归师之凯旋，故迟迟之日，萋萋之草，鸟鸣之和，皆为助喜。而南仲之功，震于闺阁。家室之欣幸，遥想其然，而征人之意得可知矣。乃以此而称南仲，又影中取影，曲尽人情之极至者也。②

王昌龄的《青楼曲》和《诗经·小雅·出车》二诗，虽然创作的时代相隔甚远，但其主题却是一致的，即都是征人之妇思念出征丈夫，诗歌的抒情主人公都是一个欢欣喜悦的征人之妻。但是船山，并不认同以往解诗者的简单化描述，从一个全新的角度对二诗进行

① （清）王夫之：《诗广传》，《船山全书》（第3册），岳麓书社1996年版，第392页。

② （清）王夫之：《姜斋诗话》，《船山全书》（第15册），岳麓书社1996年版，第809-810页。

了自己颇具创造性的解读。船山认为这两首诗歌都不是直接地正面描写征人之妇，而是间接烘托、渲染，诗歌包含了多层景物描写，从中传达出了多重思念、喜悦之情。如前一首诗描写了即将凯旋的出征将士“遥想”自己居家的妻子在楼上远远望见自己凯旋的欣喜场面；后一首诗也同样描写了即将凯旋的士兵“遥想”妻子看见自己凯旋队伍之时的欢喜场景，不过该诗抒情写景更为丰富曲折，它包含了三个抒情主人公，即凯旋的战士、欢喜的妻子和威武的统帅南仲。因此这两首诗歌在“取景”和“言情”上都具有了更高水平：“取景”上，至少包含两层景象描写，一是诗人想象自己凯旋时的盛况，二是诗人想象妻子远远望见凯旋队伍的景象；“言情”上，既包含了出征将士即将凯旋的喜悦，也包含了居家的妻子对丈夫即将凯旋的欢喜；丈夫对妻子的思念与妻子对丈夫的思念交融在一起，也即“人中景”与“景中人”的融合、统一。因此，这双重景物描写与多重情感“妙合无垠”，完美交融在一起，其诗歌艺术表现力也得到了淋漓尽致的表现，“曲尽人情之极致也”，也即船山所讲的“取景玄真，含情虚远”。①

因此，“取影”手法至少具有如下几个特点：一是具有多重景象描写，而这多重景象必然是“虚象”与“实象”的统一，也即“影”。二是包含了多重情感表达，多个抒情主人公形象跃然纸上。三是“取影”的理想状态乃是情与景的“妙合无垠”，也即审美意象的生成。四是“取影”手法的实质也是“情景相衬”，只不过是“正衬”而不是“反衬”，是通过“以此乐景写彼乐情，以此哀景写彼哀情，一倍增其哀乐”。因此，这类诗歌的风格尤其以含蓄见长。船山将这种“情景相(正)衬”的做法形象地概括为“脱形写影”：

> 涵英爽于文弱，出奇谲以清穆，得魏、晋之髓，无问肤也。万历以来，借古题写时事，搜奇自赏者盛行，乃以帖括气重，不知脱形写影。大宰独于此道得鱼筌外，倪鸿宾、王季重

① （清）王夫之：《明诗评选》，《船山全书》（第14册），岳麓书社1996年版，第1390页。

俱未望其津涘，况余子乎！①

正是从“情景相(正)衬”的意义上，“取影”理论简直可以直言为“艺术想象”②；也正是从“脱形写影”的角度，“取影”取的正是象外之象，也就是“取境”。③ 特别是“影中取影”明显指向了“象外之象”，这其实已经涉及意境美的问题。

四、象外之象

船山诗学著作中直接论及“象外之象”的言论非常多，为了全面讨论船山关于“象外之象”理论内涵的贡献，现在摘录他几段代表性的言论以供讨论：

> 知“池塘生春草”“蝴蝶飞南园”之妙，则知“杨柳依依”“零雨其濛”之圣于诗：司空表圣所谓“规以象外，得之环中”者也。④
>
> 当其始唱，不谋其中；言之已中，不知所毕；已毕之余，波澜合一；然后知始以此始，中以此中：此古人天文斐蔚、夭矫引伸之妙。盖意伏象外，随所至而与俱流，虽今寻行墨者不测其绪，要非如苏子瞻所云行云流水，初无定质也。维有定质，故可无定文。质既无定，则不得不以钩锁映带、起伏间架为画地之牢矣。
>
> “森森散雨足”，佳句得之象外，然唐人亦或能之。每一波折，平平带出，令读者如意中所必有，而初非其意之所及，

① (清)王夫之：《明诗评选》，《船山全书》(第14册)，岳麓书社1996年版，第1179页。

② 陶水平：《船山诗学研究》，中国社会科学出版社2001年版，第312页。

③ 叶朗：《中国美学史大纲》，上海人民出版社1999年版，第481-482页。

④ (清)王夫之：《姜斋诗话》，《船山全书》(第15册)，岳麓书社1996年版，第812页。

则陶、谢以降，此风邈矣。

亦理，亦情，亦趣，逶迤而下，多取象外，不失环中。①

题中偏不欲显，象外偏令有余。一以为风度，一以为淋漓。呜呼，观止矣。②

骎入唐制，而有神行象外之妙。

空中结构。言有象外，有环中。当其赋"凉风动万里"四句时，何象外之非环中，何环中之非象外也。

象外象中，随意皆得。在衡与子价交，故所就自别。人不可以无友；谭友夏不逢钟伯敬，未必不能辨此。③

根据上述这几段代表性的言论，我们可以从五个方面来详细阐释"象外之象"的诗学内涵：第一，何谓"象外之象"？"象外"概念早在魏晋时期就从哲学的角度被提了出来，但真正应用于诗学领域还是从唐代的司空图开始的。船山的"象外"理论明显来源于司空图的所谓"规以象外，得之环中"的理论启示。当然，这个理论也不同程度地融合了老子"大音希声"的道家美学营养，这从他对明代诗人胡翰的《郁郁孤生桐》一诗的评价可以看出："不谋而至，不介而亲，不裁而止。一引人远，一引人近。此所谓大音希声也。国初人不受唐、宋缧棘，独出心手，直承《风雅》，仲申尤为大宗。吴人朱叔英论仲申五言超然敻迈，虽潜溪亦莫企及，笃论也。"④根据船山对于情与景的区分，有"景中情"（"景中人"）与"情中景"（"人中景"）两类，因此，也可以将他所谓的"象"分为两类，即物象与情（心）象。"物象外之象"指的是在诗歌中呈现出来的多重自

① （清）王夫之：《古诗评选》，《船山全书》（第14册），岳麓书社1996年版，第499、705、737页。

② （清）王夫之：《唐诗评选》，《船山全书》（第14册），岳麓书社1996年版，第906页。

③ （清）王夫之：《明诗评选》，《船山全书》（第14册），岳麓书社1996年版，第1145、1281、1430页。

④ （清）王夫之：《明诗评选》，《船山全书》（第14册），岳麓书社1996年版，第1279页。

然景物，也即船山所说的“景外得景”：

> 其不如岑、杜七言者，未能于景外取景；而润秀无强入语，则贤于右丞“绛帻鸡人”矣。一结意开句合，自是名手；五子碌碌，不足步乃公后尘。
>
> 《毛诗》“庭燎有辉”，言观其旂以状夜向晨之象，景外独绝；千载后乃得“花迎剑佩”一联：“星落”乃知花之相迎、旌之拂柳也。①

“心象外之象”则指的是诗歌中呈现出来的多重情象、心象，也即船山所说的“意外设景”“景外起意”：

> “明月照高楼，流光正徘徊”，可谓物外传心，空中造色，结语居然在人意中，而如从天陨，匪可识寻，当由智得。②
>
> 得转皆无预设，此乃似陶，亦似江文通之拟陶。兴赋清顺。起四句体物见意，微妙玄通。③

因此，仔细品味船山关于“象外之象”的分类，我们可以把握住他“象外”理论的两层主要内涵，一则“象外之象”，二则“意伏象外”，二者合起来正是司空图“规以象外，得之环中”的意思。这就涉及“象外”与“环中”的具体关系问题。

第二，“象外”与“环中”的辩证关系。一方面，“象外”离不开“环中”。“象外之象”的生成也是“随意所适”的结果，似乎并非作者本意使然，然而实则作者情意传达之必然，这也即船山所说的“令读者如意中所必有，而初非其意之所及”。正是从这个意义上，

---

① （清）王夫之：《唐诗评选》，《船山全书》（第14册），岳麓书社1996年版，第1031、1082页。

② （清）王夫之：《古诗评选》，《船山全书》（第14册），岳麓书社1996年版，第665页。

③ （清）王夫之：《唐诗评选》，《船山全书》（第14册），岳麓书社1996年版，第936页。

船山反对苏轼所谓“行云流水、初无定质”的诗文创作理论，因为如果“质既无定，则不得不以钩锁映带、起伏间架为画地之牢矣”，因此主张“维有定质，故可无定文”，这也即“以意为主”的意思。另一方面，“意伏象外”“环中”必须以“象外”显。只有通过对“象外之象”的仔细把玩，我们才能感受到“伏之象外”的“作者之情意”，从而体悟到诗歌文本中呈现出来的“诗情画意”。因此，从这个角度来讲，“象外”即“环中”，二者是辩证统一的，这也即船山所说的“即象外，即环中”，“何象外之非环中，何环中之非象外”。需要注意的是，船山对“象外”与“环中”的辩证认识，有其深厚的哲学理论背景。

第三，“象外之象”生成的哲学根基。“象外之象”理论的提出明显与船山的道器观紧密相连。船山认为，一方面道离不开器；另一方面道在器中。正如船山所说的“天下惟器而已矣。道者器之道，器者不可谓道之器也”。显然，他的道器观，正是“理在气中”理论的具体发展，也正是立足于这种道器观、理气观，船山一再主张“心”与“物”、“形”与“神”等的统一：

> 心，无非物也；物，无非心也。①
> 形也，神也，物也，三相遇而知觉乃发。②

正是从心、物、形、神四者的相遇之中，抒情主体之内在“裕情”“余情”得以滋养：“道生于余心，心生于余力，力生于余情。故于道而求有余，不如其有余情也。”③抒情主体的“心(目)之广”才能发挥出积极、主动的能动性，最终实现“象外之象”的审美生成。

---

① (清)王夫之：《尚书引义》，《船山全书》(第2册)，岳麓书社1996年版，第242页。

② (清)王夫之：《张子正蒙注》，《船山全书》(第12册)，岳麓书社1996年版，第33页。

③ (清)王夫之：《诗广传》，《船山全书》(第3册)，岳麓书社1996年版，第301页。

最后，关于“象外之象”的审美特征及其本质问题。其一，“象外之象”具有统一性。具体来说，它是“象外之象”与“象外之意”的统一，是心、物、形、神的统一，是理、意、情、趣的统一，正如船山所说的“亦理亦情亦趣，逶迤而下，多取象外，不失环中”。其二，“象外之象”具有超越性。它超越了具体的时间和空间，超越了道德、伦理的界限，超越了一切具体的形、色、视、听等具体感觉器官的局限，正所谓：

> 视而不可见之色，听而不可闻之声，抟而不可得之象，霏微蜿蜒，漠而灵，虚而实，天之命也，人之神也。命以心通，通以心栖，故诗者象其心而已矣。①

正是从“象外之象”所具有的统一性与超越性的特征而言，“象外之象”的本质就是“意境”之生成，也即船山所说的一个由“象外之象”与“伏于象外之意”所共同构建的“空中结构”，也即一个包含无穷之情、无尽之象的通体透彻、虚实相交的审美世界。而诗人的任务正是通过语言的形式将这审美世界作一种体悟式的表达，也即船山所说：“以追光蹑景之笔，写通天尽人之怀，是诗家正法眼藏。”②也正是从“体悟式的表达”这个角度，叶朗提出了自己关于“意境”概念的理解。他认为，如果说“意象”包含了一个完整的感性世界，那么“意境”则是超越具体的有限的物象、事件、场景，进入无限的时间和空间、宇宙获得一种哲理性的感受与感悟。由此而言，“意境”的内涵要大于“意象”，“意境”的外延要小于“意象”。而且，叶朗进一步规定道：诗人体悟、感受到的“这种哲理性的人生感、历史感、宇宙感，就是‘意境’的意蕴”③。而这“意

① （清）王夫之：《诗广传》，《船山全书》（第3册），岳麓书社1996年版，第485页。

② （清）王夫之：《古诗评选》，《船山全书》（第14册），岳麓书社1996年版，第681页。

③ 叶朗：《意境说》，载《文艺研究》1998年第1期。

境的意蕴”乃是诗人参赞天地化育的结果，是诗人“所参赞之道体和此道体所开展之世界必得归摄于一道”所产生，或者说“乃是于实实在在的感性经验中，承受天命之‘于穆不已’”的体现。① 因此，我们可以简单地将这“意境的意蕴”概括为：诗人体悟天地之道并由此在诗歌中开显出来的审美世界最终融汇于审美之道，而这“审美之道”就是“天人合一”。用船山自己的理论来概括就是“神”：“‘花迎剑佩’四字，差为晓色朦胧传神；而又云‘星初落’，则痕迹露尽。益叹《三百篇》之不可及也！”②

那么，何谓“神”？船山的“神”之具体内涵又是什么？“神”的本义可以从字源学的角度得以明晰。“神”的本义与“示”“申”“电”（电）等几个字义相关，且看《说文解字》对它们的解释：

> 神，天神引出万物者也，从示、申，食邻切。
>
> 示，天垂象见吉凶所以示人也，从二三垂日月星也，观乎天文以察时变。示，神事也，凡示之属皆从示，神至切。
>
> 申，神也，七月阴气成体自申束，从臼，自持也，吏臣餔时听事。申，旦政也，凡申之属皆从申，失人切。
>
> 电，阴阳激耀也，从雨从申，堂练切。③

杨树达对“神”“示”“申”“电”（电）等字义内涵，有一个很好的融会贯通的说法：

> 盖天象之可异者，莫神于电，故在古文，申也，电也，神也，实一字也。其加雨于申而为电，加示于申而为神，皆后起分别之事矣。《说文》十四篇下申部云：“申，神也。”正谓申为

① 萧驰：《抒情传统与中国思想——王夫之诗学发微》，上海古籍出版社 2003 年版，第 87-90 页。

② （清）王夫之：《姜斋诗话》，《船山全书》（第 15 册），岳麓书社 1996 年版，第 810 页。

③ （汉）许慎撰，（清）段玉裁注：《说文解字》，中州古籍出版社 2006 年版，第 3、2、746、572 页。

神之初义矣。①

从许慎和杨树达对“神”字义的规定与解释中，我们可以明晓，“神”的本义内涵显然与风雷雨电等自然现象有关，“神”即是自然界中神秘现象所呈现出来的神奇力量。由于自然科学知识的匮乏，原始初民对风雨雷电等自然现象产生的原因无法作出正确的解释，因而他们将这一切神秘的自然现象的产生归结为某种具有强大意志的主体之行为结果，这具有意志的主体，即“天神”。它是自然界中各种神秘现象的主宰者、操纵者，具有无比强大的神秘力量。而且，这“天神”也是原始初民心目中的保护神，具有类似于人且远超于人的强大意志，因而他们为寻求“天神”的庇护，不得不“以祀天神”②。这样一来，日月星辰、山川河流等均有“神”，如旱灾求雨神、春耕求社神(土地神)等。《诗经》中就保存有求神祈雨的诗句：“旱既大甚，蕴隆虫虫。不殄禋祀，自郊徂宫。上下奠瘗，靡神不宗。后稷不克，上帝不临。耗斁下土，宁丁我躬。”③这里的“神”和“上帝”就是各种天地山川之“神”。后来，就连那些氏族首领，如三皇五帝，都被尊为“神”。这不仅因为他们本身就是巫师，具有与神沟通、传达神的旨意的本领，而且他们都对氏族作出了巨大贡献，具有无比的聪明才智和人格魅力，即便死后多年，似乎他们仍然人死魂不灭，庇护着子孙后代，“身既死兮神以灵，子魂魄兮为鬼雄”④。先秦典籍中关于“神人”的记载可谓比比皆是：

---

① 杨树达：《小学金石论》(增订本)，中华书局1983年版，第16页。

② (清)阮元校刻：《十三经注疏·周礼·春官·大司乐》，中华书局1980年版，第789页。

③ (清)阮元校刻：《十三经注疏·诗经·大雅·云汉》，中华书局1980年版，第561页。

④ (清)王夫之：《楚辞通释》《船山全书》(第14册)，岳麓书社1996年版，第27页。

八音克谐，无相夺伦，神人以和。①

尔惟践修厥猷，旧有令闻，恪慎克孝，肃恭神人。②

司徒掌邦教，敷五典，扰兆民。宗伯掌邦礼，治神人，和上下。③

怙其俊才，而不以茂德，兹益罪也。后之人，或者将敬奉德义以事神人，而申固其命，若之何待之？④

叔服曰："背盟而欺大国，此必败。背盟，不祥；欺大国，不义；神人弗助，将何以胜？"⑤

王曰："尚矣哉！能歆神人，宜其光辅五君以为盟主也。"⑥

刘子归，以语王曰："谚所为老将知而耄及之者，其赵孟之谓乎！为晋正卿，以主诸侯，而侪于隶人，朝不谋夕，弃神人矣。神怒民叛，何以能久？赵孟不复年矣。神怒，不歆其祀；民叛不即其事。祀事不从，又何以年？"⑦

正是在对"神人"的崇敬中，中国先民实现了从自然崇拜向祖先崇拜的过渡。也正是在"神人"（祖先）崇拜中，中国先民认识到了神、人沟通的纽带以及鬼神与人相区分的关键，"鬼神非人实

---

① （清）阮元校刻：《十三经注疏·尚书·虞书·舜典第二》，中华书局1980年版，第131页。

② （清）阮元校刻：《十三经注疏·尚书·周书·微子之命第十》，中华书局1980年版，第200页。

③ （清）阮元校刻：《十三经注疏·尚书·周书·周官第二十二》，中华书局1980年版，第235页。

④ （清）阮元校刻：《十三经注疏·春秋左传·宣公十五年》，中华书局1980年版，第1887页。

⑤ （清）阮元校刻：《十三经注疏·春秋左传·成公元年》，中华书局1980年版，第1892页。

⑥ （清）阮元校刻：《十三经注疏·春秋左传·襄公二十七年》，中华书局1980年版，第1997页。

⑦ （清）阮元校刻：《十三经注疏·春秋左传·昭公元年》，中华书局1980年版，第2022页。

亲，惟德是依”①。这也正是周公制礼作乐、实行以德治民国策的思想基础，“闪射出古代理性主义的曙光”②，也是孔子讳言鬼神的原因之所在，“子不语怪、力、乱、神”③。老子正是从是否有“德”的角度，不仅将鬼神与人区别开来，更是将“德”归入“道”，从而将“神”由原始宗教领域推向了哲学思辨领域：“以道莅天下，其鬼不神。非其鬼不神，其神不伤人，圣亦不伤人。夫两不相伤，故德交归焉。”④正是基于“道”的基础上，原始宗教意义上的“神”(自然界神秘现象或神秘力量、天神、神人)逐渐向抽象的哲学之“神”以及奇妙的艺术之“神”扩展开来，且这种扩展是沿着客观(自然界神秘现象或神秘力量)和主观(神秘主宰、人与神合)两个角度演变、发展的。因此，无论是哲学之“神”还是艺术之“神”均包涵了“主体之神与客体之神”⑤这两个方面的内涵。

《周易》对于哲学之“神”的讨论最为充分，“鬼神”“神道”“神武”“神物”“神(而)明”“神(而)化”“尽神”“入神”“穷神”等概念充满于《周易》行文之中。因此，《周易》之“神”观明显也涵括了“客观之神”和“主观之神”。具体而言，“客观之神”并非操纵阴阳、主宰天地的“鬼神”“天神”“神灵”，而是“天地之间、客观事物内部难以为人们直观察觉、直接把握的玄妙精微的事理，各种事物内在的联系及其变化规律”，或者说是“客观事物的精义妙理及其神妙的变化”。⑥ 正所谓：

---

① (清)阮元校刻：《十三经注疏·春秋左传·僖公五年》，中华书局1980年版，第2250页。

② 李泽厚、刘纲纪主编：《中国美学史》，安徽文艺出版社1999年版，第56页。

③ (清)阮元校刻：《十三经注疏·论语·述而》，中华书局1980年版，第2483页。

④ 陈鼓应：《老子注译及评介》，中华书局1999年版，第298页。

⑤ 陈良运：《中国诗学体系论》，中国社会科学出版社1992年版，第351-441页。

⑥ 陈良运：《中国诗学体系论》，中国社会科学出版社1992年版，第354-359页。

观天之神道，而四时不忒，圣人以神道设教，而天下服矣。

范围天地之化而不过，曲成万物而不遗，通乎昼夜之道而知，故神无方而《易》无体。

生生之谓易，成象之谓乾，效法之谓坤，极数知来之谓占，通变之谓事，阴阳不测之谓神。①

而“主观之神”则是人在对于这种“客观之神”的能动把握中所体现出来的超凡本领、能力及智慧，即“尽神”“入神”“穷神”等。正所谓：“神也者，妙万物而为言者也。”（说卦）简单来讲，“客观之神”乃是“道”之千变万化的规律，即“神化”或“道化”；而“主观之神”则是人对于“道”的体悟、把握、认识、洞悉的能力，即“知几其神乎？”②因此，《周易》的“神”观可以归纳为两点：一是“神”的不可预测性，“神化”无痕迹可寻；二是人却具有体悟、洞悉“神化”的能力和本领，并最终实现主、客观之“神”的融合统一，即“道化”（神化）与知几的融合统一。正是在这个意义上，“圣人立象以尽意”乃是“立象以传神、达神”的意思，这也正是哲学之“神”向艺术之“神”转化的“枢机”之所在。

艺术之“神”也包含了主、客体两个方面，即“作者之神”与“创作对象之神”。对于“创作对象之神”这一客观之“神”的重视直接体现在汉代以前的造型艺术创作中，“画鬼魅易，画犬马难”（韩非子语）正是这一时期重“形似”艺术的形象概括。这无疑催化了“形神”美学理论的成型，并最终在对“形似”与“神似”关系问题的讨论中，“形神”说走向成熟，即艺术上强调“形神兼备”。但是，由于中国哲学一直存在对“主体之神”更加偏爱的思想倾向，因而较之“客观之神”，对中国艺术之“神”的影响，“主体之神”更是发挥了不可思

① （清）阮元校刻：《十三经注疏・周易》，中华书局 1980 年版，第 36、77-78 页。

② （清）阮元校刻：《十三经注疏・周易・系辞下》，中华书局 1980 年版，第 88 页。

议的作用。从庄子的“心斋”“坐忘”“忘形”“凝神”到《淮南子》的“以神为主”①，从东汉佛学的“形尽神不灭”论到后世禅宗的“见心明性”说，均是偏重于“主观之神”的具体表现。这种倾向表现在艺术领域，则是直接孕育了“传神”说。“传神”美学理论的发展、成熟又直接促进了魏晋以后的中国各艺术门类，如绘画、书法、诗歌等的极大繁荣。因此，在某种意义上讲，“传神”说可谓代表了真正的中国艺术精神。

“传神”理论最早在魏晋的绘画艺术中产生，顾恺之的“传神写照”、谢赫的“气韵生动”、宗炳的“澄怀味象”等理论就是其中的代表性言论。这些理论无一例外都是立足于具体的绘画技法，主张超越“形似”、注重“传神”“畅神”。徐复观对此有一个很好的总结：“中国画当然重视线条，但一个伟大画家所追求的是要忘掉了线条，从线条中解放出来，以表现他所领会到的精神意境。”②随着“传神”理论在绘画领域的成熟，它逐渐影响到了书法、诗歌等艺术创作领域。王僧虔论书法时曾说：“书之妙道，神彩为上，形质次之，兼之者方可绍于古人。”③如果说，书法与绘画无论如何都无法彻底脱离线条（或笔墨）的限制，那么诗歌则完全不受线条的约束了，“从线条中解放出来，以表现他所领会到的精神意境”，走向了表达纯粹“主观之神”的道路。最早认识到这一点，并将“传神”引入文学领域的是刘勰，他在《文心雕龙》中辟专门章节来讨论“神思”，即作家的“主观之神”。曹丕从生命之“气”的角度，提出“文以气为主”说，也正是“传神”论在文学领域生根发芽的一个重要体现。这无疑顺应了“文学自觉”的时代潮流。正是在“以表现他所领会到的精神意境”的意义上，“传神”理论在后世诗歌创作中得

① （汉）刘安著，许匡一译注：《淮南子·原道训》，贵州人民出版社1993年版，第48页，原文：“以神为主者，形从而利，以形为制者，神从而害。”

② 徐复观：《中国艺术精神》，华东师范大学出版社2001年版，第102页。

③ （齐）王僧虔：《笔意赞》，转引自上海书画出版社编：《历代书法论文选》，上海书画出版社1979年版，第62页。

到了极大的发展。杜甫在自己的诗歌创作实践中，充分体会到了“主观之神”在诗歌创作过程中所带来的创作快感及其审美愉悦，“下笔如有神”；王维则实现了绘画与诗歌创作的融合，“诗中有画、画中有诗”；在此基础上，司空图更是提出了“离形得似”“象外传神”的诗歌创作理论，这直接催生了“意境”理论的成熟；严羽的“妙悟”说也是“传神”理论主潮中的一股活水。

以上对“神”的原始宗教本义的探究，以及对其哲学、艺术、文学内涵的追溯，正是船山“神”论得以展开的理论基石。船山关于“神”的认识，就是对中国传统哲学之“神”、艺术之“神”的继承、综合、发展。船山在对《周易》的尽心研读中，精确地把握住了中国传统哲学关于“神”的主、客两方面的认识。美国学者布莱克就曾就船山“神”论的主、客观内涵表达过自己的见解。他认为，船山关于“神”的主、客观内涵的论述，特别是强调自然过程的“无期”“不测”“不可典要”，乃是为了批判邵雍的宇宙论的决定论观念，从而为自己的絪缊生化宇宙观提供强有力的思想论证基础。因此，船山关于“神”的主、客观内涵可以这样理解：“物理的决定性暗示出心智的决定性。结果是：人类推测的企图既体现主观亦体现客观因素。从客观上说，此类企图涉及宇宙大化的机械和数学方面；从主观上说，它们为充分主宰宇宙的专断精神活动所主宰。”① 正是受布莱克的启发，萧驰对船山“神”论之主、客观内涵作了更具体的论述：从客观方面而言，“神”乃是从“神者非他，二气清通之理”意义上言的，乃宇宙絪缊生化中阴阳二气之内在聚合的动因；从主观方面而言，“神”首先应该被理解为乾坤并建中的“知之德”，其次“神”的主观方面的内涵则指称“人谋之所不至”的直觉性精神活动。② 萧驰等学者的见解可谓一语中的，符合船山关于哲学之“神”的研究实际。

---

① 转引自萧驰：《抒情传统与中国思想——王夫之诗学发微》，上海古籍出版社 2003 年版，第 59 页。

② 萧驰：《抒情传统与中国思想——王夫之诗学发微》，上海古籍出版社 2003 年版，第 59-64 页。

现在，我们就具体地来看看船山是如何论述“神”之主、客观内涵的。他在对《周易》的“阴阳不测之谓神”“观天之神道”“神无方而《易》无体”等句段的解释中，很好地认识到了“客观之神”：

“神”者，道之妙万物者也。《易》之所可见者象也，可数者数也；而立于吉凶之先，无心于分而为两之际，人谋之所不至，其动静无端，莫之为而为者，神也。使阴阳有一成之则，升降消长，以渐而为序，以均而为适，则人可以私意测之，而无所谓神矣。

观者，天之神道也，不言不动而自妙其化者也。……天以刚健为道，垂法象于上，而神存乎其中；四时之运行，寒暑风雷霜雪，皆阴气所感之化，自顺行而不忒。圣人法此，以身设教……而天下服矣。

此皆与天地之道相弥纶者也。其所以然之故，则以天地之神无方而《易》之无体者，一准之也。“无方”者，无方而非其方，“无体”者，无体而非其体；不据以为方、体也。吉凶之数，成物之功，昼夜之道，皆天地已然之迹，有方者也。……而所以变化屈伸，“知大始”而“作成物”者，其神也；絪缊之和，肇有于无，而无方之不行者也。《易》之阴阳六位，有体者也。而错综参伍，消息盈虚，则无心成化，周流六虚，无体之不立者也。故《周易》者，准天地之神以御象数，而不但以象数测已然之迹者也。①

所谓“道之妙万物者”“不言不动而自妙其化者”“天地之道相弥纶者”等，正是“客观之神”的别样说法，当然属于“天地之间、客观事物内部难以为人们直观察觉、直接把握的玄妙精微的事理，各种事物内在的联系及其变化规律”，或“客观事物的精义妙理及其

① （清）王夫之：《周易内传》，《船山全书》（第1册），岳麓书社1996年版，第531、201、523页。

神妙的变化”①。这与《周易》关于“客观之神”的规定是一脉相承的。而且，船山关于“主观之神”的认识同样来源于对《周易》的研究，在对“知几，其神乎”的解释中，船山同样认为人具有能动地把握、认识、体悟、洞悉“道化”的本领和能力，“几者，变之微也”，“几者，去无入有，理而无形，不可以名寻，不可以形睹者也。唯神也不疾而速，感而遂通，故能朗然玄昭，鉴于未形也”。② 因此，船山同样是主张“知几”与“神化”（道化）的融合从而达到主、客观之神的统一，也即“圣人立象”以“传神、畅神、达神”，用船山自己的话来讲，就是“诚而已矣”：

> 非可以意计测度，则神之所为也。夫不测之谓神，而神者岂别有不可测者哉？诚而已矣。分之合之，错之综之，进之退之，盈虚屈伸一因乎时，而行其健顺之良能以不匮于充实至足之理数，则功未著、效未见之先，固非人耳目有尽之见闻、心思未彻之知虑所能测，而一阴一阳不测之神可体其妙用。③

这里的“诚而已矣”之“诚”乃是“正心诚意”之“诚”；“健顺之良能”之“良能”乃道德良知、“天德之良”的意思。正是从“天德之良”发觉、发见的角度，船山对“知几，其神乎”有了全新的解释：“盖几者，形未著，物欲未杂，思虑未分，乃天德之良所发见，唯神能见之，不倚于闻见也。”④“天德之良”对“阴阳之几”的发觉、发见就是“神”，而“情者，阴阳之几也”。这也就是说，在船山看来，虽然道千变万化不可预测，但是只要人“正心诚意”，就能够

① 陈良运：《中国诗学体系》，中国社会科学出版社 1992 年版，第 354-359 页。

② （清）王夫之：《周易内传》，《船山全书》（第 1 册），岳麓书社 1996 年版，第 555 页。

③ （清）王夫之：《周易内传》，《船山全书》（第 1 册），岳麓书社 1996 年版，第 551 页。

④ （清）王夫之：《张子正蒙注》，《船山全书》（第 12 册），岳麓书社 1996 年版，第 89 页。

“健顺之良能”发觉、发见“道化”之“神”，从而实现“知几”与“神化”的统一，才能够实现“圣人立象”以传神、达神的目的，也即船山所说的“人之情与天之道相承始终而不二”：

则天地之理因人以显，而以发越天地五行之光辉，使其全体大用之无不著也。心凝为性，性动为情；情行于气味声色之间而好恶分焉，则人之情与天之道相承始终而不二，其可知矣。①

这里的“全体大用之无不着”正是“主观之神”与“客观之神”融合、统一的结果，是天地之道通过人“正心诚意”而显现出来的效果。“全体之用”正是“一阴一阳之神可体其妙用”之义，是人的五官所能把握，“非人耳目有尽之见闻、心思未彻之知虑所能测”，只有通过内在感官的“心目”才能“体其妙用”。通过内在感官之“心目”来体悟道化之“神”的“妙用”，集中体现在船山关于艺术之“神”的理解上。

船山关于艺术之“神”的理解，也是从主、客观两方面来讲的，也包含了“作者之神”与“创作对象之神”两个方面。具体来讲，在船山诗学著作中，“主观之神”主要包含了两个方面：一是“作者之神”，即抒情主体之内在“神情”，船山多用“精神”“心神”“神情”等词语来论述：

子建诗排当沓合，了无生气，钟荣所谓“琴笙”“黼黻”，皆彼物耳。四言惟此一篇，如濯如刷，亭亭自将其精神。每于结撰处作回波止弩不力之力，达人自钦。

微作两折，而立论平善，使气纯澹，既放而复不远，心神之间有忍力，要以成乎作者。《十九首》固有此体制矣。

神情高朗，直逼汉人乐府。自陆士衡以来，趋于平衍，康

① （清）王夫之：《礼记章句》，《船山全书》（第4册），岳麓书社1996年版，第564页。

乐不屑入其窠臼，可谓独抱自将者，故与五言别为一体。

先破除，次申理，一俯一仰，神情无限。经生于此，不知费几转折也。大纲言愁，不及所事，正自古今凄断。①

船山评定历代诗歌艺术高低的重要标准之一 就是抒情主体的内在精神是否饱满。他贬低曹植诗作的原因就是曹植诗歌少有"亭亭自将其精神"之作，大多数作品"排当沓合，了无生气"。他赞赏诸如《十九首》、汉乐府等作品的原因，也是基于这类艺术佳作"心神之间有忍力"、"神情高朗"、"神情无限"，抒情主体内在精神饱满，这类作品也是船山所主张的"以意为主"的正面典型。

二是抒情主体体悟、洞悉、把握"客观之神"艺术的本领和能力。这种高超的艺术表现力，非一般人所有、仿佛神授，诗人都是"神人"，正如孟子所推崇的那样："充实而有光辉之谓大，大而化之之谓圣，圣而不可知之之谓神。"②船山反复称赞这种"神技""神笔""神力""神武""神勇""神授""神骏"的非凡艺术表现力：

通首反说，大奇。"至尊离宫"一转，初不作大掀翻，而出入离合之妙，正自在人心中，乃复无从找觅。必辨此神技，方可作《行路难》，与鲍明远相见于朱旗画鼓之间。③

只于心目相取处得景得句，乃为朝气，乃为神笔。景尽意止，意尽言息，必不强括狂搜，舍有而寻无。在章成章，在句成句。文章之道，音乐之理，尽于斯矣。④

---

① （清）王夫之：《古诗评选》，《船山全书》（第14册），岳麓书社1996年版，第525、535、575、686页。

② （清）阮元校刻：《十三经注疏·孟子·尽心下》，中华书局1980年版，第2775页。

③ （清）王夫之：《古诗评选》，《船山全书》（第14册），岳麓书社1996年版，第553页。

④ （清）王夫之：《唐诗评选》，《船山全书》（第14册），岳麓书社1996年版，第999-1000页。

> 一结作全首归墟，而涵咏平缓，正不作归墟形色，故通体陈王，乃不落陈王排设中。此天壤至文，云容水派，一以从容见神力，非吞剥古人者得十里外闻香也。①

船山对吴均《行路难》之“君不见长安客舍门”篇大加赞赏，因为诗人通过正话反说的方式把文人怀才不遇、困窘不堪之情，表现得活灵活现、无迹可寻，正所谓“出入离合之妙，正自在人心中，乃复无从找觅”。正是凭借这种高超的艺术表现力(神技)，船山将吴均的《行路难》与鲍照的《行路难》相提并论。同样，对于唐代诗人张子容在《泛永嘉江日暮归舟》一诗中抒发行人羁旅思乡之情所体现出来的心目相取、情景自然洽合的“神笔”，表现出了极高的赞赏。对明代诗人胡翰在《拟古》之“白马谁家子”篇中，运用虚实相间的手法，云淡风轻中从容抒发建功立业的渴望之情所体现出的“神力”，表现出了由衷的赞叹。这三首诗在船山看来正是抒情主体体悟、洞悉、把握“客观之神”的艺术本领和能力的典型。

船山的艺术之“神”的客观内涵也涵括了两个方面：一是“创作对象之神”，也即宇宙自然的变幻莫测之“道”通过诗中各种景象的诗意呈现，这个景物仿佛具有了“妙流不息”之宇宙生命力。船山多用“神理”“神髓”“神明”等词语论述：

> 尽古今人废此不得，岂不存乎神理之际哉？以雄快感者，雅士自当不谋。今雅士亦为之心尽，知非雄快也。此篇人人吟得，人人埋没，皆缘摘句索影，谱入孟德心迹。一合全首读之，何尝如此。捧画上钟馗，嗅他靴鼻，几曾有些汗气？惭惶惭惶。
>
> 彼“庐江小吏”诸篇，自是古人里巷所唱盲词白话，正如今市井间刊行《何文秀》《玉堂春》一类耳。稍有丑心者，忍辱

① (清)王夫之：《明诗评选》，《船山全书》(第14册)，岳麓书社1996年版，第1280页。

吾神明以求其形似哉？《琵琶行》《长恨歌》允赝典刑，不为酷也。①

得古入化。用兴、比结，却原来以不结结。“本自当”三字含尽“孰知不然”意，到底只说得一半。神虽往而形已住，便自可终。风雅之道，于斯至矣。②

二是“作者之神”所具有的某种“客观属性”，正是从这些“客观属性”角度，诗人通过诗歌所塑造的艺术审美世界才能与外在自然世界实现完美的对应、融通，诗人才有可能获得那种非凡、高超的艺术表现力。船山多用“神气”“神采”“神色”“神光”“天流神动”“神流天动”等词语来论述：

七言之制，遣句既长，自非骀荡流连，则神气不能自举。故明远以降，概以率行显其迅度，非不欲事整密，势不得也。君攸此作，始以对仗行之。③

遣句落大历以下，时亦渐入宋人。但大历以下必有起落，有回互；能不作起落回互，即有宋句，犹未害神气，所必略句而观全体也。何仲默一派，全体落恶劣中，但于句争唐人争建安，古诗即亡于仿古者之手。如新安大贾烹茶对弈，心魂却寄临绢簿上，雅人故不屑与立谈也。

三、四神流天动，第六句递入，第七、八句假对真连，非其人不解。百穀诗自征仲来而高于征仲，为仲醇所祖而雅于仲醇；其识量大、涵泳深也。④

---

① (清)王夫之：《古诗评选》，《船山全书》(第14册)，岳麓书社1996年版，第498、508页。

② (清)王夫之：《明诗评选》，《船山全书》(第14册)，岳麓书社1996年版，第1172页。

③ (清)王夫之：《古诗评选》，《船山全书》(第14册)，岳麓书社1996年版，第542-543页。

④ (清)王夫之：《明诗评选》，《船山全书》(第14册)，岳麓书社1996年版，第1214、1517页。

正是从“创作对象之神”以及抒情主体的“客观属性”的角度，船山非常重视对外在世界自然景物之“神态”的捕捉，要既得“物态”又穷“物理”。他如此强调道：

> 苏子瞻谓“桑之未落，其叶沃若”，体物之工，非“沃若”不足以言桑，非桑不足以当“沃若”。固也。然得物态，未得物理。“桃之夭夭，其叶蓁蓁”，“灼灼其华”，“有蕡其实”，乃穷物理。夭夭者，桃之稚者也。桃至拱把以上，则液流稚结，花不荣，叶不盛，实不蕃。小树弱枝，婀娜妍茂为有加耳。①

因此，通过对船山艺术之“神”主、客观内涵的详细分析，我们可以看到船山对于艺术之“神”的理解与他关于哲学之“神”的论述是相互贯通的。他一方面强调外在自然事物蕴含了宇宙“道化”之客观规律，是宇宙生命力的一部分；另一方面他又认为诗人具有认识和把握这客观规律、体悟与洞悉这宇宙生命力的才能和本领，诗歌正是这种“一阴一阳不测之神可体其妙用”的具体表现。因而，船山最终所推崇的强调艺术表现力其目的乃是实现主、客观艺术之“神”的融会、统一，或者说是诗歌的艺术审美世界与外在宇宙自然世界的对应、统一，也即“内极才情，外周物理”。而且，船山也是认同“圣人立象”以传神、畅神、达神这一主张的，他的主、客观的艺术之“神”的融会、统一也正是将“立象”作为论述的起点。这也是船山诗学始终立足于“情-景”这对诗学艺术符号来展开其系统论述的原因之所在。他一方面强调“情景交融”，认为情与景虽有“在心在物之分”，但情、景密不可分，无论是以景含情(景中情)，还是以情生景(情中景)，其最终目的都是为了实现“情景交融、妙合无垠”的境界。另一方面他又认为抒情、写景还是有一个

① (清)王夫之：《姜斋诗话》，《船山全书》(第15册)，岳麓书社1996年版，第810-811页。

侧重点的，他更重视抒情，正所谓“景语难，情语尤难也”，“于景得景易，于事得景难，于情得景尤难”。其实，通过船山情景论的描述，我们完全可以见出传统艺术之“形神”观与“传神”观在船山诗学中若隐若现的影子。

那么，船山是如何具体来论述“立象”以传神、达神、畅神这个问题的呢？或者说，船山关于传统的“形神”观与“传神”观的具体看法又是怎样的呢？在前文中，我们已经介绍了中国传统艺术关于“形神”与“传神”的态度及其倾向：一方面强调“形神兼备”、形神统一；另一方面，则更重视“传神写照”“忘形、凝神”。几乎所有中国传统艺术门类都倾向于“神似”，即通过某种具体的艺术形式来把捉、体悟、洞悉“不迹之神”。船山关于“形神”与“传神”的论述与中国传统艺术观点完全一致。一方面，船山主张“形神”统一。他赞扬杜甫的《废畦》一诗能够做到“神形合一”：“通首清贵，三、四逼真乐府，咏物诗唯此为至。李巨山咏物五言律不下数十首，有脂粉而无颜色，颓唐凝滞既不足观；杜一反其弊，全用脱卸，则但有熏蒿凄怆之气，而已离营魄。两间生物之妙，正以神形合一，得神于形无非神者，为人物而异鬼神。”①他也赞赏高启的《郊墅杂赋》(第四首)正是“形神兼备”的诗作，能做到“形神都胜”②。因此，船山主张以形写神，从而实现形神统一，而以形写神就是“体物得神”：“含情而能达，会景而生心，体物而得神。”③正是从以形写神、“体物得神”的角度，船山反复强调立足于“形似”基础之上的“神肖”“神似”：

杜晚年刻意学庾子山出峡诗，往往神似。虽云健笔纵横，

① (清)王夫之：《唐诗评选》，《船山全书》(第14册)，岳麓书社1996年版，第1022-1023页。

② (清)王夫之：《唐诗评选》，《船山全书》(第14册)，岳麓书社1996年版，第1369页。

③ (清)王夫之：《姜斋诗话》，《船山全书》(第15册)，岳麓书社1996年版，第830页。

要不失雅步。然如此作前六句，则又出入谢朓，不但为庾矣。①

谭友夏拟《子夜》《读曲》往往神肖，只为他浪子心情，一向惯熟。又如陈子昂、宋登春，一开口便作悲田院语。渠八识田中，止有妄想他人银钱酒食种子；借令摆脱，翻不得似。诗之不可伪也，有如此夫！

诸篇唯此仿佛阮公，遂尔神肖。不求肖者肖必神，方是拟议，方是变化；于鳞未免忽然。须看他转处不粘；句虽苍直，意度自远。宗、吴、徐、谢辈，一条老鼠尾相似，正是罗隐、杜荀鹤家行货耳。②

也正是从以形写神、“体物得神”的角度，船山一再强调“用神”“养神”“得神”与“定神”的重要性：

用神用气用韵度，但不用俗诗画地牢耳。子价真有渊源。五、六入事，点染成致，非七才子辈寻事填腔活字板套也。

养神养体，大有消息。第六句暗渡下。

炼液得精易；炼精得气难；炼气得神，则晋、宋以下吾未之见也。

收衿定神，得古情于弥缝之际。结语平好。③

但另一方面，船山更重视“传神写照”。传神赋形正是“以情生景”的另一种说法：

起二句皆写一“出”字，妙在不显，而竟以“退朝”接之。

① (清)王夫之：《唐诗评选》，《船山全书》(第14册)，岳麓书社1996年版，第963页。

② (清)王夫之：《明诗评选》，《船山全书》(第14册)，岳麓书社1996年版，第1170、1326页。

③ (清)王夫之：《明诗评选》，《船山全书》(第14册)，岳麓书社1996年版，第1512、1534、1310、1342页。

"楼雪"一联，是回望景，为"晚出"传神，得句精微，是此翁独契。一篇止以事之先后为初终，何尝有所谓起承开合者。俗子画地成牢，誓不入焉可也。①

三、四传神写照，足令无限咏落花人搁笔。世眼不慧，徒赏"五更风雨葬西施"耳。②

正如船山所认为的那样，"景语难，情语尤难也""于景得景易，于事得景难，于情得景尤难"，所以传神赋形、传神写照比以形写神、"体物得神"更难。因此，他主张"入神"：

刻炼深奇，束结完好。虽于人为脍炙，而知味者不百一也。三、四为高阁夕景，曲写三毛。"画壁余鸿雁"，拾景入神。疑者未梦，不必梦也，而因以生梦，语虽玄寥，自有来去。无来去而玄寥者，为狂而已。③

船山为什么更重视传神写照、传神赋形？为什么更重视"入神"呢？原因在于"神"的不可预测、没有痕迹可寻。他反复强调了"神"的不测之迹、了无痕迹的特性：

冉冉而来，若将无穷者。倏然澹止，遂终以不穷。然非末二语之亭亭条条，亦蘧不能止也。"春燕参差风散梅"，丽矣，初不因刻削而成，且七字内外有无限风光，与"开帷对景弄春爵"恰而相称。此亦唐人"玉合子"之说，特不可以行迹求耳。

古人于此，乍一寻之，如蝶无定宿，亦无定飞，那往复百歧，总为情止，卷舒独立，情依以生，空杳以迹微，大忍之之

① （清）王夫之：《唐诗评选》，《船山全书》（第 14 册），岳麓书社 1996 年版，第 1016 页。

② （清）王夫之：《明诗评选》，《船山全书》（第 14 册），岳麓书社 1996 年版，第 1494 页。

③ （清）王夫之：《唐诗评选》，《船山全书》（第 14 册），岳麓书社 1996 年版，第 996 页。

力定，视彼充然者岂不能然？薄天子而不为耳。①

以“无迹之神”入诗也就是“入神”于诗，唯有如此，方能实现“特不可以行迹求耳”“空杳以迹微”“句无停意，笔无转迹”“全不见笔墨痕迹”“裁合无辙迹”等。“入神”于诗的诗作一般都是情与景、句与意、声与文、形与神天然妙合的佳作。正是从这个角度，船山称赞《采莲曲》：“卸开一步，取情为景，诗文至此，只存一片神光，更无行迹矣。”②也赞赏《夏夜忆卢嵩》：“神行非迹。”③并据此高度赞扬宋之问的《至端州驿见杜五审言沈三佺期阎五朝隐王二无競题壁慨然成咏》一诗：“管弦唱叹之余，而以感悲愉于天下，是声音之动杂而文言之用微矣。……苟非宛转生心，则必韵流神骏。……此与沈佺期遥同杜审言过岭诗，神迹有何不相肖？”④船山对于以“无迹之神”入诗的要求甚至到了极度苛刻的地步：他一方面认为诗句“影静千官里，心苏七校前”是“得主矣，尚有痕迹”，而“花迎剑佩星初落”“则宾主历然，镕合一片”；但又苛刻地认为“‘花迎剑佩’四字，差为晓色朦胧传神；而又云‘星初落’，则痕迹露尽。益叹《三百篇》之不可及也！”⑤而且，在船山诗学著作中，他将这种“无迹之神”形象地称为“神龙”：

纵横使韵，无曲不圆。即此一端，已足矜带千古。或兴或比，一远一近，谓止而流，谓流而止。神龙之兴云雾驳，以人

① （清）王夫之：《古诗评选》，《船山全书》（第14册），岳麓书社1996年版，第535、654-655页。

② （清）王夫之：《唐诗评选》，《船山全书》（第14册），岳麓书社1996年版，第907页。

③ （清）王夫之：《唐诗评选》，《船山全书》（第14册），岳麓书社1996年版，第971页。

④ （清）王夫之：《唐诗评选》，《船山全书》（第14册），岳麓书社1996年版，第890页。

⑤ （清）王夫之：《姜斋诗话》，《船山全书》（第15册），岳麓书社1996年版，第810页。

情准之，徒有浩叹而已。神理略从《东山》来。而以《东山》为鹄，关弓向之，则其差千里。此以天遇，非以意中者；熟吟“入门各自媚”一荡，或侥幸得之。

“博山炉中”以下，忽从香说去，讬意超幻，遽入班姬失宠，如神龙得肤寸之云，即而腾上。又妙为冯后并说之余，旁分一支以为正脉，既倏忽千里，羁鞚不施，但以“金炉香炭变成灰”微挂一痕。此等弄笔如丸、泼墨成锦之技，允为七言长篇看山杰祖。明远为少林老胡，壁立千仞，叔痒为曹溪迮獠，独秉一花也。

详婉深切如此，而不一及生平。情感须臾，取之在己，不因追忆。若援昔而悲今，则为妇人泣矣，此其免夫！是古今第一首挽诗，亦是古今有数五言，如神龙夭矫，随处向处，云雷盈动。①

所谓“神龙见首不见尾”，“神龙”最大的特点就是“活”：情意活、行文活、结构活、声律活等。只有“活”才能“通灵”，“合化无迹者谓之灵，通远得意者谓之灵。如逖五言，乃可以灵许之”。②这个“灵”是灵活的“灵”，是“涵神澡魄”，而不是所谓的“神灵”，“神灵”在船山眼中恰恰是无神、僵化之意，是“官舍门神，聊堪骇鬼耳”③，如皎然等一派人之诗作就是“野巫请神”④。也正是在以“无迹之神”入诗的意义上，船山认为“形神兼备”之作只是“神品”，只有“无迹之神作”才能算是“极品”：“微心雅度，所不待言。‘洊至’‘兼山’，因势一转，藏锋锷于光影之中，得不谓之神

① （清）王夫之：《古诗评选》，《船山全书》（第 14 册），岳麓书社 1996 年版，第 497、554、741 页。

② （清）王夫之：《唐诗评选》，《船山全书》（第 14 册），岳麓书社 1996 年版，第 1054 页。

③ （清）王夫之：《唐诗评选》，《船山全书》（第 14 册），岳麓书社 1996 年版，第 1059 页。

④ （清）王夫之：《古诗评选》，《船山全书》（第 14 册），岳麓书社 1996 年版，第 563 页。

品可乎？然此至谢集中犹非极品，更有忘神而天者在。”①“忘神而天者在”之作方是“极品”。只有谢灵运等少数诗人的少数诗作才可称之为“极品”。

而所谓的“忘神而天者在”，正是主、客观之“神”的统一、“知几”与“神化”的统一、艺术审美世界与外在自然世界的统一，是以“无迹之神”入诗的良好创作效果的体现。船山对于“极品”诗作还有更为具体的规定和阐释，即“神理相取”“神理凑合”：

> 以神理相取，在远近之间，才着手便煞，一放手又飘忽去，如“物在人亡无见期”，捉煞了也。如宋人《咏河鲀》云：“春洲生荻芽，春岸飞杨花。”饶他有理，终是于河鲀没交涉。“青青河畔草”与“绵绵思远道”，何以相因依，相含吐？神理凑合时，自然恰得。②

关于船山“神理”说的具体内涵，学者们多有论述。崔海峰认为可以从两个角度来理解船山的“神理”：一则“神之理”，即神妙之理、神化之理或传神之理，此时的神与理主要是偏正关系，重点在理；二则“神与理”，即心之神与物之理的交通和合，此时的神与理是平行、对等的关系。③ 他的这个说法还是很有道理的，因为船山在理解“心统性情”之“性情”的时候，就是从“性之情”与“性与情”两个角度展开的。而且，陶水平也基本上是从“神之理”与“神与理”两个方面来具体阐述“神理”的美学内涵的。他认为“神之理”指的是时间万物的丰富多彩、神秘莫测、妙不可言的客观美，而“神与理”是指诗歌创作过程中被诗人发现和表现的富有独创性的形神之间、主客之间、物我之间、情景之间以及意象之间的某种

① （清）王夫之：《古诗评选》，《船山全书》（第14册），岳麓书社1996年版，第731页。

② （清）王夫之：《姜斋诗话》，《船山全书》（第15册），岳麓书社1996年版，第823页。

③ 崔海峰：《王夫之诗学范畴论》，中国社会科学出版社2006年版，第225页。

诗意的联系。前者重在强调万事万物的内在本质、内在生命，而后者重在强调运动趋势及其诗意联系。① 陶水平、崔海峰等学者对“神理”内涵的解释无疑是极具启发性的。不过，笔者对此问题还想做如下几个方面的补充：

其一，“神之理”在船山诗学著作中，一般是从“物之神理”与“人之神理”两个角度来讲的，船山将前者称为“物理”，将后者称为“人理”或“思理”：

> 苏子瞻谓“桑之未落，其叶沃若”，体物之工，非“沃若”不足以言桑，非桑不足以当“沃若”。固也。然得物态，未得物理。“桃之夭夭，其叶蓁蓁”，“灼灼其华”，“有蕡其实”，乃穷物理。
>
> 《小雅》《鹤鸣》之诗，全用比体，不道破一句，《三百篇》中创调也。要以俯仰物理而咏叹之，用见理随物显，唯人所感，皆可类通；初非有所指斥一人一事，不敢明言，而姑为隐语也。
>
> 谢灵运一意回旋往复，以尽思理，吟之使人卞躁之意消。《小宛》抑不仅此，情相若，理尤居胜也。王敬美谓：“诗有妙悟，非关理也。”非理抑将何悟？②

其二，总体而言，船山更重视“神与理”。“神理相取”与“神理凑合”讲的就是“神与理”相取、相凑合，也即“神理流于两间”：“而且情不虚情，情皆可景；景非滞景，景总含情；神理流于两间，天地供其一目，大无外而细无垠。”③这与船山的情景论思想是一脉相承的，无论是景中情，还是情中景，其最终目的都是实现

① 陶水平：《船山诗学研究》，中国社会科学出版社 2001 年版，第 338-339 页。

② （清）王夫之：《姜斋诗话》，《船山全书》（第 15 册），岳麓书社 1996 年版，第 810-811、836、813 页。

③ （清）王夫之：《古诗评选》，《船山全书》（第 14 册），岳麓书社 1996 年版，第 736 页。

“情景交融”。同样，无论是强调“神之理”，还是强调“神与理”，船山的最终目的都是为了“神理凑合时，自然恰得”，也即船山反复强调的“诗理”：

> 此吴歌之始唱也。……而居然蕴藉，不似《子夜》、《读曲》等篇，一色佻薄，殆不复有诗理。雅人在戏而庄，有如此者。
>
> 故经生之理，不关诗理，犹浪子之情，无当诗情。
>
> 平缀五十字，不知者以为突兀磊砢，实则诗理固然，春云初无根叶，秋月初无分界也。①

所谓“诗理”乃是天情、人事、物理三者的完美统一，也即神理与神韵二者的统一。用船山的话说就是“可理可事可情”“其韵其神其理”，如此佳作方可“在天合气、在地合理、在人合情”。

其三，正是从“诗理”的角度，船山赞同“诗源情、理源性”的主张，而且对“以理入诗”表现出两种截然相反的态度。他一方面主张“诗入理语”，赞扬西晋人能“诗入理语”，“晋初人说理，乃有如许极至”，认为唯有《诗经》“《大雅》中理语造极精微”，赞赏张九龄“《感遇》有理语”；但另一方面又强烈反对宋人“以理入诗”的主张，“非谓无理有诗，正不得以名言之理相求耳”，多次批评宋人之陋在于“考证事理”。船山关于说理诗的矛盾心态，不仅充分地体现了其儒家诗学之一贯立场，同时也凸显了他对于诗歌本质认识的深化和丰富，在中国古典诗学史上具有不可忽视的理论意义。

最后，需要注意的是，如何才能实现船山所主张的诗之“传神”“入神”于诗呢？也就是说，诗人如何才能把捉、体悟、洞悉艺术的“无迹之神”从而创作出“极品”之作来呢？或者说，如何才能表现出诗歌的“审美境界”？司空图主张“象外”取象、“味外”取

① （清）王夫之：《古诗评选》，《船山全书》（第 14 册），岳麓书社 1996 年版，第 616、753、798 页。

味、“韵外”取韵，而严羽则强调以“妙悟”“兴趣”入诗。对于意境生成的方式，船山在继承和批判前人理论成果的基础上，提出了自己的理论主张，一是“取势、造境”；二是“情景现量”。对于船山的“取势”说、“现量”说，国内外学者也多有论及。法国学者如连(Francois Jullien)认为“势”同时具有姿势、位置和运动的意思，这体现了中西文化的差异，前者关注将本质从变化中抽离出来，而后者更关注变化本身。船山“势”论代表了一种完全不同于西方“本体论”观察现实及事物的方式。[①] 如连的看法给了萧驰极大的启示。他在船山易学和史学的基础上，揭示了“势”的具体内涵乃是“待命、俟时”“养势”“乘势”“留势”“因时因势”等义，由此他反对将船山之“势”解释为“客观规律”，“势”“应当是一个与船山对于诗的本质、乃至现象世界的本质的根本理解直接关联的范畴，故而亦是彰显中国抒情传统本质的范畴”，即体现了船山对于诗歌艺术审美世界之“时间架构”和“空间架构”的无比重视。[②] 萧驰的观点应该是非常符合、接近船山“势”之本意：“以意为主，势次之。势者，意中之神理也。”而且，在船山诗学著作中，船山之“取势”正是从“养势”“乘势”“留势”“因时因势”等意义上说的：

笔端有留势。如此篇章，岂不贤于“方宅十余亩，草屋八九间”乎？亦赖“余襟良已殚”五字为风雅砥柱，不然，轻佻园丽，曹邺之长伎耳。

命笔轻超，已开吴均、柳恽一派。就此派中自有雅俗之异：一往驶健中自有留势，则雅；规恢大、结束不遽，则雅。雅者犹存晋、宋风味，俗者则纯乎唐矣。

落笔刻，登音促，入手紧。后来杜陵有作，全以此为祢祖。“未知身死处，何能两相完”，居然杜句矣。“南登霸陵

① 转引自萧驰：《抒情传统与中国思想——王夫之诗学发微》，上海古籍出版社2003年版，第92-93页。

② 萧驰：《抒情传统与中国思想——王夫之诗学发微》，上海古籍出版社2003年版，第91-133页。

岸”一转，取势平远，则非杜所及也。①

唯谢康乐为能取势，宛转屈伸，以求尽其意；意已尽则止，殆无剩语：夭矫连蜷，烟云缭绕，乃真龙，非画龙也。②

其实，船山关于“取势”还有其他说法，如“敛势”“引势”“转势”“收势”“挟势”等。而且，船山借“取势”对诗歌艺术世界之“时间架构”和“空间架构”的关注，体现了他对诗歌内在生命力的关注。这也就是船山一再强调“神龙”“真龙”“神骏”的目的之所在，“神龙得云，唯其夭矫”。至于“现量”，学者们一般都是从“审美感性”“审美直觉”“审美灵感”的角度来讲的，如叶朗就认为“现量”乃是“当前的直接感知而获得的知识”，是“感觉器官接触客观景物时的直接感性”。③ 肖驰也认为“现量”体现了船山对不脱离直觉对象的想象的关注。④ 陶水平则认为“现量”乃是人的一种高级心理能力，是在第六识的参与下的可以洞察事物本质的直觉能力，并总结了这直觉能力的三大特征：当下直接性、瞬间突发性(非逻辑推论性)和真实完整性。⑤ 通过众多学者的解读，船山“现量”说的美学内涵基本上得以呈现出其原貌。虽然，在船山诗学著作中仅有6、7处论及“现量”，但其理论意义却是不容忽视的。

总之，船山的“取势”说和“现量”说，立足于其哲学、史学立场，顺利实现了诗学领域的审美转化。这种审美转化集中表现为不仅涵括了诗歌创作和接受等不同阶段，更重要的是寻找到了由情景交融通向天人合一的正确路径。也正是在这个基础上，船山诗学顺

---

① (清)王夫之:《古诗评选》,《船山全书》(第14册)，岳麓书社1996年版，第718、766、667页。

② (清)王夫之:《姜斋诗话》,《船山全书》(第15册)，岳麓书社1996年版，第820页。

③ 叶朗:《中国美学史大纲》，上海人民出版社1999年版，第462-463页。

④ 肖驰:《中国诗歌美学》，北京大学出版社1986年版，第93-94页。

⑤ 陶水平:《船山诗学研究》，中国社会科学出版社2001年版，第118-135页。

利地实现了意象论向意境论的过渡与提升。

第三节　船山诗学内在矛盾的二维性

船山将“兴观群怨”说作为自己诗学评论的“开山纲领”，而其诗学重心却在于论述“情景相生”的问题。也就是说，船山诗学的目的乃是在于重振诗歌教化的功能性作用，但其根本却是在阐明诗歌审美意象生成之本体特征。这种看似矛盾的做法，非常有趣，引起了学界的关注。船山诗学在诗歌功能性与诗歌审美特性之间，确实存在一种摇摆不定的暧昧、模糊态度。这表现在船山虽然一再强调诗歌具有“兴观群怨”的教化功能，但却又将“兴观群怨”从“四情”的角度加以阐发，“随所以而皆可”，从而追求一种“曲写心灵，动人以兴、观、群、怨”的诗歌境界。而且，他在阐述“情景相生”问题时，不时地流露出要从诗教传统回归到乐教传统的倾向，“以乐论诗”，经常借用乐的功能性特征来比对诗歌的教化功能。船山的最终目的似乎是既承认诗歌抒情的审美本性，同时又坚持诗歌教化的传统立场，而且终其一生，他似乎都在试图努力达成二者的融会、统一。因此，船山诗学始终存在两个理论向度，即“诗之体”与“诗之用”这两个理论向度。① 这样一来，在他的诗学评论中，不可避免地呈现出某种内在矛盾，这种矛盾集中表现为：在诗歌创作的构思阶段，他既主张“以意为主”“诗文俱有主宾”，同时又反对宋人“以意为主”的做法；在诗歌创作过程中，他既强调诗人的真实感受(“拘于在场”)，同时又反对画地为牢的做法，主张要“超越在场”；在诗歌鉴赏的阶段，他既重视具体生动景象与“自得”之情感的交融，同时又不爱“象内”爱“象外”，主张突破有限的人体感官功能对具象的把握，追求“视听之中、形声之外”的审美新体悟。需要注意的是，船山诗学内在矛盾的二维性根源于更深厚的古典诗

① 关于这个问题，可以参见邹元江师的《诗之“体”与诗之“用”：船山诗学的两个向度及其中介》(载《退溪学论丛》(韩国)2010 年第 16 辑)一文，本文在这里的论述源于此文的启发。

学传统。

一、船山诗学内在矛盾的两个向度

船山诗学始终存在两种思维向度。一个是他立足于正统儒家的立场，强调诗歌的功用。对于“诗之用”的强调是儒家诗学一贯坚持的传统，儒家对于诗歌“王化”“风化”“诗教”“得教”等功能特征的强调是非常普遍的。《毛诗正义序》的一开篇就强调道：“夫诗者，论功颂德之歌，止僻防邪之训，虽无为而自发，乃有益于生灵。六情静于中，百物荡于外，情缘物动，物感情迁，若政遇醇和，则欢娱被于朝野，时当惨黩，亦怨刺形于咏歌。作之者所以畅怀舒愤，闻之者足以塞违从正，发诸情性，谐于律吕，故曰：感天地，动鬼神，莫近于诗，此乃诗之为用，其利大矣。”①正是在“诗之为用，其利大矣”的意义上，经过后世众多儒者的继承和弘扬，中国古典诗学形成了一个无比强大的诗教传统。显然，船山也是肯定“诗之为用，其利大矣”这个说法的，他在《四书训义》中解释孔子“兴观群怨”说时就曾明确地肯定：“学《诗》之法，此章尽之……吾学焉，而知《诗》之用广也；小子学焉，当亦知其用之广矣。”②因此，船山诗学著作中关于“诗之用”的思维向度是一目了然的。例如，他在《诗广传》中对《诗经·关雎》的论述就是典型代表：

> 夏尚忠，忠以用性；殷尚质，质以用才；周尚文，文以用情。质文者，忠之用，情才者，性之撰也。……忠有实，情有止，文有函，然而非其匿之谓也。“悠哉悠哉，辗转反侧”，不匿其哀也。“琴瑟有之”，“钟鼓乐之”，不匿其乐也。非其情之不止，而文之不函也。匿其哀，哀隐而结；匿其乐，乐幽而耽。耽乐结哀，势不能久，而必于旁流。旁流之哀，懰慄惨

---

① （清）阮元校刻：《十三经注疏》，中华书局1980年版，第261页。

② （清）王夫之：《四书训义》，《船山全书》（第7册），岳麓书社1996年版，第914-915页。

> 澹以终乎怨；怨之不恤，以旁流于乐，迁心移性而不自知。……性无不通，情无不顺，文无不章。白情以其文，而质之鬼神，告之宾客，诏之乡人，无吝无惭，而节文固已具矣。故曰《关雎》者王化之基。①

这里的“用性”“用才”“用情”正是“《诗》之用广也”的具体表现，船山称之为“王化之基”。这个说法显然与汉儒的“《关雎》，后妃之德也”的解释是一致的，都强调诗歌“经夫妇、成孝敬、厚人伦、美教化、移风易俗”的功能性特征。船山关于孔子“兴观群怨”的解释无疑也是遵循了这样一个思维向度。

另一个是他立足于诗歌自身，顺应诗学自觉的潮流，自觉揭示诗歌抒情之审美本体。船山关于“诗之体”的思维向度，集中体现在他对诗歌审美意象生成的相关论述。关于这点，笔者在本章的第二节已经做了详细的论述，此处不再赘述。

因此，正是由于船山遵循了“诗之用”与“诗之体”两种思维致思路径，因而船山在其诗学评论中，似乎采用了两种不同评论标准。一个是从“诗之用”的角度，将“兴观群怨”或儒家“风雅之道”作为诗歌品评的标杆；而另一个则是从“诗之体”的角度，将“情景妙合无垠”作为“诗家正法眼藏”，以此评定诗歌艺术地位的高下。前者是立足于诗歌功能的诗教标准，后者则是立足于诗歌审美本性的审美标准。正是在这种双重标准下，只有《诗经》《古诗十九首》，以及谢灵运、王维等人的少数诗作才入船山之法眼。这也是他极为苛刻的诗学评论眼光所产生的最主要根源。在“诗之用”和“诗之体”双重思维向度的摇摆中，船山诗学才给人以“诗学退化论”的影响，关于这点后文还会详细分析。也正是在这种双重标准下，船山诗学的内在矛盾性才得以凸显出来：“愈点明诗之用的对象性教化归旨，偏离于诗之用的非对象性的诗之体愈彰显；反之，愈点明意象性的非对象化世界的审美特性，对应于诗之用的对象性教化旨归

---

① （清）王夫之：《诗广传·论关雎一》，《船山全书》（第3册），岳麓书社1996年版，第299-300页。

就愈难以实现。”①

因此，从船山诗学的两个思维向度出发，船山诗学内在矛盾的二维性也得以凸显出来。其中，关于船山对“以意为主”的支持和反对的相关言论，本书会在第三章的第二节“船山诗学的自觉偏离”中详细论述。而关于不爱“象内”爱“象外”的理论倾向，已经在本章的第二节中有了细致的分析。因此，在这里，笔者将主要集中阐述船山关于诗歌创作过程中，既强调“拘于在场性”，又主张“超越在场性”所体现出来的矛盾困境。

船山关于诗歌创作过程中的“拘于在场性”的论述，在《姜斋诗话》中有一段代表性的言论：

> 身之所历，目之所见，是铁门限。即极写大景，如“阴晴众壑殊”“乾坤日夜浮”，亦必不踰此限。非按舆地图便可云“平野入青徐”也，抑登楼所得见者耳。隔垣听演杂剧，可闻其歌，不见其舞；更远则但闻鼓声，而可云所演何出乎？前有齐、梁，后有晚唐及宋人，皆欺心以炫巧。②

所谓“铁门限”，乃是强调诗人要有亲身的真实感受，即“身之所历，目之所见”，而这“历”和“见”明显是拘于物理时空的在场。即便是对一些超越自然感官的景物(如“阴晴众壑殊”“乾坤日夜浮”等)的审美意象性呈现，也必须有身临其境的真实感受。否则，便是隔墙听戏，只能获得盲人摸象、道听途说式的“死景”，非“活景”，即便是抒情也只能是隔靴搔痒，无法实现“情景之妙合无垠”。船山一针见血地指出，齐、梁以降，包括唐宋很多诗人，就是因为背离了“拘于在场性”这个“铁门限”，一任自己的私意泛滥，徒然在字句、声律等外在形式上消耗工夫。因而，他将这种行为统

① 邹元江：《诗之“体”与诗之“用”：船山诗学的两个向度及其中介》，载《退溪学论丛》(韩国)2010年第16辑。

② (清)王夫之：《姜斋诗话》，《船山全书》(第15册)，岳麓书社1996年版，第821-822页。

统斥为“欺心以炫巧”。

然而，在评论谢朓的《之宣城郡出新林浦向板桥》一诗时，他似乎又提出了一个相反的命题，即“超越在场性”的问题：

> 语有全不及情而情自无限者，心目为政，不恃外物故也。“天际识归舟，云间辨江树”，隐然一含情凝眺之人，呼之欲出。从此写景，乃为活景。故人胸中无丘壑，眼底无性情，虽读尽天下书，不能道一句。①

船山反对那种“欺心以炫巧”般的写“死景”的做法，而主张写“活景”。那么，怎样才是写“活景”呢？船山除了上述所讲的“铁门限”（即“身之所历，目之所见”）的原则外，在这里又提出了一个新的主张，即“心目为政，不恃外物故也”。也就是说，要不拘泥于诗人物理感官的“心目”之“历”、之“见”，不要局限于有限的外在景物视野，只有超越于有限的物理感官的感知，方能获得更为广阔的艺术审美世界的诗意呈现。正是在这种更广阔的内在艺术审美世界中，方可实现“语有全不及情而情自无限”，才可获得“活景”，诗人也才能扩展自己的审美心胸，即“胸中丘壑”。显然，船山这里的“心目为政”之“心目”并非前面所讲的“目之所见”之“目”，不是一种外在的物理感官，而是一种内在的审美感官，也即庄子意义上的“心观”。在船山看来，只有审美意义上的“心观”（即“超越在场性”），方可至达诗歌艺术的真正境界。正是因为如此，船山对“心目为政”意义上的“超越在场性”的具体途径进行了反复的论说，即“磕着即凑”、“设身”感通和“遥想其然”（包括取影、影中取影）。关于这一点，已有学者专门撰文进行了细致论述。②

---

① （清）王夫之：《古诗评选》，《船山全书》（第14册），岳麓书社1996年版，第769页。

② 参见邹元江：《试论船山诗学的内在矛盾性》，载《哲学研究》2003年第7期。

然而，问题在于：船山为什么要强调“拘于在场性”的同时又大力主张“超越在场性”？为什么他一再强调“目之所见”，批评“欺心以炫巧”的做法，从而将“目”与“心”对立起来。而同时他又反复强调“心目为政”(或“心中目中与相融浃”)的重要性，从而将“目”与“心”并列而置？如果仅仅从前者是物理感官、后者是审美感官的角度，来轻易带过这个看似前后矛盾的问题，显然是远远不够的。而这矛盾说法的背后，也许正是船山摇摆于双重艺术标准(诗之用与诗之体)的真正原因。

要解决这个问题，我们还是得从船山乃至整个中国哲学思维传统中寻求线索。中国哲学传统始终存在一种倾向，即摒弃单纯的主客二分的做法，追求形上与形下、具象与抽象、主观与客观、感性与理性等的统一。这便是方东美所指出的“超越形上学”、傅伟勋意义上的“超形上学的吊诡性”的传统文化精神。① 而船山立足于“气一元论”思想的“理在气中”“道在器中”等说法，正是这种哲学传统下所产生的理论典型。船山关于形上与形下、具象与抽象、主观与客观、感性与理性等的统一的论述，在《周易外传》中有一段极具代表性的言论：

> 形而上者，非无形之谓。既有形矣，有形而后有形而上。无形之上，亘古今，通万变，穷天穷地，穷人穷物，皆所未有者也。故曰：“惟圣人然后可以践形。”践其下，非践其上也。②

因此，追求形上与形下、具象与抽象、主观与客观、感性与理性等的统一的哲学思维，正是船山既强调“拘于在场性”又重视“超越在场性”的根本原因，也是船山摇摆、徘徊于“诗之用”与“诗之

---

① 关于这点可以参见方东美的《中国形上学中之宇宙与个人》和傅伟勋的《哲学探求的荆棘之路》等文，另外，可参见萧驰的《抒情传统与中国思想——王夫之诗学发微》中的相关章节。

② (清)王夫之：《周易外传》，《船山全书》(第1册)，岳麓书社1996年版，第1028页。

体”，实行双重诗歌艺术标准的主要原因，也正是船山一再强调“取势”“取影”“影中取影”等艺术主张的哲学根基。而船山所主张的“取影”“影中取影”乃是实现诗歌意象、意象群之审美生成的形象说法，它集中反映了中国“情境化艺术”的思维之根本，即“象思维”，也即一种非逻辑化的“聚合性思维”。① 船山诗学内在矛盾的二维性困境，正是源于这种传统“聚合性”艺术思维。

需要注意的是，船山诗学内在矛盾的二维性，不是横空产生的独一现象，仅仅只是船山诗学个体性思维特征。相反，它恰恰集中反映了整个中国诗学传统的思维困境。可以说，船山诗学内在矛盾的二维性是扎根于整个中国古典诗学传统的丰沃土壤之中。为了显示二者之间血脉相连的紧密关系，在这里，笔者尝试性勾勒一下中国古典诗学传统的真面貌。

二、船山诗学内在矛盾的二维性的历史性根源

中国古典诗学传统包含了诗教和抒情两个小传统，前者重视诗歌的功能性特征，而后者则更重视诗歌的抒情本质特性。虽然二者在诗歌发展史上总是杂糅在一起，没有那种泾渭分明的界限，但是，通过对历代诗学理论的梳理，我们还是能够寻找出二者清晰的发展路径的。而我们的重心乃是借此凸显诗教传统与抒情传统在明代所表现出来的融会、合流的发展趋势，更重要的是，以此阐明这种融会、合流趋势在船山诗学中所体现出来的矛盾和张力。

首先来看诗教传统。“诗教”这个概念最早见于《礼记·经解》，该篇以“温柔敦厚”作为定义“诗教”的理论内核：

> 孔子曰：“入其国，其教可知也。其为人也温柔敦厚，《诗》教也。疏通知远，《书》教也。广博易良，《乐》教也。洁静精微，《易》教也。恭俭庄敬，《礼》教也。属辞比事，《春秋》教也。故《诗》之失愚，《书》之失诬，《乐》之失奢，《易》

---

① 参见邹元江：《是关联性思维还是聚合性思维？——与郝大维、安乐哲教授辩难》，载《东洋文化研究》(韩国)2012 年第 9 辑。

之失贼，《礼》之失烦，《春秋》之失乱。”

“其为人也温柔敦厚而不愚，则深于《诗》者也。疏通知远而不诬，则深于《书》者也。广博易良而不奢，则深于《乐》者也。洁静精微而不贼，则深于《易》者也。恭俭庄敬而不烦，则深于《礼》者也。属辞比事而不乱，则深于《春秋》者也。”①

虽然，这里的“诗教”概念是汉儒借用孔子之口提出来的，但它本源于居于六艺之教之首的《诗》教的观点仍是值得肯定的。“六艺”本是指古代贵族教育中所传授的六种技艺，即礼、乐、射、御、书、数，六艺之教主要是为了培养贵族式的君子人格。但到了汉代，这些记录六艺教育的文献教材被尊为经典。因而，“六艺之教”的说法通行于汉代各种典籍之中，如比《礼记·经解》更早的《淮南子·泰族训》篇中也有类似的关于六艺之教的论述。② 其实，关于“诗教”观念的文献探寻可以追溯到更早的《国语·楚语》中申叔行所说的一段话：

教之《春秋》，而为之耸善而抑恶焉，以戒劝其心；教之《世》，而为之昭明德而废幽昏焉，以休惧其动；教之《诗》，而为之导广显德，以耀明其志；教之礼，使知上下之则；教之乐，以疏其秽而镇其浮；教之《令》，使访物官；教之《语》，使明其德，而知先王之务用明德于民也；教之《故志》，使知废兴者而戒惧焉；教之《训典》，使知族类，行比义焉。③

这里，申叔行所言之事应该是楚庄王(公元前613—前591年)时代的史实。我们从中可以明白两点：一是远离中原的蛮夷

① (清)阮元校刻：《十三经注疏·礼记·经解》，中华书局1980年版，第1609页。

② 关于“六艺之教”的详细考察，请参考朱自清：《诗言志辨》，上海古籍出版社1998年版，第105-112页。

③ 徐元诰撰，王树民、沈长云点校：《国语集解》，中华书局2002年版，第485-486页。

楚国贵族教育已经深受中原文化的影响，其教育内容也基本上涵盖了六艺之教的《诗》《礼》《乐》等。二是《诗》教的目的乃是为了“昭明德”“导广显德”“耀明其志”，包含了培养君子人格、推行政教等诸多功能。因此，“诗教”观念的提出远早于汉儒所推介的孔子。

因而，从《国语·楚语》到《淮南子·泰族训》，再到《礼记·经解》，我们明显感受到“诗教”观念的产生直接与六艺之教的《诗》教相关。而六艺之教的《诗》教又与中国上古社会一直所推崇的“礼乐之教”息息相关。在诗、乐、舞“三位一体”的上古社会，礼乐非常发达，一个时期有一个时期的“礼乐”，如伏羲有《扶来》，神农有《扶持》，黄帝有《黄池》，少皞有《大渊》等，这些雅乐不仅能沟通人、神，实现“神人以和”，而且也能协调人与人之间的合作，实现人人知“礼”。“礼”与“乐”之间密不可分的关联也正源于此，“志之所至，诗亦至焉；诗之所至，礼亦至焉；礼之所至，乐亦至焉；乐之所至，哀亦至焉”①。这样一来，礼乐逐渐成为治理国家、教育民众的主要手段，这正如《汉书·礼乐志》所说：“乐以治内而为同，礼以修外而为异；同则和亲，异则畏敬；和亲则无怨，畏敬则不争。揖让而天下治者，礼乐之谓也。”②也正是在这个意义上，我们不再质疑《尚书·尧典》中所记录的关于中国古代“乐教”源头的直接材料的可信度：“帝曰：夔，命汝典乐，教胄子。直而温，宽而栗，刚而无虐，简而无傲。诗言志，歌永言，声依咏，律和声，八音克谐，无相夺伦，神人以和。”③清代学者章学诚就曾断言：“三代之前，诗教未尝不广也。”④

但是“礼乐教化”制度的高度发展期还是在人文觉醒之后的西

① （清）阮元校刻：《十三经注疏·礼记·孔子闲居》，中华书局1980年版，第1616页。

② （汉）班固：《汉书·礼乐志》（第四册），中华书局1964年版，第1028页。

③ （清）阮元校刻：《十三经注疏·尚书·尧典》，中华书局1980年版，第131页。

④ （清）章学诚：《文史通义·诗教下》，中华书局1994年版，第78页。

周的立国初期，通过周公制礼作乐而加以推动的。[①] 因此，当时的一些主要文献资料已经有了大量关于“礼乐教化”的明确记载，如《周礼·春官》中记载：“教六诗：曰风、曰赋、曰比、曰兴、曰雅、曰颂。以六德为之本，以六律为之音。”[②]这里的“教六诗”明显具有“诗教”含义。而《周礼·春官·瞽矇》篇中更是明确地规定了“瞽矇”是“诗教”的主导者，他们的职责就是“讽诵诗，世奠系，鼓琴瑟。掌九德六诗之歌，以役大师”[③]。而且，在《周礼·地官》等篇中已经有了明确的“六艺之教”“乐教”等相关记载，如“以乡三物教民……三曰六艺：礼、乐、射、御、书、数”[④]，以及“以乐语教国子，兴、道、讽、诵、言、语”[⑤]。因此，《礼记·王制》篇就有了“陈诗观风”之说：“天子五年一巡守……命太师陈诗，以观民风”；“乐正崇四术，立四教，顺先王诗书礼乐以造士，春秋教以礼乐，冬夏教以诗书”。[⑥]《国语·周语》就有了“献诗听政”的记

---

① 学界对周公制礼作乐之说基本上持肯定态度，比如王晖：《商周文化比较研究》，商务印书馆 2000 年版。他通过对甲骨文相关材料的考证指出，西周立国的文武时代基本上继承的是殷商之礼，而到了成王时期，由于周公制礼作乐，这一时期的宗法制度、祭祀用牲制度以及用乐制度都发生了不同于文武时代的明显变化。另外，我们考察先秦两汉时期的一些文献资料，也可以从中找到与周公制礼作乐相关的有力佐证：如《左传·文公十八年》记载：“先君周公制周礼曰：则以观德，德以处事，事以度功，功以事民。”又《礼记·明堂》有录：“六年，诸侯朝于明堂，制礼作乐，颁度量，而天下大服。”再有《史记·周本纪》曰：“兴正礼乐，度制于改，颂声兴。”《尚书大传记·大诰》篇中也有明确记载：“周公居摄，六年制礼作乐，天下太平。”

② （清）阮元校刻：《十三经注疏·周礼·春官·大师》，中华书局 1980 年版，第 796 页。

③ （清）阮元校刻：《十三经注疏·周礼·春官·瞽矇》，中华书局 1980 年版，第 797 页。

④ （清）阮元校刻：《十三经注疏·周礼·地官·大司徒》，中华书局 1980 年版，第 707 页。

⑤ （清）阮元校刻：《十三经注疏·周礼·春官·大司乐》，中华书局 1980 年版，第 787 页。

⑥ （清）阮元校刻：《十三经注疏·礼记·王制》，中华书局 1980 年版，第 1327-1328 页。

载："故天子听政，使公卿至于列士献诗，瞽献曲，史献书，师箴，瞍赋，矇诵，百工谏……而后王斟酌焉，是以事行而不悖"①。可见，以诗书礼乐之教为核心内容的"六艺之教"在周公制礼作乐之后一步步上升到国家政治治理的高度，成为一种固定的、完备的礼义之教，其政教功能特征明显。因此，在某种程度上说，周公不仅是周代礼乐教化制度的真正开创者，也是"六艺之教"的推行者，更是中国"诗教"传统真正的奠基者。据学者考证，周公不仅撰写了"五经"中除《春秋》以外的"四经"，而且被《诗经》收录其中的周公创作的诗篇就多达45首之多。② 因而，朱熹在《诗集传》中立足于诗教层面对《七月》等诗篇的解读也应该是合理的。

当然，这里需要指出的是，周公制礼作乐的最终目的，乃是通过礼乐的熏陶、教化，最终实现以德治感化为中心的政治需求。因此，周公礼乐教化的核心在于宣扬和培养良好的伦理道德，这也就是《国语・楚语》所主张的"昭明德""导广显德""耀明其志"。这明显与《周易・豫卦》中"先王以作乐崇德，殷荐之上帝，以配祖考"③的思想是一脉相承的。包含乐教、诗教在内的"六艺之教"的灵魂和生命正是"德教"。关于这方面的论述，在《左传》中比比皆是。文公七年，晋大夫郤缺用"九歌之德"来劝谏赵宣子务德以招来诸侯归附。襄公十一年，魏绛用"乐以安德"来婉言拒绝晋悼公的赏赐。昭公二十年，晏婴也正是立足于"德教"来劝谏齐景公的。与此类似的说法，见于《国语・晋语八》："平公说新声，师旷曰：'公室将卑乎！君之萌兆衰矣。夫乐以开山川之风，以耀德于广远也。风德以广之，风山川以远之，风物以听之，修诗以咏之，修礼以节之。夫德广远而有时节，是以远服而迩不迁。'"④对于此点，

---

① 徐元诰撰，王树民、沈长云点校：《国语集解》，中华书局2002年版，第11-12页。

② 吴国桢：《中国的传统》，东方出版社2000年版，第449页。

③ (清)阮元校刻：《十三经注疏・周易・豫卦》，中华书局1980年版，第31页。

④ 徐元诰撰，王树民、沈长云点校：《国语集解》，中华书局2002年版，第426-427页。

《乐记》有一个极具代表性的论述："德者，性之端也。乐者，德之华也。金石丝竹，乐之器也。诗言其志也；歌咏其声也；舞动其容也。"①可见，"德之华"正是对诗、乐、舞合一的"诗教"内涵的最集中的概括。立足于社会伦理道德规范的"六艺之教"传统正是春秋时期(包括孔子在内)"用诗"泛滥的原因。

但是，随着春秋"用诗时代"的终结，进入战国时代之后，崇尚武力称雄的"霸道"逐渐取代了西周以来礼乐教化的"王道"。陶冶性情的雅乐逐渐被更加娱乐性的郑卫新声所替代。随着雅乐的逐渐消亡，诗、乐、舞也逐渐分离，作为雅乐歌辞载体的诗得以流传，《诗》教成为"六艺之教"的首要地位也逐渐凸显出来。因此，在某种程度上说，《诗三百》正是周公制礼作乐过程的直接成果，正是他所建立和推动的"六艺之教"传统的必然结晶。"《诗三百》的诞生是诗教发展史上的一个里程碑，它使中国传统的礼乐教化进入一个崭新的阶段，诗教由此获得了文本载体，从此以后诗教便专指《诗三百》之教。"②孔子正是沿着这个方向继承周公之神圣事业的。

综上所述，我们在这里很有必要对"诗教"概念做一个简单的总结。首先，"诗教"概念无疑是中国上古社会以来礼乐传统的产物，是诗、乐、舞三位一体的艺术与政治联姻的结果，其核心内涵乃是立足于"诗之用"(或者说艺术的政教功能)，对主体内在道德伦理情感的培育、规范及熏陶。其次，"诗教"包含了两个层面，一是指围绕以《诗经》为中心的经学教育教学，旨在培养受教育之人的高尚品德和美好人格；二是指从文学教育功能扩展到文学创作、接受及鉴赏的方方面面，注重发扬文学兴寄劝谕，教化天下。而且后者的发展始终是围绕前者的发展而展开的，经学教育的兴衰对"诗教"文学层面的演进影响巨大。再次，"诗教"理论的发展至少有四个阶段：一是衍生于上古时期的乐教阶段；二是周公制礼作

① (清)阮元校刻：《十三经注疏·礼记·乐记》，中华书局 1980 年版，第 1536 页。

② 陈桐生：《诗教理论的几个问题》，载《合肥师范学院学报》2008 年第 1 期。

乐之后逐渐发展起来的“六艺之教”阶段，这个阶段涵括了乐教和诗教等；三是礼崩乐坏之后的《诗》教阶段，这个阶段是围绕《诗经》这个文本载体展开的；四是孔子以降所逐渐形成的后世所推崇的诗教传统阶段。

然后，我们再来讨论中国抒情传统。关于中国艺术(包括文学在内)的抒情本性，在20世纪二三十年代已经受到了当时学者的普遍关注。这种关注是在西学传入中国之后，学科分化、学术自觉的背景下兴起的，正如朱自清在《诗言志辨·序》开头所说：“西方文化的输入改变了我们的‘史’的意念，也改变了我们的‘文学’的意念。”①在西学理论体系对照下，学者们或从共时、或从历时的角度展开了对中国艺术、文学的抒情本性研究，并逐渐形成了一个可追溯、承袭的学术传统。到了20世纪五六十年代，在国际比较文学研究领域里，由海外华人学者陈世骧、高友工等人率先提出了“中国抒情传统”的命题。这个命题一经提出，就引起了各界的广泛关注，特别是对20世纪70年代末的港台学界产生了巨大影响。近年来，大陆学界对于这个学术热点话题也产生了不小的共鸣。

虽然，“中国抒情传统”这个开拓性命题是由海外华人学者陈世骧在其专文《中国的抒情传统》中第一次明确提出来的，此后又经由高友工等学者得到丰富与发展。但其理论根源一直可以追溯到“五四运动”时期的那代学者那里。对中国文学的抒情本性的关注，最早始于20世纪30年代的一场学术论争。1932年的三、四月份，周作人在辅仁大学作了以“中国的新文学运动”为题的系列讲座，讲座的讲稿于同年的9月份由北平人文书店结集出版，书名是《中国新文学的源流》。周作人在此系列讲座中提出了一个著名的观点，即中国文学存在两种传统，也就是“言志”和“载道”两大传统。具体言论摘录如下：

文学最先是混在宗教之内的，后来因为性质不同分化了出

① 朱自清：《诗言志辨》，上海古籍出版社1998年版，第1页。

来。分出之后，在文学的领域内马上又有了两种不同的潮流：

（甲）诗言志——言志派

（乙）文以载道——载道派

言志之外所以又生出载道派的原因，是因为文学刚从宗教脱出之后，原来的势力尚有一部分保存在文学之内，有些人以为单是言志未免无聊，于是便主张以文学为工具。在借这工具将另外的更重要的东西——“道”，表现出来。

这两种思潮的起伏，便造成了中国的文学史。①

周作人这种“言志”与“载道”并举的文学史观，明显带有简单比附的倾向。他主观地认为“言志”就是“抒情”，且高于“载道”。这不仅是因为“言志”“又生出了载道”的缘故，更主要的原因在于“载道”的文学是反对“五四”以来的文学革命理想的，是落后的、应被抛弃的观念。正如他在《中国新文学的潮流》中所解释的那样：“我认为凡是载道的文学，都得算做遵命文学，无论其为清代的八股，或桐城派的文章，通是。对这种遵命文学所起的反动，当然是不遵命的文学革命。于是产生了胡适之的所谓‘八不主义’，也即是公安派的所谓‘独抒性灵，不拘格套’，和‘信腕信口，皆成律度’的主张的复活。”②很显然，周作人的这一未经考证的观点，乃是一种朴素的抒情传统理论的简单表达，是对西方现代文艺潮流的简单比附。具体来说，它是对西方浪漫主义的象征诗学理论的简单比附，“正当的道路恐怕还是浪漫主义——凡诗差不多无不是浪漫主义的，而象征实在是其精意。这是外国的新潮流，同时也是中国的旧方法”。③ 而他眼中的“中国的旧方法”指的乃是中国诗学中的“比兴”传统。周作人就是将“兴”作具有的情景象征意义与诗歌的

① 周作人：《中国新文学的潮流》，华东师范大学出版社 1995 年版，第 17-18 页。

② 周作人：《中国新文学的潮流》，华东师范大学出版社 1995 年版，第 51 页。

③ 周作人：《谈龙集·扬鞭集序》，河北教育出版社 2002 年版，第 41 页。

抒情本性简单地联系在一起的，正如他所说："我只认抒情是诗的本分，而写法则觉得所谓'兴'最有意思，用新名词来讲或可以说是象征。"①我们暂且不论中国诗学中的"比兴"所具有的象征功能与西方浪漫主义的象征诗学所强调的"象征"到底有多大的差异，就周作人仅将二者进行简单比附的做法就值得商榷。

果然，钱锺书在《评周作人的〈中国新文学的潮流〉》一文中，从中国古典诗学的理论渊源上，对周作人提出质疑，因为"言志"和"载道""在传统的文学批评上，似乎不是两个格格不相容的命题"，二者"原是并行不悖的，无所谓两派"。② 当时著名的文学家、大学者朱自清更是以严谨的学术态度撰写了一系列的专门论文来驳斥周作人的观点，也即后来被收入《诗言志辨》的系列论文。从书名——"辨"字可以看出朱自清文章论辩的主观色彩。朱自清凭着自己深厚的现代学术素养，通过扎实的史料考证，得出了与钱锺书不谋而合的观点。因此，他曾不点名地批评了周作人的观点："近年文学批评里常把言志与载道对言，以为言志是个人的抒情，而载道是文以载道。载道，为'五四'以来所反对。……但是，言志实即载道，二者不应对立。……从历史看，知言志与缘情相对。"③也就是说，朱自清认为，"言志"与"载道"对诗歌"政教"功能的反映，同属于儒家诗教传统的范畴。而且他认为中国诗歌以政教为中心的诗教传统才是中国诗歌史、诗歌批评史上的主要传统，即便是魏晋南北朝以后兴起的"诗缘情"理论也不足以改变"诗言志"这一政教化的、根深蒂固的理论。这样一来，朱自清就将"诗言志"与"诗缘情"作为中国古典诗歌相对立的两个传统提了出来。而且他指出，"诗缘情"理论的提出远晚于"诗言志"理论，中国抒情传统直到宋代才真正建立起来，"抒情诗的传统这样建立起来，

① 周作人：《谈龙集·扬鞭集序》，河北教育出版社 2002 年版，第 41 页。

② 朱自清：《诗言志辨》，上海古籍出版社 1998 年版，第 7 页，参见邬国平所作的长文导语：《朱自清及其〈诗言志辨〉》。

③ 朱自清讲授，刘晶雯整理：《朱自清中国文学批评研究讲义》，天津古籍出版社 2004 年版，第 1 页。

足为‘吟咏性情’和‘温柔敦厚’两句话张目”，而且也正是宋以后“沉着痛快”的诗和“优游不破”（即“温柔敦厚”）的诗才并列为诗歌的两大类。[①] 显然，朱自清用自己扎实的学术论证，否定了周作人简单地将西方强调个人情感表达的理论与中国诗歌史、诗歌批评史对接的做法；但是又并没有否定二者对话的可能性，正是借助西方理论成果，朱自清才认定中国抒情传统的真正建立是在宋代。无疑，朱自清的论证与结论是极富启发性的。

朱自清关于中国抒情传统的思考，在同时代的学者那里得到了强有力的回应。朱光潜在1948年发表的《朱佩弦先生的〈诗言志辨〉》一文中，对朱自清的观点提出质疑：“佩弦先生把‘言志’与‘缘情’对举”，“我以为古代所谓‘志’与后代所谓‘情’根本是一件事”。[②] 朱光潜的观点无疑对朱自清的论断进行了有益的补充。而闻一多的回应则更为响亮和大胆，他说：

> 印度、希腊，是在歌中讲着故事，他们那歌是比较近乎小说戏剧性质的，而且篇幅都很长，而中国、以色列则都唱着以人生与宗教为主题的较短的抒情诗。
>
> 中国……在他开宗第一声歌里，便预告了他以后数千年间文学发展的路线。《三百篇》的时代，确乎是从这一刚开端的时期就定型了。文化定型了，文学也定型了，从此以后二千年间，诗——抒情诗，始终是我国文学的正统的类型。……
>
> 所以我们的文学传统既是诗，就不但是非小说戏剧的，而且推到极端，可能还是反小说戏剧的。[③]

闻一多的判断无疑是立足于中西对话、比较的立场，这与朱自

---

① 朱自清：《诗言志辨》，上海古籍出版社1998年版，第217页。见附录：《论“以文为诗”》一文。

② 朱自清：《诗言志辨》，上海古籍出版社1998年版，第13页，见邬国平所作的长文导语：《朱自清及其〈诗言志辨〉》。

③ 闻一多：《文学的历史动向》，《闻一多全集》（第10卷），湖北人民出版社1993年版，第16-18页。

清的立场是相同的。但是，闻一多的言论比朱自清更大胆，认为中国的抒情传统自诗歌诞生之日就作为中国文学传统而定型了，抒情诗歌是中国文学的“正统的类型”“唯一的类型”。可见，在朱自清、闻一多那里，与儒家诗教传统相对的抒情传统已经呼之欲出了。其实，与朱自清、闻一多同时代的许多学者早已经立足于中国文学的抒情本性，从文学史、诗歌史、诗歌批评史等角度展开了各自的尝试，如郭绍虞的《中国文学批评史》(上)、罗根泽的《中国文学批评史》以及朱东润的《中国文学批评史大纲》等都是这种尝试下的研究成果。以周作人、朱自清、闻一多等为代表的“五四”一代学者，对中国抒情传统的开创性研究，取得了巨大成就，而且对后世学者产生了不可磨灭的影响。

作为学生辈的林庚、陈世骧等人明显受到了朱自清、闻一多等学者的影响。林庚、陈世骧二人于20世纪30年代中期先后毕业于清华大学与北京大学，并先后赴美深造，是很要好的同学。而且，林庚还曾担任过闻一多、朱自清的助教，他们之间渊源甚深。从林庚很多言论中，可以看到他与闻一多等人思想的一脉相承之处，比如他一再强调：“中国本来是一个诗的国度。”①“中国文学史事实上乃是一个以诗歌为中心的文学史。”②因为，在他看来：“中国文字的起源是诗的，西方文字的起源是故事的”。③“中国的文学传统不是戏剧性的，而是诗意的……中国还是诗的国度，所以我写文学史，也是拿诗歌为核心”。④因此，林庚认为，在这个“诗的国度”里一定存在自己的抒情传统：“那就是以十五国风代表的抒情传统。……中国的诗歌是依靠抒情的特长而存在和发展的……正因为

① 林庚：《林庚诗文集·新诗的形式》(第2卷)，清华大学出版社2005年版，第91页。

② 林庚：《林庚诗文集》(第9卷)，清华大学出版社2005年版，第241页，见林清晖的《谈古典文学研究和新诗创作》。

③ 林庚：《林庚诗文集·中国文学史》(第3卷)，清华大学出版社2005年版，第39页。

④ 林庚：《林庚诗文集》(第9卷)，清华大学出版社2005年版，第276页，见张鸣的《谈文学史研究》。

走了抒情的道路，才成其为诗的国度。”①

因此，林、陈二人关于中国“抒情传统”的理解和认识直接或间接地受到闻一多、朱自清等老一辈学者的启发，加之他们后来赴美，开始自觉、自如地运用西方现代文艺理论来思考这个问题。所以，“中国抒情传统”的论题最终由他们明确提了出来，并在海外汉学界中产生了巨大反响。陈世骧在其宣言书《中国的抒情传统》一文中，如此断言：“……中国文学的荣耀并不在史诗；它的光荣在别处，在抒情的传统里。抒情传统始于《诗经》。……以字的音乐做组织和内心自白做意旨是抒情诗的两大要素。中国抒情道统的发源，《楚辞》和《诗经》把两大要素结合起来，……此后，中国文学创作的主流便在这个大道统的拓展中定形。……所有的文学传统‘统统是’抒情诗的传统。”②为了进一步给中国抒情传统寻找理论的根基，陈世骧与朱自清一样是从“诗言志”和“比兴”等传统诗学观念开始着手论证的。但是，陈世骧自如地借鉴和运用了西方现代字源学、心理学、人类学等诸多理论成果，使得他自己的结论更加丰富和可信。他先是通过借鉴西方现代字源学与心理学等方面成果，科学考证了“诗言志”这个古老的诗学观念，得出了“诗”乃是一种“蕴止于心，发之于言，而且还带有与舞蹈歌咏同源同气的节奏的艺术”的结论。③ 接着，他正是沿着音乐性的“节奏”这条路，寻找了中国抒情传统发展演变的动力源泉。他吸收西方人类学的新成果，对“兴”的经验进行了详细地阐发，由此认识到《诗经》作品最初的创作冲动源于原始初民歌舞仪式中“上举欢舞”的场面。在这种“上举欢舞”的热闹场景中人们在某个特具个人天分的领唱者的带领下，沉醉于“反复回增”的颇具结构化、形式化的节奏韵律

① 林庚：《林庚诗文集·漫谈中国古典诗的艺术鉴赏——诗的国度与诗的语言》（第7卷），清华大学出版社2005年版，第171-172页。

② 陈世骧：《陈世骧文存·中国的抒情传统》，辽宁教育出版社1998年版，第2-6页。

③ 陈世骧：《陈世骧文存·中国诗字之原始观念试论》，辽宁教育出版社1998年版，第7-24页。

中。这也就是“兴”的由来，更是中国抒情传统产生的真正动力所在。[①] 这样一来，作为诗歌抒情之重要手段的时间、音律等就成为研究者关注的重要手段。陈世骧就指出，时间和律度乃是中国抒情诗的“最基本的成分”。[②] 这一观点，得到了后来学者，如高友工、孙康宜、肖驰等学者的回应，他们分别从语言学、诗歌史、诗歌批评史以及传统哲学等角度深化了对该问题的研究。因此，作为“中国抒情传统”理论开创者的陈世骧，其研究意义巨大，“他开始用西方现代学术的方法(如字源学、人类学的考证)，对中国文学中历来含混不清的论题给予了重新解释；更可贵的是，他以西方文学为镜，在比较视野下确立了中国文学传统的抒情特质，从而为后世诸多抒情论者开启了一条艰辛但坚实的学术道路”。[③] 高友工、孙康宜等海外华裔学者正是沿着陈世骧的学术道路，展开了各自对“中国抒情传统”的改造、完善与建构。

长期任教于普林斯顿大学的高友工教授对“中国抒情传统”理论体系的建构作出了卓越的贡献。他沿着陈世骧等人开创的“中国抒情传统”的理论路径，吸收更深厚的西方学术资源，运用西方现代语言学、结构主义以及弗莱的体类批评等学说，在《中国抒情美学》一文中尝试了对“中国抒情传统”理论体系的建构。他对中国美学中的“抒情美典”作了全面、深入的概括和阐释，并把中国古典音乐、文学、诗歌、书法以及绘画这五大艺术门类一并纳入他的理论体系中，从而构建了一套完整的中国抒情美学体系。这无疑为后来的研究者打下了坚实的本体论基础。他的追随者，如孙康宜、林顺夫等人正是沿着这条道路，围绕抒情美学的两大核心要素——“形式”与“意义”，从诗歌史、诗歌批评史的角度，推进了“中国抒情传统”的理论研究。而且，随着 1978 年高友工受邀返台讲学，

---

① 陈世骧：《陈世骧文存·原兴：兼论中国文学特质》，辽宁教育出版社 1998 年版，第 167 页。

② 陈世骧：《陈世骧文存·时间和律度在中国诗中之示意作用》，辽宁教育出版社 1998 年版，第 47-63 页。

③ 徐承：《在比较语境中发明中国美学——域外华人学者揭橥的中国抒情传统谱系》，载《文艺理论研究》2007 年第 5 期。

"中国抒情传统"理论传入港台，特别是对台湾年轻一代学者，如蔡英俊、吕正惠、张淑香、肖驰、龚鹏程等，取得了重大影响，取得了一大批研究成果。可以说，高友工的"中国抒情传统"理论一直都是中国台湾近三四十年来文学界热点研究论题之一。这股研究"旋风"无疑也引起了中国大陆学者的关注。近年来，中国大陆学界关于"中国抒情传统"理论热点的关注——体现在三个方面：一是对海外、港台地区关于"中国抒情传统"理论学术传承谱系的整体评述、研究，发表了一系列的论文，如张节末的《中国美学史研究的新途之一——海外华人学者对中国美学抒情传统的研寻》(《江西社会科学》，2006 年第 1 期)、徐承的《在比较语境中发明中国美学——域外华人学者揭橥的中国抒情传统谱系》(《文艺理论研究》，2007 年第 5 期)、沈凡的论文《普林斯顿的追随者：抒情传统视野下的中国古典文学史叙事》(《海南师范大学学报》，2011 年第 2 期)等。二是对抒情传统理论的个案研究，如徐承的《高友工与中国抒情传统》(中国社会科学出版社，2009 年)一书就是这方面的成果。三是对海外、港台重要的抒情论者的专著的翻译和介绍，林庚、陈世骧、孙康宜、林顺夫、吕正惠等人的专著、论文近年来被大量翻译、介绍。另外，各大学、研究机构纷纷邀请王德威、陈国球等学者来大陆讲述"中国抒情传统"理论。中国抒情传统理论俨然一时将成为大陆学术研究的热点。

其实大陆学界这些年来走的就是一条"抒情自觉"的道路，很多学者就充分利用中西方理论资源，从各个角度探寻中国艺术(包括文学在内)自身的审美规律。老一辈的美学家，如朱光潜、宗白华就开始了对中国美学自身审美规律的探寻。朱光潜一生都致力于用西方现代文艺理论，如克罗齐的直觉说来改造、建构本民族的"文艺心理学"和"诗学"，他晚年在 20 世纪 50 年代的美学大讨论中，还试图吸收马列主义思想来探寻艺术的实存性，寻找美的客观性或本体生成性的唯物主义哲学根基。宗白华在《美学散步》中，一直寻求的就是对中国艺术审美意境的建构。稍晚的一代学者，如李泽厚、刘纲纪、蒋孔阳等美学家开始自觉地运用马克思主义理论来寻找中国美学独特的审美规律。新时期以来，童庆炳、袁行霈、陈良运、陈望衡等众多学者积极吸收中西已有的理论成果，自觉地建构中国文学、诗学、美学等自身具有中国特色的审美体系。他们毕生所努力的，正是对“中国抒情传统”审美体系的建构。正是在这种意义上，大陆与海外、港台学界在“中国抒情传统”理论体系的构建上是不谋而合的。这也正是该理论热点之所以能够引起大陆学者关注的重要原因之所在。

因此，对于“是否存在中国抒情传统”或者“有无研究的必要性”等问题，至少具体到中国古典诗学领域，这些疑虑是多余的。陈世骧、高友工等学者早已作出肯定的回答。而且他们还将“抒情传统”扩展到整个中国文学这个大领域之中，认为在中国这个“诗意的国度”，诗歌是最主要的文学样式。诗歌所一直表现出来的抒情精神涵盖了戏曲、小说、绘画、书法等各种文学体裁，因此，抒情传统乃是整个中国文学精神的高度概括。张淑香在《抒情传统的反省与探索·前言》中就明确断定：“中国文学自《诗经》、《楚辞》后，相对于西洋文学的史诗悲剧，基本上是抒情传统。”①因而，笔者认为，既然在中国古代诗学中确实存在一个抒情传统，那么，当前最为迫切的任务就是，从中国几千年的诗歌发展史以及诗歌批评史的实际中，详细地梳理出这个“中国抒情传统”的真面孔、真脉络来。笔者认为中国古典诗学之抒情传统可以分为这么五个时期：一是先秦两汉抒情传统的酝酿期，或者说是萌芽期。二是魏晋南北朝的开创期，伴随“文学自觉”的大潮流，中国抒情传统形成。三是唐代是中国古典诗学之抒情传统的发展期。四是中国古典诗学之抒情传统在宋代出现了新的突破和转型。这种转变主要源于文化领域的圆融与合流。五是明清的深化发展期。

最后，我们需要阐明的是中国古典诗学中诗教传统与抒情传统在明代的融会、合流的时代趋势，以及这种融会、合流趋势在船山诗学中的体现。明代由于商品经济的高度繁荣，市民阶层逐渐形成，并由此产生了满足市民情感、欲求的文学创作。以李贽为代表

---

① 引自陈惠英：《抒情传统与现代社会》，载《上海师范大学学报》(社会科学版)2002年第4期。

的"童心"说，便是明代市民文学产生的宣言书，"童心"说在一定程度上影响了后来的公安派、竟陵派诗歌创作。这样一来，抒情文学在明代得到了极大发展。明代抒情传统的深入发展表现在三个方面：一是抒情文体的拓展。这集中体现为抒情理论在戏剧、小说等叙事文体中的深入拓展，具体表现为：在戏剧、小说等叙事文体中，其故事情节的展开都是为了更透彻地表现悲欢离合的情感事态；其刻画人物时，注重人物内心曲折委婉的情感世界，通过对其进行细致描述以凸显人物个性特征；其语言风格更是表现出很强的抒情性，如大量的诗、词、歌、赋出现在人物对话中，甚至小说的回目等多是对仗工整的诗句。很多戏剧的唱词其实就是诗，极具美感和意境。明代的汤显祖等剧作家更是明确地提倡"至情"论。清人吴伟业也说："今之传奇，即古者歌舞之变也，其感动人心，较昔之歌舞，更显畅矣。而元人传奇，又最善者也。"①二是各种抒情理论流派的繁荣。有明一代，在复古和反复古的考号下，涌现了诸如"前七子""后七子""公安派""竟陵派"等众多诗歌流派，各立门户、各主一论，争斗不息。这直接影响了清代诗歌流派的发展，比如神韵派、格调派、肌理派、性灵派等。虽然，各诗歌流派之间的争鸣，在一定程度上促进了抒情诗歌理论的融合和局部的深入发展。三是"走上新的纯粹抒情的道路"②。由于明代众多的诗歌理论派别，在他们相互争鸣的过程中，出现了众多的批评之声。王夫之就极力痛骂各种立门庭的恶俗，反对门户之见。正是在这种批评声中，出现了一股诗学反省思潮，儒家诗教传统的正统主导地位开始松动，抒情传统道路得到了坚持和继承，诗歌的政教功能和诗歌抒情本体艰难地走向融合。对整个古典诗学的总结成为那个时代最鲜明的特征。

在明代，抒情传统与诗教传统的融合在经学领域和文学领域表现得非常明显。在经学领域，注重字义、名物训诂和考据的《诗

① (清)吴伟业：《北词广正谱·序》，转引自文化部文学艺术研究院音乐研究所编：《中国古代乐论选辑》，人民音乐出版社1981年版，第372页。

② 朱自清：《诗言志辨》，上海古籍出版社1998年版，第217页。

经》汉学与注重义理阐发的《诗经》宋学走向了合流，王夫之便是其中的重要代表人物之一。他兼容汉宋，一方面，推崇以郑玄为代表的《诗经》汉学，《诗经稗疏》便是他注重汉学的重要成果。另一方面，他又吸收了以朱熹为代表的宋学的优点，《诗广传》的写作便是明证。正是在这种兼容并包的学术倾向下，船山顺应了晚明以来侧重从文学审美角度研究《诗经》的历史潮流，从艺术性质、艺术风格、文体特点、语言特征、表现手法等诸多方面展开了对《诗经》审美规律的全方面探讨。他的《诗译》是第一部从文学审美角度研究《诗经》的诗话专著。《诗经》文学研究的真正觉醒，深刻地影响了儒家诗教理论的深入发展，这一点在文学创作及批评中表现得最为明显。

在文学领域，随着《诗经》文学研究思潮的酝酿，儒家诗教理论也得到了继承、发展和反思。一方面，明清时期的文论继承了“文以明道”“文以贯道”“文以载道”的传统。明初的宋濂、方孝孺师徒二人都是其中的代表。宋濂的很多散文颇具明道说教气息，而且他的论文也表现出明显的“重道”倾向，他说：“明道而后气充，气充而后文雄。”因此，他又主张“学圣人者，必法经以为文”。宋濂的“崇道”文论思想在他弟子方孝孺那里得到了继承，方孝孺说：“道者气之君，气者文之帅，道明则气昌，气昌则辞达。”①这种“重道”的文论观随着明代复古主义思潮的兴起，得到了进一步的继承和发展，以归有光为代表的唐宋派就是其中的典型代表。唐宋派总体上推崇韩愈、柳宗元等唐宋古文大家，强调“文以明道”的传统。唐顺之就曾明确地主张“文与道非二也”，因而创作时就应该“浸涵六经之言，以博其旨趣，而后发之”。② 这与王慎中赞扬曾巩作文能“会通于圣人之旨”“思出于道德”③的观点是一致的。另

① （明）方孝孺：《与舒君书》，转引自郭绍虞：《中国历代文论选》（第1册），上海古籍出版社1990年版，第25页。

② （明）唐顺之：《重刊荆川先生文集·答廖东雩提学》（卷五），商务印书馆（《四部丛刊初编》本）1936年版，第73页。

③ （明）王慎中：《遵岩集·曾南丰文粹》（卷九），文渊阁四库全书本，转引自王琦珍：《曾巩评传》，江西高校出版社1990年版，第207页。

一方面，这一时期的诗歌创作及批评继承和发展了《毛诗序》“吟咏性情”理论。茶陵派的领袖李东阳就曾指出诗乐“陶写性情”的功用：“人声和则乐声和，又取其声之和者，以陶写性情，感发意志，动荡血脉，流通精神，有至于手舞足蹈而不自觉者。”①明末清初的顾炎武、黄宗羲等人也主张“吟咏性情”。顾炎武明确说道：“诗本性情”，主张诗歌创作要“为时”“为事”而作。② 黄宗羲也有类似的说法，他认为“诗之道从性情而出”，“诗之道甚大，一人之性情，天下之治乱，皆所藏纳”。③ 需要注意的是，明清诗论家所讲的“性情”不同于性灵派所讲的“性灵”。“性灵”只不过是“一时之性情”，而不是具有广泛社会现实意义、符合儒家“温柔敦厚”诗教观的“万古之性情”④。冯梦龙说得更明确：“文之善达性情者，无如三百篇之可以兴人者，唯其发于中情自然而然故也。”⑤

这样，在对儒家诗教传统的反思中，诗教传统与抒情传统走向了融会、合流。其实，严羽的“兴趣”说已然包含了儒家诗教与诗歌抒情本质相融合的倾向，尽管他在某种程度上忽视了诗歌的社会功利作用。但“兴趣”说隐含了一个理论前提，即塑造美好的感性形象是诗歌更好地发挥出“比兴”“美刺”等教化功能的前提条件。严羽这一理论倾向对明清时期的诗歌批评家们，如陈子龙、王夫之等人，产生了重大影响。“格调”说、“兴会”说等理论都体现出儒家诗教传统与抒情传统相互融合的倾向。即便是明代中后期以后，诸如李贽“童心”说、汤显祖“至情”说、公安派“性灵”说等理论，

---

① （明）李东阳、李庆立校释：《怀麓堂诗话校释》，人民文学出版社2009年版，第1页。

② （明）顾炎武著，秦克诚点校：《日知录集释·作诗之旨》（卷二十一），岳麓书社1994年版，第728页。

③ （明）黄宗羲：《南雷诗历》，转引自王运熙、顾易生主编：《中国文学批评史》（下册），上海古籍出版社1985年版，第25页。

④ （明）黄宗羲：《马雪航诗序》，转引自王运熙、顾易生主编：《中国文学批评史》（下册），上海古籍出版社1985年版，第24页。

⑤ （明）冯梦龙：《太霞新奏序》，转引自《续编四库全书》，上海古籍出版社1995—2002年版，第1774页。

给儒家诗教理论传统以巨大冲击。但是这种融合的趋势在他们的理论中仍然可以寻找到蛛丝马迹。作为这种融合趋势的代表性理论，王夫之作出了巨大贡献。他不仅将儒家“兴观群怨”说这一传统诗教理论作了重新诠释，将“兴观群怨”说作为自己诗歌批评的“开山纲领”，而且他还主张将“诗道性情”与“兴观群怨”说、“兴会”说等理论结合起来，强调诗歌不仅要“曲写心灵”，而且要“动人兴观群怨”。王夫之的理论非常明显地表现出儒家诗教传统与抒情传统的融会倾向，他是明清时期对儒家诗教传统反思的集大成者。因此，通过对中国古典诗学的诗教传统和抒情传统的追溯，我们可以明显地感受到船山诗学内在矛盾的二维性特征背后深刻的、深厚的历史性根源。这也正是我们研究船山诗学过程中必须把握的一个重要的关键点。

第三章　自觉之偏离：船山诗学内在矛盾的张力

船山诗学内在矛盾的张力固然与他整个哲学思想有着千丝万缕的关联，但其更直接地源于他独特的“历史-诗学史观”，“船山之学，以史为归”①。船山立足于三重历史感，即个体自传性的历史感、宏观性的国家兴亡历史感以及广义的文化传承历史感，形成了自己独特的诗学史观。在此基础上，他自觉走上了一条诗歌艺术的审美性“偏离”之旅，体现出浓厚的艺术辩证思维意识。而所谓的“张力”，原本是物理学的一个术语，指的是物体受到两个相反方向的拉力作用时内部所产生的、与物体接触面垂直的相互牵引力。20世纪“英美新批评”理论家阿仑·退特(Allen Tate)将这个概念引入了文学艺术领域，用以阐述诗歌艺术语言中内涵与外延的统一性。从此，“张力”成为文学艺术领域使用非常频繁的一个术语。邹元江对“张力”的本质有一很好的概括：“从本质上说，‘张力’就是一显一隐的两种‘力’的互为依存又互为显隐的‘场域’。”②具体到船山诗学而言，其内在张力表现为诗歌艺术的教化功能特征与审美本质特性之间的平衡性与统一性。

① 萧萐父、许苏民：《王夫之评传》，南京大学出版社2002年版，第275页。

② 参见邹元江：《“道”何以“法”“自然”?》，载《东洋文化研究》(韩国)2009年第11期，另参见他在《传统京剧的韵味与新京剧的意味张力——台湾国光剧团“新京剧”评议》一文(见《中国文哲研究通讯》(台湾)2011年第1期)中对“张力”内涵的规定。

第一节　历史-诗学史观

船山所有的学问都是围绕“史”展开的，无论是从哲学角度对学术思想史的梳理，还是对具体的历朝治乱历史的评论，甚或是对整个中国古典诗歌史的评论，都是如此。因此，船山之“史”不是一般的记诵之学，也不是史料的收集、整理，而是可资借鉴的宝镜。正是通过大量史论，船山之哲学、史学、诗学等才融贯在一起，通过各种史评，船山不仅洞察了历史的本质、规律、动力、形态等，而且发现了自我的历史存在，从而唤起了对传统历史文化的民族自豪感以及培育、延续的使命感。正是在这种“历史-诗学观”的指引下，船山诗学之内在张力得以彰显。

一、船山的历史观

船山对于历史的认识源于一具体的历史时刻的个体生命性体验，即明朝灭亡的刺激。曾经无比繁荣、强大的明王朝在内忧外患之中，在农民起义和异族铁骑的夹击下，以摧枯拉朽之势走向崩塌和灭亡。船山遭逢此变乱之世，切身地感受到了亡国灭种的危机。可以说，终其一生，船山都是在苦苦探究明朝灭亡的缘由，并试图通过一种全面、彻底的反思，来寻找民族救亡图存的良方。正是在这种个体生命的体验、反思中，船山由个体层面走向国家层面，由具体的历史治乱走向文化的全面反省。通过船山众多的学术思想史、历代治乱史，尤其是对诗歌史的评论，可以看到船山的三重历史感。

（一）三重历史感

船山的第一重历史感乃是基于纯粹的个人历史经历，这相当于一种自传性的个人历史感，主要涉及船山对自己过去的反思和对未来的设想。

船山的一生大致可以划分为三个阶段：一是醉心科举的青少年时期。船山出生在一个没落的地主知识分子家庭。他在 24 岁之前，和当时大多数年轻人一样，一心追求科举功名之路，试图通过科举考试来光宗耀祖。在其父兄的引导下，船山发愤求学，4岁发蒙跟从长兄王介之开始接受经学教育。7岁那年，他已经读完“十三经”，14岁考中秀才进入衡阳县学读书，得以阅读县州学之藏书，20岁就读于长沙岳麓书院，尽读该院之藏书。先后四次赴武昌参加乡试，终于在24岁(1642)那年科考中举。但是，就在他科举中第的那年冬天，农民起义的战火彻底中断了他求学显名的梦想。

二是积极投身救亡图存的中青年时期。26岁那年，曾经无比繁荣、强大的明王朝在农民起义的风暴中寿终正寝。随着吴三桂引清军入关，船山的个人命运被卷入时代救亡图存的洪流中。从24岁到35岁这十多年间，船山辗转南方数省，积极投身于救亡图存的事业中，他先是拒绝为农民军政权服务而不惜自残形体，继之，与好友管嗣裘、夏汝弼等人密谋起兵抗清，但是兵未发便遭到清军的镇压而宣告失败。最后，他不得已远赴肇庆，投奔南明政府，继续从事反清复明的大业。在颠沛流离、四处逃亡的十多年里，噩耗频发，船山家破人亡。也正是在这天崩地裂的变革时代，船山的历史观、民族观、阶级观都发生了巨大改变，一个明显的例子就是，他由开始敌视农民起义军到转而支持联合农民军抗清。因此，他由一个地主阶级代言人的形象逐渐转变为一个坚定不移励志抗清的爱国主义斗士。

三是以笔作刀、潜心学术的中晚年时期。35岁以后，船山逐渐认识到明王朝的灭亡已然是历史发展的必然。在大局已定的情况下，船山虽然放弃了军事对抗清政府的行为，转而投身于思想文化领域的抗争，但仍试图通过学术研究来实现救亡图存的梦想。1660年，船山举家迁往衡阳金兰乡高节里定居，此后基本上结束了动荡不安的流亡生活，过上了相对稳定的居家生活，开始了他“六经责我开生面，七尺从天乞活埋”的学术探究生涯。

纵观船山一生的政治救亡实践与学术图存活动，既有梦想之花即将绽放之激动，又有梦想破灭的痛苦，更有颠沛流离、四处逃亡的无奈。亲人的相继离世、个人的荣辱与国家存亡始终交织在一起，个人个体性生命体验与时代时间性历史感紧密相连。

船山的第二重历史感则是基于整个明朝由盛而衰而亡的历史事实，这种国家历史感，涉及船山对其所处时代的反思和总结。强大的明王朝因何而灭亡？这是船山中晚年一直探寻的中心议题。船山立足于整个封建社会的历史，试图从政治、经济、文化乃至士大夫之精神风貌等多个方面来寻找答案。政治上，鉴于明王朝灭亡的惨痛教训，船山通过对几千年的中国封建政治史的考察，清醒地认识到了明朝灭亡的根本原因乃是专制政治的必然结果。从周文王开始实行封建制，后来又有秦始皇"废封建、置郡县"，宋代有"杯酒释兵权"削弱地方权力，直到明太祖朱元璋废除宰相，封建专制统治日盛一日，明朝的专制体制集历代之大成。封建君主往往视天下为一己之私有财产，因此，"以一人疑天下""以疑而能不召乱亡之祸者无有"，不断削弱地方政府的实权，有人才而不能用，人才受到压抑、摧残，天下士人往往成为皇帝的奴仆。因而，要么是豪族高门把持政权，要么是宦官外戚手握权柄，如此一来，往往是贿赂公行、朋党相争。这就是宋明灭亡的主要原因，"忌天下之强而奖之以弱，则以自弱而丧其天下"(《读通鉴论》卷一九)。正是立足于对封建专制政治恶习的深刻认识，船山对历代正统儒者津津乐道的"正统"论，展开了针锋相对的批评，将正统论斥为"非君子之所不齿"之"邪说"。批评朱熹等人的"正闰之辨"以混一为正统，抢得了天下便是王，无论手段多么卑劣，也无视什么民族都可以统治中国的观点。这种观点明显具有特定的时代特征，与船山誓死不愿清少数民族统治中国的态度相关。因此，船山主张改革，但是又认为改革必须因人因时，既要维持政治稳定，又应切忌大张大弛。他的政治改革主张主要集中在这么几个方面：一是关于君权，船山既然反对"以天下私一人"，从而主张君权"可继、可禅、可革"，认为"生民之生死"高于"一姓之兴亡"，立君主的目的在于"自畛其类"、维持族群的生存权利，因而不可"以事父"之态度来侍奉君主。二是主张集权与分权的合理调配。船山主张建立一种"君、相、谏官"三者"环相为治"的理想政治制度，加强地方政府的权力，从而表达出了某种"虚君共和"的政治思想意识。三是加强吏治。船山认为明亡的一大原因在于明朝吏治的腐败，贪污成风、党争不断、官员的不作为，是明代官场最大的弊端。因而，他主张应该加强吏治，“严者，治吏之经也，宽者，养民之维也”①。

结合政治体制的改革，船山还从经济、军事、士人风气等方面，提出了相应的补充措施。从增强地方权力的角度，船山十分鲜明地反对行政权力介入经济运作，提出了“上之谋之不如其自谋”的经济运行指导方针。因此，从“上之谋之不如其自谋”的角度出发，船山坚决反对农业生产中的“合作均收”的经济制度。而且，针对明朝末年土地兼并严重，导致民不聊生，最终引发大规模农民起义，导致明王朝崩溃的现实，船山十分重视土地问题，提出“均天下”的设想。所谓“均”乃是“均衡”之意，绝非绝对平均的意思。船山主要从防止行政权力不正当介入、废除不合理的赋税制度以及严禁贪官污吏以权谋私等角度展开“均天下”设想。但是，船山重农务本的同时，也认识到保护和促进商品经济发展的重要性，提出“大贾富民、国之司命”的商业策略，主张打破地区之间的贸易壁垒，保护商人利益，促进商品流通，这一政策也颇为符合明代资本主义经济萌芽的发展趋势。军事上，船山主张战略上要独立，军事部署上要积极防御，这也是针对宋明羸弱的军事现状提出来的建议。船山最为重要的补充性建议，乃是加强士人风气的建设。船山对于士人的“躁竞”“气矜”“气激”的普遍性“戾气”非常反感。明代自朱元璋开始，对士人轻易实行刑罚，“廷杖”“厂卫”“诏狱”对大臣的侮辱、惩罚非常频繁。这无疑造成了士人对抗的戾气。船山虽然也批评君主的暴虐行为，但却并不赞同士人的抗争戾气。特别是对那种“沽名钓誉”之徒的“气矜”“气激”“任气”“躁竞”等行为很不以为然，批评他们恃“一往之意气”而“有闻则起，有言必诤”。明朝直至其灭亡的最后时刻仍陷在激烈的党争之中而不可自拔。船山的批评虽有过激之处，但也不乏强烈的时代针砭性。正是在这种强烈的时代忧患意识的驱动下，船山将自己探索的目光投向了更为广泛的历史思索之中，即有一种强

① （清）王夫之：《读通鉴论》，《船山全书》（第10册），岳麓书社1996年版，第309页。

烈的文化延续的使命感和历史感。

船山的第三重历史感乃是基于如何使文化延续的历史使命，这种人文历史感涉及船山对整个中国文化传统的反思、总结和构想。船山面对国破家亡的强烈刺激，在反思明朝为何灭亡的种种原因的过程中，逐渐从思想文化的痼疾上来寻找根源，将明灭亡的罪责归咎于宋明理学的误导，特别是明代心学异端思想的流弊。王夫之敏锐地意识到，清军入主中原，最大的危机就是传统文化延续与否的问题。延续传统文化正是船山自觉意识到的义不容辞的历史使命，这也正是他提出“六经责我开生面，七尺从天乞活埋”的自我期许的真实目的之所在。

船山之所以将明朝灭亡的原因最终追溯到了宋代理学，是因为在他看来，宋代以后，汉民族政权的积贫积弱，正是理学惹的祸。宋代以前，儒家强调“内圣”与“外王”并举，然而宋明理学却专注“内圣”之学。一个明显的例子是，《易》学在先儒那里是为“大法”，但在宋儒那里却成了只会误国、亡国的“小技”。在这种只重“内圣”之学的氛围下，士人大多没有实干的才能，只能夸夸其谈，最终导致了国家的灭亡。所以，船山不仅激烈批评朱熹等人只知近而不知远，责备他们“矫枉过正”。与此同时，船山也不同意陆王心学所强调的，人只能“以心循理”“心外无物、无理”，特别是对王学末流，如何心隐、李贽等人所信奉的“野狐禅”式的学说大加鞭挞。在船山看来，他们空谈心性而疏于实干，终是败亡之学说。而船山自识的使命不仅在于延续文化传统的命脉，更重要的是如何创建一种新的、可取的学说，从而等待时机以挽救民族于危难，避免“亡国、亡天下”的悲惨命运。

因此，正是在这三重历史感的驱使下，船山自觉地考察和反思了整个中国政治史、学术史，包括诗歌史，从而形成了他自己的历史观、文化史观、诗学史观。船山的关于历史的总体认识是历史可以分为自然史和社会人类史。而人的历史正是自然史向人类史过渡、延续的中间环节。船山在《黄书·离合》中近乎科学地详细地论述了人如何从“直立之兽”进化成具有主体意识的人，从而实现人与动物的分化；进而，指出了人类由野蛮走向文明的漫长演化及最终走向真正人类文明史的过程。[1] 因此，船山所意识到的历史首先是单纯的、时间性的自然历史进程，然后才是自然历史与人类文明史的交融，自然历史的时间性与人类历史的生命性的融合发展的历史。正是对人在历史进程中的创造性地位的强调，船山形成了关于历史的形而上的认识，即“道之开展为历史”。正如邓辉所已指出的，“船山将宇宙的历史性活动视为道的历史性开展，即从天之道，再从人之道率天之道且复归于天之道，进而天人之道融合无间，相与俱化”。[2] 正是基于一种历史的形而上的认识，船山从历史的本质、动力、形态、价值理想以及论史方法等角度，系统地论述了他的历史观。

（二）系统历史论

首先是关于历史的本质及规律问题。在船山看来，历史的本质就是“道”的开显过程。具体而言，自然史就是天地宇宙的“道器”一贯、气化日新，是阴阳之气自行运转的时间性过程；而人类社会史则是人运用自己的主体意识，遵循自然宇宙之“道”并能动地反映这细缊生化、流动不息、变幻莫测之“道”，使得“道”不断开显出来的过程。正如林安梧所讲：“船山学虽以人为中心，而且以人为诠释的起点，但以整个理论体系来说，船山则强调皆可通极于道。”[3]这个“道”乃是宇宙大化流行之“道”。正是在这个意义上，船山所认为的历史发展过程呈现出某种客观规律，即“理势相成”“理势合一”。这个“势”乃历史之“势”，是社会运动的客观过程；这个“理”也是历史之“理”，乃是这个客观过程所表现出来的规律性。[4] 具体而言，一方面是“理成势”，历史之必然规律体现在人类合乎规律的实践活动中，也即“得‘理’自然成‘势’”，“‘理’当然

---

① 参见李维武：《王夫之史前史论初探》，载《江汉论坛》1982 年第 11 期。

② 邓辉：《船山历史哲学研究》，岳麓书社 2004 年版，第 133 页。

③ 林安梧：《王船山人性史哲学之研究》，东大图书公司 1991 年版，第 45-46 页。

④ 参见萧萐父：《船山哲学引论 · 浅论船山历史哲学》，江西人民出版社 1993 年版，第 122-130 页。

而然，则成乎‘势’矣”。[①] 另一方面则“势成理”，顺着历史必然之势而产生的行为及现实，必然有其合理之处，所谓“势之顺者，即理之当然”[②]。总之，船山认为历史发展的总趋势是合乎规律性的曲折发展。

其次是关于历史的动力问题。从道之化生天地万物的角度来讲，天、地、人、物等的活动都涵括在了道之开展、呈现的历史过程中。也就是说，作为“道”的开展、呈现的历程隐含了自然、社会以及“人文化成论”等意义上的多重历史性的问题。由此，船山认识到了决定历史发展的动力因素，即天人关系。船山将“天”之内涵规定为“人之所同然”[③]或“民心之大同”[④]。“天”包含了五重内涵，即“天之天”“物之天”“人之天”“己之天”“民之天”[⑤]。而船山所谓的“人”无疑就是具有主体意识的人类，是自然之最高产物，即“民之天”的“民”，由此船山确立了“依人而建极”[⑥]的原则。也就是说，一切“宇宙普遍法则，必须通过人类社会生活表现出来，并由人按实践需要去加以把握，才对人具有意义”。[⑦] 正是从“立人极”的角度，人才与动物区别开来，才得以确立人之为人的标准、原则。因此，历史发展的决定性因素乃是“民之天”所表现出来的支配性力量，如民众的“人心向背”等。或者说，历史是人的历史，

---

① （清）王夫之：《读四书大全说》，《船山全书》（第6册），岳麓书社1996年版，第990页。

② （清）王夫之：《读四书大全说》，《船山全书》（第6册），岳麓书社1996年版，第991页。

③ （清）王夫之：《读通鉴论》，《船山全书》（第10册），岳麓书社1996年版，第698页。

④ （清）王夫之：《张子正蒙注・天道》，《船山全书》（第12册），岳麓书社1996年版，第71页。

⑤ 参见萧萐父：《船山哲学引论・浅论船山历史哲学》，江西人民出版社1993年版，第131页。

⑥ （清）王夫之：《周易外传・泰卦传》，《船山全书》（第1册），岳麓书社1996年版，第850页。

⑦ 萧萐父：《船山哲学引论・船山辩证法论纲》，江西人民出版社1993年版，第67页。

历史的动力在某种程度上来自"依人而建极"之后的相天造命之人，也即船山所说的"人极立而道术正"。①

再次是关于历史的形态问题。在船山看来，历史由"理势相成"的规律和"依人而建极"的历史动力共同决定了历史发展的具体形态，船山将其概括为："天下之势，一离一合，一治一乱而已。"②具体而言，船山认为历史的"离、合、治、乱"乃是阴阳道化的必然结果，是宇宙道化流行的生成规律的具体体现。但是由于历史乃是人类有目的之行为创造的结果，因而这种天道的必然结果"离、合、治、乱"便是可以由人洞悉知晓的。总体而言，这种"离、合、治、乱"的历史发展形态没有固定的周期性，既循环又发展。关于这个问题，集中体现在船山对于"贞与乱"概念的论述上。"贞"即"正"，也即"按正义去做，使结果符合价值理想"之义，"贞人"就是为正义而死的人，"乱人"则是为一己之私利而死之人。③ 正是从"贞与乱"的角度，船山批评了传统的正统论、道统论，提出了著名的"华夷之辨"，而且他对历史人物的功过是非的批判也是依据于此。

最后，关于历史的终极理想的问题。船山关于历史的诸方面论述，其最终目的都是归结为一个问题，即历史的终极理想问题，或者说历史的意义问题，唐君毅将其概括为"人文化成论"。船山指出历史的终极理想实现的关键乃是依靠"立人极"而"凝道生德"的人自觉地进行"全其质""备其文"的文化创造活动。所谓"人文化成"也即历史文化之生化，曾昭旭将其解释为："人即可秉天命之化理，以创造一个新的道德世界。"④总之，船山的"凝道生德而全质备文"的人文化成理想，包括了两个层次：一方面，人要想创作

① (清)王夫之：《周易外传》，《船山全书》(第1册)，岳麓书社1996年版，第1114页。

② (清)王夫之：《读通鉴论》，《船山全书》(第10册)，岳麓书社1996年版，第610页。

③ 张学智：《明代哲学史·王夫之的哲学思想》，北京大学出版社2000年版，第615页。

④ 曾昭旭：《王船山哲学》，远景出版事业公司1983年版，第542页。

一个新的道德世界，首先必须成乎其为人，也即用“凝道生德”的方式建构出人所特有的人性化道德观；另一方面，人成其为人道的建构过程便是人创造一个新的道德世界的活动本身。这也就是说，“人文化成”的最终目的和意义就是实现人之所以为人，或者说，人所励志要创造的那个“新的道德世界”的理想典范便是人之天道与人之人道的完美统一。

正是在上述意义上，船山的历史观是开放的历史观，是多元化的历史观。具体而言，船山的历史观既包括了进步发展的历史观，有历史循环发展的理念，又涵括了历史进步发展与循环曲折发展的思想，甚至其历史观中还包含了历史停滞不前的总体认识倾向。因此，船山论史的方法也是非常灵活的，既可引申，又可“浚求”，还可证明或概括。用他自己的话来概括就是：“引而申之，是以有论；浚而求之，是以有论；博而证之，是以有论；协而一致，是以有论；心得而可资人之通，是以有论。”①

因此，基于这种“人文化成论”的历史观，船山诗学史观也得以形成。船山关于诗歌史的总体评价正是基于这种“人文化成论”意义上的历史观而言的，也就是说，整部中国古典诗学史就是一个“人即可秉天命之化理，以创造一个新的道德世界”的生动形象的注脚。船山在关于“古与今”“道与气”“理与势”“时与几”等概念的论述中，无疑已经暗含了他独特的诗学倾向。

二、船山的诗学史观

正是基于“人文化成论”意义上的、多元的“历史-诗学史观”，船山诗学评论中体现出了很浓厚的诗歌自觉的意识。这又集中体现在他反复对“诗”与“乐”、“诗”与“史”、“诗”与“学术”等之间的边界区分上。至于诗与乐之间的区别和联系，本书第一章第二节已经做了专门的论述，这里只是对诗与史、诗与学术之间的关系作一点展开性论述。需要注意的是，船山对诗歌艺术的审美性“偏离”

---

① （清）王夫之：《读通鉴论》，《船山全书》（第10册），岳麓书社1996年版，第956页。

正是源于这种自觉意识。

(一)诗与史之辨

先看船山关于"诗史之辨"问题的讨论。中国的史文化由来已久，史与诗之间的关系也向来密切。在中国的早期社会，特别是文字产生以前，历史事实的传承主要是通过歌谣的形式口耳相传。史与诗之间的紧密联系，可以从字源学的探究中找到切实的证据，关于这一点本书已在第一章的相关部分做过详细的论述。随着文字的产生，从有韵与无韵的角度，诗与史逐渐取得了各自独立发展的道路。但是二者之间的密切关系并没有中断，特别是随着唐代七言歌行等诗歌文体成熟，以及诗歌吸收民间歌谣的积极因素之后，促进了以语言活泼自由为特征的乐府诗歌的大发展，诗与史又重新结合在一起。杜甫的诗歌正是诗与史重新结合在一起的典范。于是，便出现了著名的"诗史"论。"诗史"说早在唐代已经被提了出来："杜(甫)逢禄山之难，流离陇蜀，毕陈于诗，推见至隐，殆无遗事，故当时号为'诗史'。"①宋代以后，由于江西诗派对杜甫诗歌的推崇，"诗史"说成为宋人诗论的一个非常重要的诗学概念。在宋人所撰的《新唐书》中就开始拿"诗史"说作为评价杜甫诗歌的一个主要概念："甫又善陈时事，律切精深，至千言不少衰，世号诗史。"②明代诗论家明显继承了唐、宋人的"诗史"说，从"善陈时事"的角度评论杜甫诗歌的诗论，可谓比比皆是。如"故甫之诗并与时事相经纬，而世谓之诗史，此编年之略例也"。③ 但是，明代也开始有人从诗学总结、正本清源的角度，对"诗史"说提出了不同的意见，如谢肇淛曾评论道："少陵以史为诗，已非风雅本色，然出于忧时悯俗，牢骚呻吟之声犹不失三百篇遗意焉。至胡曾辈之

① (唐)孟棨:《本事诗·高逸第三》，转引自丁福保辑:《历代诗话续编》，中华书局1983年版，第15页。

② (宋)欧阳修等:《新唐书·杜甫传赞》，转引自《中国古典文学研究汇编》，中华书局1964年版，第67页。

③ (明)董说:《董若雨诗文集·丰草庵文集·文苑英华诗略序》(卷三)，转引自吴文治主编《明诗话全编》，江苏古籍出版社1997年版，第10841页。

咏史，直以史断为诗矣。李西淮之乐府，直以史断为乐矣。以史断为诗，读之不过呕秽。以史断为乐，何以合之管弦？野狐恶道，莫此为甚。"①不过，明代对"诗史"说批评最为激烈的莫过于杨慎，他说："宋人以杜子美能以韵语纪时事，谓之'诗史'。鄙哉宋人之见，不足以论诗也。夫六经各有体，《易》以道阴阳，《书》以道政事，《诗》以道性情，《春秋》以道名分。后世之所谓史者，左记言，右记事，古之《尚书》《春秋》也。若《诗》者，其体其旨，与《易》《书》《春秋》判然矣。"②船山关于"诗史"说的态度明显受到了杨慎的影响。

虽然，船山承认诗与史有密切关系，称赞班固的《咏史》"史笔诗才，有合辙矣"，③ 赞赏鲍照的《登云阳九里埭》一诗"古人用法自有法外意，非文无害之为良史也"。④ 但是，他更注重诗与史之间的区别、界限，反对诗与史的混淆。具体来讲，船山关于诗与史之间的区别体现为以下几个方面：从文体的本质而言，史偏重记事，诗则"有叙事叙语者""即事即生情，即语绘状"，诗歌更偏重于审美。从二者的功能来讲，史更注重通过历史事实的忠实记录，从而达到教化人心的目的，"史才固以隳括生色，从实着笔自易"，"每于刻画处犹以逼写见真"，讲究"酷肖"。而诗融事于情景之中，或者通过声情以感动人心，"以史为咏，正当于唱叹写神理，听闻者之生其哀乐"。⑤ 从表现手法上看，"诗有诗笔，犹史有史笔"，诗的表现手法不同于史，只是一味追求言简意赅、平实易懂，"诗

① （明）谢肇淛，张健辑校：《珍本明诗话五种·小草斋诗话》（卷二外编上），北京大学出版社 2008 年版。

② （明）杨慎：《升庵诗话》，转引自丁福保辑：《历代诗话续编》，中华书局 1983 年版，第 868 页。

③ （清）王夫之：《古诗评选》，《船山全书》（第 14 册），岳麓书社 1996 年版，第 658 页。

④ （清）王夫之：《古诗评选》，《船山全书》（第 14 册），岳麓书社 1996 年版，第 754 页。

⑤ （清）王夫之：《唐诗评选》，《船山全书》（第 14 册），岳麓书社 1996 年版，第 952 页。

非爰书、史赞，元不容有孤劲一法也”。[①] 而且，诗可以“一面叙事，一面点染”，自有其独特的审美表现手法，“非史传、笺注、论说之次第”，一味强调论述的层次性和逻辑性。也就是说，船山在诗与史的对比、辨析中，认识到诗歌遵守的是一种诗意逻辑，言有尽而意无穷，以含蓄蕴藉、长言咏叹见长。正如船山在《诗广传·鲁颂》卷五中所说的那样：“有求尽于意而辞不溢，有求尽于辞而意不溢，立言者必有其度，而各从其类。意必尽而俭于辞，用之于《书》，辞必尽而俭于意，用之于《诗》，其体定也。”[②]因此，船山明确指出：“夫诗之不可以史为，若口与耳之不相为代也，久矣。”[③]也就是说，诗歌与其他各种文体之间应该有各自的界限，不可混淆，彼此不可互相取代：

> 如可穷六合，亘万汇，而一之于诗，则言天不必《易》，言王不必《书》，权衡王道不必《春秋》……断狱不必律，敷陈不必笺奏，传经不必注疏，弹劾不必章案，问罪不必符檄，称述不必记序，但一诗而已足。既有彼数者，则又何用夫诗？[④]

正是立足于“诗史之辨”，船山强烈批评杜甫、白居易等诗人突破诗与史，即生活与艺术之间的界限的做法，而追求诗歌自身的抒情审美特性。也正是在“诗之不可以史为”的意义上，船山指明了咏古、咏史、咏怀等诗歌体裁的真正健康发展之路，在于“史笔诗才，有合辙矣”。这也是船山极力称赞李白《登高丘而望远海》一诗“有一部天元天宝本记在内”的原因之所在。其实，船

① （清）王夫之：《明诗评选》，《船山全书》（第14册），岳麓书社1996年版，第1233页。

② （清）王夫之：《诗广传》，《船山全书》（第3册），岳麓书社1996年版，第506页。

③ （清）王夫之：《姜斋诗话》，《船山全书》（第15册），岳麓书社1996年版，第812页。

④ （清）王夫之：《古诗评选》，《船山全书》（第14册），岳麓书社1996年版，第821页。

山关于“诗史之辨”的论述，与今天人们所津津乐道的“艺术来源于生活，但艺术又高于生活”的说法有相通之处。也就是说，船山的“诗史之辨”的理论价值或者说其理论合理性在于：他虽然认识到了诗歌与外在生活世界之间的密切关联，但他更重视的是诗歌内在的审美特质及规律问题。这也即船山“诗道性情”说的理论背景。

（二）诗与学术之辨

再看船山关于“诗与学术之辨”问题的论述。在“诗史之辨”的基础上，船山进一步指出要严格区分诗与学术之间的界限，反对宋人“以学问入诗”“以议论入诗”的倾向。正如船山所讲：“陶冶性情，别有风旨，不可以典册、简牍、训诂之学与焉也。”①也即“故知诗不以学”②。诗歌艺术与学术、学问之间的区别，正如陶水平所论，主要表现为：“诗通过艺术形象传达人们的思想感情，而学术性文章则运用概念、判断或推理，以论理或议论的形式反映对事物的抽象理性认识。”③这样一来，船山就将经学与诗歌艺术之间划出各自的领地，表现出与宋代理学关于“文以载道”思想明显不同的诗学倾向。这种倾向与前文所论述的，船山反对以“名言之理”入诗，而追求真正的“诗之理”的思想主张是相一致的。船山反对“以学问入诗”的言论，在其诗学著作中，比比皆是：

> 后来俗笔妄云作诗，正如狱辞，前列供招，后下勘语，适足置木刻案牍鬼柜下耳。
>
> 诗固不以奇理为高，唐、宋人于理求奇，有议论而无歌咏，则胡不废诗而著论辨也？雅士感人，初不恃此，犹禅家之贱评唱。

① （清）王夫之：《姜斋诗话》，《船山全书》（第15册），岳麓书社1996年版，第807页。

② （清）王夫之：《古诗评选》，《船山全书》（第14册），岳麓书社1996年版，第680页。

③ 陶水平：《船山诗学研究》，中国社会科学出版社2001年版，第57页。

作者固自有意，乃借古题咏时事也。……梁、陈之间能如此讽谏者，晨星矣。唐、宋则又不然，以章疏入讽咏，殊无诗理。

刻画已极，若后更施论赞，或推譬言之，则有学究而无诗人。①

中唐人尽弃古体，以笺疏尺牍为诗，六义之流风凋丧尽矣。②

船山正是在严格区分诗与史、诗与学术之间的边界基础上，正是在强调诗歌艺术自身独特审美特质及规律的背景下，对整个中国古代诗歌史进行了全面的总结和反思。

如果说，船山在强调诗与史、诗与学术之间的界限和区别的时候，在某种程度上忽视了诗歌与外部世界之间的有机联系，而主要是强调了诗歌艺术自身的内在审美特质及其规律，那么，船山在通过具体作品来评点历朝历代的诗歌创作时，他不仅认识了外部世界对诗歌创作的影响，同时也注意到了文学创作的内在的独特规律。也就是说，船山是从内与外相结合的角度，来表达他的诗学史观的。例如，船山在评点《诗经》的时候，不仅注意到了诗歌抒发情感的必要性，在对《王风·扬之水》《君子于役》等篇章的评论中，曾深刻地总结道："故周以情王，以情亡，情之不可恃久矣。是以君子莫慎乎治情。"③而且还特别关注到了外在具体的时代环境与诗歌创作之间的密切关系，如他就认为《诗经·大雅·桑柔》一诗正是当时黑暗的政治现实在诗歌中的反映："聚者有余，有余者不均

① （清）王夫之：《古诗评选》，《船山全书》（第14册），岳麓书社1996年版，第632、787、854、673页。

② （清）王夫之：《唐诗评选》，《船山全书》（第14册），岳麓书社1996年版，第1039页。

③ （清）王夫之：《诗广传》，《船山全书》（第3册），岳麓书社1996年版，第342页。

也。聚之于彼则此不足，不足者不均也。”①《诗经》中确实有很多篇章，揭露和控诉了当时的黑暗统治现实，对于统治者好逸恶劳却聚敛大量财物、老百姓日夜操劳却饥不果腹等种种“不均”的现象多有表现，而这正是“风雅”的精髓之所在。

同样，在对《楚辞》的评论中，船山一再强调诗歌内在的抒情特质，赞扬屈原在自己的作品中所表现出来的忠君爱国的“贞情”。同时，他又通过分析屈原所处的具体时代环境的变迁来解释屈原作品所呈现出来的风格变化，比如在怀王时代，屈原虽然已经遭到疏远，但还没有遭受罢黜、放逐的惩罚，此时退居汉北的屈原，对怀王尚怀有一线希望，希望怀王早日清醒，早日除掉奸佞，重新启用自己。因此，他此时的《离骚》创作风格表现为“其辞曲折低回……言讽而隐，志疑而不激”②。但是到了顷襄王继位以后，不仅重用、听信奸佞，而且还将屈原放逐，“窜原于江南，绝其抒忠之路”，屈原由此绝望，“身之终锢、国之必亡，无余望矣，决意自沉”。因此，此时所创作的《九章》呈现出“直而激，明而无讳”的特征。因此，我们可以说，船山正是从强调诗歌创作与内、外相结合的角度，来评点和总结历代诗歌创作的。

（三）诗歌退化论

船山对历朝历代的诗歌都做过自己的评点，从先秦到魏晋六朝，包括后世的隋、唐、宋、明各个朝代的主要诗人的诗作都有他自己独特的看法。除了宋代诗歌点评遗佚之外，其他各朝代的诗歌点评主要凝聚在《诗广传》《姜斋诗话》《古诗评选》《唐诗评选》《明诗评选》等诗学著作中。很多学者将船山的诗学史观概括为一种“诗歌退化论”意义上的诗学史观，如谭承耕就是其中的代表。③ 的确，船山在历代诗学评论中，确实存在一种“诗歌退化”的诗学

---

① （清）王夫之：《诗广传》，《船山全书》（第 3 册），岳麓书社 1996 年版，第 472 页。

② （清）王夫之：《楚辞通释》，《船山全书》（第 14 册），岳麓书社 1996 年版，第 298 页。

③ 谭承耕：《船山诗论与创作研究》，湖南人民出版社 1992 年版，第 127 页。

观，在他眼中，诗歌创作一代不如一代。具体而言，对于《诗经》，他除了对若干具有强烈批判和怨恨的篇章有些许不满之外，总体上是持热情肯定的态度。对于《楚辞》，他的《楚辞通释》虽然删掉了众多汉人模仿而写的辞赋，但对屈原作品的评价还是很高的。至于作为“五言诗之正宗”的汉魏六朝诗，在船山心中也颇具分量。但船山认为，从汉魏六朝开始，诗歌创作便呈现出一代不如一代的衰败气象。即魏晋六朝不如汉，隋、唐、宋、元、明相继以衰。具体到某个特定的朝代，也是后期不如前期，如晚唐不如中唐、中唐不如盛唐、盛唐不如初唐。同样，明初诗歌远胜于中、晚明诗歌创作。船山诗学著作中，相关的“诗歌退化”言论，比比皆是：

> 故唐、宋以下，有法吏而无诗人。
>
> 安得起六代人于地下，一拯唐人之衰也。
>
> 句无停意，笔无转迹，东京以下不能有此，奚况六代？又奚况唐宋之续蜂腰、曳蚓尾者哉？
>
> 悲夫！六代之作，世称浮艳，乃取唐音与之颉颃，则唐益卑矣。
>
> 矜气中自有朴气，故知齐梁虽靡于汉晋，而生理自固。开元以降，雕琢苛细，靡乃已甚；降及元和，剥削一无生气，况生理耶？俗论不以为然，总牵臂入鬼录。①

从诗歌体裁的发展而言，四言古体诗远胜于五言、七言。四言古体自汉代就已经衰落，船山在评论陆云的《谷风赠郑曼季》一诗时说道：“自汉以降，凡诸作者，神韵易穷，以辞补之。故引之而五，伸之而七，藏者不足，显者有余，亦势之自然，非有变也。”②

---

① （清）王夫之：《古诗评选》，《船山全书》（第14册），岳麓书社1996年版，第490、621、655、830、890页。

② （清）王夫之：《古诗评选》，《船山全书》（第14册），岳麓书社1996年版，第590页。

五言古体诗凋敝于唐代，“五言风味，凋于盛唐，至大历尽矣”①。而且，近体诗不如古体诗，五言排律盛唐不如初唐，初唐不如晋宋六朝；五言律诗初唐开始形成，繁荣于盛唐，中唐就开始衰落了；七言歌行盛唐不如初唐，初唐不如六朝：

> 排律之制，后人为之名尔，其始则亦五言古之相为对仗者也。晋、宋以降，大有斯体，其差异者唯以音节，初终条理，固不容乖异也……盛唐以后，失其宗旨，以排为律，引律使排，于是日非当日，人非当人，物非当物，意非当意，杂组新陈，伦纪莫辨，徒以首尾络束，强合令成。
>
> 故五言之衰，实于盛唐而成不可挽之势。……大历以降，迄今六百余年，其能不为盛唐五言律者，唯汤临川一人。夔、旷之知，固已难矣。呜呼，此讵可与沈酣贾岛、淫酗陈无己者道耶！
>
> 六代人作七言，……实唐律诗之祖，盖歌行之变体也。……故七言律诗亦当以此为祖，乃得不堕李颀、许浑一派恶诗中。呜呼，知古诗歌行近体之相为一贯者，大历以还七百余年，其人邈绝，何怪“四始”“六义”之不日趋于陋也！②

对于船山这种“诗歌退化论”的诗学史观，学者们一方面指出其偏颇、不足之处；但另一方面，又肯定其合理性，并从诸多角度来寻找该理论产生的原因。谭承耕将其归结为船山诗歌理论的根本原则及褒贬取舍的标准，即“为封建政教服务的政治标准和温柔敦厚、含蓄委婉的艺术标准”③。陶水平则从个人语境和历史语境两个角度来解释船山诗学史观形成的缘由。所谓“个人语境”，指的是船山的思想、言论或话语得以产生的个人因素，包括他的家庭出

---

① （清）王夫之：《唐诗评选》，《船山全书》（第14册），岳麓书社1996年版，第967页。

② （清）王夫之：《唐诗评选》，《船山全书》（第14册），岳麓书社1996年版，第1048、1012、885页。

③ 参见谭承耕：《船山诗论与创作研究》，湖南人民出版社1992年版，第141页。

身、童年经历、生活阅历、教育背景、个人气质秉性等，具体表现为：关心国事、矢志不渝与诗学之性情；重视孝道、富于人情与诗学之性情；修养心性、人格独立与诗学之性情；家教严格、疾恶如仇与诗评之严厉。而所谓的“历史语境”则指的是当时的社会矛盾对船山诗学史观形成的影响，主要表现为：阶级矛盾与农民起义的强烈刺激；对封建政治矛盾的反思与忧虑；满汉民族矛盾的尖锐与缓解；对传统哲学思想的清理与整合。① 谭、陶等学者的研究无疑是具有启示性的。船山诗学史观必然与船山个人的多重历史感紧密相连，其诗学理论的个性与特征的形成也必然脱离不了时代特征的影响，其诗学主张的绝对化、偏激化也必然源自他独特的诗学批评原则及标准。

不过，这里仍然需要补充两点：一是船山的“诗歌退化论”诗学史观源于一种根深蒂固的“宗经”传统。中国传统文化一直保持着一股浓厚的“宗经”热情，儒家的六义、四书、五经等典籍便是很好的例证。《诗经》作为文化的经典地位在很早的时候便得以确立了。诗学批评领域的“宗经”意识也在很早就形成了，近年出土的《孔子诗论》便是较早的“宗经”范例，引用圣人、权威的言论来支持自己的理论主张便是该书的一个显著的特征。刘勰的《文心雕龙》更是辟有专门章节来论述“宗经”的重要性及必要性。因此，船山对于《诗经》风雅传统的推崇，无疑正是受到“宗经”传统的影响。他正是从“宗经”的角度将《诗经》推向了无以复加的崇高地位，他说：“故艺苑之士，不原本于《三百篇》之律度，则为刻木之桃李。”②从而将是否继承风雅传统精神视为诗歌艺术高低的主要评判标准。崔海峰甚至认为，“‘雅’是王夫之诗学中最重要的视点、尺度和原则之一”③。这也凸显了船山坚定的儒家诗学立场，其诗学

① 参见陶水平：《船山诗学研究》，中国社会科学出版社 2001 年版，第 433-464 页。

② （清）王夫之：《姜斋诗话》，《船山全书》（第 15 册），岳麓书社 1996 年版，第 807 页。

③ 崔海峰：《王夫之诗学范畴论》，中国社会科学出版社 2006 年版，第 250-257 页。

理论充满了理学色彩。二是船山的“诗歌退化论”诗学史观与他的历史观紧密相关。从前文中，我们了解到船山认为历史的本质乃是“道的开显”，历史发展的规律乃是“理势相生”，历史的形态表现为“贞、乱”“离、合”的循环反复。因此，船山的历史观的多元性特征非常明显，既有进步的历史观，又有倒退的历史观，还有循环发展的历史观，甚至停滞不前的历史发展观。正是在这个意义上，船山的“诗歌退化论”诗学史观也就具有了其合理性，即船山认为汉代以后的诗歌并没能继承《诗经》的风雅传统精神，没有实现“道的开显”，反而遮蔽了“道”，损害了风雅传统。

因此，结合船山的多元历史观来看，船山的诗学史观并非是“诗歌退化”一元论，反而也应当是多元的。具体来讲，按照“理势相生”“理势合一”的历史客观规律，诗歌最终要实现的乃是神与理、神与韵、情与景、形与神、言与意等的统一，诗歌既要积极干预现实，同时又要遵循诗歌自身的本质规律，诗歌史必然是进步的诗歌史。但是，根据“道的开显”的历史本质，如果哪个时代、哪位诗人、哪首诗一旦真正艺术性地揭示了“道”的本质，与道偕行、让道言说，那么这个诗歌时代、这位诗人、这首诗歌便是进步的、可取的，便是典范之作。反之，如果与“道的开显”之本质相左，遮蔽了“道”，那便是退步的。也就是说，只要诗歌创作遵循“诗言志，非言意”“诗达情，非达欲”，其抒发的情感乃是“贞情”，出于忠贞之性，绝不是一己之私情，不是纯粹的个人喜怒哀乐之功利情感表达，这诗歌必定会表现出独特的“诗之道”“诗之理”，它也必定是完美之作。反之亦然。因而，按照诗歌是否表现了“道的开显”这一本质原则，船山的诗学史观既有“诗歌退化论”的一面，也有进步、发展论的一面。事实上也确实如此，比如船山虽然将《诗经》推向崇高的经典地位，将是否继承风雅传统精神作为诗歌批评的主要标准之一，但是船山并没有“神化”《诗经》，也并没有将《诗经》的诗视作不可企及、不可超越的典范，他始终认为后世的诗歌创作应该可以也必须可以赶上甚至超越《诗经》的艺术成就。正如船山所讲：“平、桓之天子，齐、晋之诸侯，荆、吴、徐、越之僭伪，其视六代、十六国，相去无几，事不必废也，而诗亦如之。卫宣、陈灵下逮乎《溱洧》之士女，《葛屦》之公子，亦奚必贤于曹、刘、沈、谢乎？”①

总之，受船山多元历史观的影响，其诗学史观也呈现出多元化的特征。关于船山这一深层次的多元化诗学倾向，可以从以下几个方面加以总结。首先在诗歌的本质及规律上，船山主张“诗道性情”，通过“性情”的抒发才能实现道的艺术性开显。其次，在诗歌发展的动力方面，船山主张诗歌必须关注现实，并能艺术性地干预现实，通过符合忠正之性的情感抒发，以实现感染人心的目的。因此，外部世界对于诗歌发展的动力来源，向现实生活汲取诗歌创作的营养一直都是船山重点关注的问题。虽然，船山也确立了《诗经》《楚辞》的诗歌经典地位，也承认后世诗歌创作可以也必须从中吸取创作的养分，但是基于一种真情实感的要求，船山反对“以学问入诗”，也就是说，在某种程度上讲，他基本上放弃了向前人的文学和其他文学样式吸收养分这一动力因子。关于这一点可以从船山极力忽视民间歌谣的态度中得到体现。再次，关于诗歌发展的形态，船山仍然遵循了“贞与乱”“离与合”的历史观，一切符合“贞情”抒发的诗歌方才值得肯定，因为它们符合社会伦理道德，可以沟通民众普遍性的道德情感，有利于团结人心，促进社会的团结。反之，一切“淫情”的抒发则必须加以纠正和制止。最后，关于诗歌的理想典范，船山主张将“诗道性情”与“温柔敦厚”的诗教原则作为衡量的主要标准。凡是既能够艺术性地抒发符合忠正之性的情感，又能不违背温柔敦厚的诗教原则，这样的诗歌方是诗歌真正发展的正途。因此，他所确立的诗歌典范，往往是情与景合、言与意合、韵与神合、事与理与情合等的典范之作，他中意的诗歌风格也大多是含蓄蕴藉、委婉曲折的。但是，由于船山历史哲学观存在不可避免的内在矛盾，他虽然意识到人的主观能动性对于“人文化成”世界之形成、发展具有不可忽视的作用，但因他始终没能突破儒家地主阶级的精英意识，这导致他始终无法认清民众的力量，仇

① (清)王夫之:《姜斋诗话》,《船山全书》(第 15 册)，岳麓书社 1996 年版，第 807 页。

视农民起义便是这种意识的集中体现。因此，这也必然导致在他的诗学批评中表露出无法调和的矛盾。这种矛盾集中体现在船山对诗歌本质及其功能的阐释过程中的矛盾及张力，即主体性与目的性之间的矛盾与张力。正是基于这样一种认识，船山在其诗学批评中呈现出一种“自觉之偏离”。

第二节　船山诗学的自觉偏离

船山诗学批评的主要目的是正本清源。他立足于明代诗坛的种种弊端、不足，试图通过对诗歌史的全面总结和反思，以此突破诗歌旧的、僵化的传统，从而恢复诗歌的真正精神和活力。其实，船山这一诗学批评的目标，乃是为了更大的政治现实即更大的目标服务的。船山之所以全面总结和反思政治史、思想史、文化史以及诗歌史等，乃是由于受到国破家亡的特定时代现实的惨痛刺激，终其一生的目的都是为了俟时、等待机会以反抗异族的统治。他对政治、思想、文化、诗歌等领域的正本清源的目的性，都是为了挽救国家危亡这个大目的性服务的。具体到诗歌史的总结和反思，船山乃是为了恢复儒家“温柔敦厚”的诗经传统，继承《诗经》的风雅传统精神，通过诗歌的艺术形式来团结人心、教化民众。因而，在对中国古代诗学浩如烟海的清理和考察中，面对诗歌遣词、用语、诗歌法则、诗歌的结构、声律、辞律等理论流弊，面对言志与达情、师心与师古等众多诗歌流派的分歧、误区，船山诗学的主体乃是在于澄清诗歌的本质、深化诗歌创作的规律，在此过程中才旁及诗歌的功能问题。船山诗学对于情景、意象、意境、神理、神韵、意势等诸多问题的探讨，均是围绕这个主体任务而展开的。因此，船山诗学在很大程度上，表现出诗学批评的目的性与主体性的偏离。当然，这种偏离不是无心之举，也不是自发行为，乃是一种艺术自觉倾向的必然结果。

何谓“偏离”？所谓“偏”乃是不正、倾斜之意，古代书法有所谓的笔走“偏锋”的说法；而“离”则有离开、分离之义，古代绘画则有“貌合神离”的说法。二者合在一起变成一个合成词，“偏离”

便具有了因为某种偏差而脱离确定的轨道、方向等的意思。“偏离”的对立面便是“回归正途”。因此，“偏离”在日常用语中其实是稍带贬义的动词。但是，当它出现在诗歌艺术领域，则不仅不是贬义，而且具有了某种程度的褒扬。艺术的“正轨、正途”便是艺术传统的别称，往往意味着习以为常、司空见惯、平淡无奇，乃是保守、僵化、陈旧的代名词。“艺术的偏离”则意味着“对习惯性、自动性、平淡性的生命常态加以违背，对不寻常、非自动、间断性的事物保持开发、敏感的心态”①，因此，它往往代表了艺术的原创性、感知的审美性、生活的诗意性等，乃是艺术真正生命力和活力的代名词。用“偏离”来指称船山诗学的目的性与主体性之间的张力正是从艺术的审美性“偏离”的角度上而言的。而且这也符合船山关于“贞与乱”“离与合”的历史性阐释，与他的历史观是相贯通的。船山的艺术“偏离”其最终目的仍然是“贞”与“合”，也即真正进入诗歌艺术创造的领域，让“诗之道”“诗之理”自行敞开和言说。

（一）对诗歌用语的偏离

船山关于诗歌艺术的审美性“偏离”主要包含三层含义：一是对诗歌用语的偏离。对诗歌遣词、造句、用语的关注，是中国古典诗歌创作不可缺少的一环。在船山所处的年代或者更早、更晚的时代，关于这方面的总结性书籍有很多，如《声律启蒙》等。这些书籍往往通过对某些固定用语的总结，来指导他人作诗，如“云对雨，雪对风，晚照对晴空。来鸿对去燕，宿鸟对鸣虫。三尺剑，六钧弓，岭北对江东”。② 有些诗人甚至对于雕辞琢句达到了入迷的程度，如广泛流传的贾岛“推敲”的故事。韩愈、孟郊等一派诗人正是以善于运用生、冷僻字来实现诗歌艺术的创新。宋代以黄庭坚为首的江西诗派遵循“点石成金”的诗歌创作主张，频繁用典，以增强诗歌内涵的丰富性。与船山同时代的竟陵派也主张从古人词句中吸收营养，最终形成了晦涩难懂的遣词、用语风格。当然，对于

① 邹元江：《中西戏剧审美陌生化思维研究》，人民出版社 2009 年版，第 31 页。

② （清）车万育：《声律启蒙》（上卷），太白文艺出版社 1997 年版。

遣词用语的重视，并非一件坏事，遣词用语之妙往往能够起到画龙点睛的作用。但是，对诗歌遣词用语的过度重视，会带来极为恶劣的影响。这样往往会使诗歌脱离现实生活，缺乏诗人的真情实感，无法真正感染人心。船山正是深恶诗歌创作上的这种不正风气，将他们斥责为“经生”“塾师”的陋习：

古诗及歌行换韵者，必须韵、意不变转。……近有顾梦鳞者，作《诗经塾讲》，以转韵立界限，划断意旨。劣经生桎梏古人，可恶孰甚焉！晋《清商》《三洲》曲及唐人所作，有长篇拆开可作数绝句者，皆蠚虫相续成一青蛇之陋习也。①

国初袁景文、高季迪集中，片羽略亦不乏。乃以《白燕》则“汉水”“梁园”，《梅花》则“美人”“高士”“月明”“雪满”参差共之，不过三家村塾师教村童对语长伎耳！择艺吟圃者，乃以传之三百年，千人一齿。呜呼！蔑言作者，即求一解诗人亦不可得。一二稍知其非者，又将矫枉以求之元、白、郊、岛之中，何怪乎诗之不亡也。②

船山对于贾岛、韩愈、江西诗派等的批评正是立足于此。他极力反对一味简单地运用雕辞琢句的诗歌创作技法，来限制诗歌创作中的审美意象的自由生成。类似以上的批评之语，在船山的诗学著作中比比皆是：

若但于句求巧，则性情先为外荡，生意索然矣。松陵体永堕小乘者，以无句不巧也。然皮、陆二子差有兴会，犹堪讽咏。若韩退之以险韵、奇字、古句、方言矜其饾饤之巧，巧诚巧矣，而于心情兴会一无所涉，适可为酒令而已。黄鲁直、米

① （清）王夫之：《姜斋诗话》，《船山全书》（第15册），岳麓书社1996年版，第823页。

② （清）王夫之：《明诗评选》，《船山全书》（第14册），岳麓书社1996年版，第1480页。

元章益堕此障中。近则王谑庵承其下游，不恤才情，别寻蹊径，良可惜也。

对偶有极巧者，亦是偶然凑手，如“金吾”“玉漏”“寻常”“七十”之类，初不以此碍于理趣。求巧则适足取笑而已。贾岛诗：“高人烧药罢，下马此林间。”以“下马”对“高人”，噫！是何言与！①

晚唐即极雕琢，必不能及初唐之体物，如“日气含残雨”，尽贾岛推敲，何曾道得？三，四工妙，尤在“日气含残雨”之上。②

排心惜句，得中、晚之髓，亦大不易。如竟陵一派，有苦字，无深旨，又乌足以望中、晚哉！须知亦自古诗来。少陵蜀中诗间亦有此，不全乎中、晚也。总不向有字句上雕琢，只在未有字句之前淘汰择采，所以不同。③

在船山看来，推敲一派诗歌创作的最大弊端就是舍本逐末，只是一味追求诗歌创作技巧，忽视了情感抒发的真实和自由，最终损害了诗歌审美生机，正所谓“若但于句求巧，则性情先为外荡，生意索然矣”。其实，关于诗歌遣词、用语，船山也并非一律排斥。对于自《诗经》《楚辞》以来的固定用词，如离别诗歌用“南浦”、游子思乡诗歌用“明月”、客居游客思乡诗歌用“归雁”等，船山并不一定是反对的，因为在船山自己的诗词创作中，也经常有此用法。只不过，船山认为无论是用典还是遣词，正用、反用、直用、虚用等皆可，关键在于情与景的“妙合无垠”。比如船山在评论王世贞、李攀龙、袁宏道、钟惺等众多明代诗人的诗歌创作时，并不是一味简单、粗暴地反对他们用字，他说：

① （清）王夫之：《姜斋诗话》，《船山全书》（第15册），岳麓书社1996年版，第830-831页。

② （清）王夫之：《唐诗评选》，《船山全书》（第14册），岳麓书社1996年版，第989页。

③ （清）王夫之：《明诗评选》，《船山全书》（第14册），岳麓书社1996年版，第1409页。

> 钟、谭则有“归怀遇觉”“肃钦澹静”“之乎其以”“孤光太古”等字，舍此则王、李、钟、谭更无可言诗矣。钟、谭以其数十字之学，而诮王、李数十字之非，此婢妾争针线盐米之智，中郎不屑也。中郎深诋王、李，诋其用字，非诋其所用之字。竟陵不知但用字之即可诋，而避中郎之所斥，窃师王、李用字之法面别用之。中郎不夭，视此等劣措大作何面孔耶？王、李用字，是王、李劣处。王、李犹不全恃用字以立宗；全恃用字者，王、李门下童仆也。钟、谭全恃用字，即自标以为宗……无目者犹以公安、竟陵相承而言，公安即以清俊获不令之报，亦不宜如此之酷也。①

只不过，他反对的是竟陵诗派阳奉阴违的用字手法。他们表面上反对元稹、白居易、孟郊、贾岛、黄庭坚等人的遣词、用字的僵化做法，但是却偷偷不加选择地借用他们诗歌的某些用词法，如元、白诗派叙事诗的手法等。他们表面上也反对王世贞、李攀龙的用字法，而在实际的诗歌创作中却屡屡借用他们形式主义的用字法，其最终结果，往往是情感虚空、诗意枯燥，掉入“幽情单绪”的窠臼中：“竟陵情幽。情幽者，暧昧而已。竟陵外矜孤孑，中实俗溷，鄙夫之患，往往不能自禁；其见地凡下，又以师宣城而友贵阳，益入腐奸女谒之党，摇尾声情，不期而发。”②

（二）对诗歌规范性的偏离

中国古典诗歌的规范，一般是从形式的角度而言，包括声律、辞律以及诗歌整体结构形式等。其实，从《诗经》开始，对于声律和辞律，便有了一些简单的规定，四言、五言、七言等便是诗歌语言形式的规定。魏晋六朝的沈约“四声八病”说，唐代将四声转化为“平仄”两分，包括唐诗的“拗救”法等都是关于声律的探讨，而

---

① （清）王夫之：《明诗评选》，《船山全书》（第14册），岳麓书社1996年版，第1529-1530页。

② （清）王夫之：《明诗评选》，《船山全书》（第14册），岳麓书社1996年版，第1339-1340页。

唐诗的“四联八句”，以及伴随八股文而诞生的“起承转合”等正是关于诗歌辞律的研究。这些以声律与辞律为主的形式主义法则的规范，在诗歌创作史上，固然在一定时期内促进了诗歌的繁荣和创新、发展，但是，从更为长远的角度来看，这些固定的常规法则不免又束缚了诗歌创作的发展与突破。

关于这方面的认识，船山与他对用字法则的看法是一致的，仍然是具体问题具体分析的态度。关键的前提在于不违背他一再强调的艺术准则：一是符合“诗道性情”的诗歌抒情本质，也就是说，诗人作品抒发的情感，不仅符合“忠贞之性”，而且必须情真意切、有感而发。二是不违背儒家“温柔敦厚”的诗教原则。船山诗学对于诗歌规范性的“偏离”集中表现为突破风格、流派的限制。所谓风格“以追求艺术特征有确定性、可言说性为目的”，是诗人“不能超越自己，就试图尽快形成单一的风格，以求得社会的认可”。[①]正是在“有确定性”的基础上，艺术风格的形成在某种程度上标志着诗人艺术创作走向成熟，也正是在“可言说性”的意义上，也利于其他人学习、模仿，以此“求得社会的认可”，这些学习者、模仿者聚集在被模仿者周围，成为他的门徒，由此形成了一个个诗歌“流派”、诗歌潮流。所谓“流派”就是“某一种特殊的表现方式由某一个别艺术家创造，由他的模仿者和门徒的仿效，反复沿袭，成为习惯”。[②] 然而，也正是在“有确定性、可言说性”的基础上，艺术走向了凝固，失去了创新的动力；也正是在“求得社会的认可”的意义上，诗歌创造者们追求功利、急于求成，从而“依傍门庭”，陷入“画地为牢”，永远失去了艺术创新的真正精神。船山秉承《周易》“生生之谓易”的“变易”艺术哲学精神，激烈抨击“依傍门庭者”，从而突破了风格和流派的限制。他在《姜斋诗话》中反复说道：

① 邹元江：《中西戏剧审美陌生化思维研究》，人民出版社2009年版，第362-363页。

② ［德］黑格尔著，朱光潜译：《美学》(第一卷)，商务印书馆1997年版，第370页。

诗文立门庭使人学已，人一学即似者，自诩为“大家”，为“才子”，亦艺苑教师而已。高廷礼、李献吉、何大复、李于鳞、王元美、钟伯敬、谭友夏，所尚异科，其归一也。才立一门庭，则但有其局格，更无性情，更无兴会，更无思致；自缚缚人，谁为之解者？

立门庭与依傍门庭者，皆逐队者也。

所以门庭一立，举世称为“才子”、为“名家”者，有故。如欲作李、何、王、李门下厮养，但买得《韵府群玉》《诗学大成》《万姓统宗》《广舆记》四书置案头，遇题查凑，即无不足。若欲吮竟陵之唾液，则更不须尔；但就措大家所诵时文“之”“于”“其”“以”“静”“澹”“归”“怀”熟活字句凑泊将去，即已居然词客。

立门庭者必饾饤，非饾饤不可以立门庭。盖心灵人所自有，而不相贷，无从开方便法门，任陋人支借也。人讥西昆体为獭祭鱼，苏子瞻、黄鲁直亦獭耳。

建立门庭，已绝望风雅。然其中有本无才情，以此为安身立命之本者，如高廷礼、何大复、王元美、钟伯敬是也。有才情固自足用，而以立门庭故自桎梏者，李献吉是也。其次则谭友夏亦有牙后慧，使不与钟为徒，几可分文征仲一席，当于其五、七言绝句验之。①

正是从反对“立门庭”的角度，船山一反传统褒曹植、贬曹丕的做法，对曹植大加鞭挞：“建立门庭，自建安始。曹子建铺排整饰，立阶级以赚人升堂，用此致诸趋赴之客，容易成名，伸纸挥毫，雷同一律。”②正是作为“立门庭”的始作俑者，曹植遭到船山无情的鞭挞，即便是船山所认同的少数几篇佳作，也被船山诬陷为

① （清）王夫之：《姜斋诗话》，《船山全书》（第15册），岳麓书社1996年版，第831-834，838页。

② （清）王夫之：《姜斋诗话》，《船山全书》（第15册），岳麓书社1996年版，第832页。

“门多赋客，或代其庖”①。而曹丕则因为没有“立门庭”而“以绝人攀跻”，因而受到船山的大力赞扬。

（三）对诗歌历史性的偏离

前文已述，船山对于诗歌史的认识主要体现在历代诗歌评选中。从船山评选诗歌文本收录的诗人诗歌数量、诗歌体裁的辨别以及具体诗人诗歌艺术高下的品评等几个方面来看，都与传统的看法有较大的出入，② 表现出对某种历史性的“偏离”。而且，在船山众多的诗歌评论、考证甚或是在他的诗歌杂感中，他征引了大量历代诗话理论（如《文心雕龙》《诗品》等），同时他也反复贬斥了各种类书（如《广舆记》）。从中，我们能够发现他对诗歌史传统、恢复诗歌真正的精神和活力的强大决心。纵观船山的诗歌评论、考证及杂感，仔细梳理船山诗歌理论的目的性与主体性方面的言论，透过船山的诗歌评论的立场及态度，我们可以将船山因重建诗歌真正活的精神而呈现出的历史性偏离归纳为以下几个主要方面：其一，对诗歌声律史的总结与澄清。船山对沈约以来的声律说、对仗说、平仄说等都有细致的总结，对于这些传统的声律观所造成的凝固和束缚恶果，他也有理性的澄清，并试图借用传统音乐文化提出“元声”说来恢复诗歌的声律自由。

其二，对诗歌辞律史的追溯与辨析。对诗歌之法的重视在唐代已蔚为大观。船山对于诗法、辞律的开创者皎然，一直到明代的竟陵诗派，都表示出深深的反感和厌恶，并将这些讲法以缚人之人统统斥为“经生”“塾师”“画地成牢者”。在痛斥各种死法、揭露各种僵化诗歌法式的过程中，船山终于认识到了诗歌的抒情本质及其规律，这便是船山重性情轻诗法的主要原因。

其三，对诗歌体裁史的梳理与论证。船山对于绝句等诗歌体裁

---

① （清）王夫之：《古诗评选》，《船山全书》（第 14 册），岳麓书社 1996 年版，第 665 页。

② 关于船山诗歌评选与早于他或同时代的其他各种诗歌评选文本之间的差异，很多学者早已作了精细的工作，如谭承耕、涂波等人在其各自的专著中，辟有专门章节论述这个问题。

的源流发展做了仔细的梳理，同时也仔细阐述了古体诗歌向近体诗歌逐步过渡的具体进程，从而有力地回击了宋人关于唐代绝句的错误认识，也回击了高棅、李攀龙等同时代人关于“唐无五言古诗”的不实言论，为诗歌摆脱形式上的束缚做出了很大的努力。当然，船山这些细致工作的开展，其最终目的无疑是要归结为对整个中国古代诗歌传统及精神的呼唤与复活。这种呼喊与复活主要体现在船山关于中国诗歌源起、中国诗教传统与抒情传统的融合与贯通中。关于这一点，本书在前面的章节已做了详细的论述。从船山所作的各种努力中，我们也可以明晰他诗歌批评的标准和原则。只不过，我们需要注意的是，船山所有的努力都是与他个人的历史感紧密联系在一起的，都是基于明代诗坛的种种弊端而言的。正是在这种强烈的历史使命感的驱使下，船山诗歌评论中表现出了某种矫枉过正的“偏激”，如贬曹植褒曹丕、批杜甫扬李白、推崇王维看低元白韩柳等。这种“偏激”集中表现为船山对明代“师古”与“师心”思潮的矛盾认识上，表现在对公安派领袖袁宏道诗作评价的矛盾态度中。然而，无论如何，船山这种“偏激”正是其历史性“偏离”过程中凸显出来的鲜明的艺术针对性、创新性以及强烈的时代批判性。可以这么讲，船山批评中的种种“偏离”乃至“偏激”，正是船山诗歌艺术的自觉行为的结果。

那么，船山诗学的“自觉之偏离”具体体现在哪些方面呢？概而言之，主要有以下几点：首先，在诗歌形式方面，船山反对一切诗法的禁锢和约束，无论是声律还是辞律，甚至是诗歌体裁。但是，由于船山强烈的“宗经”意识，表现在诗歌评价上则体现出尊古抑唐的多元诗歌倾向，这其中就包括了“诗歌退化论”的倾向。如果说，船山还有诗歌形式方面的追求，那便是对儒家比兴手法的继承。赋、比、兴三种诗歌创作手法，特别是“兴”论在船山诗学中保持了重要的地位，这点笔者在前面论述船山“兴观群怨”理论时已有论述。所谓“入兴易韵，不法之法”。① 船山大多是从诗法的

① （清）王夫之：《古诗评选》，《船山全书》（第14册），岳麓书社1996年版，第664页。

角度来论述和使用“兴”的，但是由于船山始终是反对死法束缚、追求“活法”，因而他一开始就对郑玄、朱熹等人的解释持有异议。也就是说，船山一开始便是从“以物起兴”，从“感物”说的审美角度来论述“兴”的，他明确说：“兴、赋、比俱不立死法，触着磕着，总关至极，如春气感人，空水莺花，有何必然之序哉？”①这样一来，船山就突破了儒家感发意志的功能之“兴”，顺利地“偏离”到了审美意义之“兴”。正是从审美感兴的角度，船山不仅打通了诗歌功能与本质之间的隔膜，而且更是触摸到了诗歌审美规律的内在“经络”。具体而言，船山认识到，“兴”的对象是“情”，即符合“忠贞之性”的情感；“兴”的主体乃是诗人的“以物起情”的创造性行为；“兴”的功能乃在于感染人心、“动人兴观群怨”。这样一来，“兴”正是物态与物理统一的前提，即形与神、心与物、情与景等交融统一的前提。其审美特征便融入在“现量”的审美直觉特性当中。正是审美感兴的活泼生动，为诗歌创作的“活法”的产生创造了前提条件。

其次，在诗歌内容上，诗歌史上向来便有“诗言志”“诗言情”“诗言理”等多种说法。汉代以前主要奉行的是“言志”，魏晋六朝开始认识到诗歌以情感抒情的重要性，宋人则大力主张“以理入诗”。其实，在诗歌内容上，船山既不反对诗言志，也主张诗达情，甚至也主张“诗言理”，只不过这个“理”乃是“诗之理”，是“事、理、情”相统一的“理”。对于诗歌内容的这种开放性心态，集中体现在船山关于“以意为主”与反以意为主的看似矛盾、紧张的诗学理论主张上。船山一方面强调“以意为主”：

“采采芣苢”，意在言先，亦在言后，从容涵泳，自然生其气象。即五言中，《十九首》犹有得此意者。陶令差能仿佛，下此绝矣。“采菊东篱下，悠然见南山”，“众鸟欣有托，吾亦爱吾庐”，非韦应物“兵卫森画戟，燕寝凝清香”所得而问

① （清）王夫之：《古诗评选》，《船山全书》（第14册），岳麓书社1996年版，第744页。

津也。

无论诗歌与长行文字，俱以意为主。意犹帅也。无帅之兵，谓之乌合。李、杜所以称大家者，无意之诗十不得一二也。烟云泉石，花鸟苔林，金铺锦帐，寓意则灵。若齐、梁绮语，宋人抟合成句之出处，役心向彼掇索，而不恤己情之所自发，此之谓小家数，总在圈缋中求活计也。

把定一题、一人、一事、一物，于其上求形模，求比似，求词采，求故实，如钝斧子劈栎柞，皮屑纷霏，何尝动得一丝纹理？以意为主，势次之。势者，意中之神理也。①

但是另一方面，却又多次反对"以意为主"：

全以声情生色。宋人论诗以意为主，如此类直用意相标榜，则与村黄冠盲女子所弹唱，亦何异哉？

但以声光动人魂魄，若论其命意，亦何迥别？始知以意为佳诗者，犹赵括之恃兵法，成擒必矣。

乃生色动人，虽浅者不敢目之以浮华，故知以意为主之说，真腐儒也。诗言志，岂志即诗乎？②

诗之深远广大与夫舍旧趋新也，俱不在意。唐人以意写为古诗，宋人以意为律诗绝句，而诗遂亡。如以意，则直须赞《易》陈《书》，无待诗也。"关关雎鸠，在河之洲。窈窕淑女，君子好逑"，岂有入微翻新，人所不到之意哉？此《凉州词》终无一字独创，乃经古今人尽力道不出。镂心振胆，自有所用，不可以经生思路求也，如此！③

① （清）王夫之：《姜斋诗话》，《船山全书》（第15册），岳麓书社1996年版，第808，819-820页。

② （清）王夫之：《古诗评选》，《船山全书》（第14册），岳麓书社1996年版，第537、704、708页。

③ （清）王夫之：《明诗评选》，《船山全书》（第14册），岳麓书社1996年版，第1576-1577页。

为什么船山会在“以意为主”的理论主张上，表现出如此截然不同的态度呢？这首先必须立足于明代诗坛的现状，在“以意为主”的思想理论背景下来探讨其中的缘由。中国传统哲学和艺术对于“意”的重视由来已久，但在宋代之前，大多遵循了《周易》所主张的“书不尽言，言不尽意”“圣人立象以见意”的“象意”原则，即“意”并没有脱离“象”。这种“象意”思想在唐代便产生了“象外之意”“味外之旨”的理论主张。因此，“意”的最大特征便是“言有尽而意无穷”。但是，到了宋代，由于理学的影响，“意”便朝着“理趣”的层面发展起来，宋人强调作文立意，即通过作者主观构思形成的理趣之“意”来决定诗歌艺术水平高下，由此“以议论、学问、理趣入诗”成为普遍的创作原则。这便是“以意为主”理论盛行的原因。宋人对于“以意为主”的强调，非常普遍，如：

> 诗以意为主，文词次之，或意深义高，虽文词平易，自是奇作。世效古人平易句，而不得其意义，翻成鄙野可笑。①
>
> 作诗必先命意，意正则思生，然后择韵而用，如驱奴隶；此乃以韵承意，故首尾有序。……炼句不如炼字，炼字不如炼意，炼意不如炼格。以声律为窍，物象为骨，意格为髓。②

但是，这种“以意为主”的创作主张早在严羽的《沧浪诗话》里就已经遭到了抨击，明代诗坛虽偶有余音，正如李剑波所说：“明代是诗界学唐的巅峰时期，宗宋的声音在明代诗坛极其微弱，宋诗在明代诗坛基本上没有什么话语权。但也并非绝无宗宋之人，宋濂、方孝孺、瞿佑、都穆、李濂、唐顺之、袁宏道三兄弟、钟惺、谭元春等，都曾鼓吹过宋诗。对于宋诗大家，特别是苏轼，多有肯

---

① （宋）刘攽：《中山诗话》，转引自（清）何文焕辑：《历代诗话》，中华书局1982年版，第285页。

② （宋）魏庆之，王仲闻点校：《诗人玉屑》（第六卷），中华书局2007年版，第171页。

定。”[①]但是，明代主流话语基本上是否定宋人“以意为主”的理论主张的。如谢榛在《四溟诗话》中明确反对道：“宋人谓作诗贵在立意。李白斗酒百篇，岂先立许多意思而后措词哉？盖意随笔生，不假布置。”[②]因此，船山关于“以意为主”的态度，缘于他一贯的诗学批判精神，即既反对明人宗宋导致的误区，同时也反对尊唐带来的形式主义僵化的做法。船山不仅直接批判苏轼，而且将苏轼归入唐代白居易、韩愈等一类人之中，明确反对明人学习苏轼：“元美末年以苏子瞻自任，时人亦誉为‘长公再来’。子瞻诗文虽多灭裂，而以元美拟之，则辱子瞻太甚。子瞻野狐禅也，元美则吹螺摇铃、演《梁皇忏》一应付僧耳。‘为报邻鸡莫惊觉，更容残梦到江南。’元美竭尽生平，能作此两句不？”[③]主要原因在于苏轼一流一任一己之私情、才气，或者混淆了诗、文之间的界限，或后者用过于通俗浅薄之语入诗，或者一味追求用字的冷僻。由此造成了无病呻吟、虚情假意泛滥的局面，从而失去了真正的、活泼泼的诗歌精神。这一点也是明代尊唐派的“前后七子”一味模仿古人而具有的共同缺陷，即追求形式、堆砌辞藻，注重诗歌格调、音节、句法等的“师古”，却很少有从心间流露出的真情实意。

因此，船山关于“以意为主”的不同态度必须根据其言论的具体语境来加以辨析。学者杨松年根据船山诗论中种种“意”之言论，将其内涵细致地分析、归纳为八层意义：(1)指不合乎肯定道德标准之人心活动；(2)指尚未表达而具存于文人心胸之境界；(3)指无视诗文特质而刻尽心思，追逐模拟之写作态度；(4)指与情感较少关涉之哲理或思想；(5)指作品的内容；(6)指写作过程中，落笔时或完篇后所展现之境界；(7)指展现于语言之外，可由读者领略而得之韵味；(8)指诗人凭其经验而进行辨认之思虑活动。[④] 可

---

① 李剑波：《清代诗学话语》，岳麓书社 2007 年版，第 68 页。

② （明）谢榛《四溟诗话》，人民文学出版社 1961 年版，第 23 页。

③ （清）王夫之：《姜斋诗话》，《船山全书》（第 15 册），岳麓书社 1996 年版，第 834 页。

④ 参见杨松年：《王夫之诗论研究》，文史哲出版社 1986 年版，第 39-44 页。

以说，杨先生的这八层“意”之意义，涵括了船山论“意”的内涵。其中，除了第五种“作品的内容”属于作品的客观之“意”外，其余七种含义均属于作者的主观之“意”。其实，作品的客观之“意”仍然是作者主观创作之“意”通过语言文字凝结于诗歌文本中的客观化结果，而且读者往往能够透过“有尽”之辞、语言、文体形式来领悟“无尽”之“意”，正如船山所言：

> 有求尽于意而辞不溢，有求尽于辞而意不溢，立言者必有其度，而各从其类。意必尽而俭于辞，用之于《书》；辞必尽而俭于意，用之于《诗》；其定体也。两者相贸，各失其度，匪但其辞之不令也。为之告戒而有余意，是贻人以疑也，特炫其辞，而恩威之用抑黩。为之咏歌而多其意，是荧听也，穷于辞，而兴起之意微矣。①

也就是说，虽然《书》与《诗》，都包含了作品的客观之“意”，读者都是透过文字表层的意义来把握作者的主观之“意”，但是诗歌更偏重于“言有尽而意无穷”的传统言、意观，往往通过诗文的表层含义，来领悟其背后的更为丰富的“余意”，因而“穷于辞而兴起之意微矣”。因此，船山总结了一种“以意得之”的诵诗、读诗的便宜之法：“故善诵《诗》者……即其词，审其风，核其政，知其世，彼善于此而蔑以大愈，可以意得之矣。”②也就是说，透过文词的表层含义，把握作品深层次的事态民情，体悟作者更为丰富的主观情意和普遍的社会伦理道德情感。显然，这与孟子的“知人论世”“以意逆志”的说法是一致的。

因此，正是从“以意得之”的角度，我们可以断定，船山关于“意”的八层含义，基本上可以归结为作者的主观之“意”这一主要

① （清）王夫之：《诗广传·鲁颂》，《船山全书》（第3册），岳麓书社1996年版，第506页。

② （清）王夫之：《诗广传》，《船山全书》（第3册），岳麓书社1996年版，第474页。

层面。船山无论是支持“以意为主”，还是反对“以意为主”，均是从主观之“意”的层面而言的。因此，将船山其他七种“意”作进一步的划分，我们可以明晓第一、三、四种“私意(欲)”“刻意心思”“意理、理趣”均属于船山反对“以意为主”的范围，而第二、六、七、八种“审美心胸”“意境”“意韵”“审美直觉”则均属于船山支持“以意为主”的范围。“私意(欲)”非“贞、正之情”，乃淫情；“刻意”非真情，乃虚假之情意；“意理、理趣”更非真情实感。船山对此有清晰的表达：

> 诗言志，非言意也；诗达情，非达欲也。心之所期为者，志也；念之觊得者，意也；发乎其不自已者，情也；动焉而不持者，欲也。意有公，欲有大，大欲通乎志，公意准乎情。但言意，则私而已；但言欲，则小而已。人即无以自贞，意封于私，欲限于小，厌然不敢自暴，犹有愧怍存焉，则奈之何长言嗟叹，以缘饰而文章之乎？①

以“私意(欲)”“刻意心思”“意理、理趣”等为主的“意”不可能创作出杰作来，也不可能动人心魄，这就是船山批评宋诗的主要原因，如他说“宋人论诗以意为主，如此类直用意相标榜”“故知以意为主之说，真腐儒也”等。他在评论高启的《凉州词》时曾明确说：“诗之深远广大与夫舍旧趋新也，俱不在意。唐人以意写为古诗，宋人以意为律诗绝句，而诗遂亡。”②而与此相反，船山主张非刻意的“取景遣词”，正所谓“诗歌之妙，远在取景遣韵，不在刻意也”。③ 而且，他认为要实现非刻意的“取景遣词”，必须以“公意”“大欲”“性情”为基础，如此方可实现审美心胸、意境、意韵、审

---

① (清)王夫之：《诗广传·论北风》，《船山全书》(第3册)，岳麓书社1996年版，第325页。

② (清)王夫之：《古诗评选》，《船山全书》(第14册)，岳麓书社1996年版，第1576页。

③ (清)王夫之：《古诗评选》，《船山全书》(第14册)，岳麓书社1996年版，第559页。

美直觉等主观之“意”的诗意表达。从这个角度来理解，船山关于“意”的言论就很好把握了，如他所说，“《十九首》犹有得此意者”的“意”便是“意象、气象”生成之意；而“俱以意为主。意犹帅也”的“意”则是诗歌创作中的主观“审美心胸”；他提到“以意为主，势次之”的“意”则讨论的是“意韵”生成的意思了。

总之，船山在关于“以意为主”的看似矛盾、对立的言论背后，凸显了船山诗学在诗歌内容方面对传统的“自觉之偏离”。具体而言：他突破了“私意(欲)”泛滥的创作误区，主张诗歌应该抒发的是符合“忠贞之性”的“情意”；他突破了具有某种逻辑意义的“哲理、理趣”的束缚，主张诗歌创作的康庄大道乃是情景交融意义上的“意象”生成，或者说，“象外之意”“言在字外”“意伏象外”“象外有意”的艺术性表现乃是诗歌艺术审美的精髓。正是在“性情之意”“审美意象”“意伏象外”的意义上，船山实现了诗歌内在艺术精神的“气脉贯通”，从而实现了诗歌创作彻底脱离“以意多碍气”“以意求言、言之不逮”的错误的可能性，这便是船山所强调“随意所适”“意无预设”“在有意无意之间”的意思。而且也正是在“情正”“情贞”“意真”的意义上，船山对于诗歌艺术风格实现了“自觉之偏离”。

第三是在诗歌艺术风格上，船山主张一种温柔敦厚与含蓄自然的诗歌艺术风格，反对浅俗俚俗、率直卑俗的风格。本来艺术风格因人而异，无法具体加以概括，但是，作为诗人精神气质的具体体现的艺术风格贯通着某种活泼泼的艺术的真正精神脉络。前文已述，船山反对单一、确定性、可言说性的“依傍门庭”式的艺术风格、流派，因为这种风格、流派的危害性主要表现为形式的僵化、单一，内容的偏执、虚假。如以曹植、王粲等人为代表的“建安风骨”，不仅诗歌所抒之情是一己之私欲，且语言过于直露、不够含蓄蕴藉，虽然具有现实主义诗风与阳刚之美，却显露出“粗豪之气”，船山就曾集中批评过这种“健笔纵横”的诗风：

> 子山则情较深，才较大，晚岁经历变故，感激发越，遂弃偷弱之习，变为汗漫之章，偶尔狂吟，抒其悲愤，初不自立一

宗，以开凉法。乃无端为子美所推，题曰“清新”，曰“健笔纵横”……凡杜之所为趋新而僻、尚健而野、过清而寒、务纵横而莽者，皆在此出；至于“只是走踆踆”“朱门酒肉臭”“老大清晨梳白头”“贤者是兄愚者弟”，一切枯管败获之音，公然为政于骚坛，而诗亡尽矣。清新已甚之敝，必伤古雅，犹其轻者也。健之为病，“壮于頄”，作色于父，无所不至。故闻温柔之为诗教，未闻其以健也。健笔者，酷吏以之成爰书而杀人。艺苑有健讼之言，不足为人心忧乎？况乎纵横云者，小人之技，初非雅士之所问津。古人以如江如海之才，岂不能然？顾知其不可而自闲耳。如可穷六合，亘万汇，而一之于诗，则言天不必《易》，言王不必《书》，权衡王道不必《春秋》，旁通不必《尔雅》，断狱不必律，敷陈不必笺奏，传经不必注疏，弹劾不必章案，问罪不必符檄，称述不必记序，但一诗而已足。既有彼数者，则又何用夫诗？又况其离经破轨，率尔之谈，调笑之说，咒咀之恶口，率以供其纵横之用哉！于是而为杜，为苏，为陆务观、辛幼安，为徐文长、袁六休，泛滥杂沓，屈诗以供其玩弄，但小有才，即堪与“四始”“六义”之宗。其尤下者，则又杜默之《古风》、罗隐杜荀鹤之近体、胡曾之小诗，举里妪野巫之言，酸鼻螫舌者，一皆诗，一皆所谓“健笔纵横”者也。呜呼，凡今之人，其不中此毒者鲜矣！故五言之亡，倡于沈，成于庾，而剧于杜。自杜以降，澌灭尽矣。读子山《咏怀》诸篇，哀其志意，矜其诗则固未有当也。①

这里所谓的“健笔纵横”，就是讲“诗风豪放、粗犷有力、痛快淋漓、横扫千军；就是纵横开合、所向披靡，‘穷六合、亘万汇’，议论、典故、训诂、嬉笑、怒骂、酸鼻螫舌，无不入诗歌”②，这

① （清）王夫之：《古诗评选》，《船山全书》（第14册），岳麓书社1996年版，第520-521页。

② 谭承耕：《船山诗论与创作研究》，湖南人民出版社1992年版，第100页。

种诗风影响了“盛唐气象”，对杜甫、苏轼、辛弃疾、徐渭等各朝诗人的诗歌风格都造成了深刻的影响。虽然这种诗风具有强烈的现实批判精神，但是由于“闻温柔之为诗，未闻其以健也”，因此仍然不符合儒家“温柔敦厚”的诗教原则。正是从儒家“温柔敦厚”的诗教原则出发，船山更看重一种温婉含蓄的诗歌风格。因此，面对明代诗坛乃至整个诗歌发展史，船山主要反对两种诗歌风格：一是形式化的诗歌风格，这就包括了西晋那种或一味重视“玄理”的玄言诗风，或一味崇尚华丽辞藻的骈文风格，甚至包括了宋代江西诗派以议论、文字、典故、理趣等入诗的形式化创作风格，也涵括了明代前后七子尊唐复古派一味模仿古人的格调、音节、句法等形式主义诗风。二是通俗化、浅俗化的诗歌风格。从《诗经》开始，主流诗坛吸收借鉴民间歌谣的某些创作成果一直是诗歌变革的新契机，汉唐的乐府诗歌运动就是典型的代表。这种诗歌语言的通俗化，在元稹、白居易等诗人的诗歌创作中，体现得最为明显。明代诗坛的“师心”派，如李贽的“童心”说、公安派的“性灵”说，都有这种通俗化、浅俗化的倾向。船山虽然也肯定公安派的创新性一面，但非常反感通俗化导致的诗歌情调卑下、诗情“庸俗”的一面，因为它仍然违背了“温柔敦厚”的诗教原则。

船山对于温柔敦厚与含蓄自然的诗歌艺术风格的推崇，集中体现在对“清”与“平”的概念论述上。所谓“平”乃自然、蕴藉、从容、浃洽之义，而非平庸、平俗。① 他多次强调“平”，如：

> 用事入景，以浃洽得平。
>
> 境语蕴藉，波势平远。②
>
> 平颂不颓。转韵回波，一以自然，不至貌人倔强。
>
> 一结作全首归墟，而涵泳平缓，正不作归墟形色，故通体

① 参见涂波：《王夫之诗学研究》，湖北人民出版社 2006 年版，第 55-75 页。

② (清)王夫之：《唐诗评选》，《船山全书》(第 14 册)，岳麓书社 1996 年版，第 1057、1091 页。

陈王，乃不落陈王排设中。此天壤至文，云容水派，一以从容见神力，非吞剥古人者得十里外闻香也。①

而所谓的“清”源于魏晋时期的人物评藻，代表当时名士的隐逸品格，后来逐渐被引入诗学领域，代表了一种“清雅、蕴藉、淡远之美”②，船山称之为“神清韵远。晋宋风流，此为允托”③。正是在“平”与“清”的基础上，船山从诗歌史中找到了一个最为符合他温柔敦厚与含蓄自然的诗歌艺术风格的诗人——谢灵运，他将谢灵运山水诗所代表的那种追求意象的晶莹透彻、讲究诗歌音节和谐、注重诗风含蓄蕴藉又委婉曲折的诗歌创作倾向，称为“晋人风度”④或“晋宋风流”⑤。

第三节　船山诗学的辩证思维

船山诗学的辩证思维与他的哲学辩证法紧密相关。船山立足于气一元论的思想，对“絪缊化生”“形而上与形而下”“动与静”“生与死”“两与一”“常与变”等问题均作了系统的哲学辩证思考。正是受这种“气化流行论”的辩证发展观的影响，船山诗学评论也体现出了浓厚的辩证思维意识，他对情与景、文与质、雅与俗、哀与乐、虚与实等问题的思考都体现了他一贯的辩证思维。船山诗学所透露出的浓厚艺术辩证思维意识，正是船山诗学内在张力的集中体

① （清）王夫之：《明诗评选》，《船山全书》（第 14 册），岳麓书社 1996 年版，第 1147、1280 页。

② 陶水平：《船山诗学研究》，中国社会科学出版社 2001 年版，第 364 页。

③ （清）王夫之：《古诗评选》，《船山全书》（第 14 册），岳麓书社 1996 年版，第 609 页。

④ 参见谭承耕：《船山诗论与创作研究》，湖南人民出版社 1992 年版，第 137 页。

⑤ 参见陶水平：《船山诗学研究》，中国社会科学出版社 2001 年版，第 363 页。

现。本节将主张从“体用合一”“至法无法”“文质之中”这三个命题出发，集中阐述船山诗学辩证思维这个重要问题。

一、体用合一

中国古代对“体、用”的关系问题的探讨其实由来已久。先秦儒学典籍虽然没有明确地提及“体、用”等字眼，但是关于天地万物的形体及形体的作用，已经有了初步的哲学思考，所谓“形而上者谓之道，形而下者谓之器”①，也就是说，先秦哲学一般是从“道与器”的角度来谈论“体、用”之关系问题。人们已经朴素地认识到，任何一种天地万物都以某种形体形式存在，而且都具有相应的形体功能或作用，人们正是通过这些具体可见的作用或功能，事物才可能成为我们经验中可把握的事物。但是，关于“体、用”问题的真正哲学思考，还是在佛学传入中国以后。很多学者早就认识到“体、用”的概念真正是起源于佛教：

> 经言体而不及用，其言用则不及体。体用所自，乃本乎释氏。②
>
> 体用二字，出于佛书。③
>
> 《六经》《语》《孟》发多少义理，不曾有体用二字，逮后世方有此字。先儒不以人废言，取之一明理，而二百年来才说性理，便欠此而字不得。亦要别寻一字换，却终不得似此精密。④

但是，需要注意的是，由于佛教始终将天地万物之现象视为虚

① （清）阮元校刻：《十三经注疏·周易》，中华书局1980年版，第83页。

② （清）黄宗羲原著，全祖望补修：《宋元学案·晁说之》，中华书局1986年版，第863页。

③ （清）李颙：《二曲集》，中华书局1996年版，第148页。

④ （宋）魏了翁：《师友雅言》，转引自白寿彝等主编：《文史英华·学案卷》，湖南出版社1993年版，第284页。

假，外在现象世界的诸种形体（此岸）都是虚假的，唯有极乐世界（彼岸）才存在真实的本体或实体，即佛性本身，一切此岸世界的诸现象都是对这个本体或实体的显现，只是佛性本身显现的作用或功能之结果。这样一来，就导致了“体、用”关系的一种根深蒂固的思想，即体对用具有先天的主导地位，体具有无可辩驳的内在优先性。这种体用关系无疑更具有了形而上学的色彩。宋代以后，随着儒、道、佛三家思想的相互融合、渗透，这种“贵体贱用”的形而上体用观深深地影响了宋儒关于存在及其功用之关系的认识，宋儒关于“道与器”“理与气”“性与情”等本体论范畴的理解和规定都是从这个角度建立起来的，“宋明儒学的本体论，在严格意义上，就是通过体用而建立起来的”①。例如朱熹的“理在气先”的观点正是立足于这样一种本体论认识。但是，宋明儒学“贵体贱用”的体用观似乎始终存在某种内在无法解决的困境，那就是他们始终以本体自身为中心，在某种程度上忽视了本体之用，具体来讲，就是忽视了作为主体之人对于本体的正确把握的途径及方法问题。因而，宋儒的本体始终摆脱不了虚无化、无根之本体的困境。虽然，朱熹结合传统“道器”观，主张“体用不二”，从“生生之理”“理一分殊”的角度，提倡“格物穷理”，从主体之能动性的角度试图弥补这一理论困境。而且，王阳明也尝试用“无善无恶心之体”来直接面对主体自身的存在，主张“知行合一”。但是，由于他们始终立足于“由体得用”的观念立场，因而从学理上始终无法逃脱本体虚无化的难题。

可喜的是，船山吸收张载的气本体一元论思想，从一开始立足于唯物主义的立场，避免了本体的虚无化之困境。这主要是因为他是沿着“由用以得体”的路线来阐释其体用观的：

> 故善言道者，由用以得体；不善言道者，妄立一体而消用以从之。“人生而静”以上，既非彼所得见矣，偶乘其聪明之变，施丹垩于空虚，而强命之曰体。聪明给于所求，测万物而

① 蒙培元：《理学范畴系统》，人民出版社1989年版，第148页。

得其景响，则亦可以消归其用而无余，其邪说自此逞矣。①

船山反对“由体得用”的做法，也就是反对“妄立一体而消用以从之”，不能从主体知行之外直接去探求本体的存在；否则，便有“乘其聪明之变，施丹垩于空虚”，如同宋明儒学那样将主体耳目视觉、知觉范畴中的“景响”强行命名为本体的事情发生，即一种虚假的本体观念的生成。而根据船山的“由用以得体”的方式来理解，那隐藏不见的体并非虚假的本体，只不过它隐藏在可见的用之中，只有通过可见的用方能显现出隐藏其中的本体。这样一来，船山对于体用观的理解就由宋明儒学以“体”为中心，转移到了以“用”为根本。例如船山关于心性情论的看法：

“心统性情”，“统”字只作“兼”字看。其不言兼而言统者，性情有先后之序而非并立者也。实则所云“统”者，自其函受而言。若说个“主”字，则是性情显而心藏矣，此又不成义理。性自是心之主，心但为情之主，心不能主性也。②

也就是说，船山虽然同意朱熹将孟子的“心统性情”解释为“心兼性情”，但是反对他又将其解释为“心主性情”，因为“性自是心之主，心但为情之主”，因此船山主张：“此于性之发见，乘情而出之者言心，则谓性在心，而性为体、心为用也(仁义礼智体，四端用)。”③正是从体用的关系角度，船山区分了“四端”与“七情”的严格界限，认定四端非情乃是性，七情才是情，从而批评了朱熹的“四端皆情”理论。可见，船山关于体用之关系认识正是在批判、反思和总结宋明儒学的基础上提出来的。关于这点陈来多次明确指

① (清)王夫之：《周易外传》，《船山全书》(第1册)，岳麓书社1996年版，第862页。

② (清)王夫之：《读四书大全说》，《船山全书》(第6册)，岳麓书社1996年版，第945-946页。

③ (清)王夫之：《读四书大全说》，《船山全书》(第6册)，岳麓书社1996年版，第945页。

出："这一点虽然与朱子不同，但其出发点在于强调性对心的导向作用，反对陆王的唯心说，与朱子又有相通之处。……而船山认为，孟子的'恻隐之心'等'心'的用法，则是把心作为性之发见、作为性理乘载于情的表现，在这个意义上强调性表现在心；而这种性在心的用法，也就是以性为体，以心为用（需要注意的是，在朱子，只讲性是体，情是用，而不能说性是体，心是用）。"①

在此基础上，船山试图将他的体用说与思想史上其他所有的虚假体用说（主要针对宋明儒学、佛家、道家老庄的虚假本体说）区别开来。船山在《思问录》中多次、反复地讨论了"有无"或者与"有无"相关的问题，其中有一段非常著名的言论：

> 言幽明不言有无，张子。至矣。谓有生于无，无生于有，皆戏论。不得谓幽生于明，明生于幽也。论至则戏论绝。幽明者，阖辟之影也。故曰是故知幽明之故。原始反终，故知生死之说。②

这里"言幽明不言有无"与《张子正蒙注》中"故圣人仰观俯察，但云'知幽明之故'，不云'知有无之故'"的说法是一致的。船山明显继承了张载的思想，认为儒家不讲有无，只论幽明，道佛才讲有无。原因在于，他和张载都主张太虚并非虚无，其中充满了宇宙之气。因此，有并非生于无、明并非生于幽。陈来认为，船山之所以反对谈有无，主要是为了反对"无"，而并非反对"有"，他所反对的"无"论包括了老庄的"自然"说、"废然之静"说、"无心"说、"无我"说等，同时还反对佛老的神秘体验的工夫论，如禁欲主义、贬气说、直观方法，而且仔细分析了阳明心学的良知良能说，着重批评王学的无善无恶说，反对泰州学派的舍心求意说、顿悟说等。③ 正是在

① 陈来：《诠释与重建——王船山的哲学精神》，北京大学出版社 2004 年版，第 203-204 页。

② （清）王夫之：《思问录》，《船山全书》（第 12 册），岳麓书社 1996 年版，第 410 页。

③ 陈来：《诠释与重建——王船山的哲学精神》，北京大学出版社 2004 年版，第 281-286 页。

反对思想史上各种“无”论的基础上，船山进一步讨论了“体用不二”“尽器则道在其中”的体用观和道器观：

> 佛、老之初，皆立体而废用。用既废，则体亦无实。故其既也，体不立而一因乎用……君子不废用以立体，则致曲有诚，诚立而用自行。逮其用也，左右逢原而皆其真体。
>
> 统此一物，形而上则谓之道，形而下则谓之器，无非一阴一阳之和而成。尽器则道在其中矣。尽道所以审器，知至于尽器，能至于践形，德盛矣哉！①

因此，船山正是从“言幽明不言有无”的角度，与《周易》传统相贯通：“仰则观于天文，俯以察于地理，是故知幽明之故。”②船山的《乾》《坤》并建之说也正是从“推幽明而无有无之理”③的意义来讲的：“《坤》不外生，《乾》非中窃。其取非亡，其来非幻。《屯》隐四阳，《鼎》阴未现。非有有无，唯征舒卷。”④也正是在“言幽明不言有无”“非有有无，唯征舒卷”的意义上，船山的体与用实现了辩证统一，并且体与用的这种辩证统一关系渗透到了他的诗学理论中。船山曾明确地言说，“《诗》者，幽明之际者也”，且对此做了详细的解释：

> 视而不可见之色，听而不可闻之声，抟而不可得之象，霏微蜿蜒，漠而灵，虚而实，天之命也，人之神也。命以心通，神以心栖，故《诗》者，象其心而已矣。神非神，物非情，礼节文斯而非仅理，敬介绍斯而非仅诚。来者不可度，以既“有

① （清）王夫之：《思问录》，《船山全书》（第12册），岳麓书社1996年版，第417、427页。

② （清）阮元校刻：《十三经注疏·周易·系辞上》，中华书局1980年版，第77页。

③ 朱伯昆：《易学哲学史》，华夏出版社1995年版，第62-104页。

④ （清）王夫之：《姜斋文集》，《船山全书》（第15册），岳麓书社1996年版，第453页。

成”者验之，知化以妙迹也。往者不可期，以“不敢康”者图之，用密而召显也。夫然，缋不可见之色，如絺绣焉；播不可闻之声，如钟鼓焉；执不可执之象，如瓒斝焉。神皆神，物皆情，礼皆理，敬皆诚，故曰而后可以祀上帝也。

鸣呼！能知幽明之际，大乐盈而《诗》教显者，鲜矣，况乎能效者乎？效之于幽明之际，入幽而不惭，出明而不叛，幽其明而明不倚器，明其幽而幽不栖鬼，此《诗》与乐之无尽藏者也，而孰能知之！①

邹元江在《诗之“体”与诗之“用”：船山诗学的两个向度及其中介》一文中，对船山的这段言论作了详细的解读，认为它发掘了诗之(本)体的四层致思维度：一则凸显了“心”所具有的意象性构造能力；二则昭显了意象的“难以把着”本质特征；三则诗乃是作为“幽明之际”的意象性的存在，它既遮蔽、又彰显；四则能真正明了幽明之际意象性世界、创造大乐之意象丰盈而又使《诗》教化之意蕴昭显的诗人是很少的。② 也就是说，诗歌的本质存在乃是某种“幽明之际”的意象性世界的存在，诗歌的功用乃是诗人通过审美意象生成来昭显这“幽明之际”的意象性世界之存在的审美意蕴，而最杰出的诗作乃是实现诗歌的本质存在与诗歌功能二者的完美融合。关于诗之体与诗之用二者的辩证统一，一直是船山诗学的重心之所在：

诗以道性情，道性之情也。③
盖诗之为教相求于性情。④

---

① (清)王夫之：《诗广传》，《船山全书》(第3册)，岳麓书社1996年版，第485-486页。

② 邹元江：《诗之“体”与诗之“用”：船山诗学的两个向度及其中介》，载《退溪学论丛》(韩国)2010年第16辑。

③ (清)王夫之：《明诗评选》，《船山全书》(第14册)，岳麓书社1996年版，第1440页。

④ (清)王夫之：《古诗评选》，《船山全书》(第14册)，岳麓书社1996年版，第677页。

长言咏叹，以写缠绵悱恻之情，诗本教也。

总以曲写心灵，动人兴观群怨。①

值得注意的是，诗之体与诗之用二者的辩证统一，不仅体现在"诗道性情"（诗歌本质）与"兴观群怨"（诗歌功能）两种理论的融合、统一，而且始终贯穿于船山诗论的方方面面。具体而言，在言与意的关系上，不仅主张"诗文俱有主宾"，而且要求"宾主历然，镕合一片""俱有情而相浃洽"。如此，方可"意外设景，景外起意"，才可"意在言先，亦在言后"，才能"兴在有意无意之间"，方能实现"随意所适"的自由境界。在情与景的关系上，不仅强调"情景相入，涯际不分"，而且着重"情景相生，妙合无垠"。如此，方可在"丝分缕合之际""击目经心之际"，运用"灵心妙手，磕着即凑"，最终实现审美意象的诗意生成。因而，在审美意象生成中，非常重视"象外有意""意伏象外"，一再强调"即景会心""因景因情"等。如此，方能实现"神与理凑合""神与韵何等蕴藉"，才能达到神、韵、理、事、情的完美融合。在审美意境的体悟上，反复强调"现量分明"的重要性、"内极才情，外周物理"的必要性，如此，从时间维度方可实现"过去、现在、将来"三际和合，从空间维度才能最终达到"天、地、人"三维统一。

二、至法无法

中国人对于艺术之"法"、诗学之"法"的态度源于某种哲学的思考。儒家立足于"道与器"的角度强调作为本体的"道"对"器"的主导地位，但是通过"器"可以反观"道"："形而上者谓之道，形而下者谓之器。"②而道家则是从"道与技"的角度涉及艺术之法、诗

① （清）王夫之：《姜斋诗话》，《船山全书》（第15册），岳麓书社1996年版，第829、834页。

② （清）阮元校刻：《十三经注疏·周易·系辞》，中华书局1980年版，第83页。

学之法的问题。老子有言："地法天，天法道，道法自然。"①庄子则通过"庖丁解牛"的庖丁来表达他对"道与技"之关系认识："臣之所好道也，进乎技矣。""以神遇而不以目视，官知止而神欲行。"②老、庄关于"道与技"的关系看法有某种共同的地方，即一方面认为，"道与技"乃是本与末的关系，作为本的"道"对作为末的"技"具有主导地位；但是另一方面，通过"技"的自由性创造活动能够通达"道"。因此，无论是儒家的"道器观"还是道家的"道技论"，他们的共同点都是强调"道"的本体地位，也承认"器"或"技"与"道"的相互贯通。因而，这种"道器观"与"道技论"对中国传统艺术观、文艺观产生了重大影响。中国传统艺术一方面主张通过具体的法则可以通达、反观艺术之"道"，即所谓的"立象以尽意""得意忘言"；但另一方面，由于"道"的千变万化、不可预测性，因此它绝非任何具体法则所能通达，孔子所说的"有德者必有言，有言者未必有德"就是这个意思。这与老子的"道可道，非常道；名可名，非常名。无名，万物之母"的信条也是相一致的。因此，正如中国传统哲学一直存在"重体贱用"的倾向，中国传统艺术中也存在某种"重道轻技"的倾向，"工以技贵，士以技贱"表达的也是这层意思。我们前文曾介绍过"形神"理论，也正是遵循了这种"道器观"和"道技论"思想，中国传统绘画一方面重视"以形传神"，但另一方面则更重视"神"对于"形"的形而上之超越。

因此，正是在这种"重道轻技""重神轻法"的哲学观、艺术观的影响下，具体到古典诗学领域，对于"诗法"一直存在两种似乎截然不同的矛盾态度，即"中国诗学一方面热衷于研究作诗的技法，产生了为数众多的诗学、诗法、诗话著作；另一方面，诗论家又根本瞧不起这些书，将它们视为浅陋而无价值的东西，以至有'说诗多而诗亡'之叹"。③ 因而，传统"诗法"具有两重内涵：一是指诗歌创作的具体法则和技巧，如诗歌具体的遣词、造句、用字、

① 陈鼓应：《老子注释及评介》，中华书局1999年版，第163页。
② 陈鼓应：《庄子今注今译·养生主》，中华书局2001年版，第96页。
③ 蒋寅：《古典诗学的现代诠释》，中华书局2003年版，第122页。

声律、辞律、结构、修辞等法则和技巧，属于形式因的范畴；二是指诗歌创作过程中的一般性原理，它代表了某种时代创作规律、文体特征，是诗人运用成熟的形式因来感受抽象宇宙之道、现实人生意义必须遵循的，体现了诗之人格精神。但是，由于“中国艺术精神的内在症结就是以精神人格直接对应于艺术精神，而忽视、漠视，甚至放弃对作为艺术精神实现方式的审美形式因的探求”，“过度强调空疏虚妄的神似、气韵品格，以至于轻视、无视，甚至弃绝对形式、‘极工’的功夫训练过程”，① 从而导致了“轻视法则、技巧，重法的原理、精神”的“诗法”观。也就是说，中国传统诗论虽然没有完全摒弃具体的诗歌创作之法则和技巧，但是“中国古代诗论家对技法的根本态度是反对执着于固定的法，而追求对法的超越，最终达到‘无法’的境界。此所谓‘无法’，并不是随心所欲，混乱无章，而是与自然之道合，达到通神的境界”。②

然而，问题在于：没有对“有法”的执着，哪来对“无法”的超越？没有对于具体诗歌创作技法的深入研究，哪能实现最终达到“无法”的境界？因此，要想克服中国诗学乃至中国艺术存在的这种两难处境，必须以熟练掌握诗歌创作的具体技法，也即“必极工而后能写意”，因为“‘极工’的功夫是艺术家安身立命的‘童子功’，这是作为艺术家永远无法绕过的。任何真正的艺术都是以‘极工’为前提的‘艰奥美’的创造”。③ 面对中国古典诗学的两难处境，船山运用他一贯的辩证诗学，从理论上作了尝试性解决。

根据船山对于“无有”“体用”等一贯的哲学辩证思维，船山是认同传统“道器观”与“道技论”思想的，但是正如他反对“由体得用”、主张“由用以得体”一样，在“道与技”上，他应该是不会支持老子纯粹的“自然无为”主张的。船山就曾明确反对佛家对于法的观念：

---

① 邹元江：《必极工而后能写意——对“中国艺术精神”反思之一》，载《文艺理论研究》2006年第6期。

② 蒋寅：《古典诗学的现代诠释》，中华书局2003年版，第130页。

③ 邹元江：《必极工而后能写意——对“中国艺术精神”反思之一》，载《文艺理论研究》2006年第6期。

足见凡言法者，皆非法也。释氏有言："法尚应舍，何况非法?"艺文家知此，思过半矣。①

具体到"诗法"而言，船山一方面并不反对"有法"，不反对对具体诗歌创作技法的灵活运用；另一方面，更重视对"法"的超越，即超越具体的诗歌创作技法，从而实现诗之"入神""尽神""达神""畅神"。最终，由"有法"走向了"无法"，如此方为"至法无法"。遍观船山的诗学著作，他关于"诗法"的辩证思维，随时随地而显示出来。只不过需要注意的是，船山的"至法无法"的辩证思维，其前提是建立在对中国古典诗学史上各种"死法"批判基础之上。他曾多次明确言及"死法"：

诗文俱有主宾。无主之宾，谓之乌合。俗论以比为宾，以赋为主；以反为宾，以正为主，皆塾师赚童子死法耳。

诗之有皎然、虞伯生，经义之有茅鹿门、汤宾尹、袁了凡，皆画地成牢以陷人者，有死法也。死法之立，总缘识量狭小。②

更多的时候，船山是用"成法""非法""法门"等来作为"死法"的代名词：

当为小诗，更不知有近体。或以多为贵，或以少为贵，从乎气之所籁，因之一往，正自不得不极。总其源流，固有自然之辙，要不可为少见而矜成法者道尔。③

后半走笔以极悲态。杜有"剑外忽传收冀北"诸篇，大要

① （清）王夫之：《姜斋诗话》，《船山全书》（第15册），岳麓书社1996年版，第827页。

② （清）王夫之：《姜斋诗话》，《船山全书》（第15册），岳麓书社1996年版，第821、824页。

③ （清）王夫之：《古诗评选》，《船山全书》（第14册），岳麓书社1996年版，第613页。

此一法门，声容酷肖，哀乐取佞口耳，大雅之衰也。①

“海暗三山雨”接“此乡多宝玉”不得，迤逦说到“花明五岭春”，然后彼句可来，又岂尝无法哉？非皎然、高棅之法耳。若果足为法，乌容破之？非法之法，则破之不尽，终不得法。②

通过仔细分析船山批评的诗坛之种种“死法”，概括起来主要集中为这几方面：一是音律方面的各种“死法”：

作诗亦须识字。如“思”“应”“教”“令”“吹”“烧”之类，有平仄二声，音别则义亦异。若粘与押韵，于此鹘突，则荒谬止堪嗤笑。唐人不寻出处，不夸字学，而犯此者百无一二。宋人以博核见长，偏于此多误。杜陵以酂侯“酂”字作“才何切”，平声粘，缘《史》《汉》注自有两说，非不识字也。至廉颇音“婆”，相如音“湘”，则考据精切矣。苏子瞻不知《轩辕弥明诗序》“长头高结”，“结”字作“洁”音，稚子之所耻为，而孟浪若此！近见有和人韵者，以“葑菲”作“芳菲”字音押，虽不足道，亦可为不学人永鉴。③

二是辞律方面的各种“死法”：

近远收放，一以心用，不随句转。所云随句转，口边开合呼应习气也，恶诗命之曰法律。

神情自语。此诗之佳，在顺笔成致，不立疆畛，乃使通篇如一语，以颔联作腹联，以腹联作颔联，俱无不可。就中非次

① （清）王夫之：《唐诗评选》，《船山全书》（第14册），岳麓书社1996年版，第1087页。

② （清）王夫之：《姜斋诗话》，《船山全书》（第15册），岳麓书社1996年版，第824页。

③ （清）王夫之：《姜斋诗话》，《船山全书》（第15册），岳麓书社1996年版，第828页。

第，但在触目生心时不关法律。雅俗大辩，正于此分。不知此者，旦暮自缚死耳。①

皎然一狂髡耳，目蔽于八句之中，情穷于“六义”之始，于是而有开合收纵、开锁唤应、情景虚实之法，名之曰“律”，钳梏作者，俾如登爰书之莫逭。②

其中，船山对“起承转合”这个诗歌结构之“法律”做了严厉抨击：

起承转收，一法也。试取初盛唐律验之，谁必株守此法者？法莫要于成章；立此四法，则不成章矣。且道“卢家少妇”一诗作何解？是何章法？又如“火树银花合”，浑然一气；“亦知戍不返”，曲折无端。其他或平铺六句，以二语括之；或六七句意已无余，末句用飞白法飏开，义趣超远：起不必起，收不必收，乃使生气灵通，成章而达。至若“故国平居有所思”，“有所”二字，虚笼喝起，以下曲江、蓬莱、昆明、紫阁，皆所思者，此自《大雅》来；谢客五言长篇，用为章法；杜更藏锋不露，抟合无垠：何起何收？何承何转？陋人之法，乌足展骐骥之足哉！近世唯杨用修辨之甚悉。用修工于用法，唯其能破陋人之法也。

起承转收以论诗，用教幕客作应酬或可。其或可者，八句自为一首尾也。塾师乃以此作经义法，一篇之中，四起四收，非蠚虫相衔成青竹蛇而何？两间万物之生，无有尻下出头，枝末生根之理。不谓之不通，其可得乎？③

① （清）王夫之：《明诗评选》，《船山全书》（第14册），岳麓书社1996年版，第1419、1492页。

② （清）王夫之：《唐诗评选》，《船山全书》（第14册），岳麓书社1996年版，第830页。

③ （清）王夫之：《姜斋诗话》，《船山全书》（第15册），岳麓书社1996年版，第826-827页。

“起承转合”说的兴起与八股文密切相关，最早是由元代的范椁、杨载等人提出的，但在明代遭到了普遍的反对，因为它违背了中国艺术有机整体结构的观念。① 船山便是反对者中的代表人物。

三是从艺术风格、流派的角度，反对“立门庭”。这点前文已经有所论述。船山之所以反对“立门庭”，乃是批评明代的“大家”心态，很多人都想通过某种诗歌技法的创新这一捷径迅速成为某种艺术风格或流派公认的“大家”。但往往适得其反，反而造成了诗歌创作的僵化、凝固，船山批评他们“是知立‘才子’之目，标一成之法，扇动庸才”。因此，船山将曹植、皎然等“立门庭者”统统斥为“法吏”：“故唐、宋以下，有法吏而无诗人。”②他们都是属于“经生”“三村塾师”“衲子”等机械化运用诗歌技法教人作诗混口饭吃的庸俗行为，因而他们所采用的“诗法”乃“诗佣之法”，所作之诗歌乃是“恶诗”的典型：

> 前所列诸恶诗，极矣；更有猥贱于此者，则诗佣是也。诗佣者，衰腐广文，应上官之征索；望门幕客，受主人之雇托也。彼皆不得已而为之。而宗子相一流，得已不已，间则翻书以求之，迫则倾腹以出之，攒眉叉手，自苦何为？其法：姓氏、官爵、邑里、山川、寒喧、庆吊，各以类从；移易故实，就其腔壳；千篇一律，代人悲欢；迎头便喝，结煞无馀；一起一伏，一虚一实，自诧全体无瑕，不知透心全死。风雅下游，至此而浊秽无加矣。宋以上未尝有也。③

因此，与各种“死法”相对应，船山提出了种种“活法”。也就是说，船山反对机械、僵化使用各种诗歌技法，而应该能动、灵活

① 蒋寅：《古典诗学的现代诠释》，中华书局 2003 年版，第 100-117 页。

② (清)王夫之：《古诗评选》，《船山全书》(第 14 册)，岳麓书社 1996 年版，第 490 页。

③ (清)王夫之：《姜斋诗话》，《船山全书》(第 15 册)，岳麓书社 1996 年版，第 841 页。

地使用它们，这便是船山的“诗无定法”：“诗有诗笔，犹史有史笔，亦无定法，但不以经生详略开合脉理求之，而自然即于人心，即得之矣。王季重镌心入巧，唯不知此，遂无一语脱头巾气。”①但是，他的这个“活法”“诗无定法”并非宋代江西诗派所强调的那个“活法”“有定法而无定法”：“学诗当识活法，所谓活法者，规矩备具而能出于规矩之外，变化不测而亦不背于规矩也。是道也，盖有定法而无定法，无定法而有定法。知是者，则可言活法矣。”②因为，江西诗派的“活法”仍然是基于“点石成金”说，重在对前人字词句的灵活应用。在某种程度上，仍然存在掉入“立门庭”的窠臼中。而且，很容易违背船山所重视“情真意切”的创作原则。更重要的是，江西诗派的“活法”说，同意苏轼“以文作诗”的主张，很容易混淆诗、文界限，这明显违背了船山“有诗法非文法”的规定。而船山的“活法”“诗无定法”正是以具体诗歌技法为基础，但又不是僵化、机械地运用已有的诗歌技法，而是诗人能动、灵活运用，从而实现超越具体诗歌技法的束缚，最终实现“至法无法”的境界。这便是船山多次强调的诗之“正法眼藏”：

> 以追光蹑景之笔，写通天尽人之怀，是诗家正法眼藏。
>
> 绝不破他丝毫物料，一味本色风光。作有题目诗，唯此为正法眼藏，他皆野狐涎也。呜呼！知此者少矣。③
>
> 此种非真有摩醯顶门正眼者不敢作。但试问无李颀、许浑恶诗以前无七言否？又且问潘、陆、颜、谢诗有七言否？则知此是七言近体尾闾归墟，能此者是正眼法藏。彼夫画地成牢，云庄云整云沈云鍊者，不中向铁围山守地狱户也。本是感吊诗，亦是讽刺诗。前六句仅蠢子作艳诗讲。夕堂于此等处，每

---

① （清）王夫之：《明诗评选》，《船山全书》（第14册），岳麓书社1996年版，第1410页。

② （宋）吕本中：《夏均父集序》，转引自朱东润：《中国文学批评史大纲》，上海古籍出版社2005年版，第139页。

③ （清）王夫之：《古诗评选》，《船山全书》（第14册），岳麓书社1996年版，第681、701页。

为古今人肉麻汗背；仔细思量，唤观音菩萨作娘娘，真好羞死也。

中两联句句递下，大彻悟后，自不留一丝蹭蹬。只此是正法眼藏。信阳一派，座主奴也，生将一片全锦分科裁剪，浅人步趋之，有死无生。①

正是从诗之“正法眼藏”的角度，船山强调从章法、句法、局法、音律、辞律等方面一起全方位地学习《诗三百》乃至汉魏之“古法”。这主要是因为汉魏以前的诗歌创作，很少受现成的章法、句法、局法等音律、辞律法则的限制，因而大多诗作总是浑然一整体、“情事一贯”，体现了诗人“心神气韵”的合一。船山在品评高叔嗣的《至苏门山》一诗时，毫不隐藏地表示了他对汉魏“古法”的偏爱：“首句与二句假对，其实下三句情事一贯，迤逦渐切耳。子业心神气韵，无一不在古法中，如此乃正使人不觉。”②

三、文质之中

王夫之的文质观与《周易》为代表的文质观是一脉相承的。《周易·系辞下》对文与质有自己独特的规定：

《易》之为书也，原始要终，以为质也。

道有变动，故曰爻；爻有等，故曰物；物相杂，故曰文；文不当，故吉凶生焉。③

所谓的“文”，其最初含义乃是指“卦象”，并在对“卦象”的阐释中，延伸为“天文”与“人文”之别，前者包括日月星辰之经纬、

---

① （清）王夫之：《明诗评选》，《船山全书》（第14册），岳麓书社1996年版，第1512-1513，1526页。

② （清）王夫之：《明诗评选》，《船山全书》（第14册），岳麓书社1996年版，第1551-1552页。

③ （清）阮元校刻：《十三经注疏·周易·系辞下》，中华书局1980年版，第90页。

山川河泽之华采，后者包括文章、典籍、制度等在内的一切人类文明、文化。① 而且，《周易》对于“天文”和“人文”二者之间的不同作用，有一段非常著名的论述：“《彖》曰：‘贲’，亨。柔来而文刚，故亨。分刚上而文柔，故小利而有攸往。刚柔交错，天文也。文明以止，人文也。观乎天文，以察时变；观乎人文，以化成天下。”②船山对于“文”的理解明显是从“天文”与“人文”两个角度而言的，他从“天文”的角度阐释了“天地万物的形式美”，从“人文”（广义的文化）角度，具体阐释了“艺术形式、文艺作品、言论著述（文章）、人的文采章饰、风度礼仪等文明形象（样式），礼乐制度等富于审美特质的文化”等各个方面。③ 而所谓“质”就是指事物“实体”“本质”的意，船山正是从这个角度来理解“质”的。他在《周易内传》中将“《易》之为书也，原始要终，以为质也”之“质”明确地解释为：“‘质’，定体也。”④

正是由于船山在“文”与“质”的内涵理解上与以《周易》为代表的传统思想高度的一致，因此他在理解“文与质”的关系上，也非常自然地继承了儒家“文质彬彬”的理论传统：“质胜文则野，文胜质则史；文质彬彬，然后君子。”⑤因而，具体到诗歌的形式与内容关系的论述上，船山从一开始具有了一种朴素的辩证思维，即他一方面强调“文因质立，质资文宣”；另一方面又强调“集文以成质，则天下因文而达质”。概而言之，便是“文质之中”，正如船山所说：

---

① 关于《周易》之“文”的具体涵义，可参见刘纲纪《周易美学》第四章“文与美”的相关讨论，武汉大学出版社 2006 年版，第 201-234 页。

② （清）阮元校刻：《十三经注疏·周易·贲》，中华书局 1980 年版，第 37 页。

③ 崔海峰：《王夫之诗学范畴论》，中国社会科学出版社 2006 年版，第 74 页。

④ （清）王夫之：《周易内传》，《船山全书》（第 1 册），岳麓书社 1996 年版，第 607 页。

⑤ （清）阮元校刻：《十三经注疏·论语·雍也》，中华书局 1980 年版，第 2479 页。

两间之固有者，自然之华，因流动生变而成其绮丽。心目之所及，文情赴之，貌其本荣，如所存而显之，即以华奕照耀，动人无际矣。古人以此被之吟咏，而神采即绝。后人惊其艳，而不知循质而求，乃于彼无得，则但以记识外来之华辞，悬想题署：遇白皆“银”，逢香即“麝”，字月为“姊”，呼风作“姨”，隐龙为“虬”，移虎成“豹”。何当彼情形，而曲加影响？如东方虬、温庭筠、杨忆、萨天锡一流，承萧氏父子、刘家兄弟之余沛，相与浮浪于千年之间。而寒陋之夫，乃始以削除为傲岸，标风骨之目，以趋入于乔野。两者互争，人为摇荡，遂使艺苑迭承，如痁者之寒热，乘时各盛，操觚之士，奔命晋楚，迄无止息。呜呼！亦安得起元嘉、孝建之诗人，而与观于文质之中耶！①

这里的“而不知循质而求之，乃于彼无得，则但以记识外来之华辞”乃是指一味追求诗歌的形式，而忽视了诗歌内容的创作倾向，正是孔子所讲“文胜质则野”的意思；而“乃始以削除为傲岸，标风骨之目，以趋入于乔野”便是一味追求诗歌内容之“质实”，而忽视了诗歌的形式美的创作倾向，正所谓“质胜文则史”。这两种创作倾向都是船山所批判和反对的。正是在诗歌内容与形式的辩证统一的基础上，船山的“文质之中”具体表现为情与景的统一，理与势的统一，神与韵的统一，言与意象的统一，理、事、气与情、事、理的统一等。

但是，对于船山“文质之中”的辩证理论，还有几点尤其值得强调的地方。一是船山的文质观立足于他一贯主张的气本体一元论，是与他的阴阳二气絪缊化生思想密不可分的。且看他是如何论述“质”与“气”“理”之间的关系：

阴阳，气也。刚柔，质也。有是气则成是质，有是质则具

① （清）王夫之：《古诗评选》，《船山全书》（第14册），岳麓书社1996年版，第752页。

是气，其可析乎！①

质是人之形质，范围著者生理在内；形质之内，则气充之。而盈天地间，人身以内人身以外，无非气者，故亦无非理者。理，行乎气之中，而与气为主持分剂者也。故质以函气，而气以函理。②

这也就是说，船山虽然承认质、气、理三者密不可分，但是始终存在主从、先后的问题，质始终是基础性、前提性的东西，是第一性的。同样的道理，质与文虽然密不可分，但质始终是第一性的，文始终是第二性的。这样一来，他的“文质观”就与“道器观”“体用观”相互贯通起来，正所谓：“惟质则体有可循，惟文则体可着。惟质则要足以持，惟文则要足以该。故文质彬彬，而体要立矣。”总之，关于文与质之间的关系，船山一方面强调文、质密不可分，是相辅相成的关系；但另一方面，又认为质与文有主次、先后之分，质是第一性的，文是第二性的。正是立足于这样一个辩证逻辑思维，他在其诗学评论中时时体现出“文质之中”的观念：

文因质立，质资文宣，衰王之由，何关于此？齐、梁之病，正苦体拘束而气不昌尔。文者气之用，气不昌则更无文。顾昌气者，……不见其条理而自不相失。③

特质如皮，文如毛……质近内而文近外，质可生文而文不能生质。则同此一虎豹，毛原不害于皮，但须有皮后有毛；同此一君子，文原非以贼质，但须既尽其质，而后听生其文。④

---

① （清）王夫之：《思问录》，《船山全书》（第12册），岳麓书社1996年版，第441页。

② （清）王夫之：《读四书大全说》，《船山全书》（第6册），岳麓书社1996年版，第857页。

③ （清）王夫之：《古诗评选》，《船山全书》（第14册），岳麓书社1996年版，第762页。

④ （清）王夫之：《读四书大全说》，《船山全书》（第6册），岳麓书社1996年版，第778页。

二是船山的文质观也与他的“理势相生”历史观紧密相连。船山是认同《周易》中“观乎天文，以察时变；观乎人文，以化成天下”的说法的。正是从“天文”和“人文”的角度，即广义的物质文明和精神文明的角度，船山认识到人与动物之间的根本区别。正如他在《诗广传》所阐述的那样：

> “人之所以异于禽兽者几希。”无不几希矣，况食也者，所以资生而化光者乎？
>
> 燧、农以前，我不敢知也，君无适主，妇无适匹，父子、兄弟、朋友不必相信而亲，意者其仅颍光之察乎？昏垫以前，我不敢知也，鲜食艰食相杂矣，九州之野有不粒不火者矣……食之气静，衣之用乃可以为文。……天下可垂裳而治，性情足用也。①

在船山看来，人与禽兽的区别乃是文化发展的必然结果。上文中，“食之气静，衣之用乃可以为文”指人随着物质文明的发展(饮食的变化)，生活发生改变，从而导致“衣之用”“性情”等方面的变化，最终产生了稳定性的精神文化传统。在此基础上，才会产生“华夷”之别。他说：“天下之大防二：中国、夷狄也，君子、小人也。”②这里的船山将“君子、小人”的分别作为华、夷之间的区别，固然不免暴露出船山某种狭隘的民族情绪。但是，船山更多的时候是从文明的演进、文化的发展角度，即“文与野”的角度来区分华、夷之别的。他认为，“夷狄”代表了一种较低的文化发展阶段，“华夏”则代表了一种较高的文明发展阶段。但是，粗野、落后的游牧民族往往能够征服先进的农耕民族。“三代”以前的“华夏”与“夷

---

① (清)王夫之：《诗广传》，《船山全书》(第3册)，岳麓书社1996年版，第491-492页。

② (清)王夫之：《读通鉴论》，《船山全书》(第10册)，岳麓书社1996年版，第502页。

狄”没有太大的区别。[1] 正是在对“华夷”之别的充分冷静的理性分析中，船山注意到了历史发展过程中“文野互变、文野异位”的不平衡现象。也就是说，他认识到了“历史的真情是：夷可变夏，野可变文，文又可退化为野”[2]。

因此，立足于上述辩证的“文野互变、文野异位”观，船山认识到了文与质的发展也具有错综复杂的情形：

> 国政之因革，一张一弛而已。风俗之变迁，一质一文而已。上欲改政而下争之，争之而固不胜；下欲改俗而上抑之，抑之而愈激以流……名之不胜实，文之不胜质也，久矣。然古先圣人，两俱不废以平天下之情。奖之以名者，以劝其实也。导之以文者，以全其质也。……故因名以劝实，因文以全质，而天下欢忻鼓舞于敦实崇质之中，以不荡其心。[3]

船山正是从“文质代变”的角度，认识到“文与质”常常处于不协调的状态，这表现在诗歌史上，要么是重形式轻内容，要么是重内容轻形式，这便是“名之不胜实，文之不胜质也，久矣”的意思了。因此，船山主张“圣人达情以生文，君子修文以函情”。[4] “文野互变、文野异位”“文质代变”在某种程度上，为船山的多元化诗学史观（包括“诗歌退化论”）提供了有力的证据。

---

① 萧萐父：《王夫之辩证法思想引论》，湖北人民出版社 1984 年版，第 39-40 页。

② 冯天瑜：《王夫之论“文”和“质”》，转引自萧萐父：《王夫之辩证法思想引论》，湖北人民出版社 1984 年版，第 233-234 页。

③ （清）王夫之：《读通鉴论》，《船山全书》（第 10 册），岳麓书社 1996 年版，第 388-389 页。

④ （清）王夫之：《诗广传》，《船山全书》（第 3 册），岳麓书社 1996 年版，第 307 页。

结　语

关于船山思想的研究，自船山逝世后就开始了。从他的儿子王敔开始算起，至今已有 300 多年的历史。经过无数学者的共同努力，关于船山的研究著作可谓汗牛充栋，船山学也成为学术研究的显学。伴随着船山学研究的发展，对船山诗学的诠释也逐渐兴起，并取得了巨大成就。如果从清末民初的王闿运算起，船山诗学诠释史也有长达 100 多年的历史。这 100 多年来，学界积极拓展研究方法，对船山诗学的各个重要诗学观点、范畴都做了深入而有意义的研究，而且在船山诗学体系的建构上也做了有效的尝试性努力，以此凸显了船山诗学在整个中国古典诗学批评史上所具有的重要历史地位。而本书正是立足于已有的学术成果，进一步尝试性地探讨船山诗学的内在矛盾及其张力问题，以图推进对船山诗学研究的新突破。

关于船山诗学内在矛盾性的问题，近年来已经引起了学界的关注，但仍然没有系统、统一的说法，也少有专门的论著来加以系统论述。笔者试图在这个问题上做一点建设性的工作。本书立足于船山的整个思想体系，从船山诗学内在矛盾的根源、矛盾的核心及其诗学内在张力的发见等三个角度，深入对船山诗学的研究，由此得出了以下结论：

一、关于船山诗学内在矛盾的根源

船山诗学的内在矛盾根源于一种更广泛、更本源的“诗歌之起源”意识。船山立足于深厚的哲学素养和学术传统，从诗、乐同源的角度，突出诗歌的音乐性的优先地位。他主张从诗教回归到乐教，将乐的教化功能与诗歌的教化功能统一起来，以此实现诗歌功能性特征与审美本性之间的融会、贯通。这正是船山诗学内在矛盾产生的真正根源，它缘起于“诗道性情”这个诗学的合题中。

关于诗歌起源的问题研究存在诸多困境。由于时代久远和文字产生较晚，古人往往只是依靠收集古代逸诗来大致地推测诗歌产生的确切时代。中国古代典籍中就保存有许多这种主观性的推测结论。而且，也有学者试图从语言的自身演变规律中来获得诗歌产生的确切时代，但这种学理性推测虽相对客观，却仍然无法让人确信。因此，学界关于诗歌起源问题的研究更多的是集中在对诗歌产生原因的探究上。主要有两种代表性的观点：一是诗歌是在劳动中产生，它起源于劳动的需求；二是原始宗教的需求导致了诗的产生。而且，具体到中国诗歌产生原因的探究，也大多汇聚在这两种代表性观点中。这两种代表性理论，为探讨诗歌如何发生、演变的研究提供了可能性。从考据学的研究来看，诗源于歌，歌早于诗。在文字性的诗产生之前，原始社会存在一个漫长的原始歌谣的时代。歌与诗经过了一个“合—分—合”的漫长历史演变、发展历程，而且，二者的演变、发展历程体现出文化的二元融合的特征。

船山关于诗、乐关系的思考，在很大程度上，正是基于对歌与诗“合—分—合”演变、发展历程的认同上，船山甚至将乐推向了比诗更为优先的地位。他不仅详细地阐述了“诗乐理一”“诗乐相别”的理论根据，而且将“以乐论诗”全面付诸于诗歌评论的实践。他非常重视诗歌的音乐性这一本质特征，主张要从诗教传统回归到乐教传统，将诗歌的语义之用与乐的功能性特征结合起来，力图实现诗歌教化功能与审美本质的融合，从而恢复诗歌艺术的活力。因此，船山既强调诗歌的教化功能，同时又非常注重包含在诗歌音乐性特征背后的抒情本性。这样一来，他虽在关于诗、乐源起问题的反思中，凸显了诗歌作为“语言性—时间性—空间性”艺术的独特性，但他也始终无法真正实现诗歌的教化功能与抒情本质的完美融合，这便是船山诗学内在矛盾真正产生的根源之所在。

概而言之，船山诗学内在矛盾缘起于试图融会“诗言志”和“诗达情”这两种理论主张的努力，而且这种努力最终汇聚在“诗道性情”这个理论合题。

因此，要弄清船山诗学内在矛盾的根源，就必须从他更深厚的哲学背景出发。船山从他的“气一元论”思想出发，对“太极”“道”“理”等重要传统哲学命题，做出了新的诠释。所谓“太极”，乃是阴阳之气和合的本然状态，也是天地万物产生的原因，它与“气”是互为本体的关系，不是独立于阴阳二气之上的某种实体，且它永远处于运动之中。

同样，以阴阳二气的变化为基础的“道”也不是实体的。在阴阳气化的过程中，阴阳二气密不可分，或清或浊、或动或静、或连续实在或中断无影，时而秩序井然、相辅相成，时而紊乱无序、变幻莫测，仿佛一直受到某种神妙而又神秘的、不可测的力量的调节和支配。船山就将这神妙而又神秘的、不可测的力量命名为“道”。而且“道”与“阴阳二气”之间也是互为本体的关系，正是在这个意义上，船山提出了“天下惟器”“道在器中”等著名论断，他也由此重新解释了《易传》中“形而上者谓之道，形而下者谓之器”这一古老的哲学命题。船山还将“道”细分为彼此可以贯通如一的“天道”和“人道”两个层面，前者给予后者以根据，而二者之间的纽带便是“气之理”。

所谓“理”，就是阴阳气化之“条理”，也即阴阳之气化过程中所呈现出来的阴阳和合、井然有序的本然状态。如果说“太极”是“道”隐而显(见)之前的阴阳和合之极至状态，那么“理”则是阴阳之气化过程中呈现出来的阴阳和合的状态，是“道”隐而显(见)之中井然有序的互动状态。因此，“天道”之阴阳和合就是“天理”(包含了“物理”)，而“人道”之阴阳和合就是“人性”(“人理”)，船山将其命名为“性理”。但是，由于阴阳气化存在“有序”和“无序”两种状态，因而也就存在“气失其理”“天道、人道无常”的现象，即“命数”或“气数”。面对这种现状，船山与古代哲人表现出惊人的一致态度，即一方面他强调“信命”“信理”，主张从“天道”的不可知、不可测的神秘力量(即“命”)中，找到它给予“人道”的启示或根据，也即“天授命于人”；但另一方面，他又认识到即便是“天授命于人”，是“天道”给予“人道”之根据，但人仍要发挥自己的主观能动性。因此，他主张人不能只是被动的“俟命”，而应该积极的

“造命”。这也即《中庸》中“天命之谓性，率性之谓道”的具体内涵。

正是从阴阳气化的“有序”和“无序”状态中，正是从“气失其理”“天道、人道之无常”的意义上，船山形成了既“信命”“俟命”又主张“造命”的哲学世界观和人生观。也正是在这个基础上，船山追寻和确定了“善与不善的根源”，由此形成了一个完整的(心)性情思想体系，妥善地解决了善恶根源的问题。他认为，“性”是“生之理”，也即“道”落实到人所表现出来的阴阳气化的“条理”，是与生俱来、先天具有的。因而它具有自然的合理性和道德的合理性，船山认为“性”不仅包含了“仁义礼智”，也包括了“声色臭味之欲”。而且，由于与阴阳之气化紧密相关的“道”和“理”是处于永不停息的运动变化之中，因此，他从中认识到了“性日生日成”之理。在这个意义上，他的“性”就有了“先天之性”和“后天之性”的区别，前者是天以理气授命之人时赋予的，后者则是人在理物过程中与外物打交道而学习到的。由于“气失其理”“道之无常”的存在，致使这“后天之性”产生了情、欲以及善恶之别。

而此时，作为“性之用”的“心”的关键性体现了出来。“尽性之理”即是“心”，“心”的关键在于“知性”“尽性”，特别是保持“后天之性”与“先天之性”的一致，即使之始终归于善。因此，“心”与“性”之间的关系乃是“体”与“用”的关系。正是从“心为性之用”的角度，船山指出了“知性”与“心统性情”的可行性和必要性。也就是说，“心”是“先天之性”与“后天之性”相统一的关键和纽带，因而根据内容和功能的不同，它又可细分为“道心”和“人心”两个层面。正是从“道心”与“人心”的区别中，船山将“心”“性”“情”“欲”四者统一了起来。船山将它们之间的关系概括为以下几点：一是受命于天的“人性”(包括物性)固然是隐藏不见的(静中有动、相对的动)，但是从体与用、道心与人心的关系来看，“性”隐“情”(欲)显，“性”的显现必须通过“情”(欲)；二是“人心”在与外物打交道的过程中，“先天之性”才发见为“后天之性”，由此产生了“情感”倾向；三是“心”在对外物的认知过程中，产生了“意识”“知觉”，对“后天之性”的学习过程中，“情感”倾向表现为具体的形态，由此产生了“欲”以及善与不善之别。由此，船山在批判朱熹性情论的基础上，厘清了四端是性，七情是情，从而明确地认定“情”是不善产生的根源。

正是在这种性情论思想的理论基石上，船山对“诗言志”与“诗达情”的诗学理论内涵做了全新的解释：一是“诗言志”的“志”乃“心之主”的意思，它虽然包含了“意”，但非“私意”，而是“公意”，相当于孟子所讲的“仁、义、礼、智”等“善端”，是人兽相区别的根本。而“诗达情”的“情”乃“阴阳之几”的意思，它虽然包含了“欲”，但非一己“私欲”“私情、淫情”，而是“贞情”“道情”。因此，所谓“诗言志”，即诗歌要言说的是心中所期待的那个“志”，而不是“诗言意”，不是言说那个心中一直觊觎的一己“私意”。二是所谓“诗达情”，诗歌要表达的是内心不能自已的“情”，而不是“诗达欲”，不是表达那些内心深处涌动着的一己“私欲”。三是即便是“诗言意”，言的也是“公意”，“诗达欲”达的也是“大欲”，即“大欲通乎志，公意准乎情”。正是在这个意义，“诗言志”与“诗达情”这两个诗学命题实现了融会、贯通。也正是从“诗言志(公意)”“诗达欲(大欲)”的角度，船山批评了一味言私意、达私欲的文学创作观念。“诗言志”与“诗达情”最终汇聚在“诗道性情”这个著名的诗学命题中。

然而，在“大欲通乎志，公意准乎情”的意义上，船山的“诗道性情”这个诗学命题，一开始就处于两难的矛盾困境中：一方面，他非常认同“诗道情”“诗尚情”这个诗歌自觉的潮流，深刻地认识到了诗歌的抒情本质；但另一方面，他又一再强调“诗道情”乃“道性之情”，反复对“性”“情”“欲”等进行细致的辨析，提倡诗歌抒发“正”情，即雅正、平正之情；反对诗歌一味抒发诗人的一已之私情、私欲、私意。从他对“情”的诸多论述和限制中。我们可以明显感受到船山在试图融会诗歌抒情本体和诗歌教化功能的努力中所表现出来的摇摆、徘徊乃至焦虑的苦闷。这种苦闷显然与他坚定的儒家立场密不可分。即便他曾经试图为“自觉地偏离”儒家诗歌教化的传统而苦苦探寻，但是这种“偏离”仍然显得很乏力、苍白，他对诗歌抒情本体的诸多限制，在很大程度上违背了诗歌发展的历史趋势。因此，他的“自觉之偏离”所具有的“现代性意义”不可避免地要大打折扣，这也正是船山诗学被人诟病为“偏激”的根本原因。正是在这个意义上，“诗道性情”这个诗学合题作为船山诗学内在矛盾及其张力的“起点”或“缘起”才得以凸显出来，而这也正是本书研究的逻辑起点。

二、关于船山诗学内在矛盾的核心

从“诗道性情”这个诗学合题中所体现的内在矛盾的实质就是“诗之用”与“诗之体”该如何融合的问题。这个问题在船山诗学的两大核心理论，即“兴观群怨”说和情景论中暴露无遗。

王夫之的“兴观群怨”说明显继承了孔子以来的“兴观群怨”说的思想内核，但他又做出了全面的突破。“兴观群怨”说是船山诗学体系的重要组成部分，具有“提纲振领”的地位。由于受到《诗经》所处时代浓厚的政治实用风气的影响，孔子明显是从实用的角度来谈“兴观群怨”的，他更重视诗歌的政治及社会教化功能。他认为诗歌可以通过生动的形象和艺术化的修辞方式来激发人内在的“意志”，从而实现修身成性的目的；通过诗歌我们可以或整体地统览礼乐、典章、制度背后的文化内涵，或深刻地考察各个国家的风俗或者个人内心的情志，或审美地体悟艺术的道德情感熏陶；而且诗歌还具有感化人心、沟通情感、团结社群的强大的社会功能；甚至，诗歌还可以适当地宣泄不满情绪，或通过上传下达的方式改良社会政治状况，或纯粹发泄个体内心的怨恨以实现个体情感的净化。因此，孔子的“兴观群怨”说的重心乃是“诗可以观、诗可以群”，它开启了中国古典诗学的“诗教”传统的大门。汉儒将孔子的这一理论所包含的诗歌教化功能推向了极致，从而将诗歌理论“经学化”。而宋儒由于一味强调“天理”与“人欲”的对立，将诗歌理论“伦理化”，“文以载道”“文以明道”的思想由此而泛滥。

真正将孔子“兴观群怨”说加以“文学化”“审美化”的是王船山。这集中体现在他对“兴观群怨”说的具体内涵“文学性”诠释上。

首先，船山将“诗可以兴”的“兴”从“引譬连类”和“感发意志”

的“祭祀之兴”或“政教之兴”，发展成为“乘情而出”的“诗学之兴”“审美之兴”，由纯粹的功能、效用之“兴”发展为包含有符合艺术本质规律的审美之“兴”。他明确指出“兴”的对象就是人心感于物而动所产生的情感，且这种情感既包括道德情感又有审美情感。而且，要实现“诗学之兴”“审美之兴”，至少必须具备四个基本条件：一是要求具备一定的客观性条件，即感物动人，无论“起兴”或“感兴”，都是外在物触发了内在的情感所致。二是对主体性条件的具体规定。“兴”产生的主体性条件乃是主体身体之内的“心”与其身体之外的“天化”相互交感。作为审美主体，必须具备开阔的胸怀和浩渺的才华，即“胸中丘壑”或“胸中胜概”。三是“兴”要自然不雕刻。“起兴”要在“有意无意之间”，如此方能形成一种自然而然、不可以雕琢的诗风。四是“以言起意”方能“兴”。“审美之兴”的关键在于“以言起意”，即以有限的语言，表达无限的情意，最终实现言、象、意的完美交融。

其次，船山的“诗可以观”的“观”，既包括了通过诗歌对社会政治、风俗民情的认知，同时也涵盖了通过诗歌来了解引诗者或作诗者的主观意向。但船山更重视的是作为审美意义上的“心观”。船山的“心观”至少有三大特性，即虚实结合、内在体验性和体验的真实性。

再次，从情感的熏陶、交流乃是宣泄的角度，船山也进一步丰富了“诗可以群”“诗可以怨”的理论内涵。但船山也从中流露出了强烈的将政教中心视域与审美中心视域相交融的倾向。而且，正是这种视域交融的倾向，凸显了船山诗学的内在矛盾性。总之，立足于“情”的元素，船山将功能性的“兴观群怨”赋予了浓厚的审美因子。作为“四情”意义上的“兴观群怨”不仅在某种程度上实现了政教功能与审美本性二者的融合，而且“兴观群怨”作为一个整体，顺利地实现了读者、作者、文本以及对象世界的统一，也实现了创作原则与接受标准的统一。正是从这个意义上讲，“兴观群怨”说在船山诗学中具有“提纲振领”的重要地位。

然而，船山诗学的问题在于：他一方面主张诗之体与诗之用之间的融合、统一，强调在“兴观群怨”这“四情”的兴起、融合、涵泳、激荡中“诗道性情”；另一方面又强调“情正”“情贞”，反对“淫情”，因而诗歌之情感抒发始终未能逃脱儒家诗学“温柔敦厚”的框架的束缚。因此，船山所主张的诗歌的社会功能与诗歌的审美本质始终无法平衡，其抒情本体也注定是不彻底的。

船山诗学的另一大核心理论是情景论。船山从一开始就极力反对前人割裂情景、一味空谈诗歌格式句法、脱离艺术内容的形式主义做法，而是立足于情与景的内在有机关系，分别从“景中情”“情中景”“情景交融”，以及“象外之象”四个层次，由浅入深，逐渐深入到“情景”论的理论内核。首先，所谓“景中情”，就是触景生情的意思，是抒情主体的“不识之心”受到外界“不谋之物”的激发所导致的结果。“景中情”与“感物”论有某种相通之处，都是“感物起兴”，注重外在世界对抒情主体内心的感动，从而感物起情，由此产生创作冲动。其中，善于取景是前提，达情才是目的。“景中情”是诗歌审美意象生成的不可或缺的基础，或虚或实、或大或小的多层次“物象”生成正是“景中情”所具有的巨大艺术表现力的关键。其次，所谓“情中景”，乃是以情摄景或因情生景的意思，是抒情主体的“不识之心”对外在世界的“不谋之物”进行审美观照后的结果。如果说“景中情”注重的是“感物起兴”，注重外在世界对抒情主体内心的感动，从而感物起情，由此产生创作冲动，那么，“情中景”则更偏重于“以心观物”“以形传神”，注重的是抒情主体内在情感抒发的形式化问题。其中，达情是根本，内在情感的形式化表现才是目的。“情中景”同样也是诗歌审美意象生成的不可或缺的条件，通过“胸中丘壑”或“胸中浩渺之致”，以形式化的方式完美呈现和提升诗人的内在情感世界正是“情中景”所具有的巨大艺术表现力的关键。再次，所谓“情景交融”，简单来讲，就是情与景的统一，或者说就是“景中情”与“情中景”二者的“妙合无垠”，这也即诗歌审美意象的诗意性生成。它有四个基本要求：一是妙，即“妙流不息”；二是妙合，即“击目经心”；三是妙合无垠，即“妙在自然”、不露痕迹；四是“情景相衬”，这又包括“正衬”（取影、影中取影）和“反衬”（以乐景写哀、以哀景写乐）两种艺术手法。最后，所谓“象外之象”，就是意境之体悟的问题，它包含了“物象外之象”和“心象外之象”两种情形。也就是说，诗歌“意境之体悟”源于多重物象、心象的诗意呈现，即“景外得景”“意外设景”。而其理论根基正是“道在器中”“理在器中”的道器观和理气观。因此，它的本质特征正是在场性与超越性的统一，即“神理相取、神理凑合”。船山“取势”说和“现量”说也体现出这种在场性与超越性相统一的根本特征。正是从在场性与超越性相统一的意义上，船山诗学内在矛盾的二维性得到了集中凸显。

船山诗学内在矛盾的二维性表现为船山诗学始终存在两个理论向度，即“诗之体”与“诗之用”。一个是他立足于正统儒家的立场，强调诗歌的功用。这在他对“兴观群怨”说的论述中已经体现了出来。另一个是他立足于诗歌自觉的潮流，自觉揭示了诗歌抒情的审美本体。这体现在他对诗歌审美意象生成的相关论述上。正是由于船山遵循了“诗之用”与“诗之体”两种思维致思路径，因而在其诗学评论中，始终存在双重评论标准。一个是从“诗之用”的角度，将“兴观群怨”或儒家“风雅之道”作为诗歌品评的标杆；而另一个则是从“诗之体”的角度，将“情景妙合无垠”作为“诗家正法眼藏”，以此来评定诗歌艺术的高下。前者是立足于诗歌功能的诗教标准，后者则是立足于诗歌审美本性的审美标准。这样一来，在他的诗学评论中，不可避免地呈现出内在的矛盾，这种矛盾集中表现为：在诗歌创作的构思阶段，他既主张“以意为主”“诗文俱有主宾”，同时又反对宋人“以意为主”的做法；在诗歌创作过程中，他既强调诗人的真实感受(“拘于在场”)，同时又反对画地为牢的做法，主张要“超越在场”；在诗歌鉴赏的阶段，他既重视具体生动景象与“自得”之情感的交融，同时又不爱“象内”爱“象外”，主张突破有限的人体感官功能对具象的把握，追求“视听之中、形声之外”审美新体悟。也就是说，他追求形上与形下、具象与抽象、主观与客观、感性与理性等的统一。这与中国哲学中的某种“超越形上学”的“吊诡”的传统紧密相关，也与中国古典诗学的诗教传统和抒情传统密不可分。其背后凸显了中国古典艺术的一种非逻辑化的“聚合性思维”的困境。

三、关于船山诗学理论张力的发见

船山诗学的内在张力固然与他整个哲学思想有着千丝万缕的关联，但其更直接地源于他独特的“历史-诗学史观”，这即所谓“船山之学，以史为归”。船山立足于三重历史感，即个体自传性的历史感、宏观性的国家兴亡历史感以及广义的文化传承历史感，形成了自己独特的诗学史观。在此基础上，他自觉地走上了一条诗歌艺术的审美性“偏离”之旅，体现出浓厚的艺术辩证思维意识。

船山对于历史的认识源于对某一具体的历史时刻的个体生命性体验，即明朝灭亡的刺激。可以说，终其一生，船山都是在面对明亡的刺激下，苦苦探究明朝灭亡的缘由，并试图通过一种全面、彻底的反思以寻找民族救亡图存的良方。正是在这种个体生命的体验、反思中，船山由个体层面走向了国家层面，由具体历史治乱走向文化的全面反省。在船山众多的关于学术思想史、历代治乱史，尤其是诗歌发展史的相关议论中，凸显船山的三重历史感，即个体自传性的历史感、宏观性的国家兴亡历史感以及广义的文化传承历史感。在此基础上，他形成了一种独特的“历史-诗学史观”，即整个人类历史就是“道”不断开显的历程，而且这种历史历程时而是进步向前的，时而是倒退往后的，时而又是曲折循环甚至是停滞不前的。正是立足于这种独特的“人文化成论”的历史观，船山的“历史-诗学史观”得以成型。当然，他对整个中国古典诗学史也表现出多元化的态度，而绝非仅仅是“退化论”意义的诗学史观。

船山诗学的自觉偏离正是基于这种“人文化成论”意义上的、多元“历史-诗学史观”。“偏离”并非日常语义上的否定，相反包含了艺术突破、平衡、修正、创新意义上的褒扬。船山对诗歌艺术的审美性“偏离”一开始就体现出一种诗学自觉的意识，即诗与史、诗与学术、诗与乐等的区别。因此，这种“偏离”包含了船山对诗歌遣词用句、诗歌规范乃至诗歌史评论的自觉总结和修正。具体而言，船山诗学的“自觉之偏离”体现为以下几个方面：在诗歌形式方面，船山反对一切诗法之禁锢和约束，无论是声律还是辞律，甚至是诗歌体裁；在诗歌内容上，船山不反对诗言志，主张诗达情，也主张“诗言理”，只不过这个“理”乃是“诗之理”，是“事、理、情”相统一的“理”；在诗歌艺术风格上，船山主张一种温柔敦厚与含蓄自然的诗歌艺术风格，反对浅俗俚俗、率直卑俗的风格。正是在这种审美意义上的“自觉之偏离”基础上，船山诗学体现出了浓厚的辩证思维意识，这主要集中体现在“体用合一”“至法无法”“文质之中”三个子命题中。

当然，本书论述船山诗学的内在矛盾及其张力，是以现代诗歌艺术的纯粹性为参照的。这不免会陷入学术研究的“两难困境”。因为在中国古人那里，体与用、道与艺、形而上与形而下等本是“一体两面”的关系，是统一在一起的，正如船山所讲的“互藏其宅”。因此，我们用现代文艺的尺度来衡量一种三百多年前的文艺思想，会不会存在一种脱离其具体历史语境，纯粹依据某一现代理论范式而进行的人为的、主观的建构危险呢？这也正是本课题将来进一步深入研究时必须考虑的问题。总的来说，关于船山诗学研究，本书虽然做了一些探索性的工作，但鉴于船山诗学本身的复杂性，仍有诸多问题限于时间和精力，没有展开深入探讨，如船山“现量”说所体现出来的艺术辩证思维问题等，这也是笔者将来进一步深入思考、研究的新起点。

参考文献

(一)船山著作

[1]王夫之:《船山全书》(全16册),岳麓书社1988—1996年版。
[2]王夫之:《永历实录》,岳麓书社1982年版。
[3]王夫之:《船山遗书》(傅云龙,吴可主编,全套共八卷),北京出版社1999年版。
[4]王夫之:《思问录·俟解》(合订本),中华书局1956年版。
[5]王夫之:《黄书 噩梦》(王伯祥),中华书局1956年版(1983年重印)。
[6]王夫之:《楚辞通释》,中华书局1959年版。
[7]王夫之等:《四溟诗话 姜斋诗话》,人民文学出版社1961年版。
[8]王夫之:《王船山诗文集》,中华书局1962年版。
[9]王夫之:《尚书引义》(全2册),中华书局1962年版。
[10]王夫之:《诗广传》,中华书局1964年版。
[11]王夫之:《庄子解》,中华书局1964年版。
[12]王夫之:《楚辞通释》,上海人民出版社1975年版。
[13]王夫之:《读四书大全说》(全2册),中华书局1975年版。
[14]王夫之:《读通鉴论》(全3册),中华书局1975年版。
[15]王夫之:《张子正蒙注》,中华书局1975年版。
[16]王夫之:《庄子解》,中华书局有限公司1976年版。
[17]王夫之:《尚书引义》,中华书局1976年版。
[18]王夫之:《周易外传》,中华书局1977年版。
[19]王夫之:《宋论》,商务印书馆股份有限公司1979年版。

[20]王夫之：《读通鉴论》，台北“商务印书馆”股份有限公司 1979 年版。
[21]王夫之：《宋论》，台北金枫出版社 1979 年版。
[22]王夫之：《古诗评选》，文化艺术出版社 1997 年版。
[23]王夫之：《唐诗评选》，文化艺术出版社 1997 年版。
[24]王夫之：《明诗评选》，文化艺术出版社 1997 年版。
[25]王夫之：《船山思问录》(严寿澂导读)，中华书局 2000 年版。
[26]王夫之：《王船山诗文集》，中华书局 2000 年版。
[27]王夫之：《船山思问录》(严寿澂导读)，上海古籍出版社 2000 年版。
[28]王夫之注：《张子正蒙》(张载撰，汤勤福导读)，上海古籍出版社 2000 年版。
[29]王夫之：《船山易学集成》，九州出版社 2004 年版。
[30]王夫之：《宋论》(王嘉川译注)，中华书局 2008 年版。
[31]王夫之：《古诗评选》(张国星点校)，河北大学出版社 2008 年版。
[32]王夫之：《唐诗评选》(任慧点校)，河北大学出版社 2008 年版。
[33]王夫之：《明诗评选》(李金善点校)，河北大学出版社 2008 年版。
[34]王夫之：《思问录》，中华书局 2009 年版。
[35]王夫之：《老子衍 庄子通 庄子解》，中华书局 2009 年版。

(二)主要船山研究论著

1. 哲学研究著作：

[1]蒋维乔：《中国近三百年哲学史》，中华书局 1932 年版。
[2]张西堂：《王船山学谱》，商务印书馆 1938 年版。
[3]嵇文甫：《王船山学术论丛》，生活·读书·新知三联书店 1962 年版。
[4]湖南省哲学社会科学学会联合会、湖北省哲学社会科学学会联合会：《王船山学术讨论集》，中华书局 1965 年版。

[5]罗正钧：《船山师友记》，岳麓书社 1982 年版。
[6]张岱年：《中国哲学史大纲》，中国社会科学出版社 1982 年版。
[7]侯外庐：《船山学案》，岳麓书社 1982 年版。
[8]邓谭洲：《王船山传记》，湖南人民出版社 1982 年版。
[9]陈远宁、王兴国、黄洪基：《王船山认识论范畴研究》，湖南人民出版社 1982 年版。
[10]李季平：《王夫之与读通鉴论》，山东教育出版社 1982 年版。
[11]曾昭旭：《王船山哲学》，远景出版事业公司 1983 年版。
[12]萧萐父：《王夫之辩证法思想引论》，湖北人民出版社 1984 年版。
[13]方克：《王船山辩证法思想研究》，湖南人民出版社 1984 年版。
[14]蒙培元：《理学的演变——从朱熹到王夫之戴震》，福建人民出版社 1984 年版。
[15]蔡尚思：《王船山思想体系》，湖南人民出版社 1985 年版。
[16]钱穆：《中国近三百年学术史》，中华书局 1986 年版。
[17]黄明同、吕锡琛：《王船山历史观与史论研究》，湖南人民出版社 1986 年版。
[18]林安梧：《王船山人性史哲学之研究》，东大图书公司 1987 年版。
[19]陆复初：《王船山学案》，湖北人民出版社 1987 年版。
[20]萧汉明：《船山易学研究》，华夏出版社 1987 年版。
[21]刘春建：《王夫之学行系年》，中州古籍出版社 1989 年版。
[22]陆复初：《王船山沉思录》，云南人民出版社 1991 年版。
[23]王泽应：《船山伦理与西方近代伦理比较》，国际远望出版社 1991 年版。
[24]宋小庄：《读〈通鉴论〉》，云南人民出版社 1991 年版。
[25]唐凯麟、张怀承：《六经责我开生面——王船山伦理思想研究》，湖南出版社 1992 年版。
[26]陈远宁：《中国古代政治观的批判总结——王船山政治观研究》，湖南出版社 1992 年版。

[27]吴立民、徐荪铭:《船山佛道思想研究》,湖南出版社 1992 年版。
[28]萧萐父:《船山哲学引论》,江西人民出版社 1993 年版。
[29]萧萐父、许苏民:《明清启蒙学术流变》,辽宁教育出版社 1995 年版。
[30]张世英:《天人之际——中西哲学的困惑与选择》,人民出版社 1995 年版。
[31]王永祥:《船山学谱》,北京图书馆出版社 1997 年版。
[32]刘志盛、刘萍:《王船山著作丛考》,湖南人民出版社 1999 年版。
[33]胡发贵:《王夫之与中国文化》,贵州人民出版社 2000 年版。
[34]张立文:《正学与开新——王船山哲学思想》,人民出版社 2001 年版。
[35]陈赟:《回归真实的存在——王船山哲学的阐释》,复旦大学出版社 2002 年版。
[36]萧萐父、许苏民:《王船山评传》,南京大学出版社 2002 年版。
[37]汪学群:《王夫之易学——以清初学术为视角》,社会科学文献出版社 2002 年版。
[38]陈远宁:《中国古代易学发展第三个圆圈的终结——船山易学思想研究》,湖南大学出版社 2002 年版。
[39]陈来:《诠释与重建——王船山的哲学精神》,北京大学出版社 2004 年版。
[40]邓辉:《王船山历史哲学研究》,岳麓书社 2004 年版。
[41]李石岑:《中国哲学十讲》,江苏古籍出版社 2005 年版。
[42]季蒙:《主思的理学——王夫之的四书学思想》,广东高等教育出版社 2005 年版。
[43]周兵:《天人之际的理学新阐释》,巴蜀书社 2006 年版。
[44]梁启超:《中国近三百年学术史》,山西古籍出版社 2006 年版。
[45]冯友兰:《中国哲学新编》,人民出版社 2007 年版。

[46]刘梁剑：《天·人·际：对王船山的形而上学阐明》，上海人民出版社2007年版。
[47]嵇文甫：《晚明思想史论》，河南大学出版社2008年版。
[48]梁启超：《清代学术概论》，中华书局2010年版。
[49]任继愈：《中国哲学史》，人民出版社2010年版。
[50]朱迪光：《船山著作述要》，湖南大学出版社2010年版。
[51]贺麟：《文化与人生》，上海书店1991年版。
[52]郭齐勇：《郭齐勇自选集》，广西师范大学出版社1999年版。
[53]郭齐勇：《中国哲学史》，高等教育出版社2006年版。
[54]张学智：《明代哲学史》，北京大学出版社2000年版。
[55]左东岭：《李贽与晚明文学思想》，天津人民出版社1997年版。
[56]左东岭：《王学与中晚明士人心态》，人民文学出版社2000年版。
[57]张立文：《朱熹思想研究》，中国社会科学出版社1994年版。
[58]陈来：《朱子哲学研究》，华东师范大学出版社2000年版。
[59]陈俊民：《张载哲学思想及关学学派》，人民出版社1986年版。
[60]何宗美：《明末清初文人结社研究》，南开大学出版社2003年版。
[61]侯外庐等：《宋明理学史》，人民出版社1997年版。
[62]刘宗宪：《陆王心学研究》，山东人民出版社1997年版。
[63]马积高：《宋明理学与文学》，湖南师范大学出版社1989年版。
[64]蒙培元：《理学范畴系统》，人民出版社1989年版。
[65]赵园：《明清之际士大夫研究》，北京大学出版社1999年版。
[66]彭永捷：《朱陆之辩》，人民出版社2002年版。
[67]方东美：《中国哲学精神及其发展》(方东美全集)，黎明文化事业股份有限公司2004年版。
[68]唐君毅：《中国哲学原论·原教篇》，中国社会科学出版社2006年版。

2. 诗学美学研究著作：

[1]杨松年：《王夫之诗论研究》，文史哲出版社 1986 年版。
[2]肖驰：《中国诗歌美学》，北京大学出版社 1986 年版。
[3]熊考核：《王船山美学》，中国文史出版社 1991 年版。
[4]谭承耕：《船山诗论与创作研究》，湖南人民出版社 1992 年版。
[5]陶水平：《船山诗学研究》，中国社会科学出版社 2001 年版。
[6]萧驰：《抒情传统与中国思想——王夫之诗学发微》，上海古籍出版社 2003 年版。
[7]涂波：《王夫之诗学研究》，湖北人民出版社 2006 年版。
[8]崔海峰：《王夫之诗学范畴论》，中国社会科学出版社 2006 年版。
[9]张健：《清代诗学研究》，北京大学出版社 1999 年版。
[10]王英志：《清人诗论研究》，江苏古籍出版社 1986 年版。
[11]孙立：《明末清初诗论研究》，广东高等教育出版社 1999 年版。
[12]李世英：《清初诗学思想研究》，敦煌文艺出版社 2000 年版。
[13]吴文治主编：《明诗话全编》，江苏古籍出版社 1997 年版。
[14]郭绍虞主编：《中国历代文论选》，上海古籍出版社 1990 年版。
[15]郭绍虞编选，富寿荪校点：《清诗话续编》，上海古籍出版社 1983 年版。
[16]张健：《明清文学批评》，台北国家出版社 1983 年版。
[17]周裕锴：《宋代诗学通论》，巴蜀书社 1997 年版。
[18]袁行霈：《中国诗歌艺术研究》，北京大学出版社 1997 年版。
[19]王运熙、顾易生主编：《清代文论选》，人民文学出版社 1999 年版。
[20]张伯伟：《中国诗学研究》，辽海出版社 2000 年版。
[21]张伯伟：《钟嵘诗品研究》，南京大学出版社 1999 年版。
[22]张宏生：《清代词学的建构》，江苏古籍出版社 1999 年版。
[23]陈良运：《中国诗学体系论》，中国社会科学出版社 1998 年

版。
[24]蒋述卓等：《宋代文艺理论集成》，中国社会科学出版社 2000 年版。
[25]蔡钟翔、黄保真、成复旺：《中国文学理论史》，北京出版社 1987 年版。
[26]陈贻焮：《杜甫评传》，上海古籍出版社 1982 年版。
[27]郭绍虞等：《古代文学理论丛刊》，新文丰出版公司 1989 年版。
[28]郭绍虞：《中国文学批评史》，百花文艺出版社 1999 年版。
[29]胡大雷：《中古诗人抒情方式的演变》，中华书局 2003 年版。
[30]蒋寅：《古典诗学的现代诠释》，中华书局 2003 年版。
[31]罗宗强：《魏晋南北朝文学思想史》，中华书局 1996 年版。
[32]孟兆臣校释：《画品》，北方文艺出版社 2000 年版。
[33]孟兆臣校释：《书品》，北方文艺出版社 2000 年版。
[34]潘天寿：《中国绘画史》，上海人民美术出版社 1983 年版。
[35]彭锋：《诗可以兴》，安徽教育出版社 2003 年版。
[36]钱中文等主编：《中国古代文论的现代转换》，陕西师范大学出版社 1997 年版。
[37]裘锡圭：《文字学概要》，商务印书馆 1988 年版。
[38]童庆炳：《中国古代心理诗学与美学》，中华书局 1992 年版。
[39]涂光社：《因动成势》，百花洲文艺出版社 2001 年版。
[40]汪涌豪：《范畴论》，复旦大学出版社 1999 年版。
[41]王英志：《清人诗论研究》，江苏古籍出版社 1986 年版。
[42]王元化：《文心雕龙创作论》，上海古籍出版社 1979 年版。
[43]王运熙、顾易生主编：《中国文学批评史新编》，复旦大学出版社 2001 年版。
[44]温肇桐：《中国绘画批评史略》，天津人民美术出版社 1982 年版。
[45]谢正光：《清初诗文与士人郊游考》，南京大学出版社 2001 年版。
[46]徐复观：《中国艺术精神》，湖北人民出版社 2002 年版。

[47]许总:《唐诗史》,江苏教育出版社1995年版。
[48]李泽厚、刘纲纪:《中国美学史》(先秦两汉编),安徽文艺出版社1999年版。
[49]陈望衡:《中国古典美学史》,湖南教育出版社1998年版。
[50]叶朗:《中国美学史大纲》,上海人民出版社1999年版。
[51]敏泽:《中国美学思想史》,齐鲁书社1987年版。
[52]彭富春:《哲学美学导论》,人民出版社2005年版。
[53]俞剑华:《中国绘画史》,上海书店1992年版。
[54]张少康、刘三富:《中国文学理论批评发展史》,北京大学出版社1996年版。
[55]章培恒、骆玉明主编:《中国文学史》,复旦大学出版社1998年版。
[56]周振甫:《诗词例话》,中国青年出版社1979年版。
[57]朱自清:《诗言志辨》,上海古籍出版社1998年版。
[58]宗白华:《艺境》,北京大学出版社1999年版。
[59]萧驰:《佛法与诗境》,上海古籍出版社2005年版。
[60]袁行霈、孟二冬、丁放:《中国诗学通论》,安徽教育出版社1994年版。
[61]杨松年:《中国文学批评史编写问题论析——晚明至盛清诗论之考察》,文史哲出版社1989年版。
[62][德]黑格尔,朱光潜译:《美学》,商务印书馆1997年版。
[63][日]吉川幸次郎,章培恒等译:《中国诗史》,复旦大学出版社2001年版。
[64][日]青木正儿,孟庆文译:《中国文学思想史》,春风文艺出版社1985年版。
[65][日]青木正儿,杨铁婴译:《清代文学评论史》,中国社会科学出版社1988年版。
[66]潘桂明:《中国佛教百科全书》(宗派卷),上海古籍出版社2000年版。
[67]姚南强:《因明学说史纲要》,上海三联书店2000年版。
[68][英]A. K. Warder著,王世安译:《印度佛教史》,商务印书

馆 2000 年版。

(三)古籍文献与注疏

[1](清)阮元校刻：《十三经注疏》(上、下)，上海古籍出版社 1997 年版。
[2]《诸子集成》(国学整理社辑，全八册)，中华书局 1954 年版。
[3](汉)许慎，(宋)徐铉校定：《说文解字》，中华书局 1963 年影印本。
[4](汉)司马迁：《史记》，中华书局 1959 年版。
[5](汉)班固：《汉书》，中华书局 1962 年版。
[6](宋)张载撰：《张载集》，中华书局 1979 年版。
[7](宋)程颢、程颐撰：《二程集》，中华书局 1979 年版。
[8](宋)朱熹：《四书章句集注》，中华书局 1983 年版(2005 年重印)。
[9](宋)朱熹：《诗集传》，上海古籍出版社 1980 年版。
[10](宋)朱熹：《朱子语类》，中华书局 1999 年版。
[11](宋)朱熹：《诗集传》(王华宝整理)，凤凰出版社 2007 年版。
[12](清)李道平：《周易集解纂疏》，中华书局 1994 年版。
[13](清)王先谦：《荀子集解》，中华书局 1997 年版。
[14]梁启雄：《荀子简释》，中华书局 1983 年版。
[15]杨伯峻：《论语译注》，中华书局 1980 年版。
[16]杨伯峻：《孟子译注》，中华书局 1960 年版(2003 年重印)。
[17]杨伯峻：《春秋左传注》，中华书局 1990 年版。
[18]陈鼓应：《老子注译及评介》，中华书局 1999 年版。
[19]陈鼓应：《庄子今注今译》，中华书局 2001 年版。
[20](晋)陆机：《文赋集释》(张少康集释)，上海古籍出版社 1984 年版。
[21](南朝宋)刘义庆撰，(梁)刘孝标注：《世说新语》，中华书局 1999 年版。
[22](南北朝)刘勰：《文心雕龙》(周振甫注释)，人民文学出版社 1981 年版。

[23](梁)萧统,(唐)李善注:《文选》,上海古籍出版社 1986 年版。
[24](梁)钟嵘:《诗品》(周振甫译注),中华书局 1998 年版。
[25](唐)白居易,顾学颉校点:《白居易集》,中华书局 1999 年版。
[26](唐)杜甫,(清)仇兆鳌注:《杜诗详注》,中华书局 1995 年版。
[27](唐)杜牧:《樊川文集》,上海古籍出版社 1978 年版。
[28](唐)柳宗元:《柳宗元集》(全四册),中华书局 1979 年版。
[29](唐)王维,陈铁民校注:《王维集校注》,中华书局 1997 年版。
[30](唐)王昌龄,胡问涛、罗琴校注:《王昌龄集编年校注》,巴蜀书社 2000 年版。
[31](唐)元结、殷璠等选:《唐人选唐诗十种》,中华书局 1958 年版。
[32](宋)蔡襄:《蔡襄集》,上海古籍出版社 1996 年版。
[33](宋)葛立方:《韵语阳秋》,北京图书馆出版社 2004 年版。
[34](宋)郭熙:《林泉高致》(周远斌点校),山东画报出版社 2010 年版。
[35](宋)洪兴祖:《楚辞补注》,中华书局 2000 年版。
[36](宋)罗大经,王瑞来点校:《鹤林玉露》,中华书局 1997 年版。
[37](宋)欧阳修:《欧阳修全集》,中华书局 2001 年版。
[38](宋)苏轼,冯应榴辑注:《苏轼诗集合注》,上海古籍出版社 2001 年版。
[39](宋)苏轼,孔凡礼点校:《苏轼文集》,中华书局 1999 年版。
[40](宋)魏庆之:《诗人玉屑》,上海古籍出版社 1978 年版。
[41](宋)严羽,郭绍虞校释:《沧浪诗话校释》,人民文学出版社 1961 年版。
[42](宋)胡仔撰:《苕溪渔隐丛话》,人民文学出版社 1962 年版。
[43](金)苏霖:《书法钩玄》,《中国书画全书》,上海书画出版社

1993 年版。
[44](金)王若虚:《滹南诗话》,人民文学出版社 1962 年版。
[45](明)董其昌:《画禅室随笔》,山东画报出版社 2007 年版。
[46](明)胡应麟:《诗薮》,上海古籍出版社 1979 年版。
[47](明)谢榛:《四溟诗话》,人民文学出版社 1998 年版。
[48](明)许学夷:《诗源辩体》,人民文学出版社 1998 年版。
[49](明)杨慎:《升庵诗话》,中华书局 1985 年版。
[50](明)袁宏道:《袁宏道集笺注》,上海古籍出版社 2008 年版。
[51](明)陈献章撰:《陈献章集》,中华书局 1987 年版。
[52](明)王阳明撰:《王阳明全集》,上海古籍出版社 1992 年版。
[53](明)李贽撰:《焚书·续焚书》,中华书局 1975 年版。
[54](明)李贽撰:《藏书》,中华书局 1959 年版。
[55](明)李贽撰:《续藏书》,中华书局 1959 年版。
[56](明)高棅编选:《唐诗品汇》,上海古籍出版社(影印)1982 年版。
[57](明)李攀龙编选:《古今诗删》,文渊阁四库全书本。
[58](明)陆时雍编选:《古诗镜》,文渊阁四库全书本。
[59](明)陆时雍编选:《唐诗镜》,文渊阁四库全书本。
[60](明)钟惺、谭元春编:《古诗归》,明万历刻本,武汉大学图书馆文理馆特藏部。
[61](明)陈子龙选:《皇明诗选》,华东师范大学(影印)1991 年版。
[62](明)李梦阳撰:《空同集》,文渊阁四库全书本。
[63](明)钟惺撰:《隐秀轩集》,上海古籍出版社 1992 年版。
[64](明)许学夷撰:《诗源辩体》,人民文学出版社 1987 年版。
[65](明)胡应麟:《诗薮》,人民文学出版社 1979 年版。
[66](清)张廷玉等撰:《明史》,中华书局 1974 年版。
[67](清)赵尔巽等撰:《清史稿》,中华书局 1977 年版。
[68](清)包世臣:《包世臣全集》,黄山书社 1994 年版。
[69](清)陈确:《陈确集》,中华书局 1979 年版。
[70](清)丁福保辑:《清诗话》,上海古籍出版社 1978 年版。

[71] (清)归庄:《归庄集》, 中华书局 1962 年版。
[72] (清)何文焕辑:《历代诗话》, 中华书局 1982 年版。
[73] (清)何兆鳌集注:《杜诗详注》, 中华书局 1979 年版。
[74] (清)朱彝尊选:《明诗综》, 中华书局 2007 年版。
[75] (清)钱谦益撰:《列朝诗集小传》, 上海古籍出版社 1983 年版。
[76] (清)黄宗羲:《黄宗羲全集》, 浙江古籍出版社 1985 年版。
[77] (清)黄宗羲:《明儒学案》, 中华书局 1985 年版。
[78] (清)顾炎武:《顾亭林诗文集》, 中华书局 1959 年版。
[79] (清)顾炎武:《日知录集释》(黄汝成集释), 上海古籍出版社 1985 年版。
[80] (清)方以智:《方以智全书》, 上海古籍出版社 1988 年版。
[81] (清)金圣叹:《金圣叹全集》, 江苏古籍出版社 1985 年版。
[82] (清)况周颐, 屈兴国辑注:《蕙风词话辑注》, 江西人民出版社 2000 年版。
[83] (清)李渔:《笠翁余集·窥词管见》, 中华书局 1986 年版。
[84] (清)刘熙载:《艺概》, 上海古籍出版社 1978 年版。
[85] (清)沈德潜选:《唐宋八大家古文》, 中华书局 1996 年版。
[86] (清)沈德潜:《唐诗别裁集》, 岳麓书社 1998 年版。
[87] (清)王士祯:《带经堂诗话》, 人民文学出版社 1998 年版。
[88] (清)叶燮:《原诗》, 人民文学出版社 1998 年版。
[89] (清)袁枚, 刘衍文、刘永翔合注:《续诗品》, 上海书店 1997 年版。
[90] (清)袁枚:《随园诗话》, 人民文学出版社 1999 年版。
[91] (清)浦起龙:《读杜心解》, 中华书局 2000 年版。
[92] (民)黄侃:《文心雕龙札记》, 华东师范大学出版社 1997 年版。
[93] (民)王国维, 滕咸惠校注:《人间词话新注》, 齐鲁书社 1994 年版。
[94] [印]陈那(Dignaga), (唐)法尊译:《集量论略解》, 中国社会科学出版社 1982 年版。

[95]（唐）玄奘，韩廷傑校释：《成唯识论校释》，中华书局 1998 年版。
[96]（宋）普济，苏渊雷点校：《五灯会元》，中华书局 2002 年版。

（四）重要船山诗学研究论文

1. 专门论文：

[1]傅正玲：《王船山美学研究》，1989 年。
[2]章启群：《意境本体探微》，载《中国古代近代文学研究》1989 年第 1 期。
[3]翁慧宏：《王夫之诗学理论新探》，2000 年。
[4]游惠君：《王夫之唐诗评选研究》，2003 年。
[5][美]黄秀洁，陈筌礼译：《王夫之诗论中的情与景》，载《船山学刊》1985 年第 2 期。
[6]陈望衡：《中国古典美学的总结——王夫之之美学思想摭论》，载《船山学刊》1997 年第 1 期。
[7]陈望衡：《王夫之情感诗学与近现代西方美学》，载《船山学刊》2003 年第 3 期。
[8]程亚林：《王夫之论抒情诗的核心问题》，载《船山学刊》1985 年第 4 期。
[9]孙立：《王船山以兴为中心的诗歌鉴赏论》，载《古代文学理论研究》1987 年第 12 辑。
[10]谭承耕：《船山诗论的艺术辩证法》，载《湖南师范学报》1985 年第 2 期。
[11]滕咸惠：《论王夫之诗论之贡献》，载《中国古代近代文学研究》1990 年第 2 期。
[12]杨家友：《船山诗学的"势"论》，载《船山学刊》2003 年第 1 期。
[13]李中华：《船山诗论中艺术原则》，载《船山学刊》1984 年第 1 期。
[14]邬国平：《王夫之论读者与作品关系》，载《学术月刊》1983 年第 11 期。

[15]周唯一:《船山南北朝诗评的辩证思维》,载《船山学刊》2001年第2期。
[16]刘同辉:《王船山情之心理思想蠡测》,载《船山学刊》2002年第3期。
[17]邹元江:《试论船山诗学的内在矛盾性》,载《哲学研究》2003年第7期。
[18]邹元江:《诗之"体"与诗之"用":船山诗学的两个向度及其中介》,载《退溪学论丛》(韩国)2010年第7期。
[19]刘纲纪:《中西美学比较方法论的几个问题》,载《文艺研究》1985年第1期。
[20]陈望衡:《开拓船山学研究的新局面》,载《船山学刊》2005年第4期。
[21]彭富春:《中西美学比较讨论会综述》,载《武汉大学学报》(社科版)1985年第1期。
[22]陈来:《王船山〈论语〉诠释中的理气观》,载《文史哲》2003年第4期。
[23]成远镜:《论意境审美结构的动态特征》,载《中国文学研究》2002年第1期。
[24]高楠:《论"情"在中国古代文学艺术中的原创意义》,载《文学评论》2002年第1期。
[25]兰翠:《论"趣"》,载《中国文学研究》2003年第42期。
[26]蓝华增:《古典抒情诗的美学》,载《古代文学理论研究》1985年第10辑。
[27]林国标等:《从道、气、性范畴看王夫之对理学的改造》,载《船山学刊》2002年第1期。
[28]林继中:《情志、兴象、境界》,载《文学评论》2001年第2期。
[29]潘琪:《晚明文学革新思潮初探》,载《中国古代近代文学研究》1997年第10期。
[30]汪涌豪:《中国古代文论范畴的统序特征》,载《文学评论》2000年第3期。

[31]王运熙:《文质论与中国中古文学批评》,载《文学遗产》2002 年第 5 期。
[32]夏咸淳:《晚明尊情论研究》,载《中国古代近代文学研究》1994 年第 3 期。
[33]于俊德:《试论诗思与外物的关系》,载《中国古代近代文学研究》1996 年第 6 期。
[34]詹福瑞:《中古文学理论范畴的形成及其特点》,载《文学评论》2000 年第 1 期。

2. 博士、硕士研究论文:

[1]李锡镇:《王船山诗学的理论基础及理论重心》,台湾大学博士论文,1990 年。
[2]王峰:《王夫之诗学研究》,北京大学博士论文,1999 年。
[3]羊列荣:《船山诗学研究》,复旦大学博士论文,2000 年。
[4]吴海庆:《船山美学思想研究》,山东大学博士论文,2001 年。
[5]唐铁惠:《王船山美学思想研究》,武汉大学博士论文,2002 年。
[6]李钟武:《王夫之诗学范畴研究》,复旦大学博士论文,2003 年。
[7]徐波:《船山美学思想研究》,南京大学博士论文,2003 年。
[8]何海燕:《清代〈诗经〉学研究》,华中师范大学博士论文,2005 年。
[9]袁愈宗:《〈诗广传〉诗学思想研究》,山东师范大学博士论文,2006 年。
[10]何国平:《王夫之诗学情景论研究》,湘潭大学硕士论文,2001 年。
[11]于德清:《智与美的协奏——论大乘佛学与审美意境范畴的形成》,山东师范大学硕士论文,2001 年。
[12]王凤翔:《论王夫之的诗学价值取向》,湖南师范大学硕士论文,2001 年。
[13]刘洁:《神理与诗情——论船山诗学的超越本质》,辽宁师范

大学硕士论文，2001 年。
[14] 庞飞：《王夫之“兴”的美学意义》，陕西师范大学硕士论文，2002 年。
[15] 侯小强：《王夫之非议“诗史说”原因初探》，首都师范大学硕士论文，2002 年。
[16] 李晓峰：《王夫之诗学与叶燮诗学比较研究》，新疆大学硕士论文，2003 年。
[17] 陈安国：《清初诗经学研究》，苏州大学硕士论文，2003 年。
[18] 徐峰：《嗣响离骚的船山词》，山东师范大学硕士论文，2003 年。
[19] 杨家友：《船山诗学“势”论的意境旨向研究》，武汉大学硕士论文，2004 年。
[20] 陈善君：《诗歌与识量》，湖南师范大学硕士论文，2004 年。
[21] 韩晓明：《中国传统思想方式对古典文论的影响》，郑州大学硕士论文，2004 年。
[22] 裴鼎鼎：《王夫之意象理论探微》，河北师范大学硕士论文，2004 年。
[23] 陈斌：《论中国古典诗歌的感发理论及其教育实践》，华中师范大学硕士论文，2005 年。
[24] 陈勇：《〈唐诗评选〉考论》，西北师范大学硕士论文，2005 年。
[25] 匡代军：《船山情感论审美研究》，湖南师范大学硕士论文，2005 年。
[26] 徐永莲：《王夫之人文主义思想研究》，扬州大学硕士论文，2005 年。
[27] 仲泽：《为人生的文学》，四川大学硕士论文，2006 年。
[28] 刘硕伟：《王船山词学研究》，西南大学硕士论文，2006 年。
[29] 魏春春：《诗与思——船山诗学思想发微》，西北大学硕士论文，2006 年。
[30] 吴迪：《“现量”之“诚”——试论船山“现量”中的“思”》，吉林大学硕士论文，2006 年。

[31] 高美平：《王夫之〈诗经稗疏〉研究》，首都师范大学硕士论文，2009 年。
[32] 殷小鉴：《〈姜斋诗话〉与船山诗学观三题》，武汉大学硕士论文，2009 年。
[33] 裴雅辉：《船山诗学意象论研究》，武汉大学硕士论文，2009 年。